한국
현대소설과
문학사상

한점돌

태학사

한점돌

충남 천안 출생
문학박사(서울대)
호서대학교 한국언어문화전공 교수

저서로는 『한국 근대소설의 정신사적 이해』(국학자료원, 1993)
『한국현대소설의 형이상학』(새미, 1997)
『현대소설론의 지평 모색』(푸른사상, 2004) 외

한국 현대소설과 문학사상

초판 1쇄 인쇄 | 2017년 7월 10일
초판 1쇄 발행 | 2017년 7월 14일

지은이 | 한점돌
펴낸이 | 지현구
펴낸곳 | 태학사
등 록 | 제406-2006-00008호
주 소 | 경기도 파주시 광인사길 223
전 화 | 마케팅부 (031)955-7580~82 편집부 (031)955-7585~89
전 송 | (031)955-0910
전자우편 | thaehak4@chol.com
홈페이지 | www.thaehaksa.com

ISBN 978-89-5966-817-5 93810

머리말

우연히 국문학에 발을 들여놓은 지 어언 47년이 되어간다. "우연히"라고 표나게 내세웠거니와 그것은 되돌아보면 소위 우리나라 최고학부까지 나올 수 있었던 것을 포함하여 이제껏 내 삶의 모든 것이 그때그때 나의 분수로는 생각도 못한 뜻밖의 코스로 흘러왔음을 고백하는 솔직한 심정의 표현이다. 그래서 행복했던가? 그랬던 것 같다. 그러나 다른 길을 걸었다고 크게 불행해 했을 것 같지도 않다.

대학 합격 후 인사차 찾아간 모교의 설립자 교장선생님은 국문과라서 늙어서도 할 일이 있으니 좋겠다고 덕담삼아 말씀하셨는데 지금 내 나이가 그쯤 되어가니 새삼 할 일이 무엇일까 생각해 본다. 금년을 마지막으로 정년을 맞고 강단을 떠나게 되니 일단 의무적으로 해야 할 일이 없어질 것을 생각하면 한편 홀가분하기도 하다. 그 뒤 평소와 같이 관심 있는 것을 읽고 틈틈이 쓰기도 하면서 시간을 보내는 나날이 될 것이다. 공자도 "배우고 때로 익히면 또한 기쁘지 아니한가?" 했으니 그 가운데 기쁨을 찾으면 여한은 없으리라.

천성이 그러니 그러했겠지만 공부를 안 하는 것도 아니면서 죽어라 하지도 못했다. 그러면서도 식견이 좁아 국문학의 언저리를 크게 벗어나서 살지도 못했다. 좋게 말해 '슬로우 씽킹'(slow-thinking)이라 할까, 생각은 언제나 문학과 국문학 주위를 배회했다. 그러는 중에 이곳저곳 몇몇 학회지에 발표했던 글이 모여 한 권의 책으로 묶이게 되었다. 십여 년이래 나는 작가의 발상법으로서의 문학사상에 관심을 가지고 소설들을 읽어 왔다. 이번 책에 실리는 글들이 그 결실이라 할 수 있다.

개인적으로 소설 연구에 있어 왕도란 없다고 생각한다. 그래서인지 정신사로 시작한 나의 소설공부는 작품의 구조원리로서의 형이상학에 머물다가 이제는 발상법으로서의 문학사상에까지 이르렀던 셈인데 이번 출판을 계기로 방향 전환을 모색해 볼까 한다. 아마도 그것은 보다 넓고 깊고 근원적인 측면, 원형이라 불러도 좋을 그러한 방면이 되지 않을까 한다. 살 만큼 살았으니 이제 차원을 좀 높였으면 하는 소박한 바람이다.

이번 출판이 개인 단독으로는 네 번째 저서인데 꼼꼼히 한다고는 했으나 미처 생각지 못한 미비한 점이 없지 않으리라 사료된다. 독자 제현의 따뜻한 질정을 기대한다. 아울러 선뜻 출판해 주겠다는 곳을 찾기 어려울 정도로 출판계와 국문학계의 상황이 좋지 않음에도 불구하고 졸고 출판에 흔쾌히 동의해 주신 태학사에 감사한다. 고마운 마음을 담아 태학사의 무궁한 발전을 기원하는 바이다.

2017. 6.

태조산 자락에서   한점돌

차례

제2부 한국 현대소설과 문학사상

부록

제1부
박경리 소설과 문학사상

박경리 초기소설과 에고이즘

1. 머리말

우리는 문학사상을 작가의 정신구조로서의 발상법[1]으로 보고 작가 박경리의 문학사상을 몇 차례에 걸쳐 탐색해 본 바 있다.[2] 그리고 이러한 일련의 작업은 생명문학의 대명사처럼 일컬어지는 박경리의 문학사상[3]이 〈토지〉에 이르러 최고치에 달한 것은 사실이라 하더라도 그것은 일거에 이룩된 것이 아니라 긴 세월에 걸쳐 때로는 계승되고 때로는 단절되기도 하면서 과정적으로 이루어진 성과라는 가설에 입각하여 진행되었다.

그런데 이러한 작업들은 통상적인 연구방법과는 상당히 이질적인 방식으로 수행되었음을 인정하지 않을 수 없다. 다시 말해 작가론이라면 보통 데뷔작으로부터 시작하여 작품의 전개과정을 순차적으로 살펴보는 것이 일반적인 바, 우리는 역으로 박경리 문학의 최종성과로서 생명문학을 전제하고 이와 일정하게 거리가 있어 보이는 이질적 지점들을 찾아 그 단계들을 조명하고자 하였기 때문이다.

이처럼 우리가 연구과제에 접근한 방식은 "현재를 출발점으로 하여 과거로 거슬러 올라가면서 현재와 이질적인 양상이 발견되는 경계 지점을 주목"[4]하는 소위 미셸 푸코류의 지식의 고고학 또는 계보학의 일종이었다. '발전의 역사학'을 대신하는 이러한 '차이의 역사학'은 "차이의 증명"[5]에 의하여 이질혼합의 장(heterotopia)으로서의 미래 역사를 구상[6]함으로써 단선적 발전담론의 중압감에서 우리를 해방시킨다. 따라서 박경리 문학의 귀결로서의 〈토지〉를 '이질혼합의 장'으로 가정하고 생명문학과 이질적인 차이의 지점에서 샤머니즘과 아나키즘을 주목함으로써 박경리 문학사상의 고고학을 시도해 본 필자는 본고에서 그것들과도 변별되는 박경리 초기소설을 중심으로 그 발상법으로서의 에고이즘에 착목하여 그 구체적 양상과 의미를 탐색해 보고자 한다.

일반적으로 에고이즘(egoism)은 이기주의[7], 이기심[8], 이기성[9]과 혼용되기도 하는 용어로서 "이익을 모두 희생으로 내놓고 타인을 위해 행동하지 않으면 부덕의라고 주장하는 듯한" 애타주의[10] 혹은 이타주의의 상대어로 이해된다. 이처럼 다분히 부정적 뉘앙스를 지니는 에고이즘에 대해 대체로 생물학적, 사회학적, 심리학적 측면에서의 해명이 시도되고 있는 듯하다.

먼저 생물학적 견해로서 우리는 진화론적 동물학자 도킨스의 학설을 들수 있다. 그에 의하면 사람을 비롯한 모든 동물은 "유전자에 의해 창조된 기계에 불과"하고 성공한 유전자의 가장 중요한 특질은 "비정한 이기주의"이다.[11] 따라서 유전자들의 생존기계에 불과한 생물체는 생존 가능성을 높이기 위해 "가치 있는 자원을 서로 나누기를 거부하는" 이기적 행동[12]을 보인다. 이렇게 동물의 유전자가 "이기주의의 기본 단위"[13]라면 "행위의 결과가 가상적 이타 행위자의 생존 가능성을 낮추고 동시에 가상적 수익자의 생존 가능성을 높여 주는" 이타 행위[14]는 근본적으로 기대하기 어려운 것이 된다.

그러나 이러한 입장과는 달리 사회학적 견해는 에고이즘이 "자아의 각

성이 요구되는 근대라는 특정한 시기에 일어날 수 있는" 인간과 인간 사이의 문제라는 시각이다.[15] 그리하여 소세키(漱石)의 소설 〈마음(こころ)〉[16]은 "메이지 시대라는 일본의 근대가 잉태한 에고이즘의 비극"[17]을 통하여 "자아를 너무 강조하다보면 에고이즘으로 흐를 수 있다"[18]는 것을 보여 주는 것으로 설명된다. 더 나아가 같은 작가의 〈그 후〉 역시 "고립된 인간의 집합체에 지나지 않"[19]는 현대사회에서 "에고이즘과 윤리의식 사이에서 번민하는 주인공의 내적 갈등에 초점"을 맞추고 있다고 말해질 때 에고이즘은 시대적 사회적 산물로 규정되고 있는 셈이다.[20]

끝으로 심리학적 설명은 아쿠타가와(芥川)와 Maccoby에서 찾아볼 수 있다. 아쿠타가와에 의하면 남의 불행에 동정하지 않는 사람은 없지만 그 사람이 어떻게든 해서 그 불행을 벗어날 수 있으면 다시 한 번 그 사람을 똑같은 불행에 빠뜨려 보고 싶어 하는 어떤 적의를 품게 되는데, 이처럼 인간의 마음에 있는 "서로 모순된 두 개의 감정", 즉 "동정과 적의라는 심리의 필연성"이 방관자의 에고이즘을 구성한다.[21]

그리고 Maccoby는 유사한 심리적 복합성을 자아중심주의(egocentrism), 이기주의(egoism), 자기도취(narcissism)로 세분하고 "타인보다 자신의 이익을 우선적으로 택"하고 "자만의 형태"로 나타나는 에고이즘은 "필연적으로 스스로 만드는 고독, 사랑, 그리고 이해능력의 상실"로 이어진다고 본다.[22] 그러나 상호침투적이고 유사한 면이 많은 심리현상을 동료와의 상호협동 불가, 독단적, 자만적이라는 잣대를 사용하여 자아중심주의, 나르시시즘, 에고이즘으로 세분하는 것은 애매한 점이 없지 않으므로 이 셋은 넓은 의미의 에고이즘으로 이해되어도 무방할 것으로 보인다.

이에 덧붙여 동화작가 안델센을 평한 톨스토이의 견해 역시 에고이즘의 심리학적 해명으로 볼 수 있다. 톨스토이에 의하면 안델센이 선량한 센티멘탈리스트이기 때문에 어린애를 사랑하고 그와 벗이 되어 그들에게 꿈과 아름다움을 들려준 것으로 생각한다면 착각이라는 것이다. 안델센은 지독한 고독 속에서 어린이들이 어른보다 인간에 동정심 혹은 불쌍함을 더 많이 갖는다고 계산하고 어린이에 향했지만 그것은 완전히 오산이었다는 것이다. 본질적으로 에고이스트인 어린이는 아무 것에도 연민의 정을 갖지 않을 뿐 아니라 도대체 불쌍하다는 것이 무엇인지도 모르는 존재들이기 때문이다. 그런 의미에서 안델센 역시 영원한 어린이이자 영원한 에고이스트라는 것이다.23)

이상을 종합해 보면 에고이즘의 생물학적 해명이나 사회학적 설명이 이기적 에고이즘의 발생적 기원을 잘 이해할 수 있게 해 준다면 심리학적 분석은 에고이즘의 특성을 보다 더 구체화시켜 잘 묘사하고 있다고 말할 수 있다. 따라서 박경리의 초기소설이 에고이즘을 강하게 드러냄을 증명하고자 하는 우리는 자만, 주관적 고독과 사랑, 이해능력 상실, 독단, 협동성 결여, 유아의식 등 심리학적 접근이 드러낸 특성들을 시금석으로 삼아볼 수 있을 것이다.

박경리의 초기소설24)에는 에고이즘25)이나 에고이스트26) 또는 이기주의자27), 이기적28)이라는 어사가 직접 나타나기도 하고 비슷한 맥락에서 자기중심29), 독단30), 주관적31)이라는 유관어가 나타나기도 하지만 작품 발상법적 측면에서 초기작은 생물학적, 사회학적 요소보다는 심리학적 특성이 강하고 그 가운데서도 영원한 어린이로서의 안델센처럼 주관의 영역에 매몰되어 객관을 몰각하는 인물들로 채워져 있다. 이를 가리켜 한 연구가는 너무나도 "에고센트릭"32)하다고 지적하기도 했지만 그러기에 "객관적"이 되어 "다른 사람의 관점"도 생각해야 하고 공감력을 확대하여 "세계를 아는 것"33)을 필연적 과제로 떠안게 될 수밖에 없었던 것이다.

그러면 박경리의 데뷔작을 비롯한 초기의 주요 작품들에서 두드러진 특성으로 부각되고 있는 에고이즘이 어떠한 양상으로 전개되며 그 의미는 어떻게 부여될 수 있는지 아래의 장에서 차례로 살펴보기로 한다.

2. 에고이즘과 박경리 소설의 탄생

소설가 김동리의 추천으로 문단에 등단하게 된 박경리가 처음 그에게 보인 것은 두세 편의 시[34]였고 이를 본 김동리가 "시보다 소설을 쓰는 것"[35]을 권고하여 장르를 변경하게 되었다는 사실은 박경리 초기소설의 특성과 관련하여 흥미 있는 시사점을 던져 준다.

주지하는 바와 같이 서사양식으로서의 소설은 "인물과 그의 운명이나 상황이 일치하지 않는"[36] 것을 내적인 중심주제로 함으로써 '자아와 세계의 대결'[37]이 장르의 본질적 특성을 이루는 반면, 서정양식인 시는 소위 '세계의 자아화'[38]로서의 일방적 주관성을 본질로 삼는다. 이렇게 볼 때 자발적으로 서정양식을 지향하던 박경리가 타의에 의해 서사양식으로 방향을 바꾸기는 하였지만 서정 특유의 주관적 심의경향(Orientation)을 일거에 벗어버리기는 쉽지 않았을 것임도 추측하기 어렵지 않다. 따라서 우리는 이 사실에서 박경리 초기소설의 주관 과잉적 에고이즘의 한 단초를 엿볼 수 있다.

그런데 서정적 주관 과잉의 단적인 예로 우리는 "어느 경우의 분위기에서, 혹은 빛깔이나 소리, 그 밖의 그런 실마리도 아무 것도 없는 곳에서, 또는 감당하기 어려운 일이 눈앞에 닿았을 때 꿈속에서처럼 희미해진 세월을 넘어 뜻밖의 곳으로 가는"[39] "공상과 추억"[40]을 들 수 있다. 전적으로 이러한 습벽을 지닌 주인공의 초중 학창시절을 반추하는 작품을 쓰고 박경리는 그 제목을 〈환상의 시기〉(1966)라고 붙였다. 공상과 추억, 주관성과 환상성, 서정성과 유아의식이 서로 긴밀히 밀착되어 있음을 잘 말해주는 대목이다. 그러나 이러한 주관적 환상은 필연적으로 깨어져 자아의 상처로 귀결되게 되어 있음도 자명하다.

중편 〈환상의 시기〉는 표면적으로 주인공 민이의 가족사와 성장과정, 그리고 교우관계가 복잡하게 얽혀있지만 두 장으로 나누어 '편지'와 '벌'이라는 소제목을 붙인 것에서 알 수 있듯이 그 핵심은 주인공 민이가 오가와 나오꼬(小川直子)라는 일본인 하급 여학생에게 매혹되어 고백의 편지를 보냈다가 발각되어 처벌받는 내용이다.

> 민이의 눈이 무엇을 발견하였는지 가만히 멎었다. 그의 눈이 멎은 곳에 물방울 무늬가 있는 가스리 몸뻬가 있었다. (⋯) 오가와 나오꼬(小川直子), 민이네 교실과 붙어 있는 이학년 삼반의 아이. 그 애는 한 떨기 오랑캐꽃이었다. 민이 시 속에 언제나 나오는 오랑캐꽃, 자그마한 몸집에 자그마한 머리. 윤이 나서 반들거리는 그 머리칼은 뛸 때마다 몹시 흔들렸다. (⋯)
>
> 물방울 무늬 몸뻬를 보지 않고 돌아가는 저녁은 민이에게 덧없고 슬픈 시간이었다. 그 시간은 끝없이 넓은 허공이었으며 평범한 얼굴들을 염오하는 마음과 가치가 없는 대화를 모멸하는 자기만의 세계를 아무에게도 열어주고 싶지 않은 고집과 고독의 시간이었다.[41]

이처럼 상대방 몰래 혼자서 흠모하는 '자기만의 세계'를 절대시하던 시인 지망생 민이는 아름다운 동경이 S관계의 욕망으로 변하여 편지를 쓰는데 답장에 대한 기대로 마음속이 아름다운 음악 같은 것으로 가득차기도 하고 오가와에게 부친과 남동생이 있다는 현실에 "환상은 상처를 입"기도 한다. 그러나 결정적으로 교사에게 발각되어 벌을 받음으로써 크고 깊은 상처를 받자 "짓밟히고 더럽혀진 자기"가 "모든 것이 잿더미같이 황량하고 빈 도시 같은 잿빛으로 채색된 곳"을 가고 있다고 "피부 구석구석에서, 뼈 마디마디에서 절감"[42]하게 된다. 결국 이 작품은 타자와 세계의 실상에 무지하고 주관적 환상에만 함몰되었던 자아가 객관 앞에서 맥없이 무너져 모멸감에 빠지는 주관 과잉적 에고이즘의 시말을 전형적으로 보여준다.

위에서 우리는 주관 과잉적 에고이즘의 전형으로 〈환상의 시기〉를 살펴보았지만 사실 이 작품은 박경리 초기소설 가운데에서도 후반부에 위치하고 있어 박경리 소설의 탄생과는 다소 거리가 있는 것도 사실이다. 그러나 이 소설은 에고이즘 소설의 계열체에 속하는 작품의 하나로서 그 특성을 가장 집약적으로 드러내고 있는 동시에 박경리 에고이즘의 뿌리 깊음을 증언하고 있기에 먼저 언급되었을 뿐이다. 그러나 이 작품보다 한참 앞서 있는 초기장편 〈표류도〉(1959)의 주인공 역시 주관성과 환각성이라는 측면에서 에고이즘을 여지없이 발휘한다.

명문대를 나온 지성인이지만 삶의 고초를 겪으면서 먹고 살기 위해 다방 마담을 하고 있는 강현희는 카운터에 앉아 틈틈이 뜨개질을 한다. 뜨개질이라는 것은 "그것에 열중되는 정비례로 다른 생각에 열중"하게 만드는 "참 묘한 일거리"라고 생각하는 강현희는 뜨개질을 하면서 "나는 또다시 망망하고 비약적인 환각의 흐름 속에 휩싸여 떠내려간다. 나를 잃으며 나를 찾으며 시간은 지체 없이 흘러간다."고 느낀다.[43] 혼자 생각에 불과한 이런 주관적 환상은 어릴 때부터의 습벽이기도 하다.

고향에 살 때, 퍽 어린 시절의 일이다. 지방공연에 온 악극단의 지휘자, 구경 가서 한번 본 사람을 나는 사모했다. 푸른 조명 밑에 선 연미복의 지휘자는 실로 위대했던 것이다. 그밖에도 마라톤 경주에 일등 한 사내아이, 학예회 때 공주가 된 동무를 무척 혼자서 사랑했다. 그러나 그런 사랑을 느낄 적마다 나는 쓸쓸한 내 주변의 광장을 두리번거리게 되는 것이었다. 그러한 외로움 속에서 나는 훌륭해지려고 했다. 그리고 위대한 것을 바랐다. 그것은 고독에 대한 일종의 반항이었던 것이다. (…) 모두 환상이 었다.[44]

〈표류도〉 주인공의 이러한 고독, 환각, 환상, 자의적 사랑처럼 강한 주관적 환상성으로 점철되어 있는 자아의 서사로서의 에고이즘 소설은 그 기원이 데뷔작 〈계산〉과 〈흑흑백백〉에까지 거슬러 올라간다. 〈계산〉(1955)은 독단적 결벽성을 지닌 주인공 회인이 애인의 말실수를 용서할 수 없다며 훌쩍 고향을 떠나 일 년여를 서울에서 지내면서 애인의 사과나 모친의 회유를 침묵으로 묵살하고 마지막 확인 차 찾아온 친구 정아마저 돌려보내려고 새벽 서울역으로 환송 나가다가 동승자로부터 받은 전차표 한 장의 호의에 심적 부담감을 느끼고 지인을 통하여 기차표를 사줌으로써 이를 떨쳐버리자고 혼자 계산하지만 결국 암표상으로 몰리고 빌려온 거액의 모친 병환비까지 소매치기 당하여 정작 친구 환송조차 못할 정도의 충격 속에 빠지는 이야기이다.

주관의 판단으로 합리의 틀을 벗어나 있는 일체의 것들을 용납할 수 없는 지나친 결벽증은 일종의 독선과 자만일 터이다. 〈계산〉의 여주인공 회인의 이러한 주관적 에고이즘은 어느 자리에서 실수로 약혼을 후회하는 듯이 말한 애인 경구를 지치게 하고 모친은 병들게 할 뿐 아니라 화해시키려는 친구 정아와의 거친 논쟁도 불사한다. 이러한 회인이기에 다방에서 동석한 앞자리의 타인이 신문을 사는 김에 고액권을 내민 회인 대신 신문 값을 계산한 것을 참을 수 없으며, 전차표를 사지 못해 현금을 내려는 회인에게 귀향 중인 고학생이 전차표를 대신 내준 것에 대해 심히 불편해 한다.

성숙한 성인이라면 신문 값 대납에 대하여 감사의 표시 하나면 가볍게 끝날 것을 결벽한 회인이기에 모르는 사람이 신문 값 내준 것을 도무지 이해하지 못하는 '이해능력 상실'을 드러내어, 상대방을 면구스럽게 할 뿐 아니라 스스로는 심리적 침울과 경제적 손실까지 감내해야 했던 것이다. 또 남에게 신세지고는 살 수 없는 결벽한 자만심으로 인해 대수롭지 않은 전차표 한 장에 현기증과 어색함과 짜증이라는 부작용으로 고통당하고 있는 것이다.

그러나 쉽사리 남을 용납하지 못하는 이러한 독단과 자만의 폐해는 여기서 끝나지 않는다. 지인을 통하여 기차표를 사줌으로써 신세도 갚고 마음의 짐도 청산하려던 회인의 혼자 속 '계산'은 거스름돈을 떼어먹은 지인 때문에 암표상으로 오해받고, 당황해하다가 어렵게 빌린 고액의 모친 병원비를 소매치기 당하며 절망감에 친구 정아도 알아보지 못한 채 정처 없이 걸음을 옮겨야 하는 '계산착오'로 귀착되었던 것이다.

아무라도 그리 쉽사리 살 수 있었던 표를 아주 귀한 것이나 구하여 주듯이 서둘고, 그로 인하여 호주머니에 든 돈 생각도 잊어버렸던 것이……. 그 뿐인가. 거스름 돈까지 집어 삼켜버린 사기꾼처럼 지금 그들 앞에 서 있지 않은가? (…)

회인이는 아무것도 보지 말고 송아지처럼 소리를 질러 울고 싶었다. 높은 도-무(圓天井)에 느려진 샨대리아가 아물아물 시야에서 멀어진다. 그는 홀적 돌아섰다. 눈물이 주르르 목도리에 떨어진다.

『아이 참!』

누구에게도 풀어볼 수 없는 울화를 다시 들이 삼키듯이 창백한 얼굴을 목도리 속에 파묻는다. 그러고는 기차표를 꼭 쥐어본다. 그러면서도 아직도 나타나지 않는 정아를 까마득하게 잊고 있는 것이다. (…) 트렁크를 든 정아가 역전 광장에 내려선다. (…) 그래도 회인이의 눈에는 그것이 보이지 않았다. 그는 발을 끌듯이 걷는다. 어디로 갈 목적도, 걷고 있다는 의

식도 없이 걷는다.[45]

이상에서 본 것처럼 박경리의 처녀작 〈계산〉은 결벽증이라는 주관적 독단과 자만을 성격적 특징으로 갖는 여주인공 회인의 심리의 행로와 파멸적 결말을 보여줌으로써 박경리 에고이즘 소설의 단초를 열고 있는 것이다.

두 번째 작품인 〈흑흑백백〉(1956)은 문단추천 완료 작으로 역시 "아니꼽고 더러우면 팩하니 침 뱉고 돌아서 버"리는 "결백성"[46] 기질의 주인공 혜숙의 이야기이다. 결백성이라 표현되었지만 결국 독단적 자만의 성격을 가진 혜숙은 혼자 계산에 '흑이면 흑, 백이면 백' 어정쩡하지 않게 명료하게 일을 처리하려 행동하지만 그 결과는 계산착오로 귀착되어 좌절하게 된다.

6·25 중 집이 불타고 남편이 폭사하는 바람에 친정어머니와 딸 경이를 데리고 피난살이에 모진 고생을 겪은 혜숙은 서울에서 취직이 되어 겨우 살림을 꾸려 나갈 수 있게 되지만 "뱃대기에 기름이 끼인 상부사람"이 "추군추군하게 구는" 것이 더럽고 "향락의 대상으로 보인 것이 분하고 원통"[47] 하여 결백한 성미에 참지 못하고 사표를 내던진다. 그리고 근근이 부어 온 계를 타서 작은 구멍가게를 차려 어머니에게 맡기면 입치레는 될 터이고 자신은 "성미에 알맞는 교육계"에 직장을 구해 보겠다고 심산하지만 계주가 돈을 가로채는 바람에 물거품이 되어 혜숙은 어머니와 딸을 친척집에 입치레 구걸 보내고 자신은 냉방에 홀로 앉아 남편 친구 현 선생과 동료였던 영민을 기다리고 있다.

혜숙은 어느 여중의 경리로 있는 현 선생에게 어렵사리 부탁해 놓은 취직에 대한 답변을 들어야 하고 가격이 다른 외투를 서로 바꾼 영민과는 차액을 지불한 능력이 없어 외투를 원래대로 꼭 바꾸어야겠다고 작정하고 있기 때문이다.

그리하여 혜숙은 영민이 올 적마다 그 말을 하고 그때마다 영민은 "뭐가 그리 바쁘느냐구" 말을 가로막곤 하던 터이다. 그런데 혼전임신 문제로 애인 태호와 중국요리집에서 요란하게 다툰 후 방문을 나서다가 학부모와 밀회를 즐기러 온 현 선생 학교의 장교장 눈에 띄고 그 화려한 외투 때문에 강한 인상을 남긴 영민이 그 길로 혜숙을 찾아와 하소연을 하고 돌아갈 즈음 혜숙은 영민의 외투를 강제로 벗긴다. 그리고 "아이 참, 또 그놈의 돈 때메 그러는군…… 언제면 어떻구 아주 못 주면 또 어때요"라는 영민의 말에 혜숙은 "아니야 돈을 돌려 줄 희망이 아주 없어 졌어 그리구 난 외투를 볼적마다 마음이 무거워서 견딜수가 없어 그러는 거야 아무말 말고"[48]라며 밤색 외투를 갈아입힌다. 이에 영민은 외투에 맞춰 산 마후라까지 주어 버리고 휙 나간다.

영민이 돌아간 후 애태우던 혜숙의 앞에 한참 만에 나타난 현 선생은 자신과 특별한 관계에 있는 교장에게 마침 비어있던 가사과 교사로 추천을 하였으니 팔할 정도 확실하고 내일 보자고 하니 가보라고 말한다. 이 말을 전하는 현 선생의 얼굴에는 "교묘하게 감추어진 감정이 이글이글 끓고" 있어 혜숙은 친구의 아내였음을 상기시키는 말로 연막을 펴보지만 조소하는 이상한 웃음이 감도는 그의 얼굴을 보자 "치욕과 패배의 감정"에 귓전까지 붉어진다.[49]

이튿날 학부모 황금순의 남편이 출장에서 돌아온 것과 그녀의 임신문제를 생각하면서 기분이 불쾌해진 장교장은 창가로 가 멍하니 교정을 바라보다가 그린색 외투에 회색과 노랑색으로 가로지른 대담한 마후라를 목에 두른 여성이 교문을 지나 사무실 현관으로 다가오자 경악한다.

분명히 저 외투에 저 마후라는 그저께 어느 중국요리집에서 울다가 나오던 여자의 인상적인 복장 그것에 틀림이 없다. (…) 이 때 문 밖에서

「노크」 소리가 조심스럽게 가만가만히 들려온다. (…) 장교장은 놀라지 않을 수가 없었다. 바로 조금 전에 교정을 걸어오던 그 눈익은 복장의 여성이 아닌가. 장교장은 너무나 뜻밖의 일이었으므로 잠시 동안 어리둥절한 표정을 짓는다. 그러나 혜숙의 침착 하고 얌전한 태도에 접하자 장교장은 참 앙큼스런 계집이란 생각이 불시에 들었다. (…)

『현 선생에게 사정 이야기는 들었습니다. 오늘은 이만 돌아 가시요, 현 선생을 통해서 기별하리다.』

장교장은 통명스럽게 말을 짤라 버린다. 혜숙은 직감적으로 일이 틀린 것을 느꼈다. 깊은 절망이 한동안 그를 멍하게 만든다. 견디기 어려운 괴로움이 가슴을 억누르는 것이었다. 그는 마지막의 애원을 한번 시도하듯이 장교장의 얼굴을 살그머니 쳐다 본다. 그러나 장교장의 냉소는 눈속뿐만 아니라 입언저리까지 퍼져 가고 있다. 이러한 어쩔 수 없는 분위기에 더 견디어 나갈 수 없음을 느낀 혜숙은 마치 기계인형처럼 벌덕 의자에서 일어선다.[50]

이처럼 남에 대한 사소한 신세도 용납하지 않을 정도로 지나치게 결벽한 마음의 소유자인 혜숙은 괜찮다는 만류에도 불구하고 기어이 행실이 허랑한 영민과 외투를 바꾸어 입고 교사채용 면접에 나갔다가 오해를 사서 "위선과 탐욕 그리고 기름이 끼인 향락"이 타성이 되어 있는 교장으로부터 바람난 과부라는 오명까지 뒤집어쓰고 취업에 실패하게 되는 것이다. 그리하여 자신의 결백과 자존심을 오만할 정도로 내세우던 에고이즘적 혜숙은 흑흑백백으로 명료하게 세상에 대처하려 하지만 타락한 교장과 그에 빌붙는 현 선생 등이 복잡하게 뒤얽혀 돌아가는 훼손된 현실 앞에서 패퇴하고 절망에 빠지는 것이다.

한편 〈흑흑백백〉의 주인공 혜숙의 이름을 앞뒤로 바꾸어 숙혜라는 인물로 주인공을 삼은 〈전도〉(1957) 역시 같은 맥락에서 논의할 수 있다. 소위 대동아전쟁 말기에 정신대를 피하기 위하여 18세의 나이로 맞선을 한 번 보고 결혼한 숙혜는 남달리 "감수성이 예민"하여 생활에 동화되지 못하고 취미이자 생활에 대한 외면으로 책에 탐닉하다가 경이의 출산 후 모든 것을 아이에 걸어 보지만 "마음속에는 여전히 차지 않는 빈 구석"이 있었다.[51] 그러던 중 경이의 피아노 교습을 해 주던 여고 음악교사 강순명과 사랑에 빠져 남편에게 이혼을 요구하지만 순명이 호응하지 않는데다 그의 애인이자 친구인 해영이 자신을 비난하며 다른 사람과 결혼하고 심화로 어머니마저 돌아가시자 숙혜는 고향 H읍을 떠나 서울에서 은행에 취직한다.

서울에서의 숙혜의 생활은 직물 도안공장에 딸린 '단절된 고도'처럼 어둠침침한 방에서 '책권이나 있을 뿐'인 단출한 살림을 하면서 은행 조사과 도서실을 맡고 있다. 그는 스스로 "내가 고지식한 건 사실이야"[52]라고 인정할 정도로 다른 여행원들과 '성질'이 달랐다. "언제나 경계적이고 회피적인 태도였다. 같은 여자 동료하고 사귀는 일도 없었다. 그러한 태도는 직장 밖에서도 마찬가지였다."[53]

그러던 중 같은 과의 직원인 윤병수가 친구의 와이프라며 해영을 거론하고 고향과 출신고가 같은 점을 들어 아느냐고 물어오자 숙혜는 당황해하며 모른다고 한다. 그러나 결국 숙혜의 과거를 알아낸 듯 윤병수가 직원들 앞에서 그녀에게 빈정대자 숙혜는 결단을 내린다.

숙혜는 언제이고 올 때가 왔다는 생각이 들었다. 결정적인 단계가 온 것 같았다. 그렇게 두려워하던 순간이 온 것이다. (…)

사표를 내면 그만이 아닌가, 나는 누구도 두려워할 필요는 없는 것이다. 빵의 보장을 받지 않는 한에 있어서는 나는 누구에게도 경멸을 당하고 또 모욕을 받아야 할 이유는 없는 것이다. 빵을 위해서만이 나는 가장과 비밀에서 오는 굴종이 필요했던 것이다. 버리면 된다. 이 일자리를 버리면 된다. 그렇게 수없이 뇌이고 있는 숙혜에게는 차츰차츰 윤의 시선을 억누를 수 있는 마음의 여유가 생기는 것이었다. (…)

숙희는 시종일관 웃지도 움직이지도 않았다. 똑바로 윤을 쳐다보고 있었다. (…) 찬물같이 냉냉한 그 태도는 이빨이 시릴 정도다. 너무나 뜻밖의 일이었다. 그 평정한 태도 속에는 여태까지 볼 수 없던 앙양적(昻揚的)인 자존이 있었다. 윤은 어쩐지 좀 실수를 한 것 같은 생각이 들었다. 그가 다시 고개를 들었을 때 숙혜는 책상 위에 깍지 낀 손을 얹고 창밖을 바라보고 있다가 고개를 돌려 윤을 주시하는 것이었다. 교만스런 웃음이 사라지지 않는 얼굴이었다.

이러한 숙혜와 윤 사이에 벌어진 맹렬한 신경전을 아는 사람은 아무도 없었다.

숙혜는 조용히 사표를 써 가지고 자리에서 일어선다. 교만한 웃음이 또 한 번 그의 얼굴을 스친다.[54]

이처럼 자존, 교만, 동료와의 협동부족, '고지식' 할 정도의 이해능력 상실 등 에고이즘적 특성을 두루 지닌 숙혜는 자신의 과거 노출에 한 치의 망설임도 없이 사표를 내던지고 다니던 은행을 그만두지만 생활고에 직면하자 주인집 도안 일을 거들며 밥을 얻어먹게 되기에 이른다. 그러다가 감히 넘볼 수 없는 은행원에서 자기 집 비천한 직공으로 전락한 숙혜를 주인집 사내가 하찮게 여기고 겁탈을 시도하자 그녀는 존엄을 지키려 가위로 격렬하게 반항하다 참혹하게 살해당하고 만다.

또 〈벽지(僻地)〉(1958)는 유부남으로 일본에 유학 중이던 강상호와 영숙 사이에서 서출로 태어나 모친이 자살하는 바람에 본부인 밑에서 자라면서 감정의 억제와 인내, 고독을 숙명으로 받아들이게 된 주인공 혜인이 이복언니 숙인의 애인 병구를 마음속에서 혼자 좋아하지만 막상 6 · 25 중 숙인이 코뮤니스트를 따라 월북하고 "애정의 에고이즘"[55]을 고백하며 병구가 구애하자 자존심에서 승리감보다 비겁함을 느끼고 프랑스로의 도피 유학을 택하는 이야기이다. 혜인은 숙인의 애인이자 정치과 부교수인 김병구를 처음 만났을 때 다음처럼 돌연히 사랑에 빠진다.

그러나 무엇 때문이었던가, 그것은 잊어버렸지만 병구가 웃었을 때 혜인은 갑자기 가슴이 뭉클해지는 것을 느꼈다. 선량하고 차라리 소년같이 천진스런 그러한 웃음이었다. 그 웃음이 얼굴 가득히 고일 적마다 혜인은 인간에 대한 사무치도록 슬픈 향수를 느꼈다. 그것은 혜인의 병구에 대한 사랑이었던 것이다. 혜인은 창가에 서서 한 남자를 두고 서로가 불행했던 부모들의 운명을 그대로 물려받은 것을 생각하고 떨었다. 혜인의 감정을 아는 사람은 아무도 없었다.[56]

위의 인용문에는 낯선 남자를 단 한번 보고 혼자만의 사랑에 빠지는 혜인의 주관적 성격이 약여하거니와 이 주관성은 생모의 자살, 양모 윤씨와 이복동생 영인의 폭사, 피난 중 부친의 병사, 숙인의 월북 등을 근거로 인내와 고독이 자신의 운명이라고 예단하는 독단으로 귀결된다. 이러한 혜인은 인척인 영화에게 자존심 강한 사람으로 보여 "그 자존심 때문에 연애사업에 열중 못할 거"[57]라는 지적을 받기에 이르고, 실제로 "사랑을 위한 어떠한 작은 능동적인 행위도 혜인은 자신의 의지로써 굳이 제지하고 세월을 살"[58]아 간다. 그리하여 우연히 자신의 양장점에서 마주친 병구가 또한 번 찾아와 주지 않는 것에 실망하는 혜인은 그 원인이 숙인을 잊지 않고 있는 데 있다고 느끼며 괴로워한다.

그러던 중 처자가 있다는 병구가 이따금 찾아오기 시작하면서 그가 자신을 향하여 전에 숙인에게 했듯이 소년과도 같은 웃음을 보내자 혜인은 눈앞이 캄캄해지고 현기증을 느끼는 것이다. 그리고 집 앞에서 헤어질 때 병구가 별안간 안고 키스하자 웃으며 눈물을 흘리는 혜인은 "강숙인의 대용품이군요."라고 가라앉은 목소리로 말하고 방안에 들어와 격렬하게 운다. 한 달 후 '당신을 사랑한다'는 병구의 편지를 받고 그를 다시 만난 혜인은 '애정의 에고이즘'을 말하며 숙인에 대한 사랑을 병구가 부정하자 이미 영역 밖으로 나가버린 숙인에 대한 승리가 화려하지 못하고 비겁하다고 느끼고 도불유학을 준비한다.

이처럼 사랑을 느끼면서도 자존심과 주관적인 운명론 때문에 마음과 행동을 일치시키지 못하고 파리의 벽지로 피난처를 찾아가는 혜인은 에고이스트의 독단적 행위로 인해 이별이라는 비극적 귀결을 자초하고 있는 것이다.

이상에서 살펴본 것처럼 박경리는 데뷔작 〈계산〉, 〈흑흑백백〉과 후속작 〈전도〉, 〈벽지〉 등 여러 단편을 통하여 주관 과잉적 에고이스트가 그 성격적 특성과 행동방식으로 인하여 객관적 세계 앞에서 패배하는 에고이즘소설을 선보이며 작가 생활을 시작했던 것이다. 그리고 뒤이어 그 연장선상에 놓여 있는 장편 〈표류도〉, 〈나비와 엉겅퀴〉, 중편 〈환상의 시기〉 같은 소설을 씀으로써 박경리는 에고이즘소설의 계보를 형성하였는바, 이들 중에는 〈환상의 시기〉처럼 초기작이라 하기에는 시기적으로 다소 떨어져 있거나 이미 아나키즘과 샤머니즘적 문학작품으로 작가적 지평을 넓힌 이후의 작품 〈나비와 엉겅퀴〉도 있어 박경리에게 에고이즘의 스펙트럼이 얼마나 멀리까지 미치는지를 보여주기도 하였다. 그러면 다음 장에서 〈표류도〉와 〈나비와 엉겅퀴〉를 보다 상세히 고찰해 보도록 하겠다.

3. 박경리 장편과 에고이스트의 운명

박경리는 에고이스트를 주인공으로 하는 두 편의 장편을 쓰고 있는데, 하나는 자존심 강한 지식인이자 미망인인 다방 마담이 등장하는 〈표류도〉이고 다른 하나는 나비처럼 유약한 이혼녀인 양장점 주인이 등장하는 〈나비와 엉겅퀴〉이다. 두 주인공 모두 자아에 주관적으로 몰두하고 있다는 점에서는 공통이지만 두 에고이스트가 지향하고 결국 도달하는 귀착지는 재생과 죽음이라는 상반된 곳이다. 그러면 먼저 각각의 작품을 살펴보고 그의미를 비교 고찰하기로 하겠다.

박경리의 출세 장편 〈표류도〉(1959)는 명문대 사학과를 나오고도 노모와 사생아 딸을 부양하며 살기 위해 어쩔 수 없이 다방 마담을 하면서 자존심을 지키기 위해 필사적으로 분투하는 전쟁미망인이자 전직교사인 강현희의 이야기이다. 그녀는 지식인으로서의 마지막 자존심의 표상인 듯 부업으로 일어 번역 일을 하기도 하고 '오웬의 공상적 사회주의' 따위의 장이 포함된 사상서 및 사회과학서적을 손에서 놓지 않는다.[59] 또 전직교수이자 신문사 논설위원인 유부남 이상현을 열렬히 사랑하되 출신계층의 차이로 인한 굴종적 결혼만은 피하려 저항한다.

그 원인이 무엇이든 고독에 처해 있는 인간들은 애정과 사랑으로 서로의 간극을 넘어설 수 있다고 이상현이 보고 있다면, 강현희는 출신 계급의 벽을 넘지 않는 것을 자존심이라 부르며 이로 인하여 계급을 초월한 사랑은 불가능하다는 입장인 것이다. 그러기에 강현희는 이상현을 사랑하면서도 '사랑을 환상'으로 믿고자 하고 "죽음은 애정을 결정적으로 짓밟는다"는 사실에 주목하는가 하면, '애정'이니 '조건'이니 하는 것을 '어처구니' 없는 것으로 매도하면서 세상사나 뭇사람들을 경멸할 구실을 준비한다. 그러나 한편으로는 "누가 내 마음을 객관화한다면 그야말로 나는 (…) 바보고 웃음거리일 것이 분명"[60]하다고 자신의 일방적 주관성도 자각하는 것이다. 그만큼 강현희는 앞장에서 본 것처럼 어린 시절의 환상 습벽과 뜨개질하면서의 환각에 더하여 강한 주관적 인물로서 자만과 독단을 지닌 에고이스트인 셈이다.

그러면 〈표류도〉에서 에고이스트 강현희는 어떠한 인생행로를 가게 되는가? 작품 말미에서 자신이 요약한 대로 그녀의 일생은 전쟁, 죽음, 기아, 사랑, 살인, 복역 등 파란만장한 곡절을 겪으며 '막다른 골목'으로 내몰리고 있다[61]. 그리하여 강현희는 어린 시절 부친의 방황으로 버림받은 모친과 살 때 "혼자서 간직한 꿈의 나라" 속 왕자에게로 도피했던 것처럼[62] 살아오면서 사회가 자신의 앞에서 문을 닫아버렸다고 생각될 때 "그 사회에 대하여 무관심과 묵살을 행하"면서 "빠져나갈 수 있는 구멍"[63]을 마련했었다. 다시 말해 인간의 비극을 "내 머리 속에 있는 추리의 세계"와 "내 말초신경의 진동"으로 바꾸고 "오만과 묵살과 하찮은 지혜"로 자신에게 한 꺼풀 옷을 입혔던 것이다.[64] "나는 잔인하고 이기적인 여자다."[65]라고 외치는 강현희 에고이즘의 주관적 본질은 바로 여기에 있다.

그러나 애인 찬수의 처참한 죽음으로 인한 "죽음에 대한 공포"[66], 이상현에 대한 사랑에서 비롯된 "깊은 고독"[67], 다방의 경영난으로 "불안해진 신경"[68]은 "이 순간만은 영원"이라는 "실존"[69]의식을 부추기고 '이방인의 뫼르소'[70]를 떠올리게 한다. 고독 속에서 실존에의 돌입이 성취되고[71], 실존한다는 것은 죽음의 면전에 서는 것[72]이라는 명제처럼 에고이스트 강현희는 불안, 죽음, 한계상황, 실존 등 실존주의의 중심개념[73]에 접근함으로써 더욱 더 내면적 주관성을 강화하게 된다.

이러한 강현희는 빚청산 문제로 친구 집에 들렀다가 우연히 이상현의 집을 바라보게 되는데 창으로 이상현이 보이자 미국으로 출장 갔던 그가 자기 몰래 귀국하여 단란한 가족모임을 갖고 있는 것으로 오해하여 큰 충격을 받는다. 정신없이 돌아오던 중 "머리를 흔들면서 길을 횡단했을 때 전차 선로에 걸린 햇빛이 쨍! 하니 머릿속에 반사되어 왔다."[74] 마치 까뮈의 〈이방인〉에서 뮈르소가 해변을 거닐 때 아랍인의 칼에 반사된 햇살이 그의 눈을 자극함으로써 살인극의 단초를 제공하는 장면을 연상시키는 구절이다.

마돈나에 돌아와서 카운터에 선다.

가슴에서 무엇이 울컥 넘어올 것만 같은 메스꺼움과 얼굴에 금이 쫙! 쫙! 그어지는 듯한 날카로운 감각이 영 가라앉지 않는다. (…)

최강사와 푸른 눈의 이방인이 나타났고 (…) 최강사의 서툴지 않은 영어가 귀에 흘러 들어왔다. (…)

「스미스, 사실 저 여자는 말이야, 내 것인데 조건에 따라 양보할 수도 있어. (…)」

눈에 불을 켜고 최강사의 뒤통수를 뚫어져라 노려본다. 망치로 그 뒤통수를 바수어 죽이고 싶다. (…) 눈앞에는 사람도 땅도 하늘도 보이지 않았다. 광포한 피가 기름처럼 지글지글 끓고 있었고, 돌아앉은 최강사의 뒤통수만이 새까만 점이 되어 눈 속에 밀려 들어온다.

「이런 곳에 있는 여자는 레디가 아니니까 손쉽고 또 뒤가 귀찮지 않거든……」

빈 청동 꽃병을 와락 잡아당겼다. 오직 최강사의 뒤통수만이 흑점이 되어 뚜렷이 나타난다.

순간 마돈나의 창문들이 모두 뒤틀리어 공중에서 교차했고, 막막한 속에 시뻘건 불덩어리가 출출 쏟아진다. 뒤통수, 까만 점이 흔들리며 앞으로 넘어진다. 보이지 않는다.[75]

과연 신경과민이 된 강현희는 평소 추근대던 혐오스러운 최강사가 외국인에게 자신을 모욕하는 발언을 하자 청동꽃병으로 그를 살해하기에 이른다. 〈이방인〉과 다른 점이 있다면 뮈르소의 살인은 햇빛의 자극으로 인한 우연의 행위지만 강현희의 살인은 자기를 모욕하는 자에 대한 응징의 행위였고, 그리하여 전자가 우연성이라는 실존주의의 중심 개념을 구현하고 있는데 반하여 후자는 그와는 다소 거리가 있다는 점이다.[76]

결국 살인의 대가로 옥고를 치르고 나온 강현희는 오해가 풀린 이상현의 애정을 끝내 거절하고 수감 중 교통사고로 죽은 사생아 딸 훈아에 대한 애통한 마음에 그동안 뒤를 봐주었던 출판사 사장 김환규의 호의에도 불구하고 "차례차례 내 옆에서 사람은 떠나버린다. 낙엽처럼 가버린다. 그리고 나도 갈 것이다."[77]라는 비관적 생각에 삶의 의욕을 잃는다. 그리고 지인의 알선으로 남대문 시장에서 미싱일을 하면서 강현희는 "자연사를 기다리고 있"기나 한 것처럼 끊임없이 일하며 "육신을 학대"[78]하고 "육체의 고통에 쾌감을 느낀다."[79]

그러나 결국 과로로 쓰러져 입원을 하게 된 강현희는 "사람은 늙으나 젊으나 죽어갈 수밖에 없지요. 사람은 살아있는 동안에도 각각 떨어져서 떠내려가는 외로운 섬(島)들입니다. (…) 섬은 한자리에 있는 섬이 아닙니다. 표류도니까요. 움직이니까요. 죽음 바로 직전까지 섬은 자기의 의지대로 움직여야 합니다."[80]라고 설득해 오던 김환규가 의지로 애정이나 일이나 죽음까지도 극복해야 할 것이라 충고하자 결혼을 제의한다.

어쩌면 나는 나 혼자 표류하는 일을 더 많이 생각하고 있는지도 모른다. 절박하고 처절한 고독을 더 많이 더 정직하게 받아들이고자 하는 것인지도 모른다.

(안 된다! 안 된다!)

나는 강인한 채찍으로 내 마음을 후려쳤다. 나를 현실에 적응시켜야 한다. 내 생명이 있기 위하여 나를 변혁시켜야 한다. 겨울이 와 산야에 흰 눈이 덮이게 되면 털이 하얗게 변하고, 여름이 와서 숲이 우거지면 나무 껍질처럼 털이 다갈색으로 변하는 토끼라는 짐승의 생리를 나는 닮아가야 한다. 얼마나 많은 인간들이 얼마나 유구한 세월을 두고 인간과 자연속에서 그 끈질긴 싸움을 해왔던가. 끊임없이 자기를 변혁하고 현실에 적응해 가며 생명을 지탱해 오지 않았던가.[81]

이처럼 〈표류도〉는 환상, 자만, 묵살, 자존심 등 주관적 에고이즘으로 일관하던 주인공 강현희가 죽음과 고독, 절박한 한계상황 등 지속적 난파를 당하면서 실존의식으로 더욱 더 내면화를 지향하다가 작품 결말에 이르러 에고이즘을 벗어나 연대와 생명에의 의지를 발견하게 되는 전환구조의 작품인 것이다. 그런데 박경리 후기소설의 중요한 발상법이 되는 연대와 생명에의 개안이 에고이즘소설의 최고작 〈표류도〉에서 그 싹을 보였다는 것은 박경리가 에고이즘의 문제성을 인식하고 그 해결책으로서의 '공감'의 모색에 나섰다는 의미 있는 신호로 해석된다.

요컨대 〈표류도〉는 데뷔작 이래의 발상법이었던 에고이즘을 바탕으로 에고이스트 강현희의 표류와 난파의 과정을 보여주는 작품이지만 주인공이 그대로 몰락하거나 주관적 환상으로 숨지 않고 연대감을 향해 손을 내미는 전환구조를 취함으로써 박경리가 이질적인 다음 단계로 나아갈 것임을 예고하고 있는 것이다.

원제가 〈죄인들의 숙제〉(1969)[82]인 〈나비와 엉겅퀴〉는 타인들의 삶에 상처를 준다는 의미에서 죄인으로 규정될 수 있는 여러 인간 군상들이 등장하고 있는 작품이다. 이러한 삶의 조건 속에서 속죄를 숙제로 생각하여 죄의식에 떨다가 나비처럼 연약하게 파멸하는 인간 군상이 있는가 하면, "풀인데 어찌나 가시가 모진지" "뚝 부러진 것"조차도 "질기고 뻣뻣하게 말라버린" "질기고 강한" 엉겅퀴처럼 죄의식 없이 강인하게 살아가는 인간군상도 있다.[83] 전자를 대표하는 인물이 윤희련이라면 후자를 대표하는 인물은 희련의 이복언니 윤희정이다.

윤희련은 절친한 친구 은애에게 "공상하고 현실이 같은 줄" 아는 "소녀기"의 "철부지"[84]이자 남의 말을 들은 체 만체 하는 "천하에 둘도 없는 에고이스트"[85]로 비치고, 전남편 장기수로부터는 "철두철미한 이기주의자, 자기중심으로 밖엔 생각 못하는 여자"[86]라 평가되며 은애 남편 장양구로부터는 "손바닥만한 자기 세계를 꼭 쥐고 놓으려 하지 않는 여자"[87]라 판단된다.

또한 서술자에 의해 "울타리를 쌓고 그래도 모자라 웅크리고 또 웅크리며"[88] "낯가림이 심하"[89]고 "이기적"[90]이고 "완강하게 벽을 쌓아 올려놓고 그러고도 불안하여 바깥을 기웃기웃 살피는 듯한 마음으로 사람을 대하"[91]는 인물이라 묘사된다. 희련 스스로도 "나는 나 이외 아무런 대상이 없다. 나는 다만 무의미하게 이렇게 웅크리고 있는 나를 바라만 보고 있을 뿐"[92]이고, "다만 내가 나를 어떻게 할 것인가 그것만이 내가 나한테 할 수 있을 뿐"[93]이라고, "자기 자신밖에는 생각지 못하는 제 마음"[94]을 토로한다. 이처럼 윤희련은 에고이스트로서의 면모가 약여하다 할 수 있다.

결국 〈나비와 엉겅퀴〉는 에고이스트인 윤희련이 엉겅퀴처럼 모질게 자신을 괴롭히는 이복언니 윤희정, 전남편 장기수, 악의적인 후배 송인숙, 희련을 탐내는 최일석, 최일석의 애인 김마담 등에 의해 날개 찢긴 나비처럼 상처를 입고 자살로 생을 마감하는 비극적 이야기이다. 심지어 희련에게 일시적으로 삶의 온기를 불어넣어 주었던 재일 사업가이자 은애의 오빠인 강은식조차도 정신병이라는 자신의 가족병력 때문에 머뭇거리며 둘 사이의 일시적 오해를 풀 생각도 없이 일본으로 회피함으로써 희련의 파멸에 일조를 한다. 그러기에 희련의 친구 은애는 "희련은 죽은 게 아니에요! 죽인 거예요! 한 사람이 그앨 죽였나요? 여러 사람이 덤벼들어서 죽였지. 오빠도 살인자의 한 사람이에요!"[95]라고 외쳤던 것이다.

그러면 이 작품에 나타난 에고이즘의 기원과 양상 및 그 의미를 탐색해 보기로 하자. 6·25 전쟁 중 화가인 부친이 월북하고 모친마저 폭사하자 어린 윤희련은 피난하다 부상으로 외팔이가 된 이복언니 희정에게 전적으로 의지한 채 대학까지 마친다. 그러나 채권의식을 가지고 사사건건 지배하려 드는 희정에 대하여 희련은 채무자라는 죄의식 때문에 견디고자 하면서도 때때로 반발심을 느끼기도 하고 자기연민에 빠지기도 하면서 고통스러운 나날을 보낸다.

길러준 공을 내세워 희련을 마음대로 휘두르려 하다가 저항하면 패악으로 내닫는 희정으로 인하여 내면에 억압되고 무의식으로 전화된 반항심을 지니게 된 희련은 결국 유약하고 의존적인 무능인이 된다. 그리하여 희련은 자신이 쓸모없는 인간이라며 자기혐오에 빠지기도 한다. 그런 점에서 희련은 "누군가가 보살펴주어야 살 수 있는 병신"[96]이기도 한 유아(幼兒)인 셈이다.

'어머니, 왜 이렇게 적막하지요? 언제 나는 어른이 되고 여자가 되는 걸까요? (…)'
희련은 철부지 어린것같이 중얼중얼 중얼대는 것이었다. (…)
'어머니, 어머니! 내가 사는 이유, 그거 하나만 알게 해주세요. (…) 난 여자도 될 수 없고 엄마도 될 수 없고 죽는 날까지 고아로만 있을 것 같은 생각만 들어요.'
희련은 어둠을 향해, 목에까지 차오르는 무섬증과 적막에서 헤어나기 위한 주문처럼 지껄였다.

'무의미하다는 것, 목적이 없이 막연하다는 것, 그건 정말 무서운 거예요. (…) 거지가 되어 비참하게 어느 골짜기에 쓰러져 죽는 한이 있어도 난 내가 사는 이유를 발견하고 싶어요. 한순간일지라도 난 절대적인 상태 속에 서고 싶은 거예요.'

새벽녘에 겨우 잠이 들었다. (…)

흘러가버린 시간은 허무하고 형체 없는 것이지만 흐르는 시간과 싸우는 고통은 현재를 비약시키는 계기가 될 수도 있는 일이다. 따라서 그 지나간 시간은 고통의 충족을 남겨주는 경우가 있다.

희련은 확고한 지름대를 자신 속에서 발견한다. 간밤의 공포나 간밤의 적막이나 간밤의 절망이 설혹 이성을 벗어난 과잉의 상태였다 하더라도 오늘 그것을 대결해갈 자신의 힘을 느낀다. (…) 말하자면 어떤 경우에도 변하지 않을 자기 자신의 체념과 비애가 감도는, 그러나 <u>굳건히 보호할 분신을 자기 자신 속에 설정한 것이다.</u>[97]

이처럼 유아로서의 희련은 죽은 어머니에게 고아를 벗어나 어른이 되고 여자가 되고 엄마가 되고 싶고 사는 이유를 발견하고 싶은 소망을 간접적으로 드러내기도 하고, 고뇌의 밤을 보낸 후 자기 자신 속에 굳건히 보호할 분신을 설정함으로써 더욱 더 철저한 에고이즘의 세계로 침윤해 가는 것이다.

이렇게 좁은 자신의 내면세계만을 지키기에도 버거운 희련이기에 키워준 은혜를 갚으라는 희정 이외에 성격 차이로 이혼 후 재결합을 집요하게 요구하는 전 남편 장기수, 희련을 차지하려고 음모를 꾸미는 최일석, 희련에게 분풀이하는 최일석의 애인 김마담, 정신병이 발병한 절친 강은애, 희련을 몰락시키려는 의상실 고객 송인숙, 희련의 사랑을 확인했으면서도 자신의 정신병 혈통에 위축되어 일본으로 돌아가 버린 재일교포 강은식 등 여러 인물들과 부대끼던 희련은 절체절명의 궁지에 몰린다.

그리하여 유일한 탈출구이자 숨구멍으로 생각한 강은식과의 사랑마저 불발로 그치자 "연앨 했는데" "그건 혼자 생각"이었고 "연애가 아니더란"[98] 결론에 도달한 희련은 인간 존재란 영원히 혼자인 고독한 유성임을 새삼 절감한다. 그리고 욕심 많은 희정이 무리하게 돈놀이를 하다가 거액의 빚을 지게 되어 집까지 날라가게 되기에 이르자 희련은 집을 팔아 부채를 청산한 후 남은 돈으로 희정의 살 방도까지 몰래 마련해 놓은 후 후회의 눈물을 짜는 희정에 대하여 '엉겅퀴는 찢기고 부러져도 산다!'고 생각하면서 자신은 스스로 목숨을 끊는다.

이상에서 우리는 에고이스트가 등장하는 박경리의 두 장편을 살펴보았다. 위에서 본 바와 같이 인간은 각자 떠내려가는 고독한 섬이라는 〈표류도〉에서의 깨달음과, 인간은 혼자만의 고독한 유성이라는 〈나비와 엉겅퀴〉에서의 절감은 동질적인 것이라 할 수 있다.

그러나 〈표류도〉의 강현희는 고독 극복을 위해 연대감을 찾아 손을 내미는 데 비하여 〈나비와 엉겅퀴〉의 윤희련은 자결로 생을 마감함으로써 이질적인 지향성을 보인다. 이것은 박경리가 〈표류도〉에서 이미 에고이즘을 벗어나 '공감'의 영역을 향해 관심의 넓이와 깊이를 더해 갔기 때문에 어쩔 수 없었던 결과로 보인다. 그럼에도 불구하고 우리는 박경리가 〈토지〉라는 공감력을 바탕으로 한 작품을 집필하는 시기에 마지막 에고이즘 소설 〈나비와 엉겅퀴〉를 썼다는 사실에 주목하지 않을 수 없다.

흔히 우리는 한 작가에 있어 처녀작은 하나의 회귀단위라는 말을 듣는데 그것은 어느 작가에 있어서도 최초의 작품은 그의 근원적 성향과 닿아 있을 것이기 때문에 때때로 근원에 대한 지향이 의식적이든 무의식적이든 드러난다는 뜻으로 이해되어 무방할 것이다.

그런 의미에서 우리는 〈표류도〉에서 에고이즘을 연대성으로 청산하고 〈토지〉의 세계를 향해 한 발짝 더 나아간 박경리가 회귀단위로서의 에고이즘에 대한 무의식적 지향으로 〈나비와 엉겅퀴〉를 산출한 사실, 그리고 〈표류도〉의 지향성과 〈나비와 엉겅퀴〉의 지향성이 모순으로 보이는 사실을 어느 정도 정합적으로 설명할 수 있을 것이다. 그럼에도 불구하고 박경리는 두 장편을 통하여 에고이스트의 운명을 창조적 연대의 길과 자기멸절이라는 파멸의 길로 그려내면서 결국은 에고이즘 소설에 막을 내리게 되었던 것이다.

4. 맺음말

본고는 한국문학의 최고봉이자 생명문학의 대명사로 거론되는 〈토지〉의 작품적 성과가 일거에 이룩된 것이 아니라 박경리의 끊임없는 모색과 자기부정을 통한 과정적 성취였다는 전제 아래 그 형성과정을 작가의 발상법적 측면에서 드러내 보고자 하는 작업의 일환으로 시도되었다. 그리하여 데뷔작을 비롯한 일련의 의미 있는 초기작들의 발상법을 에고이즘이라 규정하고 그 양상과 의의를 탐구하였다.

이기주의와 혼용되는 에고이즘은 보통 자신의 이익을 우선적으로 고려한다는 의미에서 부정적 뉘앙스가 깃들어 있는 용어이지만 자만, 독단, 주관적 고독과 사랑, 이해능력 상실, 협동성 결여, 유아의식 등 에고이즘의 심리학적 특성은 박경리 초기작을 아우르는 데 하나의 시금석으로 활용될 수 있다.

우리가 에고이즘 소설로 명명한 일련의 박경리 초기작은 주관의 영역에 매몰되어 객관을 몰각함으로써 현실에서 패배하는 인물들로 채워져 있다. 따라서 이 작품들은 공감력 확대와 객관 세계의 인식이라는 작가적 과제를 제기한다.

이러한 에고이즘 소설의 계보에 속하는 작품으로는 주관 과잉의 에고이즘적 주인공이 객관 세계 앞에서 패배하는 단편 〈계산〉, 〈흑흑백백〉 등 데뷔작과 후속 단편 〈전도〉, 〈벽지〉, 그리고 그 연장선상에 있는 장편 〈표류도〉, 〈나비와 엉겅퀴〉, 중편 〈환상의 시기〉가 있다.

이처럼 박경리는 강렬한 주관적 에고이즘을 바탕으로 작품 활동을 시작하고 그 연장선상에서 일련의 초기 작품을 산출하였지만 〈표류도〉에서는 에고이즘에 바탕을 두되 주인공이 그대로 몰락하거나 주관적 환상으로 도피하는 에고이즘의 전형성에 머물지 않고 생명 연대라는 공감의 세계를 추구하는 등 에고이즘의 문제성을 지양함으로써 다음 단계를 예고하였다.

그 후 박경리는 본격적으로 에고이즘의 좁은 세계를 벗어나 아나키즘, 샤머니즘 등 보다 넓고 큰 단계를 거친 후 〈토지〉라는 다성악적 생명인식의 단계에까지 이르게 되는 것이지만 〈토지〉에 착수한 와중에도 〈나비와 엉겅퀴〉라는 에고이즘적 작품을 씀으로써 박경리 문학사상에 있어 에고이즘이 얼마나 뿌리 깊은 것인지를 재확인할 수 있게 한다.

그러나 에고이즘과의 생리적 친연성에도 불구하고 박경리는 〈나비와 엉겅퀴〉에서 다른 작품과 달리 주인공을 자살이라는 극단적 자기 멸절에 이르게 함으로써 자신의 원점좌표로서의 에고이즘에 대한 극복의지를 다시 한 번 천명한 셈이다.

이상에서 살펴본 것처럼 우리는 박경리 초기작의 의미 있고 강력한 동인으로서 에고이즘을 상정하였거니와 그럼에도 불구하고 우리의 입론이 보다 더 타당성을 가지려면 보다 많은 초기작에 대한 검토와 그 의미연관을 찾아내야 할 것이며 더 나아가 이미 확인한 문학사상들도 그것들이 어떻게 〈토지〉라는 이질혼합의 장에서 유기적으로 기능하고 있는지 보다 구체적으로 탐색되어야 할 것으로 보며 이러한 작업은 다음 기회로 미루고자 한다.

장편 〈김약국의 딸들〉과 샤머니즘

1. 머리말

본고는 문학사상을 "작가의 정신구조로서의 발상법"[1]으로 이해하고, 박경리 소설을 문학사상의 측면에서 조명해 보고자 하는 시도의 일환이다. 아울러 우리는 박경리 문학사상이 점진적으로, 때로는 인식론적 단절을 거치면서 형성되고 발전되어 궁극적으로 〈토지〉 속으로 수렴되었으리라는 전제[2]하에 작업을 진행하였다. 박경리 자신도 자기의 문학을 몇 단계로 구분하고 "앞의 단편들이 모두 다 〈김약국……〉에도 들어가고 〈시장과 전장〉에도 들어가고…… 이런 것처럼, 〈시장과 전장〉과 〈김약국의 딸들〉, 이것을 종합한 것이 〈토지〉"라고 술회[3]한 적이 있지만 작품 간의 관계 양상은 보다 자세히 검토될 필요가 있다.

왜냐하면 앞 뒤 작품이 단순히 일련의 모방과 계승관계에 있는지, 아니면 대립 극복의 관계에 있는지, 더 나아가 변증법적 지양의 관계에까지 이르렀는지는 직관적으로 속단할 수 없기 때문이다. 작가로서는 앞 작품의 창작경험이 이후 작품에 어떤 식으로든 자양분이 되어주었다는 의미에서 연속성이 느껴질지 모르지만 객관적으로 볼 때 〈토지〉에 이르는 길은 '악마적 글쓰기'로서의 절망적인 초기 자전단계를 지나, 〈김약국의 딸들〉에서 작가 역량의 시공간적 확장을 이룬 뒤 〈시장과 전장〉으로 6 · 25라는 당대적 역사 감각을 벼린 후에야 비로소 도달할 수 있었던 필사적인 도약의 과정으로 보일 수도 있는 것이다.[4]

그런 만큼 〈토지〉 속에서 도도하고 거침없이 펼쳐지는 박경리의 문학사상 역시 몇 단계의 모색과정을 거치면서 때로는 인식론적 단절을 경험하고 때로는 점진적 계승 발전을 이룩하면서 수렴해 낸 결실이라 보아야 할 것이다. 따라서 박경리 문학사상은 몇 단계로 나누어 과정적으로 고찰될 필요가 있는 바, 본고는 그 가운데 초기의 자전적 단계를 벗어나 객관적 외부로 눈을 돌리는 계기가 된 〈김약국의 딸들〉(1962)을 살펴보고자 한다. 이 작품은 분명한 역사와 지역의 설정, 개인적 취향이나 주장이나 기호 탈피로 "악마적 요인이 없더라도 소설이 씌어질 수 있다"[5]는 점을 작가로 하여금 알게 하였다는 의미에서 "작가 박경리의 진정한 출발점"[6]이라 고평되기도 한다.

그러나 한 소설이 어느 작가의 소설 전체에서 차지하는 위치를 규정하는 것으로 그 소설에 대한 이해가 완결되는 것은 아닐 것이다. 여느 예술 작품과 마찬가지로 〈김약국의 딸들〉 역시 다면적 층위를 가지고 있는 진정한 예술 작품이라면 우리는 지속적으로 다른 층위도 발굴하지 않으면 안된다. 그런 시도의 일환으로 우리는 〈김약국의 딸들〉의 근본적 발상법, 즉 문학사상을 문제 삼아 볼 수 있다. 그럴 경우 우리는 소설의 전면에 부각되어 있는 샤머니즘적 우성소(dominant)를 주목하지 않을 수 없다.

날카로운 현대 여성의 자의식으로 점철되었던 이전의 초기 작품과 샤머니즘적 주박에 옹위되어 있는 〈김약국의 딸들〉은 작품의 발상법, 더 나아가 인식지평의 하부구조인 에피스테메[7]에 있어 단절관계에 있다. 그리고 차후 〈노을진 들녘〉(1963), 〈평면도〉(1966), 〈토지〉(1969~1994) 등 일련의 작품 속에서도 지속적으로 일정한 기능을 수행하는 이 샤머니즘적 발상은 박경리 문학사상에 있어 핵심적 요소 중 하나로 보인다. 그런 의미에서 본 고는 샤머니즘적 요소가 처음으로, 그리고 전면적으로 나타나는 〈김약국의 딸들〉의 샤머니즘적 양상과 그 의미를 고찰해 보고자 한다.

2. 가족사적 비극과 샤머니즘적 기원

박경리의 〈김약국의 딸들〉은 통영에서 대를 이어 관약국을 하던 김약국 집안의 비극적인 몰락의 이야기이다. 그 비극의 내용은 김약국의 둘째딸 용빈에 의해 다음처럼 진술되는데 그것은 그대로 작품의 골격이라 해도 과언이 아니다.

"강 선생님은 오빠한테서 우리 집의 역사를 들으셨어요?"
용빈은 눈물을 닦으며 물었다.
"아니……."
"지금 저는 또 한 사람의 죽음을 지키고 있어요."
용빈은 강극의 눈을 응시하였다.
"아버지예요. 오래 사셔야 다섯 달? 아니 한 달 전에 진단을 받았을 때의 얘기죠. 위암이에요. 다른 가족도 아버지 자신도 모르세요."
"……."
"저의 아버지는 고아로 자라셨어요. 할머니는 자살을 하고 할아버지는 살인을 하고, 그리고 어디서 돌아갔는지 아무도 몰라요. 아버지는 딸을 다섯 두셨어요. 큰딸은 과부, 그리고 영아 살해혐의로 경찰서까지 다녀왔어요. 저는 노처녀구요. 다음 동생이 발광했어요. 집에서 키운 머슴을 사랑했죠. 그것은 허용되지 못했습니다. 저 자신부터가 반대했으니까요. 그는 처녀가 아니라는 험 때문에 아편쟁이 부자 아들에게 시집을 갔어요. 결국 그 아편쟁이 남편은 어머니와 그 머슴을 도끼로 찍었습니다. 그 가엾은 동생은 미치광이가 됐죠. 다음 동생이 이번에 죽은 거예요. 오늘 아침에 그 편지를 받았습니다."[8]

위에서 요약된 사건들을 시간 순으로 나열하면 (1) 화자의 할머니 자살, (2) 할아버지 살인, (3) 아버지 고아로 생장, (4) (첫아들 사망 후) 딸만 내리 다섯 둠, (5) 큰딸 과부에 영아살해혐의, (6) 화자인 둘째딸 버림받은 노처녀, (7) 셋째딸 머슴과 연애하다 아편장이에게 시집간 후 발광, (8) 머슴과 어머니 아편장이에게 도끼로 살해됨, (9) 넷째딸 침몰선에서 익사, (10) 아버지 말기 위암 판정, (11) (부친 사후 집안 정리한 화자와 막내 서울로 출항)[9]으로 정리될 수 있다.

이러한 사건 구조로 전개되는 〈김약국의 딸들〉의 내적 원리, 즉 구성의 발상법은 무엇일까? 에밀 졸라의 『루공 마카르』 총서가 환경론과 유전론을 주축으로 삼은 실험소설론[10]에 입각하여 한 가문의 비극을 전개해 간 것처럼 줄줄이 죽음과 파멸로 점철되고 있는 〈김약국의 딸들〉의 일련의 비극도 어떠한 원리에 의하여 전개되고 있는 것은 아닐까? 이 작품에 지배적으로 나타나는 샤머니즘적 요소에 주목한 바 있는 우리는 작품 전개에 있어서도 샤머니즘적 원리가 강하게 관여했으리라고 추정해 볼 수 있다.

그렇다면 그 원리란 무엇일까? 우리는 〈김약국의 딸들〉에서 딸들을 비롯하여 가문의 모든 사람을 비극으로 몰아넣은 가장 강력한 시원적 사건은 비상 자살에 관한 샤머니즘적 금기 주술의 위반이었음을 발견할 수 있다. "비상 묵은 자손은 지리지(번식) 않는다"[11]는 주술적 예단은 모친의 비상 자살 후 남겨진 간난아이 성수를 거두어 길러 온 백모 송씨가 성수를 금기시하면서 병약한 자신의 딸 연순의 안위를 걱정하며 내뱉은 말이고, 또 가문을 이어갈 성수의 첫아들 용환이 마마로 죽자 상심 끝에 죽어가며 다시 한 번 중얼거린 말이다.[12] 그리고 이 말은 내리 딸만 다섯 낳은 김약 국집의 처절한 몰락 원인으로 마을 사람 옥자네가 또 한 번 되풀이한다.[13] 이로 볼 때 〈김약국의 딸들〉의 제일의적 구성 원리로 작동하고 있는 비상 자살에 관한 금기가 김약국 가문 비극의 샤머니즘적 기원임을 알 수 있다. 그러면 어떤 과정을 밟아 이러한 금기 위반[14]과 그 결과로서 연속적인 가 문의 비극적 몰락이 일어나게 되는가?

비극의 발단은 조선조 말, 용빈의 조부모에게까지 거슬러 올라간다. 용 빈의 조모 숙정은 조부 김봉룡의 후처로 들어와 아들 성수를 낳았으나 그 녀를 연모하는 욱이 찾아오는 바람에 남편에게 불륜을 의심받고 구타당하 자 비상을 먹고 자살한다. 욱을 뒤쫓아가 살해한 김봉룡은 숙정의 사연을 알게 된 처가에서 쫓아와 난리를 치자 고향에서 도망친 후 영영 소식이 두 절된다.

이에 봉룡의 아들 성수는 관약국을 하는 백부 김봉제가 거두어 외동딸 연순과 함께 기르는데 둘은 서로 연모하는 마음을 품는다. 결핵으로 오래 살지 못하게 된 연순은 동네 한량에게 시집가게 되고 두 사람은 폐가로 방 치된 성수의 생가에서 애틋한 마음을 나눈다.

"누부는 와 시집을 가아?"

"시집 안 가고 죽으믄 처니구신이 돼서 집안을 망친단다."

"가지 마라!"

성수는 큰 소리로 외쳤다. 연순은 허리를 굽혔다. 썩은 나무에 돋아난 곰팡이 같은 것을 잡아뜯는다. 그리고 허리를 구부린 채 얼굴만 성수를 올려다본다.

"한평생을 성수하고 같이 살 수 있나. 성수도 장가가고, 이쁜 각시하고 살 기 앙이가."

"나는 안 간다!"

성수는 또 외쳤다.

연순은 몸을 일으켰다. 순간 그의 머리에서 동백기름 냄새가 성수의 코를 스쳤다.

"정말?"

성수는 고개를 끄덕인다. 연순은 머리를 살래살래 저으며 멍한 눈이다.[15]

한편 성수에게 후계자 수업을 시키던 백부 김봉제가 뱀에 물려 파상풍으로 죽자 백모 송씨가 연순의 남편을 후계자로 삼으려는 바람에 우여곡절을 겪은 성수는 어렵사리 김약국을 맡는다. 백부의 삼년상을 치른 후 김약국은 마음씨 고운 한실댁과 결혼을 하고, 병든 몸으로 형식적인 결혼생활을 하면서 성수 내외의 일에 큰 관심을 기울이던 연순은 성수 처가 태기가 있다는 말에 낙심하여 병이 악화되어 죽는데 연순과 후생을 기약한 성수는 마음에 깊은 슬픔을 지닌 채 평생 방안에서 칩거한다.

이렇듯 성수는 사촌남매 간에 금지된 근친애의 상처를 가슴에 품은 채 세상일에 무심해지고, 연순은 병사함으로써 '비상 묵은 자손은 지리지(번성하지) 않는다'는 주술적 담론이 작동되기 시작한다. 뒤이어 한실댁이 낳은 아들 용환이 마마로 죽자 손자 기르는 재미로 살아가던 백모 송씨는 상심하여 세상을 떠나면서 비상 자살한 조상의 후환을 걱정하고, 하인과 무당 사이에서 태어난 핏덩이 한돌을 한실댁이 떠맡자 주위에서 무당자식이라는 사실에 꺼림칙해 한다.

송씨가 죽은 후 김약국은 마을 사람들이 도깨비집이라 하여 꺼리는 자신의 생가를 중수하여 그리로 옮겨감으로써 풍수사상을 무시하는데, 나중에 집안이 망했을 때 잡귀가 덕실덕실 끓는 그 나쁜 집터가 한 원인으로 지적된다. 시간이 흘러 한일합병 이십 년 후, 약국을 그만두고 어장 일을 하게 되었지만 여전히 김약국이라 불리는 성수는 어장을 선수 서기두에게 맡긴 채 사랑방에만 칩거하고, 첫아들을 잃은 한실댁은 내리 딸만 다섯을 둔다. 자손 귀한 집에 아들 못 낳아준 것을 철천지한으로 삼는 한실댁은 작은댁이라도 보라고 권하지만 김약국은 대답이 없다.

그러나 한실댁은 그 많은 딸들을 하늘만 같이 생각하고 있었다. 그는 딸을 기를 때 큰딸 용숙은 샘이 많고 만사가 칠칠하여 대가집 맏며느리가 될 거라고 했다. 둘째딸 용빈은 영민하고 훤칠하여 뉘 집 아들자식과 바꿀까보냐 싶었다. 셋째딸 용란은 옷고름 한 짝 달아입지 못하는 말괄량이지만 달나라 항아같이 어여쁘니 으레 남들이 다 시중들 것이요, 남편 사랑을 독차지하리라 생각하였다. 넷째딸 용옥은 딸 중에서 제일 인물이 떨어지지만 손끝이 야물고, 말이 적고 심정이 고와서 없는 살림이라도 알뜰히 꾸며나갈 것이니 걱정 없다고 했다. 막내둥이 용혜는 어리광꾼이요, 엄마 옆이 아니면 잠을 못 잔다. 그러나 연한 배같이 상냥하고 귀염성스러워 어느 집 막내며느리가 되어 호강을 할 거라는 것이다.[16]

그러나 용숙이 과부가 됨으로써 한실댁의 첫 꿈은 부서지고, '맏딸이 잘 살아야 밑의 딸들이 잘 산다'[17]는 주술적 속언은 한실댁에게 참으로 무섭게 들린다. 이를 증명하듯 김약국의 다른 딸들도 비운의 내리막길을 가게 됨으로써 비상 먹은 자손은 지리지 않는다는 대명제를 증명한다. 그와 함께 거금의 빚으로 모구리 어업을 위한 배 두 척을 마련한 김약국은 첫 제주도 출항에서 풍파로 배 한 척을 잃는 바람에 큰 타격을 받자 기생 소청 집에 드나들며 몰락하는 집안일을 수수방관한다. 이러한 김약국 집안은 다음과 같은 과정을 밟으며 몰락을 향해 치닫는다.

과부가 된 첫째 용숙은 아들의 병을 핑계로 의사를 불러들여 바람을 피우다 한실댁에게 들키고, 불륜으로 낳은 영아를 살해했다는 혐의로 경찰서에 끌려갔다가 증거불충분으로 풀려나오지만 김약국 집에서는 집안 망신이라 하여 용숙과 발길을 끊고 용숙도 망해가는 집안일을 외면한 채 돈놀이에만 몰두한다.

기독교도로 서울 S여전을 다니면서 통영 갑부 정국주의 아들이자 B전문 법과생인 정홍섭과 사귀고 있던 둘째 용빈은 학교 졸업 후 서울서 교사로 취직하지만 집안 몰락으로 홍섭과의 혼인이 진척되지 않자 마음이 무거워진다. 집에 다니러 왔다가 자신을 피하던 홍섭이 미국 유학을 보내주기로 했다는 마리아와 함께 교회에 나타난 것을 목격한 용빈은 사태를 직감하고 결별을 선언한 후 절망하여 학교 목사관으로 은사 케이트를 찾아가지만 기도하자는 케이트에게 "저는 기도 드리지 않겠어요. 미움과 원망에 가득 찬 마음으로…… 주님을 부를 순 없어요……."[18]라며 신앙심마저 흔들리는 모습을 보인다.

서기두에게 주기로 한 셋째 용란은 한돌과 정사를 벌이다 발각되어 서둘러 아편장이 최연학에게 시집가게 되지만 추방된 한돌을 잊지 못하고, 용란의 행실이 온 동네에 소문나자 용란에게 마음을 주었던 서기두는 괴로워하는데, 아편장이에다 성불구자인 남편의 학대 속에 툭하면 집으로 보따리 싸들고 오는 용란으로 인해 마음에 상처를 입은 서기두는 마지못해 넷째 용옥과 혼인을 하기로 한다.

본가에서조차 강제로 분가당한 용란은 때리고 기물을 내다파는 것으로 일을 삼던 남편 최연학이 아편문제로 감옥에 가 있는 사이 귀향한 한돌과 몰래 동거를 시작하는데, 한실댁은 흉몽을 꾸고 둘을 도망시키려 찾아갔다가 한돌과 함께 최연학의 도끼에 살해되고 용란은 발광하여 거리를 헤맨다.

넷째 용옥은 서기두와 혼인한 후 딸까지 낳지만 기두의 냉대와 시아버지의 추근거림에 고통스러워 교회에 나가 울며 기도하는 것으로 일을 삼는데, 김약국이 망한 후 부산에 취직되어 간 서기두가 집에 발걸음을 하지 않고 시아버지는 호시탐탐 겁탈하려 하자 아이를 들쳐업고 부산으로 기두를 찾아갔다가 길이 어긋나 돌아오던 중 배가 침몰하는 바람에 익사한다.

학교를 중퇴한 막내 용혜는 한실댁의 장례 후 어장이 안 되고 건강까지 크게 나빠진 김약국과 미치광이 용란을 돌보며 막막한 나날을 보내고, 나날이 병이 악화되어 가던 김약국은 용빈의 강권으로 검사를 받는데 3, 4개월을 넘기지 못할 위암 말기라는 진단을 받은 후 마침내 숨을 거둔다.

이렇게 〈김약국의 딸들〉은 만실우환(滿室憂患)[19]으로 요약될 수 있는 망조가 든 집안 이야기인데, 이 강력한 샤머니즘적 주박은 하도 강력한 것이어서 미션스쿨을 나와 독실한 기독교도가 된 둘째 용빈마저 "언제부터 자기가 운명론자가 되었는가 싶었다. 그러나 그는 운명론자가 아닌 자기를 발견코자 한 것이 어느 노력에 지나지 못했었다."[20]고 깨달을 정도이다.

이상에서 우리는 김약국 가문의 몰락담이라 할 수 있는 〈김약국의 딸들〉은 그 근원적 발상법이 샤머니즘적 기원을 가지고 있음을 살펴보았다. 그 결과 샤머니즘 자체가 상호 연관되고 서로 얽혀 있는 다종다양성을 특징으로 하고 있듯이 이 작품도 '비상 묵고 죽은 자손은 지리지 않는다'는 샤머니즘적 주술, 성수와 연순의 근친애 금기 위반, 나쁜 집터라는 풍수사상, "맏딸이 잘 살아야 밑의 딸들이 잘 산다."는 모방주술적 속언 등이 상호조명하면서 비극적 몰락으로 점철되는 서사 메커니즘을 작동시키고 있음을 알 수 있었다.

3. 비극의 종언과 새 출발의 도정

〈김약국의 딸들〉의 기본 서사구조는 샤머니즘적 기원에 의한 김약국 집안의 비극적 몰락이지만 그럼에도 불구하고 이 작품은 몰락담으로만 끝나지 않는다. 말하자면 몰락의 파고가 한바탕 지나간 지점에서 상승을 위한 새로운 이정표가 암시되고 있다. 그리하여 용빈의 조모 숙정, 조부 김봉룡, 부친 김약국, 모친 한실댁, 동생 용란, 용옥이 비극적 운명의 희생자로서 철저히 파멸당한 반면 용숙, 용빈, 용혜는 운명의 파고를 헤치고 나락의 지점에서 회생할 삶의 방향을 찾아낸다. 그러기에 그들은 샤머니즘적 주박이라는 운명론의 고리를 끊어내고 시대적 방향성에 부응하는 새로운 지향성을 확보하기에 이른다.

그렇다면 작품의 배경이 되고 있는 한말부터 1930년대까지의 기간에 있어 시대적 방향이란 무엇인가? 그것은 통상 근대성이라 부르는 것에서 그리 멀지 않을 것인 바, 이러한 시대적 흐름을 박경리는 다음처럼 포착하여 묘사하고 있다.

통영의 여염집 여자들은 사실 별로 놀고 먹지 않는다. 재빠르고 바지런하여 제각기 분수에 따라 앉은장사를 한다. 그럭저럭 먹고 살 만한 가정의 아낙들은 콩나물을 길러서 장사꾼에게 넘겨주기도 하고 참기름, 동백기름을 짜서 친지간에 팔아서 용돈을 쓰기도 하고, 그래서 남편 몰래 모아 계금을 붓기도 한다.

그러나 돈이 있는 집의 여자들의 앉은장사는 그 단수가 높다. 대구가 날 철이면 수백 마리씩 사들여 일꾼을 얻어 한 섬들이 독을 몇 개씩 놓고 대구를 딴다. 그리하여 독에는 알, 아가미를 각각 따로 넣어 젓을 담그고, 대구는 말려서 통대구를 만든다. 이밖에 약대구라 하여 알을 빼지 않고 온통으로 소금에 절여 말렸다가 여름에 내기도 한다. 이 장사는 곱으로 남는다. 대구뿐만 아니라 밀을 사들여 누룩을 디뎌 팔기도 하고, 쌀, 깨, 고추 같은 것도 값이 헐할 때 사서 곳간에 쌓아두었다가 값이 오르면 시장에 낸다. 손끝에 물 한 방울 튀기지 않고 돈을 버는 것이다. 말하자면 돈이 돈을 벌어들이는 것이지, 사람이 돈을 벌어들이는 것은 아니다.[21]

이처럼 '돈이 돈을 벌어들이는' 새로운 시대가 도래한 것이다. 그것을 일러 근대라 하거니와 이러한 시대에 적응하지 못하고 과거적 유습에만 안주하는 인간(A)은 낙오하여 하강곡선을 그릴 수밖에 없고, 재빠르게 시대의 조류에 편승한 인간(B)만이 상승가도를 달릴 수 있는 것이다. (A)의 대표자로 우리는 김약국을 들 수 있고, (B)의 대표자로 정국주를 들 수 있다.

(A) 새로 모은 배의 낙성식이 있는 날이었다.
"죽이 끓는가, 밥이 끓는가, 온 나가보시기나 했으믄……."
한실댁이 혼자 몸이 달아서 왔다갔다하며 좀처럼 입밖에 내지 않는 영감에 대한 불만을 표시했다.
의논도 없이 모구리 어장을 한다고 정국주에게 막대한 빚을 내어 일을 벌여놓고는 그 모든 후사를 서기두에게만 밀어붙이니 참을성 있는 한실댁도 딱하고 답답하였던 것이다. 오늘만 해도 <u>배의 낙성식을 보는 큰일을 앞에 놓고 김약국은 사랑에서 나타나지 않았다.</u> 고사는 서 영감이 지내기로 되어 있으나 그래도 주장은 영감이 아니랴 싶은 것이다. 현장에서 돼지 몇 마리를 잡기로 되어 있고 기두가 쫓아다니며 이것저것 주선하고 있으나 집은 집대로 눈코 뜰 사이 없이 바쁘다. 고사음식은 모조리 집에서 장만하여 내보내야 했기 때문이다.[22]

(B) 정국주는 홍섭의 아버지다. 김 약국과는 친구간이라 할 수도 있다. 그러나 그 친분은 순전히 사업상 피치 못할 거래관계에서 온 것이지, 인간적으로 가까워진 것은 아니었다. 한때 그들은 합자하여 어장을 경영한 일이 있었다.

정국주는 김 약국이 어릴 때 집에 드나들며 일을 거들어주던 하동댁의 아들이었다. <u>가난하게 자란 그는 처음에 옹기장이였으나 어떻게 돈을 모았는지 어장을 시작하더니 몇 해를 연달아 어장이 잘되어 거금을 모았다. 지금은 어장에서 손을 떼고 양조장을 경영하는 한편 고리대금업자로서 통영의 갑부다.</u> 그뿐만 아니라 열렬한 친일파이며, 이 지방에서는 발언권이 센 조선인의 한 사람이었다.[23]

(A)에 그려진 대로 김약국은 현실에 무관심한 채 자기 방에만 틀어박혀 소일하는 무기력자인데, 그러한 김약국이기에 현실의 동향을 파악한다든가 현실에서 제기되는 제반 문제를 능동적으로 해결하여 일정한 성취를 이룩한다는 것은 애초부터 불가능하다. 그가 그렇게 된 것은 해석자의 패러다임에 따라 다양하게 분석될 수 있겠지만 작품에서는 비상 자살한 조상, 근친애 금기 위반, 귀신이 들끓는 집터 등 만실우환을 유발하는 샤머니즘적 기원에서 연유하며 망조가 들려고 그런 것이다. 그리고 김약국의 눈으로 보면 자신의 죽음과 더불어 '비상 묵은 자손은 지리지 않는다'는 샤머니즘적 예단은 한 치도 틀리지 않고 들어맞은 셈이다.

반면에 (B)에 그려진 정국주는 이론으로가 아니라 몸으로 자본주의 근대의 생리를 터득하여 빌어먹다시피하던 최하층 출신에서 몸을 일으켜 사업가로 성공한 갑부이다. 건전한 사업윤리는 고사하고 돈 되는 일이라면 고리대금업 같은 부도덕도 마다 않으며 나중에는 서슴없이 열렬한 친일파까지 되는 정국주는 어쨌든 현실에서는 발언권이 센 행세하는 인간으로 성공한 셈이다. 이러한 인물은 잇속에 밝아 김약국이 망하기 전에는 사돈을 맺으려 하지만 집안이 기울어가자 망설이지 않고 빌려준 돈의 댓가로 토지를 빼앗고 아들은 부유한 목사의 조카와 혼인시키기에 이른다.

이러한 삶의 태도는 각자의 아낙에게도 그대로 전이되어 욕심 많은 과부 딸 용숙이 대구 장사를 하려할 때 한실댁은 "야가 실성했는가배. 아서라. 남이 숭본다. 옷밥이 없어서 그 짓을 할라나, 돈 쓰는 사람이 많아서 그 짓을 할라나? 너거들 평생 묵고 써도 남을 긴데 돈에 환장을 했다고."[24]라며 질겁을 하지만 용숙은 '토영 갑부 정국주의 마누라도 안 하는 장사가 없'다며 정국주 일가의 태도를 높이 산다. 결국 한실댁은 집안이 망하자 용숙에게 돈을 꾸러 갔다가 구박만 받고 눈물을 흘리는 신세[25]가 되는 반면에 정국주의 처는 만인의 떠받듦 속에 개찰도 되기 전에 부두에 나가는 등 거들먹거리며 산다.[26]

김약국의 딸 중 유일하게 용숙은 과부로서 경찰서까지 불려다니는 등 가족들과 비운을 같이 맞이하기는 했지만 정국주 일가를 부러워하며 악착같이 돈벌이에 나서 운명을 딛고 재기한다.

김 약국댁의 살림은 기우는 일로를 달리고 있었다. 그러나 통영 바닥이 뒤집어지리 만큼 소란스럽고 추잡한 화제를 던졌던 용숙은 번창의 일로를 달리고 있었다. (…) 으레 돌려세워 놓고 손가락질하는 인심이지만, 우선 돈이 많고 기승하고 청산유수같이 흐르는 변설 앞에는 당할 사람이 없다. 남의 일에 사서 욕먹고 시비받기를 꺼리는 때문이기도 하지만, 소소한 어장애비나 장사꾼들치고 용숙에게서 빚 안 쓴 사람이 없으니 아니꼽고 천히 여기면서도 겉으론 귀부인 대접을 해야 했다. 그래야만 돈이 나오는 것이다.

(…) 그렇다고 하여 무조건 존경만 하면 돈이 나가는 것은 아니었다.

그는 여축 없이 세심하게 머리를 써서 돈을 깔았다.

"뭐니 해도 큰소리치는 것은 돈이더라."

그 말은 용숙에게 절대적인 인생철학이었다.[27]

이처럼 돈이 최고라는 절대적 인생철학을 견지하고 있는 용숙이기에 그는 과부 처지에 굴하지도 않고 자신의 비행에 집안이 냉대해도 아랑곳하지 않을 뿐 아니라 집안이 풍비박산이 나도 나 몰라라 하며 돈놀이에만 몰두하는 것이다. 이러한 용숙만이 현실적으로 김약국집 몰락의 비운을 비켜날 수 있었고, 발광한 용란을 맡음으로써 용빈 용혜의 재출발에 기틀을 마련해 줄 수 있게 된다.

이상에서 본 것처럼 용숙이 상승세를 타고 있는 정국주 일가의 삶의 원리를 모방함으로써 가문을 옥죄고 있던 샤머니즘적 주박에서 벗어나 현실에 적응할 수 있었다면, 용빈은 이념의 차원에서 시대의 방향성을 가늠하여 절망을 딛고 스스로 나아갈 길을 개척한다. 물론 이 과정이 독자적이었던 것은 아니다. 근대 서구문물의 일환으로 들어온 기독교를 받아들여 교인이 된 근대 여성이지만 거듭되는 불행으로 회의에 빠져 운명론으로 기울던 용빈이 나아갈 길을 암시받는 것은 혁명가 강극이라는 매개적 인물을 통해서이기 때문이다.

강극은 담배를 버리고 물수건으로 손을 닦으며,

"김 선생님께선 혁명이라는 걸 어떻게 생각하시죠?"

너무나 명확한 질문이었다. 용빈의 눈에 일순간 신비스러운 것이 지나갔다. 그러나 그는 이내 미소를 하였다.

"제가 참여하지 못한 꿈이라 생각해요."

"맞았습니다. 꿈입니다. 더 적절히 말한다면 신비죠." (…)

"혁명은 로맨티시스트가 이룩하는 겁니다. 그러면 그 다음은 실리자가 장악하는 거죠. 로맨티시스트는 종국에 가서 패자가 됩니다. 그러나 로맨티시스트는 또 일어나죠. 어떤 세대의 가름길에서." (…)

"어떻습니까, 김 선생님도 로맨티시스트가 되어보시지 않겠습니까?"

직접적이다.

"타율적으로?"

"아니 자율적으로. 지금 김 선생은 타율적인 것의 장해를 받고 있어요."

"어떻게 그걸 강 선생님이 아세요?"

"알지요. 김 선생은 저의 정신생리와 같은 분입니다."

그 말은 어쩌면 직접적인 애정의 고백이라고 받을 수도 있다. 용빈은 자기도 모르게 얼굴을 붉혔다. (…)

"중국에 가보실 생각 없으세요?"

"중국……?"

용빈이 눈을 크게 뜬다. 태윤의 얼굴에도 아까처럼 긴장이 떠돌았다.

"일이 일단락지면 생각해 보겠어요."

"무슨 일입니까?"

"몇 달, 그렇군요. 길어야 다섯 달……."

여태 밝았던 용빈의 눈은 완연하게 어두워졌다.[28]

샤머니즘적 운명론이라는 타율적 장해로 길을 잃고 헤매는 절망적 용빈의 앞에 혁명이라는 신비한 로맨티시즘을 가지고 선연히 나타난 강극의 중국행 제의는 용빈에게 나아갈 방향성에 대하여 새로운 개안을 하게 한다. 이제 용빈에게 혁명은 참여하지 못한 꿈으로 저 멀리 있는 무관한 어떤 것이 아니라 애정을 동반한 채 다가올 수 있는 가능성의 영역이 된 것이다. 결자해지의 심정으로 부친 김약국이 길고 막막했던 가문의 비극에 종언을 고하면 용빈은 새 출발의 도정에 오를 수 있게 될 것이다.

　장대 너머 공동묘지에 김약국을 매장한 뒤 용빈은 집안을 정리하기 시작하였다. (…) 용빈이 마음을 달래어가며 정리를 하고 있는데, 성경책이 하나 굴러나왔다. (…) 미스 케이트가 영국으로 돌아갈 때 용빈에게 전해달라면서 편지와 같이 한실댁에게 주고 같을 것이다. (…) 용빈은 크게 한숨을 쉬며 성경을 책상 위에 올려놓고 다시 짐을 정리하기 시작한다. (…)

　뱃고동이 어두운 하늘에 울렸다. (…)

　"이거 용란이에게 전해주세요. 모르겠지만……."

　용빈은 기두에게, 깨끗하게 포장된 것을 내밀었다.

　"뭡니까?"

　"성경이에요. 그애를…… 용란일 도와주세요. 가끔 찾아봐 주세요."

　"걱정마이소."

　기두는 땅을 내려다보며 나직이 대답하였다. 윤선회사 사람이 밧줄을 끌러 윤선에 던졌다. (…) 배는 서서히 부두에서 밀려 나갔다. 배 허리에서 하얀 물이 쏟아졌다.

　"부우웅."

　윤선은 출항을 고한다. 멀어져가는 얼굴들, 가스등, 고함소리.

　통영 항구에 장막은 천천히 내려진다.

　갑판 난간에 달맞이꽃처럼 하얀 용혜의 얼굴이 있고, 물기찬 공기 속에 용빈의 소리 없는 통곡이 있었다.

　봄은 멀지 않았는데, 바람은 살을 에일 듯 차다.[29]

　이렇듯 김약국의 비극의 역사를 뒤로 하고 은사 케이트가 선사한 성경마저 부적처럼 미친 용란에게 전하며 통영을 탈출하는 용빈과 용혜, 그들의 지향점이 과연 성취되어 진정으로 비극의 샤머니즘적 주박을 걷어낼 수 있을 것인가? 봄은 가까이 있지만 아직 바람이 살을 에이듯 차다는 결어가 암시하듯 그 길이 순탄하거나 확보된 것은 아닐 터이다. 그럼에도 불구하고 지향성을 지니고 출발하는 도정은 맹목적으로 주어지는 운명의 놀이개는 벗어나겠다는 의지의 표방인 것만은 확실하다.

4. 맺음말

샤머니즘(shamanism)은 무속[30], 토속종교[31], 무교[32] 등으로도 불리는데, 본래 "신이 들린 열정적인 상태가 되어 온 세상의 이치를 꿰뚫어 보게 된 사람"인 샤먼에 의해 수행되는 일종의 문화적 종교적 의식 및 그와 관련된 제의양식과 사회적 현상들을 종합적으로 지칭[33]하는 용어이다. 이러한 샤머니즘은 샤먼이 초자연계와 접촉하여 그 초월적인 힘에 의해 길흉화복 등 인간의 생활에 필요한 모든 욕구를 성취시키려는 전통적 자연종교[34]로 이해된다.

그런데 종교의례뿐만 아니라 내외의 세계(영혼과 자연)를 인식하는 원시적 사고방식으로도 구성되는 샤머니즘[35]은 심리학적으로 애니미즘 적[36]이고 일반적으로 주술과 종교의 다른 형태와 공존[37]하고 있다고 규정된다. 그러므로 종교적 사실의 몇 예로 타부, 의례, 상징, 신화, 마신 등을 들 수 있다면[38] 샤머니즘은 본질적으로는 종교이지만 신화나 전통문화 내지 민속 등의 폭넓은 내용을 포함한다.[39] 이처럼 대중들에게 폭넓게 퍼져 있던 토속신앙이라 범박하게 이해[40]될 수 있는 샤머니즘은 그 외연이 굿, 무가, 동제신앙, 가신신앙, 장승, 솟대, 성신앙, 점복신앙, 주술과 금기, 풍수신앙, 도깨비신앙[41] 등에까지 이른다.

이러한 샤머니즘의 다면적 측면은 박경리의 몇몇 작품에서 나타나지만 샤머니즘에 대해 일정한 견해를 표명한 것은 작품적 실천이 있은 후 비교적 한참 뒤의 일이다. 그것은 대체로 〈토지〉 집필이 어느 정도 마무리되는 즈음의 일인데, 그처럼 정리된 견해가 형성되어 나오는 과정 역시 개별 작품을 통하여 검토해 보아야 할 과제로 보인다. 그러면 박경리는 샤머니즘에 대하여 어떠한 견해를 표방하고 있는가?

(1) 오늘날 샤머니즘은 그 말류의 무속만으로 해석되고 있는 것 같다. (…) 수천년 동안 외래종교에 눌리어 (…) 거의 말살되다시피 한 그것이 오늘 초라한 몰골이 되어 샤머니즘의 대표격으로 남아 있는데 나는 무속을, 두둔할 생각은 추호도 없다. 왜 무속으로만 남아 있는지 그게 안타깝고, 샤머니즘을 종교로 보기보다 사상으로 보고 싶은 것이 내 희망인 것이다. 생명사상이야말로 샤머니즘의 핵심이 아닐까. (…) 생명 있는 것에 대한 경의, 가령 오백년 천년을 살아온 나무를 신으로 모시는 것은 오백년 천년을 살아온 생명의 신비 그 위대함에 대한 숭배이며, 인간만이 아닌 모든 생명에 대한 평등사상으로서 생명은 모두 자연이다. (…) 우리 전통 속에 그것은 유형무형, 실로 많은 흔적을 남기고 있는데 그것조차 부정할 사람은 없을 것이다.[42]

(2) 아득한 옛날 우리나라에는 샤머니즘 시대가 있었습니다. 지금은 무속이라는 형식만 남아 있고 원시종교다 미신이다 하는 말을 듣지만 나는 생명주의라고 감히 말합니다. 생물에는 모두 영성이 있다고 믿은 그때의 사람들은 천 년 오백 년을 살아온 나무의 영성을 위대하다고 생각했으며 그와의 교신을 소망했습니다.[43]

(3) 우리가 샤머니즘을 오늘 젊은 사람이나 지식층에서 어떻게 바꿨냐 하면 (…) 무당, 그것만을 샤머니즘이라고 생각하고 있거든요. 절대 무당의 행사가 샤머니즘이 아니에요. 샤머니즘은 어떤 면에서는 생명주의입니다. 어디서 볼 수 있냐하면, 큰 나무에 제사를 드리잖아요. 그것은 생명에 대한 존중이에요. 사람은 오십 년, 백 년밖에 못사는데 이 나무는 천 년을 살았다. 이 나무가 사람과 마찬가지로 능동적인 생명체. 천 년을 살았다면 이 천 년의 세월 속에서 이 나무는 어떤 노하우가 있는가, 이것을 교신해 볼 수는 없는가, 그런 소망이거든요. 그러니까 자연이 위대한 것을 다 숭상한 것이 샤머니즘이에요.[44]

이렇게 주저하지 않고 말류의 무속으로 남아 있는 샤머니즘을 서민의 종교라고 부르고 있는 박경리는 샤머니즘의 장구한 역사를 언급하며 거기에서 적극적 의미를 찾으려 한다. 그러나 그것은 추호도 무속을 두둔하고자 하는 것이 아니다. 그것은 모든 생물의 영성을 믿고 그와의 교신을 소망하는 샤머니즘의 생명주의를 평가하고자 하는 것이다.

이처럼 샤머니즘에서 종교적 의의보다 생명사상적 기능을 찾고자 하는 박경리는 "절대 무당의 행사가 샤머니즘이 아니"고 "자연이 위대한 것을 다 숭상한" 생명주의가 샤머니즘이라고 강조점을 바꾸어 놓는다. 말하자면 20세기라는 생명과 환경위기의 시대에 샤머니즘을 재해석하여 자연친화적 삶의 역사성을 천명하고 있는 것이다. 여기에서 우리는 생명의 신비, 생명의 위대, 생명의 평등을 주창하여 생명문학의 대명사처럼 된 박경리 문학사상의 한 기원이 샤머니즘임을 알 수 있다.

그러나 박경리의 이러한 샤머니즘관이 〈김약국의 딸들〉에서부터 막바로 그대로 구현된 것은 아니다. 앞에서 살펴본 것처럼 비록 작품의 발상법과 구조에 샤머니즘이 주도적인 역할을 하고는 있지만 샤머니즘의 주박에서 벗어나고자 하는 작품의 결말을 볼 때 오히려 현실에 지배적인 영향력을 발휘하는 샤머니즘 비판이 이 작품을 쓸 때의 작가의 입장이었다고 볼 수 있다. 아마도 그것은 근대 교육기관인 진주여고를 나와 "세계적 명작을 전제로 한 글쓰기"[45]를 하던 근대적 지식인 박경리에게 있어 자연스러운 태도였을지도 모른다.

그러므로 초기단계의 주관적 자의식을 벗어나기 위해 주변 민중으로 눈을 돌리는 과정에서 그들의 삶의 원리로서의 샤머니즘이 포착되었고, 그에 대해 아직은 일정하게 비판적이었던 시점의 산물이 〈김약국의 딸들〉이었다고 추정된다. 이러한 상태는 〈노을진 들녘〉에서도 샤머니즘적 사고를 무지의 소치인 양 언급하는 데에서 부분적으로 남아 있다가, 〈평면도〉에 이르면서 '복개'를 죽였다는 후회를 끌어내어 샤머니즘의 생명사상적 기능을 약간 보여 준다. 그러나 무엇보다도 박경리 생명사상의 완전한 개화는 〈토지〉에서 나타나고, 그것은 빈부귀천 남녀노소를 막론한 모든 생명의 애처로움과 동등함으로 구현되기에 이르는 것이다.

이처럼 샤머니즘의 진정한 본질이 생명사상이라 보고 있다면 박경리의 샤머니즘소설을 본격적으로 논하기 위해서는 생명사상의 정화라 할 수 있는 〈토지〉 분석이 불가피할 것이다. 그러나 대하소설 〈토지〉에 대한 고찰은 본고의 범위를 넘어서기에 다음 기회로 미루고 본고는 샤머니즘적 발상법에 입각한 최초의 박경리 작품인 〈김약국의 딸들〉에 대해 작품의 구조적 양상과 그 의의를 살펴본 것으로 만족하고자 한다.

장편 〈시장과 전장〉과 아나키즘

1. 머리말

1955년 단편 〈계산〉으로 등단하여 2008년 타계하기까지 50년 이상 왕성한 집필활동을 계속하여 온 박경리(1926~2008)는 특히 대하소설 〈토지〉 5부작(1994)을 25년에 걸쳐 완성해 냄으로써 한국 현대문학사상 대표적인 작가로 자기정립을 이룩한 작가이다. 이제 자신의 문학세계에 마침표를 찍은 박경리에 대해 그 총체적 면모를 파악하기 위한 본격적 연구가 다양하게 시도되어야 하겠지만 본고는 문학사상의 측면에서 박경리를 조명해 보고자 한다.

문학을 사상과 관련시켜 논의하는 것에 대하여 "모든 문학이란 사상의 형식"[1]이라거나 "문학은 철학의 한 형식"이라며 찬성하는 견해와 "문학에 대한 철학의 연관을 시인하지 않"으며 반대하는 견해가 대립하고 있지만[2] "작가의 정신구조로서의 발상법"[3]이라는 의미에서 문학사상은 일단 검토될 필요가 있다. 그것은 여타의 연구방법과 더불어 작품이나 작가의 총체적 이해를 위해 필수불가결하다고 생각되기 때문이다.

그런데 박경리의 경우 장기간에 걸쳐 단편, 장편, 대하소설 등 만만치 않은 분량의 소설을 산출했을 뿐만 아니라 시와 수필, 동화 등 여타 영역에서도 활발한 활동을 펼쳐왔기 때문에 그 문학사상을 일거에 간단히 진단해 낸다는 것은 필자의 역량을 넘어서는 과제이다. 그리하여 필자는 박경리의 문학사상이 점진적으로, 그리고 때로는 인식론적 단절을 거치면서 형성되고 발전되어 궁극적으로 〈토지〉 속으로 수렴되었을 것이라는 전제 아래 몇 단계로 나누어 작업을 진행하기로 하였다. 그 과정 속에서 비교적 초기작에 속하는 장편소설 〈시장과 전장〉(1964)이 아나키즘의 강한 자장 내에 있다고 보고 그 구체적 양상을 고찰해 본 것이 본고이다.

〈시장과 전장〉을 아나키즘의 맥락에서 검토해 볼 수 있는 근거로 우리는 이 작품에 현대소설사상 희귀한 사례이기도 한 석산이라는 아나키스트가 등장하여 6·25를 두고 주인공의 하나인 코뮤니스트 하기훈과 신랄한 논쟁을 벌인다는 점, 작가 역시 무정부주의라는 어사에 호감을 가지고 있다고 발언[4]하고 있을 뿐 아니라 6·25에 대해 개인주의와 전체주의라는 두 이념이 공방을 벌인 것이라고 제3의 시각에서 규정하고 있는 점[5], 또한 작가 스스로 좌우대립의 희생아이자 반항아라고 공언하고 있는 점[6] 등을 들 수 있다. 이처럼 절대적 자유를 위한 반항사상[7]이자 "사회주의와 자유주의의 합류점"[8]이라고도 평가되는 아나키즘이 6·25를 비판적으로 그리고 있는 장편 〈시장과 전장〉의 주도적 입각점이라는 우리의 가설이 입증된다면 이 작품은 한국 리얼리즘소설사에 있어 소중한 성과로 재인식되어야 할 것이다.[9]

그러면 이제부터 〈시장과 전장〉이 6·25를 자유주의와 전체주의가 벌인 이념 대립의 '전장'으로 파악하고 제3의 시각[10]에서 문제성을 드러낸 뒤 비판적 대안을 제시하고 있는 아나키즘 소설이라는 우리의 입론을 검토해 보기로 한다. 논의의 편의를 위해 먼저 박경리 아나키즘론의 골자를 파악하고 이를 기초로 6·25의 문제적 양상이 어떻게 그려지고 있으며 그 해결을 위한 방향성이 어떻게 제시되어 있는가를 작품의 전개과정을 통하여 살펴보기로 한다.

2. 박경리와 아나키즘

앞에서 잠깐 보았듯이 박경리는 아나키즘의 역어인 '무정부주의'라는 말과 그 어감을 좋아했고, 좌우대립의 철저한 희생자이자 반항아로 살아오면서 "이데올로기의 허망함"[11]을 보고 "생존하는 것 이상의 진실은 없다"[12]고 생각하게 되었으며, 〈토지〉의 주갑이란 인물이 완전한 자유인이기 때문에 제일 좋아한다[13]고 고백한 바는 있지만 자유와 반항을 기조로 하는 아나키즘에 대해 체계적 설명을 들려주지는 않는다. 그러나 박경리가 생리적으로 아나키즘에 친연성을 느꼈을 뿐 그 사상 내용에 대해 깊은 이해가 없었다고 판단하는 것은 성급해 보인다.

그것은 〈시장과 전장〉에 아나키즘 이론의 비조인 바쿠닌을 숭배하는 인물이 나와 권력 지향적이라는 이유에서 부르주아 독재나 프롤레타리아 독재 모두를 비판하면서 영혼의 진실한 해방을 위한 중간지점의 필요성을 역설[14]하고 있을 뿐 아니라, 한참 후의 일이기는 하지만 대하소설 〈토지〉에서도 일본의 대표적 아나키스트 오스기 사카에(大杉榮)[15] 및 고토쿠 슈수이(幸德秋水)[16], 한국의 아나키스트 박열[17]이 언급되고 있기 때문이다. 그러므로 우리는 아나키즘에 대한 일정한 식견을 가지고 있으면서도 '자유'와 '반항'이라는 공통성을 빼면 목표, 전략, 유형이 다양하여[18] 현실적으로 체계화가 불가능하기도 하고 체계화 자체를 억압적 권위의 일종으로 보아 스스로 기피하는 아나키즘의 속성을 파악했기에 박경리가 체계적 설명을 시도하지 않은 것으로 이해하는 편이 온당할 것이다.

따라서 박경리가 인지하고 있는 아나키즘 사상의 면목을 파악하기 위해서는 작가가 소설을 형상화해 나가는 과정에서 비체계적이고 간접적인 방식으로 작품 속에 산재시켜 놓은 아나키즘적 요소를 역으로 최대한 끌어모아 재구성하는 방법을 생각할 수 있다. 그리고 그 자료가 가장 많이 내장되어 있는 곳은 아나키스트 석산이 등장하여 코뮤니스트 하기훈과 치열한 논쟁을 벌이는 〈시장과 전장〉일 터인 바, 그것을 종합적으로 재정립하기 전에 〈토지〉 속에 아나키적 삶의 면모로서 제시되어 있는 부분을 인용함으로써 논의에 하나의 지표를 마련해 보고자 한다.

(1) "산에는 갈구리질하는 관속도 없고요, 채찍 들고 호령하는 상전도 없고 다락 같은 소작료, 못 내면 딸년이라도 내 놔라 할 지주도 없고 그래저래 해서 죄지은 사람 억울한 사람 잡아가두는 감옥도 없고 누가 하라마라 할 사람이 있소? 불질러 화전 부쳐먹다가 땅심 떨어지면 옮겨가고 임자 없는 열매, 임자 없는 산채."

"허니 <u>무정부주의다</u>."

"아암 암요."

"그러니까 선남선녀들이다."

"무도한 인사가 없다 할 수는 없으나 빼앗아갈 재화가 산속에 있어야지. 하여도 명줄은 이어갈 수 있는 곳,"

"지상천국이구려."

"산에 맛을 딜이고 한번 인이 박혀버리면 산을 떠나지 못하는 것이 보통인데 시쳇말로 자유라는 것이 그렇게도 좋은 것이다, 그 말인데 신선이 무엇이겠소? 소위 자유인, 풀려난 사람 아니겠소이까? 어찌 사람뿐이겠소? 천지만물 생명 있는 것, 그 모두가 남에게서 풀려나면 나로부터도 풀려나는 게요. 수십 년 기나긴 성상 소지감 선생께서 헤매고 다닌 것은 무슨 까닭이요? 골육에서 풀려나고자, 윤리 도덕에서 풀려나고자 한 몸부림 아니외까?"19)

(1)에서는 산 속의 삶으로 표상되는 '지배와 착취가 없고 인위적 윤리의 구속조차 벗어 버린 자유인적 삶'을 지상천국이자 무정부주의라 표나게 명명하고 있는 바, 우리는 이 대목을 박경리 아나키즘론의 한 바로미터로 이해해도 좋을 것이다. 말하자면 아나키즘을 단순히 여러 사상 중의 하나가 아니라 가장 살만한 세상을 보여주는 사상이라고 보고 있는 셈이다. 이렇게 볼 때 6·25를 배경으로 여교사 남지영의 피난과정과 코뮤니스트 하기훈의 투쟁과정을 교차 서술하면서 사건을 전개시키고 있는 〈시장과 전장〉이 두 주인공으로 하여금 삶의 막바지에서 다음처럼 말하게 했을 때 그것은 그들의 결락부분을 메워 줄 유토피아로서 아나키즘을 갈망하고 있음을 알 수 있다.

(2) 빙하, 어느 빙하인가. 유리같이 얼어붙은 길과 채마밭, 달빛이 미끄러진다.
(마음이여 마음이여 너 참 질기기도 하여라.)
얼음 바닥에 쭈그리고 앉아서
(그 말을 누가 했을까? 음, 음 누가 했을까?)
그는 그 생각에 골몰하여 추운 것도 잊고 그냥 쭈그리고 있다.
(그 말을 누가 했을까? 음 누가 했을까? 누가 했을까? 누가 했을까 …….)
지영은 얼굴을 들고 하늘을 올려다 본다. 그리고 다시 사방을 살핀다. 신비스럽게 아름다운 은세계. 눈이 쌓이고 얼음이 되어버린 대지 위에 달빛만 소나기처럼 내리쏟아진다. 무릎으로 땅바닥을 짚고 가슴을 펴며 냇

물처럼 흘러가는 무한히 무한히 긴 침묵을-지영은 땅에 엎드려 소리쳐 통곡한다.

　　(아무도 오지 말라! 이 땅에, 아무도 오지 말라! 이 땅에! 내 혼자 내 자식들하고 얼음을 깨어 한강의 붕어나 잡아먹고 살란다. 북극의 백곰처럼 자식들 데리고 살란다! 아무도 오자 말라! 아무도! 영원히 영원히 이 밤이 가지 말구…….)20)

　　(3) 기훈은 가화의 머리를 쓸어넘겨준다. 머릿결이 참 부드럽다. 낮에 머리를 감더니.

　　"바보같이…… 넌 참 바보다, 가화."

　　기훈의 눈에 눈물이 빙 돈다.

　　"너 같은 바보가 어디서 그런 용기가 났지? 뭐 할려고 이런 곳에 왔어?"

　　"선생……님 볼려구요. 이렇게 만나지 않았어요?"

　　"마을에서 소를 봤지. 어미소하고 송아지가 함께 가더군, 방울을 흔들면서, 싸리나무 울타리에 저녁 짓는 연기가 나구, 농부는 외양간에 소를 몰아넣고 흙 묻은 옷을 툭툭 털겠지. 풋고추를 넣은 된장찌개 냄새가 부엌 쪽에서 나더군. 아낙이 밥상을 들고 나오고…… 가화는 그런 아낙이 되고 나는 그런 농부가 된단 말이야."

　　담배연기를 뿜어낸다.21)

　　(2)는 내적 번민이라는 내면적 '전장'을 거친 여교사 남지영이 생존을 위협하는 6·25라는 외면적 '전장'의 폐허 더미 위에서 '누구의 간섭도 받지 않고 자식 기르며 소박하게 사는 자유로운 삶'을 갈망하는 절규이다. (3)은 6·25의 역사적 필연성을 확신하는 코뮤니스트로서 투쟁의 선두에 서 있던 하기훈이 전세가 기울어 지리산 속에 은거할 때 위험을 무릅쓰고

자신을 찾아온 애인 이가화에 감동하여 잠시 신념을 접고 '평범한 농민 부부로서 평화롭게 자족하면서 사는 정경'을 상상해 보는 대목이다. (1)은 작품 속 인물이 구현하고 있는 현실이고, (2)와 (3)은 인물들에게 스쳐가는 일시적 환각으로서 기능한다는 차이가 있지만 모두가 자율적이고 자족적인 삶을 본질로 한다는 점에서 아나키즘적 공통성을 가지고 있다.

위에서 살펴본 내용을 통해 우리는 박경리가 생각하는 아나키즘적 이상향을 어느 정도 파악할 수 있다. 그러나 그것은 어디까지 지향하는 이상이지 현실은 아니다. 그러면 현실은 어떠한 양상으로 전개되고 있으며 그 속에서 아나키즘의 이상은 어떠한 위상을 갖는 것인가? "책에서 찢어내어 소중하게 액자에 끼운 바쿠닌의 사진"22)을 걸어 놓고 지내는 아나키스트 석산의 입을 빌어 자본주의, 공산주의로 양분된 세계의 현실은 다음처럼 진단된다.

(4) 자본주의 사회는 트러스트와 신디케이트를 합리화시키기 위해 자유를 방패삼아 사람을 모조리 임금노예로 만들었고 공산주의 사회는 미래의 행복이라는 공수표 아래 자유를 박탈했어. 하나는 자본가가, 하나는 국가권력을 타고 앉은 공산주의 이론가들이 말이야. 일찍이 어느 누구도 감행하지 못한 거대한 힘으로 민중을 징발하고 (…) 마취제를 사용하여 민중들은 노동력과 자유를 박탈당하고 있단 말이야. (…) 나는 한 때 공산주의자로서 열광했던 일도 있었지만 그게 아니더군. (…) 컴니스트는 모든 것들을 사랑하지 않지만 완강한 믿음이 있지. (…) 맑스는 민중을 위한 사랑에서 유물론의 체계를 세웠다지만 컴니스트는 그 체계만을 모시고 그것만을 위해 그 밑에 깔려죽는 많은 사람들의 생각은 않고 있거든.23)

(5) 아무 것도 믿지 않으려는 개인의 힘이나 수가 더 크고 많다는 걸 명

심하게 (⋯) 개인은 집단에 승리한 일이 없다. 승리 같은 것 생각지도 않고 살아왔는지도 모르지. 애당초 개인에겐 역사 같은 것 없었는지도 모르지. 허나 부르주아독재, 프롤레타리아독재, 이 양극 사이에는 아무것에도 가담하고 싶지 않은 개인이 너무나 많이 있단 말이야. (⋯) 그러니 개인은 역사 밖에 서 있을 수밖에. (⋯) 명목이 어떻고 다 소용없네. 우리가 숨을 쉬어야 한다는 것, 우리의 영혼이 진실로 해방되어야 한다는 것, 그것뿐이야. (⋯) 그것은 자네가 가져와야지. 서방도 동방도 아닌 것 말이야.[24]

(4)에서는 두 진영으로 양분된 세계 속에서 어떤 의미에서든 자유를 저당 잡힌 노예로 전락된 개인은 어느 한쪽을 택하라고 강요받고 있는 것이 현실이라는 것이다. 그러나 (5)에서처럼 많은 개인은 아무 것도 믿으려 하지 않고 아무 것에도 가담하고 싶어 하지 않기에 역사를 내세우며 강박하는 현실 앞에서 개인은 역사 밖에 서 있을 수밖에 없고, 그곳은 서방도 동방도 아닌 그 중간지점에서 찾아지지 않으면 안 된다는 것이 석산의 주장이다. 그곳이야말로 자유를 본질로 하는 인간이 진실로 영혼의 해방을 맛보며 숨 쉴 수 있는 공간이기 때문이다.

이런 석산의 주장에 대해 승승장구 중이던 코뮤니스트 하기훈은 승복하지 않은 채 바쿠닌식 아나키 유행은 지난 지 오래인 환상일 뿐이고 "역사는 결코 정지하고 있지 않"[25]으므로 석산이야말로 "어릿광대, 모순덩어리, 지리멸렬한 이론가. 환상에 허위적거리는 (⋯) 늙은이"[26]로 격하한다. 그러나 위에서 이미 본 바 있듯이 패퇴하게 되는 상황 속에서 하기훈의 신념은 지속되지 못하였던 것이다. 그러므로 '역사 밖에서 명목에 구애받지 않고 해방된 영혼으로 숨 쉬며 사는 삶'으로 요약될 수 있는 (5)의 주장은 그대로 박경리 아나키즘론의 요체라 볼 수 있을 것이다.

그렇다면 6・25의 격랑을 비판적으로 그리고 있는 〈시장과 전장〉은 이러한 이상을 어떻게 추구하고 있는 것일까? (1)의 산 속이나 (2)의 강변, (3)의 농촌에서 그 이상향의 편린을 보인 바 있지만 전란의 와중에서 공방하는 이데올로기를 넘어설 수 있는 그 중간지점의 양태는 어떠하며 그 이상을 구현하는 인간은 어떠한 모습일 것인가? 그 중간 지점은 일단 이념 공방의 쌍방으로부터 벗어나 있는 민중의 영역으로 상정될 수 있을 것이다.

그런데 "지금까지 국군을, 그리고 대한민국을 공공연히 욕하는 사람은 아무도 없었다. 그와 마찬가지로 인민군을 욕하는 사람도 없었다. 마음속으로 이들 피란민은 관전하고 있었던 것이다."[27] 라는 묘사처럼 대부분의 민중에 있어 주된 관심은 이념이 아니라 '삶' 또는 '살아남는 것'에 있을 뿐이다. 그런데 '전장'은 삶을 파괴하고 '시장'은 삶을 지속 가능케 해 주므로 사람들은 살려고 시장으로 시장으로 몰려드는 것이다. 그러므로 박경리의 아나키즘적 이상은 6·25라는 이념분쟁 속에서 전장이 아니라 시장을 대안으로서의 중간지점으로 제시하고 있다고 볼 수 있다. 그러면 다음에서 구체적으로 이러한 사상의 작품적 구현과정을 살펴보기로 한다.

3. 내면적 '전장'과 외면적 '전장'

〈시장과 전장〉은 6·25를 배경으로 38선 인근 연백에서부터 서울을 거쳐 대구, 부산은 물론 빨치산 활동의 여러 근거지에 이르기까지 광범위하게 파노라마적 조망을 하는 작품으로 많은 인물이 등장하고 여러 사건이 뒤얽혀 있지만 소설의 중심축은 여교사 남지영의 피난과정과 코뮤니스트 하기훈의 투쟁과정이라 할 수 있다. 그래서 작품 전개도 대체로 남지영의 장과 하기훈의 장이 교차 서술되는 형태를 취하고 있다.

그렇다고 작품의 의미 역시 두 인물 속에서 찾아져야 하는 것은 아니다.

오히려 6·25에서 공방한 개인주의와 전체주의의 양 진영에 각각 속하는 남지영과 하기훈의 문제성을 전란을 거치면서 드러내고 그 과정에서 이가화 같은 아나키적 인간상을 창조하는 것이야말로 이 작품의 서사구조이자 참된 주제라고 파악되기 때문이다.

북에서 사상이 다르다는 이유로 애인으로부터 배반당하여 가족까지 잃게 된 이념의 희생양 이가화는 겨우 서울로 탈출하지만 뿌리내리지 못하고 삶의 의지를 상실한 채 유령처럼 헤매다가 우연히 호의를 베풀고 몇 차례 만나 사랑을 나눈 하기훈에 대한 사랑을 잊지 못해 빨치산 산채에까지 찾아가 이념과 생사를 초월한 충만한 삶의 감각 속에서 환희를 만끽하면서 산화하는 아나키적 여인이다. 그러기에 박경리도 "부정적 인물밖에 그릴 수 없었던 작자는 처음으로 이 작품 속에서 긍정적인 여자 이가화를 만날 수 있었다."[28]고 '서문'에서 표나게 지적하고 있는 것이 아니겠는가?

그러면 이 장에서는 '전장'으로 표상되는 개인주의와 전체주의의 지향성과 그 문제점을 찾아보기로 하겠다. 6·25의 '전장'은 엄밀히 말하여 1950년 6월 25일이라는 특정일을 기하여 형성된 것이겠지만 〈시장과 전장〉을 읽어보면 그 이전에도 이미 여러 의미의 '전장'이 만들어져 있으며, 그 대표적인 것이 개인주의적 인물인 남지영의 심리적 내부 전장과 전체주의를 지향하는 코뮤니스트 하기훈의 암살테러 같은 노선 전장이다. 그 중 먼저 남지영을 심리적 병리학으로 이끄는 개인주의적 내부 '전장'에 초점을 두어 살펴보기로 한다.

남지영은 6·25가 일어나기 직전 38선 인근의 연안여고에 교사로 부임하는데 결혼하여 남편과 두 아이가 있고 친정어머니까지 모시고 있는 그녀는 가족을 서울에 남겨둔 채 처녀 행세를 하며 38선 부근까지 떠나온 것이다. 남지영이 어머니의 만류에도 불구하고 긴급하지도 않은 교사생활을 위해 위험지역에까지 간 이유는 "결혼을 염오"하고 "그것에서 도망치고 싶었던 마음"29) 때문이었다.

그러면 그녀는 어찌하여 그런 지경에 이르게 되었는가? 여학교를 갓 졸업하고 정신대를 피하기 위해 잠시 고향 금융조합에 취직했다가 연애한다는 구설수에 오르는 것이 싫어 즉각 사표를 내던진 남지영은 결혼하면 정신대에 끌려가지 않으리라는 계산에 대학생과 맞선을 보게 되는데 남자가 마음에 들지 않아 포기하고자 한다. 그러나 자기네보다 좋은 집안의 딸과 결혼하려 한다는 소문에 마음이 바뀌어 결혼을 승낙하고 신랑감 하기석과 왕래를 하게 되는데 그가 결혼 전에 마구 이름을 부르자 무교양에 염오를 느끼며 결혼 결정을 후회하기도 하고 일본 형무소에 있었다는 그의 이야기를 듣고는 존경하는 마음이 드는 등 격심한 심리 변화에 우왕좌왕한다. 그러던 중 남편 하기석과 결정적으로 마음의 틈이 생기게 된 것은 다음과 같은 사건이 있고부터이다.

(1) 결혼하고 두 달도 못됐을 거예요. 우리는 서울로 갔었지요. 전쟁이 막바지에 이른 백화점은 텅텅 비어 있더군요. 당신은 책을 세 권 샀어요. 그런데 점원의 착각인지 그는 두 권의 책 값만 받지 않겠어요? 당신은 아무 말 않고 나왔습니다. (…) 그것만이라면 저는 당신이 모르고 그랬다 생각하고 잊어버렸을지도 몰라요.

그런데 당신은 감자밭 옆을 지나면서 감자를 좀 파가자구 했어요. 저는 기겁을 하고 말렸지만 당신은 부득부득 감자밭에 들어가서 감자를 팠습니다. 집에 돌아왔을 때 저는 당신을 바로 볼 수가 없었습니다. (…)

허탈한 한밤을 꼬박 새우고 아침이 왔을 때 당신에게 느낀 신비감과 저대로 소중히 간직한 우리의 생활이 전부 무너지고 만 것을 깨달았습니다. 저는 앞산 싸리꽃 옆에 앉아서 참 많이 울었습니다. 그러는 중에 저는 입덧이 나고 쌀밥이 먹고 싶더군요. (…) 그래 어느 날 낮에 저는 완두콩을 두고 쌀밥을 지어서 혼자 먹었어요. (…) 당신이 저지른 일과 제가 저지른 일이, 이 조그마한 두 가지는 당신과 저 사이에 커다란 강을 만들어 놓고 말았습니다.[30)]

이렇게 마음의 거리감을 느끼게 된 남지영에게 남편 하기석은 대학 나온 아내를 가지고 싶은 소박한 허영심에서 아이 엄마라는 사실을 숨기고 대학에 다니게 하고, 아내가 여학교 교사라는 말을 듣고자 삼팔선에까지 교사 자리를 마련해 준다. 그러나 "결혼하고 아이 엄마라는 사실을 감추고 학교에 다녀야했던 일"이 벅찼던 남지영은 "하늘을 바라보며(…) 영혼이 맑아서 무지개빛처럼 세상을 보며 혼자 걸어가다가 전차 소리에 문득 당신을 생각하면 그만 길 위에 깔려죽고 싶은 생각이 들"[31)] 정도로 결혼에 대하여 병적 심리의 소유자가 되고 만다. 게다가 함께 모시고 살아야 하는 편모의 완벽한 주부 역할은 남지영으로 하여금 설 자리를 찾지 못하게 한다.

그러기에 남들은 서울로 올라가지 못해 안달하는 연안여고에 도착하는 날, 남지영은 "이제는 나 혼자, 나 혼자야, 이렇게 혼자 될 수 있는 걸 ……."[32)] 하면서 홀가분해 하는 것이다. 그러나 이러한 일련의 심리적 드라마는 남지영 개인의 내면 속에서 주관적으로 전개되어 온 것이기 때문에 막상 당사자들에게 공감되고 이해될 수 있는 여지는 별로 없다. 그러기에 몇 달이 되도록 소식 한 자 전하지 않는 남지영을 남편 하기석이 학교로 찾아왔을 때 반기기는커녕 "초상집에 찾아온 거지처럼" 쫓아 보내도 그 이유를 알지 못하고 그는 머뭇거릴 수밖에 없는 것이다. 이처럼 개인주의의 주관적 울타리를 벗어나지 못하는 한 인간관계에 있어 소통은 단절되고 주체는 소외 속에서 왜곡된 환상만을 추구하게 되기에 이른다.

(2) 지영의 반에 월남 가족의 아이가 편입되기는 이번이 처음이지만 이

런 일들은 지영에게 차츰 압박감을 준다.

(만일 내가 이북으로 납치되어 영영 가버린다면?)

지영은 그런 불행한 사태에 대하여 어떤 기대 비슷한 것을 갖는다. 가족들과 아주 헤어져버린다는 무서운 욕망 때문에.

(바이칼호…… 바이칼 호수……)

지영은 러시아의 호수 이름을 중얼거려본다. 소설에서 본 호수의 환상 그리고 다시.

(사하라 사막…… 사하라 사막……)[33]

(3) (이젠 떠날 수 없다. 영영.)

가족들의 얼굴을 생각해 보려고 지영은 눈을 감는다.

돌을 던진 물 위의 그림자같이 부서져서 하나도 제 얼굴을 이루지 못한다. 헛된 노력. 그런데 눈앞이 삼삼하여 아주 말끔히 지워지지도 않는다. 부서진 부스러기는 날아오르고 가라앉곤 한다.

(내가 이곳에서 죽어버린다면?)

쓰러진 자기 자신의 시체가 아름다울 것 같은 생각이 든다.

(인민군에게 끌려간다면?)

시베리아 노동수용소, 그것도 무섭지 않고 아름다울 것 같다.

(그이는, 어머니는 뉘우치겠지. 오래도록, 심한 뉘우침 속에 살거야.)[34]

(2)는 월남자가 속출하는 등 정세가 악화되고 있는 상황 속에서 남지영이 내보인 반응이다. 그녀는 공포나 탈출 욕망을 갖는 대신에 가족들과의 이산 욕망에 납북을 기대하는가 하면 전체주의 나라들에 대한 환상 속에서 바이칼 호수나 사하라 사막을 꿈꾸기도 하는 등 비현실적 환상 속을 헤맨다. 그러다가 (3)처럼 정작 전쟁이 터지고 허겁지겁 피난길에 오르다 난

관에 봉착하는 상황 속에서도 남지영은 자신이 죽거나 인민군에게 끌려가는 일이 남편과 어머니에 대한 보복이 될 수 있으리라는 판단 하에 그것을 미화하게 되는 이상심리까지 드러내게 된다.

이처럼 개인주의에의 몰입은 삶을 주관적 환상의 레벨에서 벗어나지 못하게 하는 한편, 삶의 의미를 주체의 만족 속에서 찾게 하고 전체 지향성에 거부감을 갖도록 유도한다. 그러기에 남지영의 동료 교사 정순이의 말처럼 개인주의적 인간에 있어 인생의 보람이란 별것이 아니고 따끈한 커피를 마시며 음악 감상의 도취경에 빠지거나 젊은 날의 회상에 잠기면 되는 것이다.[35] 또한 다른 동료 교사 정혜숙이 지적하고 남지영이 동의하는 것처럼 모두 되도록 자기가 하고 싶은 대로 하고 살면 되는 것이지 사상이니 인민이니 하면서 '억지 봉사'를 강요하는 것은 숨 막히는 일로 치부되는 것이다.[36] 이러한 생각 역시 앞에서 살펴 본 남지영의 환상 매몰과 근본에 있어 한 치도 다르지 않은 주관적 영역인 것이다.

그러나 나름대로 주관적 해결책을 강구하여 심리적 안정을 획득한 듯 보였던 남지영도 6·25라는 객관적 위기 앞에서는 무기력하게 난파될 수밖에 없어 가족이 있는 서울로 피난길에 오르게 되고 죽을 고비를 여러 차례 넘기는 등 수많은 고난을 겪은 후 겨우 집에 당도한다. 그러나 고난은 끝이 아니고 이제 시작에 불과하여 국군과 공산군이 진퇴를 거듭하는 과정 속에서 남편 하기석의 실종과 정세 변화에 따른 처신의 어려움, 폭파된 잔해 속에서의 연명을 위한 분투, 모친 윤씨의 처참한 죽음 등 계속되는 고통을 경험한 후에야 주관적 심리의 장벽을 거두고 가족 공동체 속에서의 자유롭고 자족적인 아나키적 삶의 지평에 눈뜨게 되는 것이다.

이상에서 살펴본 것처럼 〈시장과 전장〉의 서사구조에서 한 축을 담당하는 남지영은 개인주의와 전체주의가 공방한 6·25에 있어 개인주의의 특성을 보여주는 기능을 담당한다. 그러한 남지영의 특성은 심리의 미분화

(微分化)와 내부 갈등으로 인한 내면적 '전장'이다. 이러한 그녀가 취할 수 있는 행동은 현실 도피나 환상에의 몰입으로 주관적 심리의 평형을 유지하는 일이다. 그러나 객관 정세로 말미암아 이러한 시도가 좌절되고 주관이 객관에 의해 말살의 지경에 이르러서야 남지영은 주관 속의 유폐를 파기하고 바람직한 객관상에 눈을 뜨게 되는 것이다. 그리하여 그녀는 눈앞의 이념 대립의 대안으로서 누구의 간섭도 없는 자족적이고 자유로운 가족 공동체적 삶이라는 아나키적 이상향을 갈망하기에 이르게 되는 것이다.

그러면 이념 전쟁의 다른 한 편을 담당한 전체주의의 경우는 어떠한가? "인간의 상품화, 상품의 물신성을 막고 인간을 해방하려는 맑시즘"[37]이 "새로운 사회를 조직하는 임무"를 위해 "격렬한 정열로써 완전히 가차없이 파괴하는"[38] 행동을 감행한 6·25는 "자기 자신을 위한 어떠한 이해관계도, 일도, 감정, 소유물, 이름도 없다. 우정과 사랑, 감사와 명예, 그런 것도 오직 혁명에 대한 냉혹한 정열로써 희생되어야 하며, 세속적인 법칙과 도덕, 습관하고는 아무 관계도 없다."[39]는 신념하에 "사유재산제가 완전히 없어지고 영원한 낙원이 온다"[40] 목표를 위해 "반동은 모조리 말살"[41]하자는 "호소와 규탄의 메시지, (…) 시민들의 서명 운동, 플랜카드와 시위행렬, 잇단 행사 또 행사"[42]를 반복하면서 전국을 '전장'으로 만들기에 이른다.

해방 이전부터 만주에서 코뮤니스트로 활동해 온 하기훈은 해방 후 서울에서 배반자 안핵동의 테러 지령을 받고 준비하던 중 그의 돌연사로 뜻을 이루지 못하자 다음 임무를 대기하다가 6·25를 맞는다. 그 과정에서 빈혈로 거리에 쓰러져 있던 이가화를 구조하고 그 인연으로 생의 의욕이 하나도 없어 보이는 이가화와 몇 차례 만나 관계를 갖기도 하지만 자신은 누구도 사랑하지 않는다며 이가화의 은근한 기대를 번번히 차단한다. 또 이가화로부터 사랑하던 남자의 손에 오빠와 아버지를 잃고 월남한 사실을 들게 되었을 때도 인민의 적이라는 죄목 때문이었을 것이라며 이가화 애인을 두둔하는 등 냉랭한 반응을 보인다.

이처럼 전체주의 이념의 화신으로 기능하는 하기훈은 임무 수행에만 매진할 뿐 어떠한 감정이나 사랑, 도덕 등 인간적인 면모를 철저히 외면하려 든다. 그러기에 이가화에 대한 사랑의 감정을 억제하고 "모든 정치 조직은 일계급의 이익과 대중의 불이익을 나타내는 지배의 조직에 불과하며 프롤레타리아가 권력을 점유하려는 것은 프롤레타리아 자신이 지배적, 착취적 계급이 되려는 것이다"[43]라고 커뮤니즘을 비판하는 아나키스트 석산 스승을 체포할 뿐 아니라 격의 없이 지내던 석산의 아내 김여사의 석방 청원조차 가차 없이 거절하는 것이다.

그뿐만 아니라 하기훈은 혁명의 이름으로 감행되는 도처의 '전장'에서 숱한 죽음들이 쏟아져 나오는 것에 대해서도 "많은 사람들이 죽었습니다. 또 많은 사람들이 죽어갈 것입니다. 누구의 죄도 아닙니다. 본시부터 그렇게 되어 있으니까요."[44]라고 그 필연성을 말하며 태연해 한다. 그러나 외부의 '전장'에서 계속되고 있는 살육의 드라마는 아래의 몇몇 경우에서 묘사되듯이 내걸고 있는 명분과 추상적 당위성을 떠나 그 참혹함으로 말미암아 모두의 공분과 회의를 불러일으키기에 족할 정도이다.

　(4) 치료를 받는 부상병은 이를 악물고 운다. 시꺼멓게 기름때가 앉은 뭉실한 코, 그 코끝에서 눈물방울이 뚝뚝 떨어진다. 땀냄새와 비린내가 코를 찌른다. 모두 그 광경을 묵묵히 지켜보고 있다.
　　○○군단 야전병원에는 끊일 줄 모르게 부상병이 실려 들어왔다. 부상병들이 실려 들어오는 만큼 시체는 병원 밖으로 실려 나간다. 운반차 속에서도 죽고, 들것 위에서도 죽고, 야전병원 뜰에서 뜨거운 햇볕을 받으며 물 달라고 소리소리 치다가도 죽어갔다. 폭풍에 얼굴 살점이 다 달아

난 병사, 삐져나온 눈알이 흐물흐물 움직이며 연방 피가 쏟아지는 팔과 다리를 잃은 병사, 창자가 터져서 파리가 엉겨붙고 숨을 쉴 때마다 분수처럼 피가 솟구치고, 먼지와 비린내와 땀, 카키빛 군복과 햇빛과 핏빛, 그 세 가지 강렬한 색채에 눌려 아비규환은 오히려 한낮 같은 적막으로 사라지는 것 같다.[45]

(5) 밤을 타고 마지막 공산당원들이 마을에서 사라진 뒤 숨어다니던 사람들은 돌아왔다.

비 오는 날에는 빗물만 괴고 맑은 날엔 햇빛만 비치고 사람의 그림자 하나 없던 빈 터, 국민학교 교정에 유엔군은 천막을 쳤다. 황폐한 벌판은 별안간 수풀이 되었다. 온갖 것이 다 돋아나서 모양과 소리는 뚜렷해진 것 같다. 재빨리 벌어진 시장에는 레이션박스의 물건들이 쏟아져나왔다. 아이들은 검둥이 뒤를 쫓아가며

"헬로우!"

하고 손을 벌린다. 한편 마을에서는

"빨갱이는 모조리 죽여라! 새끼도 에미도 다 죽여라! 씨를 말려야 한다!"

구십일 동안 두더지처럼 햇빛을 무서워한 사람들은 외치며 몰려나왔다.

"반동은 다 죽여라! 최후 발악하는 인민의 원수, 미제국주의 주구는 한 놈도 남기지 말고 무자비하게 무찔러라!"

-산과 강물까지 말문을 닫게 했던 그 소리는 다시

"빨갱이는 죽여라! 씨를 말려라!"

메아리는 그렇게 돌아오고 피는 피를 부른다.[46]

(6) 밤과 낮, 밤과 낮, 마을과 마을……

그 마을에서는 무서운 학살이 벌어지고 있었다. 도스토에프스키의《악령》속에 "농부가 간다. 도끼를 메고 무엇인지 무서운 일이 있을 것 같다." 그런 시는 안개에 묻힌 무거운 나라의 이야기. 머슴 출신의 열렬한 공산당원들이 대창을 들고 핏발선 노한 짐승 같은 눈을 하고서 마을을 휩쓸고 다닌다.

"반동은 씨도 남기지 말라! 우리들의 원수 제국주의의 앞잡이! 죽여라! 죽여! 모조리 한 놈도 남기지 말고."

몇 대를 묶어 내려온 고가의 높은 담을 뛰어넘고 굳게 닫혀진 큰 대문을 때려부순다.

"반동새끼들 나오너라!"

짐승의 울음 같은 소리를 지르고, 도망치는 사람의 등을 수박처럼 찌른다. 고래고래 소리를 지른다.[47]

(7) 윤 씨와 김씨 댁 아주머니도 이제 더이상 묻지 않고 그들을 따라 뛰어간다. 그들이 간 곳은 한강 모래밭이었다. 강의 얼음은 아직 풀리지 않았다. 그 곳에는 여남은 명 가량의 사람들이 몰려 있었다. 사실은 배급이 아니었다. 밤 사이에 중공군과 인민군이 후퇴하면서 미처 날라가지 못했던 식량이 여기저기 흩어져 있었던 것이다. 사람들은 갈가마귀떼처럼 몰려들어 가마니를 열었다. (…) 김씨 댁 아주머니와 윤 씨도 허겁지겁 달려들어 쌀을 퍼낸다. 그리고 떨리는 손으로 자루 끝을 여민 뒤 머리에 이고 일어섰다. 그 순간 하늘이 진동하고 땅이 꺼지는 듯 고함소리, 총성과 함께 윤 씨가 푹 쓰러진다. 윤 씨는 외마디 소리를 지르며 쌀자루 위에 얼굴을 처박는다. 거무죽죽한 피가 모래밭에 스며든다.

"이 빨갱이 새끼들아! 피란 안 가고 무슨 개수작이야! 다 쏘아 죽여 버릴 테다!"

도망치던 사람들도, 쌀을 퍼내던 사람도, 일어서려던 사람도 땅에 몸이 붙은 듯 움직이지 못한다. 군인은 식량을 내려놓고 빨리 가라고 소리쳤다.[48]

　(4)는 인민군 야전병원에서, (5)는 탈환 후의 서울에서, (6)은 패주하던 하기훈이 들른 마을에서, (7)은 중공군 후퇴 직후의 한강변에서 벌어진 죽음의 정경들이다. 제동력을 잃고 가해와 보복의 악순환 속에서 끝없이 펼쳐지는 이러한 죽음의 향연은 월북 후 참전한 커뮤니스트 장덕삼까지 살아있다는 실감을 느낄 수 없게 만들고 "마을의 아이새끼 하나가 죽어도 까막까치까지 모여들어 어이어이 울"고 "강아지가 죽어도 우는 판"[49]이었던 옛날을 떠올리게 만들 정도이다.

　그러나 "사라져가는 민심을, 사라져가는 인민들의 불길을 억지로라도 되살리기에는 오직 승리가, 사람과 상품의 소모를 막아줄 결정적인 승리가 있을 뿐이라고" 생각하는 이념의 화신 하기훈만은 냉혈한처럼 투쟁의지를 불태운다. 그러면서도 이러한 외부적 '전장'을 겪으면서 하기훈도 전면적 변신은 아니지만 이따금 흔들림을 보이면서 인간적인 면모를 드러내게 된다.

　(8) 대답이 없다. 한참 만에
　"한 가지 부탁이 있는데,"
　전쟁 얘기는 잊어버린 듯 딴전을 폈다.
　"제수씨께서 사람 하나 맡아주시겠습니까?"
　"네?"
　"어떤 여자 한 사람을……"
　하다가 말끝도 맺지 않고 다시 생각에 잠긴다. 부탁하기가 미안해서 그러는 것 같지도 않다.

"어떤 분인데요?"

"네?"

자기 한 말을 잊은 듯 기훈은 다시 지영을 가만히 쳐다본다.

"아아, 역시 그만두는 게 낫겠군요. 내버려둘랍니다. 내버려두죠."

일어섰다.[50]

(9) 산허리를 깎아서 만든 길, 왼편 아득히 아래쪽에 마을이 있다. 초가
지붕과 포플러나무가 희미하게 보인다. 그리고 길 편에 고장난 트럭이 한
대 있다. 부상병들은 걸음을 멈추고 병신처럼 말없이 트럭을 바라본다.
트럭 속에는 다 죽어가는 부상병들이 실려 있고 운전병이 차 밑에 누워서
차를 고치고 있었다. (…) 대열은 슬그머니 움직인다.

"이봐 내 어깨 위에 오르란 말이야. 알았어?"

기훈은 나직이 속삭이며 땅바닥에 쭈그리고 앉는다.

"꼬마! 어서!"

성한 어깨를 두들기며 기훈은 소년을 본다. 소년은 잠시 어리둥절하다
가 기훈의 진의를 깨닫는다. 힐끔힐끔 다른 사람들을 살펴보며 기훈의 한
쪽 어깨를 밟고 올라가서 트럭을 거머잡는다. 기훈은 일어선다. 얼굴을
찡그린다.

"삑삑 울지 말고 빨리 올라가!"

엉덩이를 때려준다.

소년은 원숭이 새끼처럼 트럭을 타고 올라간다.

기훈은 상처받은 어깨를 누르며 일어선다. 소년에게 손을 흔들어주고
트럭 사이로 빠져나간다.[51]

(8)에서는 사랑을 믿지 않으며 일시적인 바람기만이 자신을 움직이는 힘이라고 강변하던 하기훈이 '사랑'만이 모든 것인 이가화를 자신의 동생집에 맡기려고 잠깐 생각해 보는 장면으로 냉혹한 하기훈에게 약간의 변모가 움트고 있다. 그러다가 (9)에서 하기훈은 급박한 패퇴 상황에서 어린 부상병의 괴로워하는 모습을 보고 자발적으로 차량에 탑승하게 해주는 인간미까지 보여주기에 이른다.

그럼에도 불구하고 하기훈은 끝내 하산이나 전향을 거부하고 애인 이가화만을 전향한 장덕삼에게 넘겨주려다가 대원에게 발각되어 총격전의 와중에서 이가화를 죽게 할 뿐 이념의 경직성을 넘어서지는 못하고 있다. 이렇게 볼 때 〈시장과 전장〉에서 전체주의 지향성을 대표한 하기훈은 수많은 외부의 '전장'을 야기하면서 냉혹한 이념인으로 일관하고자 하지만 무참한 죽음의 양산과 민중과의 괴리라는 문제점만 확인시키고 인간미에 눈을 뜨면서 자멸의 길로 들어서는 것이다.

이처럼 개인주의의 내부 '전장'과 전체주의의 외부 '전장'이 각각 심리적 병리성과 파괴적 비인간성만을 남긴 채 주관의 극복과 객관을 가장한 비인간적 독선의 극복이라는 문제점을 해결 과제로 남기고 있다고 파악하는 것이 〈시장과 전장〉이다. 그러면 이 문제에 대한 해답이란 어디에서 찾아질 수 있는지를 살펴볼 차례가 되었다.

4. 축제적 '시장'과 '전장'의 해소

〈시장과 전장〉은 개인주의와 전체주의의 이념전쟁인 6·25를 내면과 외면의 이원적 '전장'에서 묘사하면서 그 문제성을 아나키적 축제로서의 '시장' 이념으로 해결하고자 한 아나키즘 소설이라는 것이 우리의 입론이었다. 그리하여 개인주의란 결국 심리적 내면 전장에서 타자와의 소통부재로 귀결되는 병리학을 연출하고, 전체주의란 독선적 객관주의의 관철을 위한 외부 전장을 만들어 도처에서 비인간적 살상극을 연출하였음을 앞에서 살펴보았다.

그 과정에서 개인주의의 대표자 남지영이 피난의 고통을 겪으면서 자족적 가족 공동체의 발견으로 인식의 폭을 넓히고, 전체주의의 대표자 하기훈도 참혹한 투쟁과정에서 인간미의 일단을 회복하기는 하지만 문제의 궁극적 해결에는 미달함도 알 수 있었다. 그렇다면 양자의 지양태란 어디서 어떠한 양상으로 찾아질 수 있을 것인가?

앞에서 우리는 이념 대결의 현실을 비판하며 '역사 밖 중간지점에서 명목에 구애받지 않고 해방된 영혼으로 숨 쉬며 사는 삶'을 대안으로 제시하던 석산의 주장이 그대로 박경리 아니키즘론의 요체라고 파악한 바 있다. 그리고 좌우대립의 희생자로서 이데올로기의 허망함과 생존하는 것 이상의 진실은 없다고 믿게 된 박경리의 고백도 주목하였다. 그렇다면 범박하게 말해 박경리가 추천하는 아니키즘적 이상향이란 '이념을 떠난 자유로운 삶을 보장하는 곳'에 다름 아니고 그것은 곧 시장으로 표상되는 삶의 방식과 상통하는 것이다. 이념으로 야기된 전장은 삶을 파괴하지만 시장은 삶을 지속 가능케 하면서 아무 것도 가리지 않고 사람들을 불러 모으는 통합의 장이기 때문이다.

(1) 남대문, 사람의 물결 속으로 지영이 휩쓸려 들어간다. 시장에는 골목골목에 상품이 그득히 쌓여 있었다. 의류, 일상용품, 화장품, 신발 모두 옛날과 같이, 다만 식료품 앞에 사람들이 많이 모여들었으나 물건이 가난하다.

(…)

연방연방 옷가지를 싼 보따리가 시장으로 들어온다. 해방 직후의 시장 터처럼 헌옷 장수들이 길을 메운다. 시골로 곡식 하러 가는 장사꾼들이 그것을 흥정한다.

떡 장수, 메밀묵 장수, 국수 장수, 활기에 넘치고 가지가지 소리가 있는 시장, 페르시아의 시장이 아니고 전쟁이 밟고 지나간 장터에도 음악은 있다. 장난감 파는 가게에 인민군들이 서 있고 그들이 돌아갈 때 누이와 동생, 아들과 딸들에게 선물할 장난감을 고르고 있지 않은가.[52]

(1)에서처럼 전쟁의 와중에도 옷과 곡식과 음악과 활력이 넘쳐나는 곳, 물건을 거래하기만 할 뿐 그가 인민군이든 피난민이든 문제가 되지 않는 곳, 오로지 가족을 먹이고 입히고 선물을 주기 위해 사람들이 휩쓸리는 곳이 바로 시장인 것이다. 이념 전쟁이 한창이고 도처에 죽음이 넘쳐나는 살벌한 현실에서 이처럼 모두를 어울리게 해 주고 죽음이 아닌 삶의 방향으로 끌고 가는 시장이란 얼마나 경이로운 장소인가? 장사꾼과 구매자와 인민군과 구경꾼조차 시끄럽게 어울릴 수 있게 하는 시장이란 그대로 아나키적 축제의 장이라 할 수 있을 것이다. 이러한 시장은 타자와의 소통부재로 내면에 자신을 유폐시킨 개인주의자 남지영에게조차 해방감의 출구를 열어 주는 곳이 된다.

(2) 시장은 축제같이 찬란한 빛이 출렁이고 시끄러운 소리가 기쁜 음악이 되어 가슴을 설레게 하는 곳이다. 동화의 나라로 데리고 가는 페르시아의 시장-그곳이 아니라도 어느 나라, 어느 곳, 어느 때, 시장이면 그런 음악은 다 있다. 그 즐거운 리듬과 감미로운 멜로디가. 그곳에서는 모두 웃는다. 더러는 싸움이 벌어지지만 장을 거두어버리면 붉은 불빛이 내려 앉은 목로점에서 화해 술을 마시느라고 떠들썩, 술상을 두들기며 흥겨워

<u>하고, 대천지 원수가 되어 무슨 이로움이 있겠는가.</u> 오다가다 만난 정이
도리어 두터워지는 뜨내기 장사치들.

    물감 장수 옆에 책을 펴놓고 창호지에 담배를 마는 사주쟁이 노인도
서편에 해가 남아 있는 동안은 희망을 버리지 않는다. 온갖 인생, 넘쳐흐
르는, 변함없는 생활이 이곳에서 소용돌이치고 있는 것이다.[53]

    이처럼 떠들썩하고, 모두가 웃고, 싸우던 자들도 화해의 술을 나누며 흥
겨워하고, 오다가다 만난 정이 두터워지고, 해가 있는 동안은 누구나 희망
을 버리지 않는 '시장'은 온갖 인생이 넘쳐흐르며 생활이 변함없이 소용돌
이치는 활력의 원천으로서 축제의 장인 것이다. 이러한 아나키적 융합을
가능케 하는 시장이야말로 내면의 늪에 빠져 허우적거리던 남지영이나 이
념의 늪에 빠져 인간미를 상실했던 하기훈이 공존할 수 있는 접점이라 할
수 있을 것이다. 그런 의미에서 아나키스트 석산이 꿈꾸던 서방도 동방도
아닌 '중간노선'의 삶이란 결국 시장의 활기로 모든 이를 살맛나게 만드는
이런 시장적 삶이 아니었겠는가?

    그러면 활력에 넘치는 시장처럼 아나키적 축제로 영위되는 삶이란 어떤
것일까? 그것이 장사치나 구매자로 나서서 시장의 메카니즘에 참여하는
삶만을 지칭하지 않는 것은 자명해 보인다. 여기서 '시장'이란 일종의 메타
포로서 그것은 개인주의적 내면의 성곽이나 전체주의적 이념의 틀로부터
해방되어 자유롭게 삶을 구가하는 상태를 가리키는 것인 바, 그러한 삶의
양상이란 어떠한 것일까?

    살육의 참상 속에서 늙은 농부가 그리워하는 "땅 파먹고 죄 안짓고 선영
모시고 자식 기르며 살아"[54]가는 삶, 모친을 잃고 무너진 집터에서 남지영
이 "내 혼자 내 자식들하고 얼음을 깨어 한강의 붕어나 잡아먹고 살"[55]고
싶다는 삶, 전향자 장덕삼이 꿈꾸듯이 "이념이나 구호"나 "목숨에 대한 위

협"이 없이, "사는 생명의 자유", "돌을 쪼개고 흙을 파도 사는 자유"가 있는 삶[56] 등을 공약수로 하는 삶이야말로 거기에서 멀지 않을 것이다. 그리고 냉혹한 이념의 화신 하기훈이 꿈꾸어 본 "싸리나무 울타리에 저녁 짓는 연기가 나구, 농부는 외양간에 소를 몰아넣고 흙 묻은 옷을 툭툭 털"며 나오면 부엌에서 아낙이 "풋고추를 넣은 된장찌개 냄새"나는 "밥상을 들고 나오"[57]는 목가적 풍경도 바로 그러한 삶의 연장선상에 있는 것이다.

그런 의미에서 석산이 역설한 '역사 밖 중간지점에서 명목에 구애받지 않고 해방된 영혼으로 숨 쉬며 사는 삶'은 바로 아나키적 축제로 영위되는 삶에 다름 아니고, 그러한 삶을 가장 극적으로 구현해 보여주고 있는 인물로 우리는 이가화를 들 수 있다. 그러면 자신은 빨갱이가 아니면서 그가 누군지, 살았는지 죽었는지도 모르는 사랑하는 사람을 "혹시 만날 수 있을는지도 모른다"는 한 가닥 희망만을 간직한 채 천덕꾸러기 취급을 받으며 입산하여 결국 상봉까지 하게 되는 이가화의 삶의 방식이란 무엇인가?

이념에 물든 애인에게 아버지와 오빠를 잃고 단신 월남하여 생에의 의욕을 잃은 채 빈사의 지경을 헤매던 이가화는 따뜻하게 자신을 구조해 주고 이따금 찾아와 신분을 숨긴 채 사랑을 나누고 사라지던 하기훈이 코뮤니스트임을 알게 된 후에도 그에 대한 무조건적 애정으로 위험한 빨치산 근거지까지 찾아간다. 그러나 하기훈으로부터 냉대만 당하는 그녀는 그가 살아있음을 확인한 것만으로 온 세상을 얻은 듯 기뻐하며 처지와 앞날을 생각지 않고 그 순간의 환희와 충만감에 몸을 맡기는 인물이다.

(3) 기훈은

(가화…….)

다 해진 여자 군복을 입은 가화는 속절없이 한 마리의 산짐승이 되어 있었다. 더욱더 여위어서, 싸리나무처럼 여위어서, 그러나 이상하게 살아 있는 눈동자, 덤덤히 기훈을 바라본다.

"장덕삼 동무가 저들 속에 있을 게요."

기훈은 굴 앞에 서성거리고 있는 산사람들의 무리를 가리킨다. 그리고 그는 돌아서서 가버린다. 가화는 그 뒷모습이 바위 쪽에서 사라지는 순간 눈을 들어 확인하려는 듯 바라본다. 그 모습이 없어지자 사방을 둘레둘레 살핀다. 발 아래 꽃이 피어 있다. 가화는 펄썩 주저앉아 꽃을 와둑 잘라서 손에 들며

"아 아."

벙어리 같은 소리를 지른다.

"아 아."

그는 다시 벌떡 일어서며 공중에다 대고 두 팔을 뻗는다.

"사, 살아서, 아아."

그는 도로 주저앉으며 꽃이란 꽃은 모조리 잘라서 사방에 뿌리고 흩는 다. 여윈 볼이 붉게 탄다. 꽃을 다 버리고 다시 꽃을 꺾어서 들고 한 곳에 서 있을 수 없는 듯 그는 숲 속을 마구 헤매어 돌아다닌다.[58]

자신의 안위는 아랑곳하지 않은 채 사랑하는 사람을 찾아 위험지역에 들어오고 그의 냉대에도 불구하고 생존 확인만으로 온 세상을 얻은 듯 기 뻐할 수 있는 삶의 방식, 그것은 분명 내면에 유폐된 개인주의와도 거리가 있고, 이념만을 지고로 아는 냉혹한 전체주의와도 거리가 있는, 명목과 이 념으로부터 해방된 자유 영혼의 삶의 방식일 터이다. 그러기에 이러한 삶 의 방식은 이기적인 개인주의자나 냉혹한 전체주의자 누구에게도 '병신' 같아 보일 것이고 '바보' 이상일 수 없어 보일 것이다. 그러나 그러한 바보 만이 이념의 화신 하기훈마저 바보로 만드는 어이없는 일을 할 수 있고, 이가화만은 살려야 한다는 마음이 들도록 할 수 있는 것이다.[59] 그것은 자

신을 전향시키려던 장덕삼에게 독설로 맞서던 하기훈과 얼마나 다른 모습인가?

(4) 기훈은 가화의 머리를 쓸어넘겨준다. 머릿결이 참 부드럽다. 낮에 머리를 감더니.

"바보같이…… 넌 참 바보다, 가화."

기훈의 눈에 눈물이 빙 돈다.

"너 같은 바보가 어디서 그런 용기가 났지? 뭐 할려고 이런 곳에 왔어?"

"선생……님 볼려구요. 이렇게 만나지 않았어요?"

(…)

담배연기를 뿜어낸다. 가화는 달맞이꽃을 꺾고 있다. 마을로 내려가자는 기훈의 말에는 아무 흥미도 느끼지 않는 것 같다. 다만 행복한 얼굴로 달맞이꽃을 꺾고 있다. 한 묶음으로 엮어서 그는 기훈 곁으로 돌아왔다. (…)

"마을로 가자는 내 말이 믿어지지 않어?"

"지금이 좋은걸요. 더이상 욕심 안 부릴래요."

"그럼 안 가겠단 말인가?"

"아, 아 아니 선생님 하는 대로 할께요."

"그럼 나하고 함께……."

일어섰다. 그는 다시 가화의 손을 잡는다. 가화는 기훈에게 이끌린 채 산길을 타고 내려간다. (…)

가화가 허덕이는 것은 산길이 험한 탓이 아니다. 그는 행복에 숨이 가쁜 것이다.[60)]

이처럼 전쟁의 한복판에서도 이가화는 사랑하는 이를 만나 함께 있는 것만으로 만족할 뿐 그 순간의 충만감 이외에는 아무 욕심 부리지 않으며 행복에 겨워 가쁜 숨을 내쉬는 것이다. 그러므로 이가화는 발전이니 이념이니 하는 것에 관심이 없는 역사 밖 존재이고, 사랑하는 사람과 함께 있다는 것만으로도 전쟁터를 꽃의 축제장으로 받아들이는 아이 같은 해방된 영혼이며, 번민의 자아의식도 없고 이해득실도 따지지 않은 채 마음 가는 대로 행동하는 자유적 삶의 구현자인 것이다.

그러나 이가화만은 하산시켜 살리려 하던 하기훈의 뜻이 변절로 오해받아 총격전이 벌어지고 그 와중에 이가화는 숨을 거두게 된다. 이처럼 순수한 영혼을 지닌 이가화는 비록 세상을 떠나지만 그녀의 죽음은 이기와 이념을 신주처럼 모시며 대결한 6·25의 의미를 새삼 되묻게 만드는 희생양으로 기능하게 되는 것이다. 그리하여 개인주의니 전체주의니 하는 헛된 구호가 아니라, 명목을 떠난 해방된 영혼의 자유로운 삶이라는 그 아나키즘적 지향성이야말로 상처받은 당대에 대한 통렬한 비판이자 바람직한 치유책임을 이가화는 전존재로 보여주고 있는 것이다.

5. 맺음말

본고는 박경리의 문학사상을 탐구하는 작업의 일환으로서 박경리의 초기 장편 〈시장과 전장〉을 아나키즘적 맥락에서 살펴보고자 하였다. 이러한 착상은 작품에 아나키스트가 등장하여 코뮤니스트와 논쟁을 벌인다는 점, 작가가 무정부주의에 호감을 가지고 있다고 발언할 뿐 아니라 6·25에 대해 개인주의와 전체주의라는 두 이념이 공방을 벌인 것이라고 제3의 시각에서 규정하고 있는 점, 작가 스스로 좌우대립의 희생아이자 반항아라고 공언하고 있는 점 등에 기초한 것이었다.

절대적 자유를 위한 반항 사상이자, 사회주의와 자유주의의 합류점이라고도 평가되는 아나키즘이 〈시장과 전장〉의 입각점이라는 우리의 가설이 타당하다면 이 작품은 아나키즘적 시각에서 6·25의 참상을 비판하고 대안을 제시함으로써 60년대 리얼리즘 문학의 지평을 한 단계 올려놓은 문학사적 공적을 재평가 받아야 할 것이다.

우리는 〈시장과 전장〉에 많은 인물이 나오고 여러 사건이 뒤얽혀 있지만 소설의 중심축은 여교사 남지영의 피난과정과 코뮤니스트 하기훈의 투쟁과정이라 보고, 6·25에서 격돌한 개인주의와 전체주의의 문제성을 두 진영에 각각 속하는 남지영과 하기훈을 통하여 드러내고 그것을 전란을 거치면서 이가화 같은 아나키적 인간상에서 변증법적 지양을 이룩하도록 한 것이야말로 이 작품의 서사구조이자 참된 주제라 파악하였다.

남지영은 개인주의의 특성인 심리의 미분화(微分化)로 내면에 '전장'을 지니고 있는 인물이다. 결혼생활, 남편, 어머니, 자녀 등 주변 세계와 심리적 갈등관계에 놓여 있는 그녀가 취할 수 있는 유일한 행동은 현실을 도피하거나 환상에 몰입하여 주관 속에서 심리적 평형을 유지하는 일이다. 그러나 전쟁이라는 객관 정세의 악화로 이러한 시도가 좌절되고 주관이 말살의 지경에 이르렀을 때 남지영은 주관 속의 자아 유폐로부터 벗어나 바람직한 세계상을 열망하기에 이른다. 그것은 누구의 간섭도 받지 않는 자족적이고 자유로운 가족 공동체라는 삶으로 아나키적 이상과 상통한다.

한편 하기훈은 역사 발전을 신봉하는 전체주의자로 자신의 이념을 실천하고자 수많은 외부적 '전장'에 뛰어들고 인정에 끌리지 않는 냉혹한 인물이다. 그리하여 아나키스트인 스승 석산과 그의 아내 김여사와의 인연을 차갑게 외면하고 사랑했던 이가화를 냉정하게 버릴 뿐 아니라 수많은 죽음들을 필연성의 이름으로 정당화하고자 한다. 그러나 패전과 민심의 이반, 처참한 전투, 이가화의 지고지순한 사랑 등에 마음이 흔들리며 일시적으로 목가적 농부생활을 동경하기도 한다.

이처럼 개인주의와 전체주의는 각각 내부 '전장'과 외부 '전장'에서 심리적 병리성과 파괴적 비인간성이라는 문제점과 한계를 드러내고 있는 것이다. 그러므로 자신의 입지에서 한 발짝도 물러나지 않는 한 공방 해결의 가능성은 요원하다고 볼 수 있다. 그러면 상호 대립하는 양자를 넘어설 수 있는 제3의 변증법적 지양은 불가능한 것인가? 〈시장과 전장〉은 그것이 바로 '시장' 이념이라 보고 있다.

'시장'이란 떠들썩하고, 모두가 웃고, 싸우던 자들도 화해의 술을 나누며 흥겨워하고, 오다가다 만난 정이 두터워지고, 해가 있는 동안은 누구나 희망을 버리지 않는 등 온갖 인생이 넘쳐흐르며 생활이 변함없이 소용돌이치는 활력의 원천이자 축제의 장인 것이다. 이러한 융합을 가능케 하는 시장이야말로 내면의 늪에 빠져 허우적거리던 남지영이나 이념의 늪에 빠져 인간미를 상실했던 하기훈이 공존할 수 있는 접점인 것이다. 그런 의미에서 아나키스트 석산이 꿈꾸던 서방도 동방도 아닌 '중간노선'의 아나키즘적 삶이란 결국 시장의 활기로 모든 이를 살맛나게 만드는 그런 삶에 다름 아닌 것이다.

이처럼 '역사 밖 중간지점에서 명목에 구애받지 않고 해방된 영혼으로 숨 쉬며 사는 삶'이 구현되는 곳이 바로 '시장'이라면 6·25의 와중에서 '시장'적 삶의 모습을 가장 극적으로 구현하여 보여준 인물이 바로 이가화이다. 스스로는 이념의 희생자이면서도 사랑하게 된 하기훈이 코뮤니스트임에도 불구하고 무조건적 애정으로 빨치산 산채까지 그를 찾아 나선 이가화는 하기훈의 생존 확인만으로 삶의 충만감에 몸을 떠는 여인이다. 그녀는 처지와 앞날을 생각지 않고 더 이상 욕심 내지 않으며 사랑하는 이와 함께 있는 그 순간의 행복감을 꽃장식으로 표현하며 행복의 가쁜 숨을 내쉴 뿐이다.

작가조차 처음으로 그려낸 긍정적인 여자라고 기뻐한 이가화야말로 아나키스트 석산이 꿈꾸던 삶의 구현자가 아니겠는가? 역사 밖에 서서 아무것에도 가담하고 싶어 하지 않고 아무 것도 믿지 않으며 집단에 대한 승리 같은 것은 생각지도 않고 명목을 떠나 진실로 해방된 영혼으로 숨을 쉬는 삶, 이가화는 그러한 축제적 삶이 무엇인지를 보여주고 있는 것이다.

그러기에 이러한 순진무구성은 냉혹한 하기훈마저 움직여 그녀를 살리려는 행동을 하게 되고 대원의 오해로 벌어진 총격전에서 결국 이가화는 숨을 거두게 된다. 그러나 이가화의 죽음은 개인주의와 전체주의가 공방한 6·25가 휴전으로 귀결되면서 미해결로 남게 된 객관 현실의 문학적 반영으로 이해되어야 할 것이다. 그러나 이가화가 보여 주었듯이 '시장'으로 표상되는 '해방된 자유 영혼의 아나키적 축제로서의 충만한 삶'이라는 아나키즘적 이상은 개인주의와 전체주의를 다 같이 포괄적으로 넘어설 수 있다는 의미에서 아직까지도 진행형적 의의를 가지고 있다 할 것이다.

대하소설 〈토지〉와 동학사상

1. 머리말

박경리가 일찍이 "앞의 단편들이 모두 다《김약국……》에도 들어가고
〈시장과 전장〉에도 들어가고…… 이런 것처럼, 〈시장과 전장〉과《김약국
의 딸들》, 이것을 종합한 것이 〈토지〉"[1]라고 술회한 바 있듯이 대하소설
〈토지〉(1969~1994)는 25년에 걸쳐 완성해 낸 박경리 필생의 역작이자 이
전의 문학적 성과들의 종합적 결산이라 할 수 있다.

이러한 사실은 여러 박경리 연구자들이 〈토지〉는 "그 이전의 장편소설
들의 주제의 발전적인 종합"[2]이라든가, "박경리의 문학세계 전체가 통합되
어 이루어진 작품"[3], 또는 "〈시장과 전장〉 등 현대, 도시를 다룬 계열과
〈김약국의 딸들〉 등 초기 근대와 농촌공동체를 다룬 계열의 소설이 합쳐
지는 지점"[4]이라고 한결같이 지적하고 있는 것에서도 재확인된다.

이러한 〈토지〉에 대하여 이제까지 장르 문제, 한의 문제, 생명사상, 여
성의식, 서술방식, 인물연구 등[5] 여러 측면에서의 조명이 시도되어 왔지만
필자는 위에서 지적된 것처럼 〈토지〉 형성의 과정적 특성을 감안하여 그
의 "올바른 이해를 위해선 그 이전 작품들에 대한 고찰이 필요"[6]하다는 전

제 아래 "작가의 정신구조로서의 발상법"[7])을 문학사상이라 규정하고 〈토지〉 이전의 작품들을 살펴본 바 있다. 그 결과 박경리의 초기작에서는 실존주의[8])를 포함하는 에고이즘을[9]), 〈김약국의 딸들〉과 몇 작품에서는 샤머니즘을[10]), 〈시장과 전장〉에서는 아나키즘을[11]) 작품 발상법으로 규명해 내었다.

이러한 연구 성과에 힘입어 본고에서는 박경리 문학의 결산이자 생명문학의 대명사로 일컬어지는 〈토지〉의 문학사상을 고찰해 보고자 한다. 그러나 5부작으로 집필된 대하소설 〈토지〉는 1897년부터 1945년까지 50여 년에 걸쳐 하동 평사리를 비롯하여 서울, 만주, 일본 등 광대한 시공간을 배경으로 600여 명의 인물들[12])이 대를 이어가며 활동하는 대작일 뿐 아니라 "중심인물과 중심사건이 부재"[13])하는 "탈중심적 구성방식"[14])에 대화 위주의 장면중심적 서술방식을 취하고 있어 작품의 의미망이나 작가의 발상법으로서의 문학사상을 포착하기가 용이하지 않음도 사실이다. 그럼에도 불구하고 〈토지〉는 이전의 모든 문학적 성과가 수렴된 생명문학이라 말해지는 만큼 에고이즘과 샤머니즘과 아나키즘 등 이전 문학사상들이 여하한 함수관계 속에서 생명사상으로 재정립되고 있는가는 결코 포기될 수 없는 연구과제일 터이다.

그런데 작가가 "「토지」 완간의 심회를 밝히면서 이 작품을 관류하는 정신으로 동학의 평등사상"을 들고 있는 점에 주목하면서 "1권과 마지막 권의 인식의 공통점이 동학의 평등사상으로 맺어진다는 사실"[15])은 문학적 사건이라고 한 어느 연구가의 지적은 우리의 작업에 하나의 시금석을 제공한다. 과문한 필자가 알기에 그동안 박경리 연구에 있어 동학사상과의 관련양상은 별로 천착된 바가 없다. 따라서 본고는 작가가 〈토지〉를 관류하는 정신이라 언급한 동학의 평등사상이 〈토지〉의 발상법으로서의 문학사상이라는 가설 아래 양자 사이의 관련성을 천착해 보고자 한다.

2. 박경리와 동학사상

주지하다시피 한문경서를 모은『동경대전』과 한글가사집인『용담유사』를 기본경전으로 하는 동학은 "사람이 곧 하날님이니 사람을 하날님과 같이 섬기라"[16]는 종지(宗旨)를 내세우며 1860년 수운 최제우에 의하여 창시된 민족종교이다. 그러나 동학은 종교를 넘어 "인간은 누구나 다 각자의 성(性) 속에 한울님을 모시고 있고 이 한울님을 스스로 발견하고 깨치면 자기 자신이 한울님이 된다"[17]는 인내천(人乃天)사상을 표방함으로써 "반상, 적서, 노주, 남녀, 노소, 빈부" 등 모든 차별을 반대한 반봉건적 평등사상이자 더 나아가 토지의 균분, 여전제(閭田制), 경자유전(耕者有田) 등 경제평등 요소까지 포함하고 있는 민주적 근대사상이라 평가된다.[18]

이처럼 "인간 평등의 근대적 시민사회를 대망한 토착적인 유토피아상을 제시"[19]한 동학은 이에서 그치지 않고 제2대 교주 해월 최시형에 이르러서는 "인간뿐만 아니라 동물·식물, 그 밖의 모든 자연계의 사물에 대해서까지도 시천주자(侍天主者)"라 가르치면서 "일상적 근로, 일용식사적 세속적 행위에 대해서 시천주의 윤리로 모두 '위천주(爲天主)'의 성스러운 일로 격상"[20]시켰다. 이로 인하여 동학은 "민중의 일상적인 삶, 일하고 밥 먹고 또 일하고 자식 낳아 키우는 나날의 삶 속에서 무궁하고 신령한 우주생명의 활동과 변혁을 보는 사상", "인간 또는 민중을 그 구체적 삶을 통해 사회적으로 거룩하게 드높이는 인류역사상 전무후무한 민중해방사상"이자 "생명의 사상"이 되었다고 고평되기까지 한다.[21] 말하자면 인간평등, 생명평등, 일상의 성화(聖化)가 동학의 요체로 지적되고 있는 셈이다.

그런데 천지만물에 한울님을 모시지 않은 것이 없어 만물이 평등하다면 생명을 유지하기 위해서 다른 생명을 먹지 않을 수 없는 생물들의 먹이활동은 어떻게 설명될 수 있는가? 최시형은 이처럼 사람이 다른 물건을 먹는 것을 '한울이 한울을 먹는 것이다'라고만 말하고 있어 일견 모순의식을 불식시키지 못하고 있어 보이는데 이에 대하여 동학도이자 동학연구가 김지하는 다음처럼 해석하고 있다.

어떻게 한울이 한울을 먹을 수 있겠는가? 한울을 바로 생명이라고 이야기한다면, '생명이 생명을 먹는다'- (…) 이것은 하나의 매우 의미심장한 그리고 신비로운 뜻을 가지고 있습니다. (…)

'생명이 생명을 먹는다'는 것은 한 생명이 다른 단위 생명체의 둘레, 즉 여백에 관여하는 형식을 통해서 그 여백으로부터 자기의 먹이를 얻어서 먹고 또한 자기의 씨앗을 보존·유지하며 씨앗 둘레에 풍부한 여백을 또한 산출함으로써 또다른 단위 생명체로 하여금 그 여백으로부터 그 생명체의 먹이를 획득하게 하도록 개방하는, 그러한 연쇄적인 고리와 고리의 연결-그 연결을 기본 내용으로 하는 '생명계의 질서'를 말하는 것입니다. 바로 이것이 '먹이사슬의 원리'입니다. '한울이 한울을 먹는다'는 것은 '먹이사슬'의 원리이며 '공생'의 원리입니다.[22]

이렇게 인간평등, 생명평등, 더 나아가 우주만물의 평등은 물론 생명을 유지시키기 위한 먹이사슬의 공생원리에까지 인식지평을 넓힌 동학에 대하여 그 "기본 세계관은 생명"[23]이라고 전제한 김지하는 "철저한 영성과 생명의 사상"[24]인 동학이야말로 "소위 기모델에서 생명모델로의 세계를 보는 눈의 방향 변화, 패러다임의 변화"를 줄 수 있는 "인류에게는 큰 복음"[25]이라고 평가하며 그로부터 만물공경이라는 바람직한 미래의 생명적 도덕윤리까지 끌어내고 있다.

그러면 이처럼 인간평등, 생명평등, 만물평등을 넘어 만물공경이라는 미래적 생태윤리까지 함유하고 있다는 동학은 박경리와 어떻게 연관되어 있는 것일까?

박경리는 〈토지〉를 관류하는 것이 동학의 평등사상이라 말했음에도 불구하고 정작 동학에 관하여 직설적으로 언급하고 있는 경우는 그리 눈에 띄지 않는다. 이는 생명이나 샤머니즘에 대해 여러 가지 형식으로 도처에서 확신에 찬 어조로 말하고 있는 것과 상당히 대조적이다. 그것도 "동학에 대해서 전문가는 아니지만"[26]이라거나 "내가 동학을 깊이 연구한 것은 결코 아닙니다."[27] 등 조심스럽고 겸손하게 단서를 달면서 이야기한다.

이것은 동학이 한국 근대사 이해의 한 지표인 만큼 해박한 전문지성보다는 주관적 통찰에 더 많이 의존하는 보편지성으로서의 작가적 겸양의 표현일 수도 있고, 한학적 교양을 바탕으로 유불선을 교합하여 조선 말기의 내외적 위기를 타개하기 위해 등장한 동학의 이론체계에 식민지 근대교육을 받은 작가로서 체계적으로 접근하기가 실제적으로 만만치 않았음의 고백일 수도 있을 것이다.

그럼에도 불구하고 "동학 자체가 제세구민(濟世救民)에서 출발하여 인간의 주체성을 강조하고 만민은 평등하다는 인내천(人乃天), 즉 지상천국을 표방한 현실적 종교로서 정치적인 실천을 농후하게 내포하고 있다."[28]고 〈토지〉의 한 지문에서 말할 때 박경리의 동학 이해가 그의 겸사와는 달리 상당한 수준에 도달해 있었음은 의심의 여지가 없다.[29] 더 나아가 동학이 범생명적 평등사상이자 서양 사회주의보다 앞선 실천 운동이고 미래에도 지속 가능한 열린 사상이라 다음처럼 설파할 때 그 역사적 인식지평은 결코 여느 전문가에 뒤지지 않아 보인다.

태어난 생명들이 다 고르게 배불리 먹을 수 있고 무리에서 따돌림받지 않고 업신여김을 받지 않고 복되게 사는 것을 꿈꾼 것이 어디 오늘만의 염원이던가? 그것이 어디 사람만의 염원이던가? 천지만물 생명 있는 일체의 염원 아니겠는가. 하낫도 새삼스러울 것이 없지. 사람의 경우 그러기 위하여 정치의 형태가 달라져야 한다는 그 자각도 변함없이 내려 온 것이고 (…) 정치의 형태가 달라져야 한다는 염원이 우리나라에서는 진작부터 백성들에 의해 폭발했었다는 일을 서양 사회주의 하는 젊은이들이 깡그리 잊고 있는 것이 나로선 안타깝네. (…)

조선에서는 소련에 앞서서 동학혁명의 전쟁이 있었네. (…) 학문한 젊은 놈들, 특히 신식 학문을 한 젊은 놈들, 동학사상을 (…) 미신이다, 하눌님 떠받드는 황당한 미신이다 (…) 그리 생각하지? (…)

그 생각이야말로 황당한 것이야. 동학의 사상은 천상을 향한 것이 아니네. 지상에 세워야겠다는 바로 그 염원일세. (…) 그것은 조선민족의 죽지 않고 남아 있던 뿌리가 다시 거목이 되어 우리 앞에 나타났던 거고 동학은 그렇게 꺾이었으나 다시 살아날 것이네. 하눌님은 천상에 계신 것이 아니며 백성 하나하나, 사람뿐만 아니라 억조창생 생명 있는 것, 그 생명이야말로 하눌님이기 때문이다.[30]

박경리에 의하면 "동학은 샤머니즘의 재래"인데, 이때의 샤머니즘은 큰 나무에 제사하는 데에서 볼 수 있듯이 무당의 행사가 아니라 생명의 능동성에 교감과 교통을 원하는 생명주의이다.[31] "생명 있는 것에 대한 경의, 가령 오백년 천년을 살아온 생명의 신비 그 위대함에 대한 숭배이며, 인간만이 아닌 모든 생명에 대한 평등사상으로서"[32] "샤머니즘의 핵심"은 바로 생명사상이라는 것이다. 이처럼 생명사상과 샤머니즘과 동학을 동일선상에서 이해하고 있는 박경리는 그 구체적 연관성을 다음처럼 설명한다.

생명사상은 우리를 둘러싼 모든 것에 축복을 보내는 마음가짐입니다. 생명의 축복과 고통의 슬픔을 함께 하는 것이지요. (…) 영험한 산, 영험한 나무 등의 표현에는 생명과 교류하려는 우리들 고유의 정신이 깃들어 있습니다. 다른 세계와 교신하려는 우리들의 소망, 이것이 한입니다. 죽은 자식이나 남편, 부모와 교신하고자 하는 소망에는 영성은 불멸한다는 인식이 깔려 있습니다. (…) 우리의 한은 이렇듯 소망입니다. 이루어지지 않기 때문에 이루려는 추구행위인 만큼 미래지향적이지요. 우리 사상의 근본이 이것입니다. (…) 동학 역시 샤머니즘의 후예라고 생각돼요.

(…) 프랑스 혁명이 정치사상을 바꾸어 놓은 계기가 되었듯이, 동학은 우리의 근본을 복원하기 위한 중요한 혁명이자 세계사적 사건이지요. 왜냐하면 생명의 존엄성을 확립하기 위한 농민들의 전쟁이자 샤머니즘의 확인이었으니까요.[33]

샤머니즘을 생명의 불멸적 영성과 교류하려는 이루기 어려운 소망으로서의 '한'을 추구하는 우리 사상의 근본이라고 보고 있는 박경리는 샤머니즘의 후예로서의 동학은 우리의 근본을 복원하려는 농민 혁명이자 생명의 존엄성을 확립하려 한 세계사적 사건이라고 고평한다. 이 지점에서 우리는 동학의 평등사상이 관류하고 있다는 〈토지〉가 왜 동학혁명이 스치고 지나간 1897년부터 시작되고 동학장수 김개주와 최참판댁 마님 사이에서 태어난 혼외자 김환이 작품에서 비중있게 다루어지는지를 일단 어렵지 않게 이해할 수 있다. 또한 전 지구적으로 생명이 파괴되고 자원 고갈이 날로 심화되어 생태학적 파라다임으로의 문명 전환이 시급해진 오늘날 후천개벽을 주창하며 출현한 생명사상적 동학이 왜 세계사적 사건인가도 자명하다.

그런데 박경리는 동학으로부터 '한울이 한울을 먹는다'는 명제와 김지하의 해석으로서의 '생명이 생명을 먹는다'라는 먹이사슬적 명제에 특히 강한 영향을 받은 것처럼 보인다. 그러나 앞에서 본 것처럼 김지하가 먹이사슬의 원리에서 여백을 통한 공생이라는 생명계의 신비로운 질서를 담담히 읽어내고 있는 반면에 박경리는 "생물은 생물을 먹지 않으면 살 수 없는 먹이 사슬의 딜레마가 있"어 "그 살생은 원죄와도 같아서 죽음에 이르기까지 벗어버릴 수 없는 족쇄같은 것"[34]이라고 안타까움을 표한다. 이에 더하여 "태어나면서 죽음에 이르는 생명, 그 원초적 숙명"에서 기인하는 '한'[35]으로 인하여 다음처럼 대자대비의 생명관을 견지한다.

> 사람뿐만 아니라 이 세상에 생을 받은 모든 생명은 다 살고 싶어 한다. 어떠한 역경 속에서도 살기를 원한다. 영웅같이 죽는 것보다 초근목피로 삶을 이어가는 것이, 그것이 진실이다. 사는 것 이상의 진실은 이 세상에 없다. 그러면 생명들은 왜 살고 싶은 것일까. 그것은 본능 때문이라고 했다. (…) 살고 싶고 살아야겠다는 의지는 자기 자신의 실존을 의식하고 사물을 인식하는 데서 시작되며 삶을 가능하게 하는 것이 바로 능동성이다. 그리고 생명만이 보유한 능력이다. 그것은 고귀하고 값진 것이며, 어떠한 보물로도 대신할 수 없다. 그럼에도 불구하고 생물은 생물을 먹지 않고는 생존할 수가 없는 것이다. 그것은 근원적인 비극이며 갈등이며 원죄적인 것이다. 우리는 자연의 순환으로 자위하기도 하고 체념하기도 하나, 들꽃 하나, 풀벌레 하나, 그 모두가 생명인 이상 애잔하다.[36]

태어나면 반드시 죽어야 하는 생명의 숙명, 이에서 기인하는 한, 그러면서도 사는 것 이상의 진실은 없는 생명의 능동성, 그리고 일시적이나마 생존하기 위해서는 다른 생명을 먹어야만 하는 근원적인 비극, 이로 인한 원죄의식, 이러한 생명의 제 양상은 박경리에게 생명평등 사상의 근거로 작용하면서도 생명을 애잔하게 바라보는 시선을 갖게 한 것이다.

그런데 "생명과 더불어 왔"기 때문에 "한의 근원은 생명"[37]이라고 범박하게 이야기되지만 무엇이 이루어지지 않기 때문에 이루려는 추구이자 소망인 '한'은 "배고파서 외롭고 헐벗어서 외롭고 억울하여 외롭고 병들어서 외롭고 늙어서 외롭고 이별하여 외롭고 혼자 떠나는 황천길이 외롭고" 한 것처럼 구체적 삶의 국면이 "생명의 응어리"38)를 야기할 때 발생한다. 이처럼 박경리는 생을 받은 억조창생의 명운은 순환 운동이 한결같고 조물주의 무자비함이 공평39)하여 '한'을 야기하므로 생명의 불멸적 영성과 교류하려는 염원으로서의 샤머니즘과 그의 재래로서의 동학은 공통적으로 생명사상적 본질에 그 핵심이 있다고 보고 있는 것이다.

이상에서 우리는 〈토지〉를 관류하는 것이 동학의 평등사상이라 한 박경리의 언급에 착목하여 박경리와 동학의 관련양상을 드러내 보고자 한 셈이다. 요컨대 동학이 시천주적 존재로서 인간 및 만물은 평등하다고 보고 평등사회를 지상에 실현하려 한 사상이라면, 박경리는 그 평등성을 모든 생명의 비극적 본질에 기인하는 '한'의 공유에서 찾아내고 이 '한'의 소망과 추구가 생명과 샤머니즘과 동학의 공통 지향성이라는 고유한 생명사상을 이룩하였던 것이다.

3. 〈토지〉의 문학사상과 생명 평등

박경리의 필생의 대작 〈토지〉는 이전의 모든 문학적 성과의 결산이라고 범박하게 말해질 수 있지만 보다 구체적으로 살펴보면 박경리의 문학적 생애는 몇 단계로 구분될 수 있고 각 단계들 사이에는 인식론적 단절 혹은 계승이 이루어지면서 지속적으로 작가의식의 확산이 이루어져 왔음을 알 수 있다. 그리고 그 과정은 작가의 발상법적 차원에서 보자면 초기의 자전적 에고이즘 단계를 거쳐 관심대상을 증폭시킨 민중적 샤머니즘 단계, 당대적 문제의식으로서의 아나키즘 단계를 지나 모든 이전 단계는 물론 우주 만물, 과거와 현재, 미래까지 아우를 수 있는 생명평등 사상으로 귀착되기에 이른 것으로 파악된다.

아울러 그 과정에서 작품의 대상이 확대되고 삶의 고통과 한이 발견되고 동학의 평등사상이 범생명적 한의 공유로 재해석되면서 〈토지〉의 거대 드라마가 가능했던 것이라 생각된다. 다시 말해 〈토지〉는 생명사상 속에서 앞의 제 과정의 수렴과 종합을 이루어냈을 뿐만 아니라 시간과 공간의 대폭 확장과 무수한 개성적 인물의 첨가로 장대한 대서사시를 이루면서도 '한'이라는 영원회귀적 공분모를 작법으로 하여 시작도 끝도 없는 생명의 홍수로서의 인생 드라마를 창조했던 것이다.

그런데 동학의 평등사상에 영향을 받아 '한'에 기초한 독자적인 생명 평등사상을 구축해 낸 박경리는 〈토지〉 속에서 동학과 유관한 인물들의 투쟁을 직접 다루거나 동학의 종지인 평등사상을 재해석한 다양한 '한'의 인간 군상을 그려내거나 일상을 중심으로 작품을 전개함으로써 일상의 거룩함을 드러내는 등 동학적 모티프를 우성소(dominants)로 하여 작품을 전개하고 있음을 볼 수 있다. 그러면 본 장에서는 〈토지〉의 발상법으로서의 생명 평등 사상의 타당성을 검토한다는 의미에서 그 구체적 양상을 살펴보기로 한다.

우선 〈토지〉가 직접적으로 동학과 연관되는 경우는 동학장수 김개주와 최참판댁 며느리 윤씨부인 사이에서 사생아로 탄생한 김환이라는 인물이 모친에 대한 사무친 한을 품고 최참판댁에 머슴으로 들어가 배다른 형 최치수의 아내이자 주인공 격인 최서희의 모친 별당아씨를 유혹하여 달아났다가 그녀가 죽은 뒤 동학난의 잔당들을 규합하여 투쟁활동을 벌이는 스토리 라인이다. 이 과정은 작가에 의하여 다음과 같이 작품 속에서 요약

정리된다.

묘향산에서 숨을 거둔 별당아씨를 (…) 묻은 뒤 김환은 팔도강산을 방랑하며 (…) 우연히 지리산에서 (…) 왕시 동학의 장수였던 운봉노인을 만나게 되고, 연곡사에 들른 김환은 (…) 생모 윤씨가 남겼다는 유산 얘기를 듣게 된다. (…)

운봉과 자금, 김환은 운봉을 중심으로 동학의 잔당을 규합하기에 이르렀다. (…) 조직이 표면화되어 있는 중앙의 동학과는 아무 관련 없는, 동학란에 참가했고 숨어살고 있는 무리를 모았으며 (…) 도처에서 일어나는 의병 등을 엄폐물로 삼아 교묘하게 항일투쟁을 전개했던 것이다. (…)

동학을 현실적 강령으로 삼고 항일투쟁이 앞서야 한다는 김환과 동학을 교리로서 교세의 확장이 전제요, 점진적 항일운동을 주장하는 윤도집과의 끊임없는 대립과 갈등이 있었다. (…) 운봉이 세상을 뜬 뒤 결국 윤도집 쪽으로 기울었던 지삼만의 밀고에 의해 김환은 체포되었고 유치장에서 자살로 생애를 마감하였다. (…)

이세들로 (…) 모인 인물들이 (…) 명맥을 이어 (…) 다진 사람은 송관수였다. (…) 형평사운동에 참가하면서 그의 시야는 넓어졌고 활동의 방향을 (…) 형평사운동에서 사회주의 흐름 곁에 서게 된 것이다. (…)

그러나 송관수는 무조건 그들을 추종했던 것은 아니었다. (…) 송관수의 사회주의란 지극히 단순하고 명료했다. (…) 동학의 실천적 요강과 그리 먼 것 같지 않게 생각되었으며 사실 동학의 실천적 요강이라는 것도 (…) 복잡할 필요가 없었다. 세상을 바꾸어놔야 한다는 것, 배고프고 핍박받는 사람이 없어야 한다는 것, 그것이 그의 정열의 모든 것이었다. 어쨌거나 (…) 그가 없는 (…) 오늘의 모임은 사실상 해체와 결별의 자리였다.[40]

그러나 이 경우에도 김환은 동학운동에 강인한 신념을 가지고 매진하는 투사라기보다는 효수당한 부친의 불행한 생을 "가문의 노예가 된 생모 탓으로 돌리고 한을 품"[41]으며 그 한이 그 생애를 지배한다. 그리하여 결국 체포되어 감옥에서 자살한 그의 오십 평생은 이렇게 요약되고 있을 뿐이다.

불행인지 다행인지 석포는 어제 숨을 거두었다. (…)

말할 입은 석포의 죽음으로 닫혀버렸다. (…) 뒷일을 위해서는 스스로 목숨을 끊지 않는 것이 적절할 테지만. 사세 여하에 따라서 자살도 수단으로 하지 않으면 안 된다. (…) 홀가분하다. 말할 수 없이 홀가분한 것이다. 그러나 마음 밑바닥에서 불어오는 차디찬 바람은 무슨 바람인가. 골수를 쑤시는 것 같은 허무. (…)

투쟁과 방랑, 애증과 원한의 가파로운 고개를 넘은, 평지가 오히려 발끝에 섰었던 오십 평생은 마음과 몸이 피로 물들었던 것처럼 격렬했었다. 환이는 무엇 때문에 살고 죽는 것인지 그것을 생각한다. (…)

오십 년 생애에 수많은 사람들과 작별을 하였다. (…) 전주 감영에서 효수된 부친, 제삿날 밤 무덤을 찾아갔었던 무덤 속에 잠든 모친, 묘향산 골짜기의 불여귀 같은 여자, 생애를 피로 물들였던 그 사람들의 추억도 버리고 가야 하는 것이다. (…)

이튿날 아침, 환이는 스스로 목을 졸라서 죽은 시체로 발견되었다.[42]

단순한 동학적 이상의 화신이라면 김환은 어떻게든 살아남아 목적달성을 위해 분투했을 것이다. 그러나 한으로 얼룩진 가슴을 안고 애증과 투쟁의 고된 길을 걸어 온 김환은 동료의 자살로 입막음이 될 가능성이 있었음에도 불구하고 허무감 속에서 자살로 생을 마감하는 것이다. 물론 그의 죽음으로 동학의 꿈과 이상이 사라지는 것은 아니어서 백정의 사위로 신분

차별의 한을 깊이 간직한 송관수가 고난을 겪으며 형평사운동 같은 동학 투쟁을 벌이지만 그 또한 결국은 한 줌의 재로 만주에서 귀국하고 그 한은 아들 영광에게로 이어진다.

그런데 이처럼 표층적 레벨에서 〈토지〉와 동학운동의 연관만 문제 삼을 때 그것은 〈토지〉의 전체상으로부터 크게 유리되는 빈약한 결과만을 얻게 될 뿐이다. 그러므로 인간평등, 생명평등을 내세우는 동학의 평등의 근거를 시천주가 아니라 생명의 비극적 조건에 기인하는 '한'의 공유로 잡은 뒤 '한'으로 점철되는 다양한 인간군상을 그려낸 방식에 더 관심을 가질 필요가 있어 보인다. 그리고 600여 명에 이르는 인물들의 '한'을 무작위로 살피는 것도 무의미하지는 않겠지만-생명은 평등하므로-〈토지〉의 총결산적 특성을 감안하여 그 이전의 발상법에서 배태된 인간형들의 삶의 궤적을 중심으로 살펴보기로 하겠다. 〈토지〉에는 이전의 문학적 성과로서 우리가 주목했던 에고이스트, 샤머니즘적 인물, 아나키스트 등 몇몇 원형적 인물이 등장하여 각기 고유한 지향성과 '한'을 표출하면서 삶의 다성악을 현출하는 바, 먼저 에고이스트적 인물부터 살펴보기로 한다.

〈토지〉에서 에고이스트로 분류될 수 있는 인물은 독선적이고 자존심 강한 최서희 말고도 이기적인 임이네와 유인성의 처 석씨, 나르시스트 조용하, 결벽증의 명희 등 여럿을 들 수 있다. 그런데 〈토지〉는 특별한 주인공이 없는 소설이라 말해지지만 그럼에도 불구하고 하동 평사리의 대지주 최참판댁의 몰락담과 당주 최서희의 가문 회복담이 중요한 거멀못 역할을 하는 것도 사실이므로 최서희를 중심으로 고찰해 보기로 한다.

어린 나이에 씨다른 삼촌 김환과 사랑의 도피행을 결행한 모친 별당아씨로 인해 생이별의 한을 품게 된 최서희는 호열자의 발호로 천애고아가 되어 일가뻘 되는 조준구에게 재산을 다 빼앗기고 핍박을 받다가 할머니가 숨겨둔 금괴를 처분하여 마을 사람들과 용정으로 떠난다. 이런 과정에서 "포악하고 음험하고 의심 많고 교만한"[43] 성격을 갖게 된 서희는 "한이 맺히고 맺힌 (…) 난 하동으로 돌아가야 할 사람이다. 살을 찢고 뼈를 깎고 피를 말리는 고초를 겪는 한이 있어도 나는 내가 세운 원을 잊어서는 아니 된다."[44]고 결의하고 재산을 찾고 원수를 갚기 위해 하인 길상과 장사를 시작하여 큰 돈을 번다.

일제의 눈을 피하기 위해 독립자금도 거절하고 "내 원수를 갚기 위해선 무슨 짓인들 못할까보냐. 내 집 내 땅을 찾기 위해선 무슨 짓인들 못할까보냐. (…) 태산보다도 크고 바다보다 깊은 이 내 원한을 풀지 못한다면 나는 죽은 목숨이오."[45]라고 생각하며 어릴 적 혼담이 오가기도 했던 사랑하는 이부사댁 자제 이상현을 버리고 하인 길상과 혼인까지 한다.

"하인하고 혼인을 했다 해서" 모두들 자기를 격하하려 들고 있음을 아는 최서희는 "나는 손상당하지 않어! 최참판 가문은 손상되지 않는단 말이야! (…) 나는 지키는 게야. 최서희의 권위를. 최참판 가문의 권위를 지키는 게 아니라 되찾는 게야. 영광도 재물도."[46]라는 욕망과 아집과 집념으로 결국 집과 땅을 되찾고 아들 둘을 앞세우고 귀향한다. 그러나 조준구에게 망신을 주고 복수를 한 최서희는 비애와 허무감에서 허위적거린다.

허울만 남았구나. 서희는 마음 속으로 중얼거린다. 나비가 날아가버린 번데기, 나비가 날아가버린 빈 번데기, 긴 겨울을 견디었건만 승리의 찬란한 나비는 어디로 날아갔는가? 장엄하고 경이스러우며 피비린내가 풍기듯 격렬한 봄은 조수같이 사방에서 밀려오는데 서희는 자신이 살아 있는 사람이 아니지 않는가 하고 생각해보는 것이다. 실재하는 것은 아무것도 없었고 어느 곳에도 없었다. (…) 생각의 강물은 방향도 잡지 못한 채 생명의 허무, 사멸의 산기슭을 돌아간다. (…) 억만 중생이 억겁의 세

월을 밟으며 가고 또 오고, 저 떼지어 나는 철새의 무리와 다를 것이 무엇
이며, 나은 것은 또 무엇이냐. 제 새끼를 빼앗기고 구곡간장이 녹아서 죽
은 원숭이나 들불에 새끼와 함께 타죽은 까투리, 나무는 기름진 토양을
향해 뿌리를 뻗는다 하고, 한 톨의 씨앗은 땅속에서 꺼풀을 찢고 생명을
받는데 인간이 금수보다 초목보다 무엇이 다르며 무엇이 낫다 할 것인
가.[47]

에고이스트 최서희가 삶의 과정에서 품게 된 한을 해한(解恨)한 뒤 허무
감을 절감하는 위 장면은 인간과 뭇 생명의 능동성과 한의 평등을 자각적
으로 드러내고 있다. 그러나 하나의 한이 해결되면 또 다른 한이 잇따라
나타나니 길상과의 심적 갈등, 어려운 시국에서 친일과 항일 사이의 곡예
를 하면서 삼부자와 가산을 지켜내기 위한 부심 등이 그것이다. 그리하여
마침내 해방이 되었을 때 최서희는 소망으로서의 '한'의 긴장이 풀리며 순
간 아노미 상태에 빠지는 것이다. 그러나 그에게는 또다른 '한'을 배태하며
해방기의 혼돈을 향해 가야하는 삶의 도정이 기다리고 있을 터임은 불문
가지이다.

다음으로 샤머니즘적 인간은 〈토지〉의 대상 시기와 관련이 있지만 평사
리 백성 대다수가 이에 해당된다. 그들에게 "외손봉살 하믄 자손이 지리지
않는다."[48], "무당년하고 상관하믄 재수가 없는 법",[49] "팔월에 문을 바르믄
도둑이 든다."[50]와 같은 샤머니즘적 금기나 아이를 낳지 못하는 용이처 강
청댁이 팽나무 둘레의 돌무덤에 돌을 얹고 "영특하신 목신님네 소원성취
비나이다. 자식 하나 점지하소서."[51] 하면서 손을 모아 경건하게 수없이
절을 하는 기복행위, 용이 부친이 천연두를 앓는 용이를 위해 음식을 차려
비손을 한[52] 재난 예방책 등 샤머니즘적 제 행위는 그들에게 일상이었던
것이다.

그러나 그 효험은 보장되는 것이 아니어서 강청댁은 끝내 아이를 낳지 못하고 비손을 한 용이는 회복되나 비손을 하지 않은 여동생 서분은 죽고 만다. 그럼에도 불구하고 그들이 할 수 있는 일은 그 외에 없었던 것이다. 그러기에 호열자가 창궐하여 줄초상이 났을 때도 그들은 부적 같은 미신에 매달릴 수밖에 없는 것이다.

이러한 호열자에 마침내 강청댁이 걸렸다. 모친의 반대로 첫사랑인 무당딸 월선이와 혼인을 하지 못한 용이는 그 좋은 인물에 걸맞지 않는 작고 못생긴 강청댁과 정 없는 살림을 차렸지만 월선이와의 사랑을 잊지 못하고 과부가 된 칠성의 처 임이네와도 관계를 가짐으로써 아이 없는 강청댁을 늘 강짜로 몰아넣어 온 터이었다.

병이 난 시초부터 강청댁은 임이네를 두고 의심부터 했다. 구토와 설사가 걷잡을 수 없이 심해지자 강청댁은 용이도 공모했을 거라 억설을 하며 울부짖었다.

"오냐아! 내 죽고 나거든 아들딸 놓고 재미있게 살겠다 그거로구나아! 하늘이 시퍼렇다! 하늘이!"

그만 뒈지라고 소리를 질렀으나 용이는 병이 심상찮음을 깨닫고 읍에 나갔다. 그러나 문 의원을 만나지 못했고 다른 약국에서도 약을 짓지 못했다.(…) 광란을 부릴 기력조차 없어진 강청댁은 그럼에도 버둥거리며 악담을 뇌이고 있었다.

"제집 소나아 공몰 해서 사약을 먹있고나. 그러니께 의원을 안 데리고 온 거 아니가. 누구 아무도 없나! 원통해서 내가 우찌 죽으꼬!"

강청댁은 마지막 순간까지 용이에 대한 원한에 사무쳐서 나부대었다.[53]

볼 품 없고 질투와 강짜를 일삼으며 살림조차 팽개쳤던 샤머니즘적 한 생명이 한 맺힌 생을 마감하는 장면이다. 그러나 긍정적인 인물의 경우라고 예외는 아니다. 평사리 백성 정한조가 무고하게 일병에게 살해된 뒤 천신만고 끝에 아들 석이를 교사로 키워낸 석이 모친은 불행한 결혼 끝에 성환과 남희를 남기고 석이가 동학과 관련되어 만주로 피신한 후 무사하다는 안부를 듣자 "조왕님네 고맙십니다.", "터줏대감님네, 고맙십니다." 하면서 "만사는 다 신령님네 요량하시기 탓이니께 이 늙은것 정성을 헤아리사 부디, 부디, 비나이다."[54]고 정성껏 절하며 빌지만 돌아온 결과는 석이 모친이 눈 멀고 남희가 겁탈당하는 등 지속적으로 '한'이 되풀이되는 것이다.

한편 〈토지〉에 등장하는 아나키스트로는 이론을 구비한 서의돈, 해도사, 소지감, 오가다 등이 있는가 하면 행동으로 자유 생애를 사는 주갑, 부용, 월선 등이 있다. 박경리적 의미에서 아나키즘은 사람뿐 아니라 천지만물 생명 있는 것 모두가 남에게서, 나로부터도, 골육에서 윤리도덕에서 풀려나고자 몸부림을 한다고 보며 "소위 자유인, 풀려난 사람"을 신선과 다름없는 최고의 인간으로 친다.[55] 〈시장과 전장〉에서 형상화된 이가화가 박경리의 이상적인 아나키스트라면 〈토지〉에서 그에 상응하는 인물은 이용을 지고지순하게 사랑하는 월선이라 할 수 있을 것이다.

(1) 기훈은 가화의 머리를 쓸어넘겨준다. 머릿결이 참 부드럽다. 낮에 머리를 감더니.

"바보같이…… 넌 참 바보다, 가화."

기훈의 눈에 눈물이 필 돈다.

"너 같은 바보가 어디서 그런 용기가 났지? 뭐 할려고 이런 곳에 왔어?"

"선생……님 볼려구요. 이렇게 만나지 않았어요?"

(…)

가화는 달맞이꽃을 꺾고 있다. 마을로 내려가자는 기훈의 말에는 아무 흥미도 느끼지 않는 것 같다. 다만 행복한 얼굴로 달맞이꽃을 꺾고 있다. 한 묶음으로 엮어서 그는 기훈 곁으로 돌아왔다. (…)

"마을로 가자는 내 말이 믿어지지 않어?"

"지금이 좋은걸요. 더 이상 욕심 안 부릴래요."

"그럼 안 가겠단 말인가?"

"아, 아 아니 선생님 하는 대로 할께요."

"그럼 나하고 함께……."

일어섰다. 그는 다시 가화의 손을 잡는다. 가화는 기훈에게 이끌린 채 산길을 타고 내려간다. (…) 가화가 허덕이는 것은 산길이 험한 탓이 아니다. 그는 행복에 숨이 가쁜 것이다.[56]

(2) 장터하고 상당한 거리가 있었고 또 그곳의 시끄러운 소리가 들려오는 것도 아니었지만 한 달에 세 번씩 서는 장날이면 노상 설레어지는 것은 용이를 기다리는 월선이었다. (…) 물끄러미 강 너머 산을 바라본다. 장날이면 장날마다 반드시 용이 와주었던 것은 아니었다. 지난 장날에 왔을 때 다음 장날에 오마 하고 약속을 했던 것도 아니었다.

"눈이 빠지게 기다리고 있는 것을 알 기믄서, 이리 해가 져도 안 오는 사람이 오겠나. 임이네 서슬에 못 오는갑다. 하기사 그렇겠지, 와 안 그렇겄노."

(…)

"와 인자 오요. 걸어서 왔소?"

"……"

"이녁 기다리노라고 나, 나루터에 나갔다가."

"거기는 와 나가노!"

월선이는 우죽우죽 따라가면서 그저 용이 와준 것만 기뻐서 어쩔 줄을 모른다. 문을 밀고 집안으로 들어갔을 때 사방은 아주 어두워져 있었다.
(…) 팔을 뻗어서 여자를 자기 곁에 뉘인 용이는

"내가 잘못했다. 안 그럴라 하믄서도, 백 가지 중 한 가지도 못하는 내
처지가……."

"얼굴만 보믄…… 그, 그라믄 머를 더 바라겄소."[57]

(1)의 가화와 (2)의 월선은 사랑하는 사람과 같이 있는 그 순간의 행복에
젖어들 뿐 더 이상 기대하지 않는다는 점에서 닮아 있다. 말하자면 〈시장
과 전장〉에서 아나키스트 석산이 제시한 이상, 역사 밖에서 아이 같은 해
방된 영혼으로 번민의 자아의식도 없고 이해득실도 따지지 않은 채 마음
가는 대로 행동하는 자유적 삶[58]에 온통 몸을 맡기는 것이다. 이러한 삶이
기에 월선은 〈토지〉에서 한을 남기지 않은 채 완벽히 삶을 마감할 수 있는
보기 드문 인물이다.

그 외에 자유인의 경지에 있는 인물로 주갑과 부용은 다음처럼 묘사된다.

(1) 두 사내는 또 다시 유쾌한 웃음을 터뜨린다. 웃는 주갑의 얼굴은 언
제 슬퍼했나, 언제 배고파했나 싶으리 만큼 태평스럽다.

"이자 길 떠나야겄소."

용이 망태를 둘러메고 일어섰다.

"그러십시다."

(…)

"담배쌈지 있이믄 내놓으소."

어리둥절하다가 주갑이는 낡고 때에 절어서 번들거리는 담배쌈지를 내
놓는다. 용이는 임이가 준 담배봉지를 뜯고 주갑의 담배쌈지에 푹푹 눌러
가며 옮겨 넣는다. (…) 주갑은 좋아서 어쩔 줄을 모른다. 말라비틀어지고

검버섯이 얼룩덜룩 핀 얼굴이 갑자기 팽팽해지며 윤이 흐르는 것만 같다. 기분에 따라서 그렇게 달라지는 주갑의 얼굴을 어이없이 바라보다가 용이는 망태를 어깨에 걸머진다. 먼저 길켠으로 올라선 주갑이는 아이처럼 몸을 뺑 돌리며 건너오는 용이를 쳐다보며 또 빙글빙글 웃는다. 담배 한 쌈지 얻은 게 그에게는 그렇게 행복했던 모양이다.[59]

(2) 부용이란 치과의원 옆에 붙어 있는 찻집 상호이자 동시에 그곳 주인마담의 이름이었다. (…)
"요조숙녀는 아니지만 그 계집이 자존심은 있거든. 그러나 내(꽹쟁이 유인배)가 부용이를 좋아하는 것은 지 살고 싶은 대로 사는, 소위 자유인이라는 그 점이오. 내일 땅이 꺼지는 한이 있어도 오늘 근심 없이 산다, 그 낙천적인 면도 좋고, 나일성씨(영광)는 그렇게 생각하지 않소?" (…)
화제에 오른 부용이라는 여자는 (…) 찻집을 해서, 또 요즘 같은 시국에 떼돈이 벌어지는 것도 아니었지만 그는 애시당초 금전에는 개의치 않았던 것 같았다. (…) 웬만한 일에는 화를 내는 법이 없었고 늘 분위기가 밝았다. (…) 없으면 없는 대로 있으면 있는 대로 쓰고 소위 하루살이(…)[60]

생명의 생래적인 한으로 괴로워하면서도 그것을 삶의 원동력으로 삼는 인생에서 유일하게 매 순간 긍정적이고 자족적으로 생을 향유하는 인간형으로 제시되는 것이 바로 위 (1), (2)에서 그려진 것처럼 아나키즘적 인물이다. 이들은 인생에게 큰 기대를 하지 않은 채 자유 속에서 한을 초월하고자 한다. 이용에 대한 운명적 사랑으로 지속적으로 고초를 받으면서도 만나는 순간의 향유 그 이상을 바라지 않던 월선이 이용의 품속에서 죽으며 한이 없다고 말하는 소이연도 여기에 있을 터이다.

이제 끝으로 일상의 성화라는 동학의 실천덕목과 관련하여 〈토지〉가 일상적인 삶, 일하고 밥 먹고 또 일하고 자식 낳아 키우는 나날의 삶 속에서 무궁하고 신령한 우주생명의 활동과 변혁을 보이기 위하여 일상을 중심으로 작품을 전개하는 양상을 살펴보기로 한다. 여기서 일상이란 우연의 산물이 아니라 "민중의 매일매일의 생활, 밥을 먹는 생활, 일을 하는 생활은 바로 최고로 거룩한 굿이며, 이 굿을 통해서 찢어진 인간의 삶을 통합하고 (…) 생명을 본디 상태대로 창조적으로 회복하게 되"61)는 후천개벽의 현장인 것이다.

(1) 이 무렵 두만네 집에서는 햇보리밥에 풋고추를 넣어 얼얼한 된장찌개, 열무김치 등 정갈스럽게 차린 저녁을 배불리 먹고 따끈한 숭늉에 입가심한 마을 아낙들이 더러는 집으로 돌아가고 더러는 마루에, 나머지 몇 명이 마당에 깔아놓은 멍석에 앉아 땀을 식히며 이야기를 하고 있었다. 아낙네들은 낮에 강가 삼막에서 삼을 쪄내고, 껍질을 벗기고, 강물에 바래고, 이 공동작업에 땀을 많이 흘린 데다가 제가끔 제 몫의 양식을 내어주고 지은 저녁이라서 그랬는지 양껏 먹느라고 더욱 땀들을 흘렸던 것이다.62)

(2) 언덕 아래, 늪지에서는 젊은 축들이 둘씩둘씩 나뉘어 흙탕물을 논고랑에 퍼올리고 있었다. 후줄그레하게 풀발이 죽은 삼베 중의를 무릎 위까지 걷어올리고 진흙을 벌쭉벌쭉 밟으며 용두레질을 한다. 박달나무같이 단단하고 구릿빛으로 그을린 다리에 힘줄이 쭉쭉 뻗는다. 젊은이들은 이글거리는 여름 햇볕같이 정력이 넘쳐 있다. 지난 해, 사태가 났던 자리에 우묵히 자란 잡초 모양으로 무성하다. 흉년 들겠다고 껑껑 우는 어른들과 달리 태평스럽다. 이들은 일에 힘을 쓰면서 입으로도 또한 기운을

발산하고 있는 것이다. 김훈장이 들으면 기절초풍할 잡소리를 지껄이며 시시덕거린다. 꽃가루를 짓밟으며 꿀을 빠는 벌이나 나비같이 즐거워서 지껄이며 웃는다. (…) 정자나무 밑에서 아낙이 점심 가져왔다고 고함을 쳤다.

"속이 쓰리더라니."

일손을 멈춘 이들은 논두렁 물에 손과 낯을 씻고 점심이 기다리는 정자나무 그늘로 우우 몰려간다.

아낙은 가고, 뒤늦게 온 계집아이도 물그릇을 내려놓고 논둑길로 돌아간다. (…)

"밥이나 묵어보까. 컬컬한데 탁배기나 한잔씩 했이믄 오죽이나 좋겠나."

"숭년 들었다고 껑껑 울어쌌는데 술이 어딨더노."

날라다놓은 점심밥 둘레에 둘러앉는다.[63]

(3) "아이구우."

머리를 벽에 부딪으며 임이네는 소리를 질렀다. 진통이 오는 모양이다.

"아이구우, 어매! 나 살리주소!"

두 손을 쳐들고 허공을 잡는데 이빨과 이빨이 부딪는 소리가 들렸다. 눈알이 튀어나올 듯, 이마에서 두 볼에서 구슬땀이 솟아나온다.

"아이구우, 보소!"

임이네는 앞으로 넘어져오며 두 팔로 용이 정강이를 안는다. 여자의 팔은 쇳덩이같이 단단했다. 두 팔은 용이 정강이를 조이며 물려들었다. (…) 물려들어온 팔이 풀어지면서 임이네는 자리에 쓰러진다. 진통이 멎은 것이다. (…) 짐승같이 비명을 지르고 이빨을 드러내어 바드득 소리를 내던 조금 전의 처참했던 얼굴은 고통 뒤의 평화스런 휴식으로 돌아와 있었다. 슬기롭고 신비하기조차 했다. 땀에 흠씬 젖어서 아름다웠다. (…)

"으아악!"

임이네는 외마디 소리를 지르며 뛰어 일어났다. 그 무서운 비명이 몇 번 되풀이되었을까. (…) 용이는 나자빠지면서 무엇이 쏟아져나오는 것을 보았다. 천지가 멎어버린 것 같은, 시간도 멎어버린 것 같은 정적이, 그러고 나서 아이의 울음소리가 파도처럼 방안에 퍼지고 울렸다. 두 주먹을 모은 채 꼿꼿하게 선 고추에서 오줌이 치솟았다. 임이네 얼굴에 승리의 미소가 떠올랐다. (…)

"탯줄을 실로 묶어가지고 나서 짜르소. 한 뼘쯤 해서 묶으고."

임이네 시키는 대로 한다.

"와 그리 떨고 있소? 아이는 닦아서 저기 포대기에 싸 가지고 내 옆에 눕히주소."

역시 시키는 대로 한다. (…) 이윽고 태반이 나오고 출혈이 심했다. (…)

"걱정 말고 안태는 짚에 싸소."

충만된 기쁨을 서서히 감당해가면서 임이네는 용이에게 지시했다. 여왕벌같이 위엄에 차 있었고 자신에 넘쳐 있다.

임이네가 첫국밥을 먹는 것을 본 용이는 비린내와 열기에 숨이 막힐 것 같은 방 안에서 빠져나왔다. 짚을 싼 태반을 가지고 강가로 향한다.[64]

(1)과 (2)에서는 각각 여성과 남성들이 자신들에게 주어진 일상의 맡은 일에 매진하고 공동 식사와 휴식을 하면서 활기차게 살아가는 낙천적 모습을 역동적으로 그림으로써 노동의 나날이 곧 생명의 거룩한 창조적 삶임을 보여준다. (3)에서는 한국문학사가 일찍이 이처럼 핍진하게 그려 보인 적이 없는 출산의 장엄한 광경이다. 생노병사로 점철되는 것이 비극적 생명의 필연적 과정이지만 그 출발인 탄생의 순간에 벌어지는 이러한 사

투의 디테일한 묘사는 생명의 소중함과 생명의 연속성을 보장하는 출산의 거룩함을 감동적으로 증언하고 있다. 이러한 일상의 성화는 시골구석에서 농사일을 하며 힘겹게 살아가면서 불구자 자식까지 돌봐야 하는 어느 노파의 이야기에서 극에 달한다.

전도사 여옥이 목격한 그 산골 할머니는 "목심 붙어 있는 거는 다 애잔한 것"[65]이라며 "자신의 불행까지 사랑"하고 "천지만물 모든 것을 사랑하고 감사하며 소중히 여기는 것 같"아 보인다. 더 나아가 "겨울 긴긴 밤에 목화씨를 발가내면서도 밥을 짓고 아궁이에 솔가지를 뿐질러 넣을 때도, 아들에게 옷을 갈아입힐 때도, 그 정성이 하나의 의식같이 보"일 정도로 지성을 다하며 살아간다. 이에 여옥마저 자신도 세속적 욕망을 정리하고 "싱그러운 풀같고 흐르는 강물같이" "시간을 가득하게 살아보고 싶다"[66]고 감동을 느끼게 되는데 이 대목이야말로 '일상의 성화(聖化)'가 무엇인지를 잘 보여주고 있다.

이상에서 우리는 박경리가 동학의 '시천주적' 평등사상을 '한'의 공유라는 생명평등 사상으로 독창적으로 수용하고, 이를 바탕으로 전 생애에 걸친 문학적 성과를 〈토지〉 속에 수렴해 낸 양상을 동학과 유관한 인물의 투쟁, 몇몇 원형적 인간들의 평등하게 '한'맺힌 삶, 일상의 성화 등 동학적 모티프를 중심으로 살펴보았다.

결론적으로 〈토지〉는 반세기에 걸쳐서 벌어진 다양한 인간 군상들의 살려고 애쓰는 삶의 이야기로서 그 발상은 '한'을 공유하는 생명평등 사상이다. 그러기에 수다한 계급과 수많은 인물이 등장하고 "봇짐장수도 시장거리의 할머니도 주인공"이 되는 드문 소설이며 작가의 죽음 이후에도 계속되는 얘기로서 "생명이 그것의 핵이고 탄생과 죽음, 긍정과 부정이 서로 부딪는 생명의 모순-한"을 말하고 있는 소설이다.[67] "모순 속에서 생명을 이어가는 인간 군상의 거대한 파노라마", "결론이 없는 그 고통과 희열의 드라마를 영원히 재현"[68]하고자 하는 이러한 이야기는 사실 "사람은 변함없는 삶을 되풀이하고 있"[69]으며 "오로지 과정이 있을 뿐" "아무도 종말을 보지 못한다"[70]는 원형적 사고의 산물이다.

그러므로 "영웅이나 등짐장수, 작부나…… 이런 모든 못난 사람이나 잘난 사람이나" "무수한 생명들이 흘러가는" "생명의 홍수"는 그것이 유한이기 때문에 슬픔이지만 "죽기 때문에 살아 있다는 인식"을 한다는 점에서는 축복[71]이고, "부모가 어찌 되었든 또 어떠한 수단에 의한 생식이든 간에 출생은 누구에게나 평등한 인간의 출발"[72]로서 "신비스럽고 엄숙한" 생명이 "산다는 것, 열심히 산다는 것"은 죽음을 초월하는 숭고보다 더 "아름다운 것"[73]이라는 주장이 〈토지〉의 궁극 메시지인 셈이다.

〈토지〉의 이러한 소설적 특성은 두말할 필요 없이 "사람들은 모두 그 나름의 한 속에서 (…) 살며, 그것은 인간의 근원적인 문제"[74]라는 박경리의 인간관에 기인하고 있다. 그것은 '근원적'이기에 "시대는 달라도 인물의 전형 같은 것은 별반 차이가 없"[75]을 수밖에 없고 따라서 "역사적인 사실은 근본적인 것이 아니"[76]라고 말해질 수 있는 것이다.[77] 그러므로 "여러 가지 유형의 인물 하나하나에 대한 탐구"[78]로 점철되는 〈토지〉는 "〈완성〉이나 〈끝〉이란 것이 있을 수 없"고 따라서 "이야기는 계속 열려 있는 셈"[79]인 것이다.

따라서 〈토지〉에서 가장 빈번히 주목받고 있는 부분은 단연 '한'이다. 그러기에 "「토지」의 인물치고 한의 인물이 아닌 자 어디 있을까"[80]하는 단언이 나오고, "개인의 한사(恨史)와 민족의 한사(恨史)를 형상화로 그려낸 민족적 서사시"[81] 〈토지〉는 "맺힌 한을 풀기 위한 끝없는 추구의 과정"[82]으로서 그 "중심된 내적 형식은 한맺힘-해한이며 중심 주제는 해한을 향한 생명의 치열한 고투"[83]라는 지적이 나올 수 있는 것이다. 이 때 '한'으로 점철되는 "어떠한 역경 속에서도" "사는 것 이상의 진실은 이 세상에 없다."[84] 따라서 〈토지〉는 "자신의 한을 수용하고 소내하는" "소박한 삶의 위대함"[85]을 드러냄으로써 "저마다의 고유성 그대로 살아가기"라는 생명사상적 주제[86]를 600명에 이르는 등장인물 모두를 주인공으로 하여 구현하고 있다고 평가될 수 있는 것이다.

4. 맺음말

이제까지 우리는 박경리의 〈토지〉가 그의 모든 문학적 성과가 집대성된 생명문학의 보고라는 전제 아래 작품의 발상법으로서의 문학사상을 검토해 보았다.

그 결과 우리는 박경리 문학사상이 초기의 에고이즘 단계로부터 시작하여 샤머니즘과 아나키즘 단계를 거치면서 작품세계의 질적 양적 확장을 이룩한 뒤 〈토지〉에 오면 동학의 평등사상에서 영향받은 생명평등 사상에 입각하여 모든 이전 단계를 수렴하고 통일적 승화를 이룩하게 됨을 알 수 있었다.

아울러 우리는 〈토지〉의 생명평등의 구현 양상을 동학과 유관한 인물들의 투쟁과정, 다양한 인간군상의 '한'의 일생, 일상의 거룩함 묘사 등 동학적 모티프를 중심으로 살펴보았다.

이처럼 〈토지〉는 생명평등 사상을 발상법으로 하여 모든 박경리 문학성과의 수렴과 종합을 이루어냈을 뿐만 아니라 시간과 공간의 대폭 확장과 무수한 개성적 인물의 첨가로 장대한 대서사시를 이루면서도 '한'이라는 원형적 공통분모를 바탕으로 시작도 끝도 없는 생명의 드라마를 창조했던 것이다.

그리하여 모든 인물들이 나름대로 한을 품고 한을 풀면서 동일한 구조의 생을 영위하지만 "어떤 모양으로든 세월은 우리 곁을 지나갈 수밖에 없는"[87]것이라면 결국 "사람이나 짐승이나 자기 태생대로 사는 것이 가장 자연스러운 일"[88]이라는 명제야말로 그대로 〈토지〉의 참주제라 볼 수 있을 것이다.

제2부
한국 현대소설과 문학사상

최서해 소설과 아나키즘

1. 서론 - 왜 아나키즘인가?

최근 한국 현대문학 연구자들 사이에 아나키즘에 대한 관심이 증대되고 있는 듯하다. 1860년대부터 1930년대까지 빛났다가 사라진[1] 아나키즘이 이 시점에서 새삼 문제가 되는 이유는 무엇일까? 아나키즘은 이데올로기 없는 시대의 대안적인 사회 이념[2]이라는 진술 속에서 그 대답의 실마리가 발견될 수 있을 듯하다.

그러면 이데올로기 없는 시대란 무엇이겠는가? 주지하다시피 사회주의 권의 붕괴로 90년대 들어 좌우 이념대립은 막을 내리게 되었다. 그러나 한 동안 진보를 표방하며 거대담론의 틀을 제공해 왔던 강력한 사회주의 이 데올로기가 퇴조되었다고 해서 자유주의가 또다시 세계를 규율할 수 있게 된 것도 아니었다. 명제로서의 자유주의와 반립명제로서의 사회주의가 종합 명제로 지양되지 못하자 오히려 역사적 방향감각의 상실만이 남게 되었다.

그리하여 새로운 방향성의 모색이라는 역사철학적 과제가 대두되지만 지성계는 상당 기간 포스트모더니즘으로 대표되는 과도기적 혼돈 속에 표 류하면서 인문·사회학의 급속한 쇠퇴를 목도할 수밖에 없었다. 그 와중에서 대안사회라는 이름을 달고 생태주의니 정보사회이론이니 하는 새로운 패러다임이 부각되었으나 그 미래는 아직 장담하기 어려운 실정이다. 여기에 또 하나의 대안으로 제기되기 시작한 것이 아나키즘이 아닌가 한다.

논리적으로 좌우대립이 제3의 종합 속에서 지양된다면 우리는 자유사회주의[3]를 생각해 볼 수 있을 것이다. 그때 "자유주의의 최종 산물인 동시에 사회주의의 최종 목표"[4]라는 아나키즘이야말로 "개인의 자유, 자발적 의사에 의해 결성되고 운영되며 중앙집권적이 아닌 분산된 자치사회"[5]로서 제3의 종합에 해당된다. 그러므로 신좌파 및 신우파 운동, 그리고 최근 주목을 끌고 있는 '신사회운동'-환경운동, 반핵운동, 여성해방운동, 지역자치운동 등-이 아나키즘에서 이념적 기초를 찾고 있는 것은 의미 있는 일로 보인다.[6]

이처럼 현시점에서 아나키즘을 대안적인 사회이념으로 생각해 보는 경우 한국 아나키즘의 계보 파악으로 관심이 쏠리는 것은 자연스러운 일일 것이다. 그리고 그것은 사상사적 과제인 동시에 문학사적 과제이기도 할 터이다. 아울러 그것은 분단 극복이라는 민족적 과제 앞에서 제3의 사상 모색이라는 실천적 의의도 가질 수 있다. 근자 사상사와 관련하여 일제하 민족해방운동의 사상적 다양성을 올바로 파악하기 위해 아나키즘 연구가 필요하다고 역설되는 것이나,[7] 아나키즘은 1910년대 사회주의의 주류[8]로서 1920년대 중반부터 본격적인 활동을 하지만 공산주의 세력의 신장과 더불어 점차 수세에 몰리게 되었다[9]는 연구 성과 등은 그러한 관심의 소산이라 하겠다.

한국 근대문학사의 경우, 일찍이 이 분야 연구에 선편을 쥐었던 김윤식 교수에 의해 1927년 프로문학과 대결한 김화산 중심의 아나키즘이론이 근대문학비평사에서 차지하는 그 진폭은 매우 미미한 형편[10]이었다고 평가된 바 있다. 그러다가 근자에는 1920년대 한국문학이 민족주의적 경향, 아나키즘적 경향, 마르크스주의적 경향으로 삼분되어 전개[11]되었다는 적극적인 평가가 나타났고, 더 나아가 카프의 이른바 '아나키즘 논쟁' 이후에도 아나키즘 문학이 '해소'된 것이 아니며 아나키스트들은 1930년 이후에도 볼셰비키 문학론에 대해서 비판적인 입장을 견지하면서 지속적으로 자신들의 세계관을 문학적으로 표명하고 있었다고 그 위상을 높이기에 이르렀다.[12]

본고는 근자의 이러한 움직임이 의미 있다고 보아 한국 아나키즘문학의 외연을 넓히고 내포를 깊게 하는 작업의 일환으로 최서해의 문학을 아나키즘의 맥락에서 검토하고자 한다.[13] 현대문학사에 있어서 최서해는 신경향파 문학의 특질로 시종일관한 작가로, 자기의 발전 과정에 있어서 신경향파 문학의 한계를 벗어나서 발전하는 현실에 조응하여 일단 높은 단계에로 이끌어 올리는 데 성공하지 못한[14] 작가라는 인식이 깊이 박혀 있다. 그리하여 프로문학사상 전망부재적[15] 빈궁문학으로서의 최서해적 경향은 전망 과장적 추상주의인 박영희적 경향과 더불어 조만간 지양되지 않으면 안 될 초기 양상으로 평가되어 온 것이 통설이었다.[16]

그리고 최서해 스스로도 자신을 아나키즘과 관련지어 언급한 바 없고 그를 아나키즘과 연관지어 연구한 사람도 없다. 그러므로 "아나키즘 문학 논의는 아나키즘을 신뢰하는 작가가 아나키즘을 적극적으로 표방하는 작품을 논의대상으로 삼는 것이 정당"[17]하다는 입장에 선다면 최서해를 아나키즘과 관련시켜 논의하기는 어려울 것이다. 그러나 엥겔스가 발자크의 〈인간희극〉을 평하면서 작품이 작가의 보수적 정치의식과 상관없이 당대 현실을 진보적으로 그려낼 수 있었으며 이는 '리얼리즘의 승리'를 보여주고 있다[18]고 말한 것처럼 작가는 자기도 의식하지 못한 채 어떤 역할을 수행할 수가 있다는 진술을 받아들일 때 최서해의 대표적 신경향소설을 아나키즘의 문학적 발현으로 고찰할 수 있는 입지가 마련된다.

실상 최서해의 동시대인 가운데에도 그를 "규범되어 있는 「좌익작가」

속에서 저회하기를 달게 여기지 않고 한걸음 더 나가서 자유주의적 진보적 작가가 되기를 바랐던"[19] 작가로 규정한 사람이 있고, 서해가 「니힐리즘」을 자신의 인생관이라고 고하는 것을 들었다[20]는 진술도 있다. '허무주의'와 '무정부주의'가 이념적 등가성을 가지고 있다[21]는 지적과 최서해가 자유주의적 진보적 작가를 지향했다는 언급을 통해 우리는 최서해가 아나키즘과 일정한 친연성을 가진 작가라는 방증으로 삼을 수도 있다.

그런 의미에서 본고는 최서해의 대표적 신경향 소설들이 일정한 의의와 한계를 가진 계급문학의 초창기 양상으로 이후 목적의식적 문학으로 지양되어야 할 과도기적 양식이라는 통설을 깨고 그 자체로 당대의 가능의식인 아나키즘을 문학적으로 구현한 아나키즘소설로 보아 양자 사이의 관련성을 살펴보고자 한다. 이러한 우리의 시도는 프로문학사를 볼셰비즘 문학의 발달사라고 단선적으로 보는 관점과 일정한 거리가 있다.

2. 한국 아나키즘과 그 논리

한국 근대사상사에 있어서 아나키즘은 1880년대부터 국내에 소개되기 시작하여 개인적 차원에서 수용되다가 1910년 국권상실을 전후해서 민족해방운동 이념으로 수용되었고, 그 이후 제1차 세계대전의 발발과 러시아혁명 그리고 3·1운동 등을 계기로 급속히 확산[22]되어 당대 사회주의의 주류[23]로서 20년대 중반부터 본격적인 활동을 하다가 공산주의 세력에 밀려난 것으로 평가받고 있다. 이렇게 이 시기에 흔히 무정부주의라고 번역된 아나키즘이 별 무리 없이 수용될 수 있었던 것은 한말 이래 애국계몽운동과 국권회복운동에 이론적 기초가 되어준 사회진화론[24]이 견고한 일제 식민체제의 구축으로 한계에 부딪히면서 이를 극복해야 하는 사상사적 과제에 봉착하게 되었을 때 그 대체사상으로 적합하였기 때문이었다. 다시 말해 식민지적 조건에서 고통 받는 민중으로서 자유를 열망하던 한국인에게 약육강식 우승열패식의 "상호투쟁을 공동의 노력과 협동으로 대신"[25] 하는 상호부조적 아나키즘이 심정적으로 쉽게 어필될 수 있었던 것이다.

개인의 절대적 자유를 추구하는 아나키즘은 개인에게서 절대적 자유를 박탈하는 것이 권력과 사회제도·국가라고 보아 이를 타파하고 개인의 자유의지의 연합에 의한 무권력·무지배의 새로운 사회를 건설하고자 한다.[26] 그러므로 제국주의의 지배를 받는 한국인에게 아나키즘의 국가부정은 곧 식민지 권력의 타도로 받아들여졌고, 반제국주의 투쟁은 곧 민족해방운동으로 이해되었던 것이다.[27] 『아리랑』의 저자가 "자유란 말은 자유를 알지 못하는 사람들한테는 금덩어리처럼 생각되었다. 어떤 종류의 자유든 그들에게는 신성한 것으로 보였던 것이다. (…) 무정부주의가 그토록 호소력을 가질 수 있었던 것은 이 때문이다."[28]라고 말한 것은 당대 한국인의 집단적 심리상태를 잘 말해 주고 있다.

이러한 아나키즘이 어떻게 전대의 사상들을 평가하면서 20년대의 새로운 시대사상으로 자신을 정립하고 있는가는 "아나키즘의 이데올로기에 지배되어 있었"[29]던 의열단 선언서 「조선혁명선언」(1923)을 분석해 보면 잘 나타난다. 단재 신채호가 쓴 것으로 알려진 「조선혁명선언」은 "일본 강도 정치 곧 이족통치가 우리 조선민족 생존의 적"이라고 전제하고 "경제약탈의 제도 하에서 생존권이 박탈된 민족은 그 종족의 보전도 의문이거든, 하물며 문화발전의 가능이 있으랴?"고 반문하면서 자치론자나 문화운동자를 비판한다. 이어서 "이천만 민중의 분용전진(奮勇前進)의 의기를 타소(打消)하는 매개"만 된 외교론을 반성하고 "몇 개 불완전한 학교와 실력없는 회(會)"가 소득의 전부인 준비론을 일장의 잠꼬대로 치부하면서 민중 직접혁명을 선언한다.[30]

조선민족의 생존을 유지하자면 강도 일본을 구축할지며, 강도 일본을 구축하자면 오직 혁명으로써 할 뿐이니, 혁명이 아니고는 강도 일본을 구축할 방법이 없는 바이다.

그러나 우리가 혁명에 종사하려면 어느 방면부터 착수하겠느뇨? (…) 우리 혁명의 제일보는 민중각오의 요구니라.

민중이 어떻게 각오하느뇨?

민중은 신인(神人)이나 성인이나 어떤 영웅호걸이 있어 「민중을 각오」하도록 지도하는 데서 각오하는 것도 아니오, 「민중아, 각오하자」「민중이여, 각오하여라」 그런 열규(熱叫)의 소리에서 각오하는 것도 아니오.

오직 민중이 민중을 위하여 일체 불평·부자연·불합리한 민중향상의 장애부터 먼저 타파함이 곧 「민중을 각오케」하는 유일방법이니, 다시 말하자면 곧 선각한 민중이 민중의 전체를 위하여 혁명적 선구가 됨이 민중각오의 제일로니라.

일반 민중이 기(飢)·한(寒)·곤(困)·고(苦)·처호(妻呼)·아제(兒啼)·세납(稅納)의 독봉(督捧)·사채(私債)의 최촉(催促)·행동의 부자유·모든 압박에 졸리어, 살려니 살 수 없고 죽으려 하여도 죽을 바를 모르는 판에 만일 그 압박의 주인(主因)되는 강도정치의 시설자인 강도들을 격폐(擊斃)하고, 강도의 일체시설을 파괴하고, 복음이 사해(四海)에 전하여 만중이 동정의 눈물을 뿌리어, 이에 인인(人人)이 그 「아사(餓死)」 이외에 오히려 혁명이란 일로가 남아 있음을 깨달아, 용자(勇者)는 그 의분에 못이기어 약자는 그 고통에 못견디어, 모두 이 길로 모여들어 계속적으로 진행하며 보편적으로 전염하여 거국일치의 대혁명이 되면 간활잔폭(奸猾殘暴)한 강도일본이 필경 구축되는 날이라.[31]

이처럼 10년대의 민족운동을 비판하면서 강도 일본을 혁명으로 구축하는 것만이 식민지 한국인이 살 길이라 제시한 「조선혁명선언」은 혁명의 제일보로 민중의 각오를 들고, 그것은 탁월한 지도자의 지도나 계몽으로 얻을 수 있는 것이 아니라 압박에 졸린 민중이 강도와 그 시설을 파괴하고 그 소식이 전해져 사람들이 모두 그 길로 모여들어 대혁명이 되면 "인류로써 인류를 압박치 못하며 사회로써 사회를 박삭치 못하는 이상적 조선"이 건설된다고 보았다.

민중직접 폭력혁명론이라 흔히 요약되는 이러한 주장은 자치론, 문화론, 외교론, 준비론 등 이전 시대의 지도사상을 극복하고 새로운 시대사상으로서 상승적으로 기능하게 되는데, 탁월한 지도자의 지도나 계몽을 거부하고 부자연·불합리한 제도의 희생자인 민중이 자발적으로 장애를 타파하며 그 소식이 전파되어 대혁명으로 이상사회를 이룬다는 것을 표나게 강조하는 데에서 아나키즘적 면모가 강하게 드러난다. 아울러 '파괴는 곧 건설'이며 그를 통하여 '억압과 강권'의 구세계로부터 '해방과 자유'의 신세계로 나아간다는 어법과 논리구조는 전형적으로 무정부주의와 상동성[32]을 보이고 있다.

그런데 이러한 아나키즘은 원래 민족주의뿐 아니라 공산주의에 대해서도 비판적인 입장에 서 있었다. 아나키스트들이 보기에 민족주의자는 일본 제국주의와 봉건 지배계급을 대신하여 권력을 장악하려는 지극히 불순한 세력이었고, 공산주의자는 혁명을 내세워 공산독재를 획책하는 사대주의자에 불과하였기 때문이다.[33] 특히 계급의식을 공유하는 공산주의에 대해서는 일본의 대표적 아나키스트인 오스기 사카에(大杉榮)가 표나게 지적했듯이 "공산당이 '무산계급의 독재'라는 미명하에 무산계급을 새로운 노예로 전락시켜 자본주의의 다른 당들과 마찬가지로, 아니 그보다 안심할 수 없는, 무정부주의자의 적"[34]이라고 예각적 대립의식을 견지하였다.

그러나 크로포트킨의 영향을 특히 받았다고 술회한 김산조차도 공산주의와 무정부주의를 같은 것이라고 생각[35]했을 정도로 초기에 두 사상은 한국인에게 변별적으로 의식되지 못하였다. 이는 조남현의 지적처럼 이기영, 조명희, 임화 등 카프문인들도 마르크시즘의 이념에 뿌리를 내리기 전에 두 이념을 혼동하면서 아나키즘을 체험하였던 것에서도 재확인된다.[36] 그런 의미에서 현대문학사에서 소위 '아나·볼'논전[37]으로 일컬어지는 논쟁이 목적의식기로의 방향전환을 앞둔 1927년의 시점에서 불거진 것은 예정된 것이었다고 볼 수 있다. 그리고 볼셰비즘에 대해 아나키스트가 먼저 공격을 시작하였다는 사실은 한국아나키즘의 인식 진전과 자기정체성 확립을 보여준다는 점에 그 의의가 있다. 실상 같은 시기에 신문지상에 발표된 아나키즘 단체의 선언문을 보면 자유연합이 아니라 중앙집권을 지향하는 볼셰비즘을 계급사상에서 배격하고 있어 문단적 아나키즘논쟁이 사회사적 배경을 가진 것이었음을 알 수 있게 한다.

현하 조선의 노동운동은 일대위기에 함(陷)하여 있다. 그것은 소위 단일적 미명하에서 전 무산대중의 전투의식을 마비하야 노동운동의 근본정신을 말살하려 하는 적색개량주의 일파의 소위 방향전환운동이 곳 그것이다. 이때에 있어서 우리는 더욱 명확한 계급적 기치 하에서 그들에게 농락을 당하는 대중을 바른 길로 구출하지 않으면 아니 될 것을 절실히 느끼는 바이다. 이에서 우리는 최후의 역량을 다하여서 일체 중앙집권적 주의를 배격하는 동시에 자유연합적 행동으로 일관하야 모든 노동계급의 해방을 기한다.[38]

이처럼 식민지시대 사상사적 요구에 의하여 받아들여진 아나키즘이 범박하게 무산계급운동이라는 범주 내에 공존하던 마르크스주의와 적대관계에 서게 되는 것은 1927년 무렵으로 보인다. 이러한 움직임은 문학권 내에서도 반향을 일으켜 KAPF를 결성한 후 조직적으로 되어가던 계급문학운동이 방향전환을 시도하면서 볼셰비즘화하는 시점에서 반발의 형태로 나타났는데 그 중심에 김화산이 있었다.

장래사회를 지시하는 무산계급운동이 그 사상적 입각지여하에 의하여 여러 가지로 분류될 수 있는 것과 같이 문예운동에서도 역시 이러한 분류를 상상할 수 있다. (…)

이곳에 우리는 프로문예중에 아나키즘문예와 볼셰비즘문예의 대립을 상상할 수 있다. 공산주의자가 그의 파지하는 인생관 내지 사회관에 입각하여 무산계급문예를 수립할 수 있다하면 아나키스트 역시 그의 사상적 견지 하에서 무산계급예술론을 수립할 수 있을 것이다. 그러나 조선에서는 아직 이러한 명확한 유별(類別)을 볼 수 없다. (…)

무산계급해방운동이 곧 맑스주의운동을 의미하는 것과 같이 사유하는 동일한 오류가 조선 프로문예에도 존재한다.

물론 조선 프로문예운동은 초기에 속한다. (…) 그러므로 조선문예운동은 아직 본질적 이론체계를 가지지 못하였다. (…) 따라서 프로문예에는 아무 자각도 없는 군소 병졸들이 사대주의에 부화뇌동하여 '프로문예=맑스주의'로 사고하는 것도 당연한 일이다.

그러나 기분운동이 점차 조직적으로 이론적으로 형성될 때에 이러한 오류는 차차 제거될 줄 안다. (…)

우리는 맑스주의 이외의 견지에서 맑스주의와 병존하는 모든 해방운동 사상의 존재를 시인하며 동시에 이 해방운동사상을 출발점으로 삼는 문예운동을 시인한다.[39]

이 글에서 김화산은 무산계급해방운동을 곧 맑스주의 운동으로 보는 것이 오류인 것처럼 프로문예를 곧 맑스주의로 보는 것은 오류라며 프로문예 중에 볼셰비즘문예와 더불어 아나키즘문예의 가능성을 제기하고 있다. 여기서 김화산은 맑스주의적 볼셰비즘문예와 대등한 지위가 아나키즘문예에 있음을 적시하고 있을 뿐 양자 사이의 가치론적 비교는 행하지 않는다. 그러나 김화산은 카프 진영으로부터 아나키즘문예에 대한 이론이 없는 '사이비적 아나키스트'[40]이고 18세기 이전의 공상적 사회주의설 같은 논조[41]라고 비판받자 "현하 조선문단에 도도한 세력으로 일대 조류를 형성하는-그리고 좌익진의 대부분을 점령하는 것과 같이 보이는 부화뇌동적 사회주의사상, 위조맑스주의 사상의 정체를 폭로"[42]시키겠다면서 논의를 한 단계 진전시킨다.

김화산에 의하면 초계급적 문예사상에 지배되는 문단에 좌익정신을 삼투시키고자 한 제1기에 있어서는 반제국주의적 색채라는 일색으로 도말(塗抹)할 수 있는 잡다한 사상적 군거(群居)를 허락하였으나 광범한 좌익진 결성에 의한 프롤레타리아 문학존재의 가능성, 필연성의 고조가 그 일단락의 임무를 종료한 지금 제2기적 비약을 하지 않으면 안 된다는 것이다. 그리하여 좌익진영 내에 발효하는 제 불순사상에 대하여 엄정한 비판과 검토를 가하여 진정한 무산계급적 지도정신을 발견치 않으면 안 된다는 것이다.[43] 그리하여 볼셰비즘과 아나키즘이 식별되고 양자는 다음과 같이 차별화된다.

볼셰비즘은 필연적으로 무산계급의 독재를 요구한다. 무산계급의 독재란 무엇이냐? 그것은 프롤레타리아의 특수억압권력을 의미한다. 환언하면 '부르조아'로부터 '프롤레타리아'에의 억압권력의 교체다. (⋯) 볼셰비즘은 이상사회 실현을 위한 일도정적(一途程的) 지도원리이기 때문에 그의 정치는 반드시 권력과 강제를 요구한다. 지배계급을 절멸키 위한-부르조아의 철저적 초절(剿絶)을 위한 특수억압권력을 필요로 한다. (…)

그러나 '아나키스트'는 자연적 법칙에 순응하는 개성의 자유를 고조한다. 볼셰비키처럼 무산계급을 의식적으로 외재의 강권에 의하여 볼셰비즘 범주내에 도입코자 하지 않는다. 가장 자연적인 내재적 법칙에 의하여 자유연합의 사회-집단성을 통한 개성의 자유로운 발양은 이곳에서만 비로소 취득할 수 있다.-를 형성코자 함이 '아나키스트'의 최대안목이다.[44]

이처럼 김화산은 볼셰비즘이 부르조아로부터 프롤레타리아로의 억압권력의 교체에 불과하기 때문에 진정한 무산계급의 지도정신으로 볼 수 없다며 자유연합의 사회에서 개성의 자유로운 발양을 가능케 하는 아나키즘을 고평하는 것이다. 말하자면 억압적 본질을 내세워 민족주의와 공산주의에 다같이 비판적인 아나키즘이 비로소 제 목소리를 낸 것이다. 이론적으로 김화산이 오류를 범하고 있는 것은 없다. 그러나 아나키즘은 "우리의 일은 크다. 소아병으로 죽어가는 소리를 하는 소시민성적 아나키스트와까지 싸울 시간에 여유가 없다. 우리는 벌써 아나키즘을 극복한지 오래다."[45]라는 식으로 외면당하거나 KAPF의 조직적 집단적 세력에 눌려 하나의 집단적인 운동화로 되지도 못하고 구체적 작품 행위로 이어지지도 못한다.[46] 그리하여 아나키즘이론을 이해하여 논리적으로 수준 높은 반박을 펼칠 수 없는 볼셰비키 문예이론가들은 아나키스트 문예가들을 이질적이고 불순한 세력이라 매도하고 카프에서 제명함으로써 논쟁을 매듭[47]짓게 되는 것이다.

이처럼 식민지적 상황의 내적 요구에 의하여 수용된 아나키즘은 20년대 초 「조선혁명선언」으로 자신의 논리구조에 입각한 식민지 현실의 진단과 그 타개책을 선언하게 드러낸 후 27년을 전후한 문학논쟁으로 다시 한 번 존재를 과시하지만 볼셰비즘에 의해 점차 수세에 몰리고 잠복하게 된 것으로 파악된다. 그 과정에서 식민지 현실의 수탈적 본질이 폭로되고 민중의 자발적 혁명이 권장되었으며 볼셰비즘과의 노선 차이도 드러나게 되었던 것이다. 그러면 민족주의, 공산주의와 더불어 20년대 사상사의 한 축을 담당한 아나키즘적 사유는 20년대 중반기에 등단하여 전성기를 구가한 최서해와 어떠한 연관관계를 가지고 있는가를 다음 장에서 보기로 한다.

3. 최서해 소설과 아나키즘

1924년 〈토혈〉, 〈고국〉 등을 가지고 문단에 등단한 최서해는 1932년 서른 두 살의 나이로 세상을 떠날 때까지 불과 10년도 활동하지 못한 단명의 작가였다. 그러나 그 단기간의 활동마저도 "서해는 이십 오륙에 죽어야 옳았다. 그가 서른둘에 낙명할 때까지 만년의 오륙 년이란 연대는 그에게 있어 불필요하고, 불명예스러운 수명이었다. (…) 지금 돌이켜보면 이십 오륙에 이르기까지의 사오 년 동안의 연대는 서해에 있어 득의의 시대요 비약의 시대"[48]라는 지적이 말해 주듯 초기 2~3년만이 가장 최서해다운 작품을 산출한 기간으로 평가된다. 이 기간에 최서해는 생전에 쓴 약 50여 편의 소설 중 대표적 신경향소설인 〈탈출기〉, 〈박돌의 죽음〉, 〈기아와 살육〉, 〈큰물진 뒤〉, 〈홍염〉 등을 썼다.

이 작품들은 서해소설의 출발점이자 득의의 영역인 극빈하층민소설의 대표작들로 "주로 간도 지방의 빈농 및 농토에서 유리된 빈민들의 생활을 소재로 하여 고립무원한 처지의 인물들의 주관화된 계급적 각성과 극단적인 저항 혹은 세상에 대한 저주를 표현하고 있다"[49]고 말해지는 것들이다. 그러나 최서해소설의 요체이자 신경향소설의 백미인 이 작품들을 '주관적 계급각성', '세상에 대한 극단적 저항과 저주' 식의 부정적 용어로 설명하거나 "식민지적 삶에 대한 즉자적 거부"[50]처럼 마치 불완전한 작품인 양 평가하는 것은 계급문학사를 단선적으로 파악하는 목적론적 예단의 느낌이든다. 그러므로 이 작품들을 미리 과정적 한계를 지닌 중간적 존재로 가정하지 않고 그 자체를 객관적으로 다루기 위해서는 최서해 문학의 총체성속에서 이 작품들을 가늠할 수 있는 평가 척도를 찾아보고 더 나아가 당대의 가능의식과의 상관성을 살펴볼 필요가 있다.

최서해 문학의 총체성이라는 측면에서 우리는 소설 외에 그가 남긴 몇편의 시와 수필, 그리고 평론을 통합적으로 파악할 필요가 있다. 그를 위해 습작 수준의 시를 제외하고 수필과 평론을 살펴보면 '반항'과 '자발성', 그리고 '민중'이라는 키-워드를 중심으로 의미망이 형성되어 있음을 알 수있다. 먼저 수필을 통하여 최서해에 있어 '반항'의 존재방식과 그 함의를살펴보기로 한다.

(A) 주린 자가 주린 것을 느끼지 않으면이어니와 느끼지 아니치 못할본능을 가졌으며, 주리면 그것을 채우려고 즉 자기를 충실히 하려고 움직이게 된다.

이때에 주림을 채울 수 있는 대상을 구치 못하면 초려(焦慮)를 마지않는다. 또 대상될 것을 찾았더라도 여러 가지 관계상 그것으로 내 생을 충실키 어려운 경우에는 초려가 일층 심하여 우울병에 걸리며 심한 자는 살육에까지 이르게 된다. 이것은 고금에 다 같았다.[51]

(B) 남이 웃는 때에 내 혼자 운다. 남이 뛰는 때에 내 혼자 앉아서 가슴을 친다. 남은 순종하는데 내 혼자 반역을 한다.

나는 차라리 울지언정 아첨의 웃음은 웃고자 하지 않는다. 나는 차라리가슴을 치고 엎드려 궁글지언정 남의 기분에 뛰고자 하지 않는다. 나는 차

라리 반역에 죽을지언정 불합리한 제도에 순종하고자 하지 않는다.[52]

(C) 춘향전에 나오는 「춘향」이 아마 내가 가장 좋아하는 여성이리라. 춘향은 그때 사회에 있어 모든 권위에 반항하였다. 돈 있는 사람엔 돈에, 지위있는 사람엔 지위에, 어쨌든 모든 권위에 가장 대담하게 또 솔직하게 반역하였다. 그가 자유연애를 고조한 것도 반역적 사상 감정의 일단에 불외하다. (…) 나는 다만 그가 「반역적 여성」이란 일점에서 내가 가장 좋아하는 여성인 것을 삼는다.[53]

최서해는 (A)에서 주린 자가 주림을 채울 수 있는 대상을 못 구하면 초려를 하고 대상이 있어도 그것이 자신의 생을 충실케 하지 못하면 초려가 깊어져 우울병이 되거나 심하면 살육까지 하는 반항으로 진전되는데 그것은 고금에 걸쳐있는 본능적 현상이라고 보았다. (B)에서는 불합리한 제도 앞에서 남들은 웃고 뛰면서 아첨을 할지라도 자신은 울고 가슴 치면서 죽음을 무릅쓸지언정 순종하지 않고 반역하겠다고 했다. (C)에서는 돈, 지위 등 모든 권위에 반항한 반역적 여성이기 때문에 춘향을 가장 좋아한다고도 했다. 이상을 종합해 볼 때 최서해는 주림, 불균등, 억압 등을 가져오는 불합리한 기성의 제도에 인간이 반항하는 것은 본능에 의거한 필연적 현상이고 고금에 걸친 역사적 현상이며 자신도 그 반항의 길을 가겠다고 선언하고 있는 셈이다. 그런데 이 때 중요한 것은 남의 권고나 흉내로 반항을 하는 것이 아니라 자발적으로 생겨난 반항이어야 한다는 사실이다.

(D) 나는 지금 내가 살아 있는 이 세상 사람과는 정반대의 길을 걷고 있다. 어떠한 뜻을 가지고 그렇게 걷는 것이 아니라 어찌구러 그렇게 걸어진 것이다. 그런 것이 한 성벽이 되고 주의가 되어서 상년 봄부터는 뜻

을 가지고 세상과 정반대의 길을 걷는다. 이것이 나에게 행복이 될는지 또는 불행이 될는지 그것은 내가 괘념하는 바가 아니다. 나는 다만 내가 걷고자 하는 그 길을 못 걸을까 보아서 걱정할 뿐이다.[54]

(E) 천만 사람이 서쪽 달을 좇는 때에 홀로 동쪽 매화를 찾는 사람! 그에게는 아무것도 없다. 지도하는 이가 없고 붙들어 주는 이가 없다. 다만 그 가슴에 끓어 넘치는 정열과 금석이라도 뚫을 만한 굳센 의지와 신념이 있을 뿐이다. 태양은 어느 때나 동에서 솟는 것이다.[55]

(F) 내가 이 세상에 태어난 곳을 말하면 보잘것없는 조선땅이고 문벌이나 돈도 없는 가난한 집안의 자녀이었던 관계로 삼십도 채 못 되는 오늘날까지에 벌써 갖은 고생을 겪어 왔건마는 그래도 나는 내 고생이 아직 부족한 것같이 생각된다. 아주아주 그야말로 초근목피로 겨우 살아가는 그런 농가에 태어나서 이 세상의 최하층 계급인으로 겪어야 할 온갖 고통을 다시 한 번 맛보아 보고 싶은 생각이 불붙듯 일어난다. 그런다면 나의 정신에는 크나큰 불꽃이 뛰고 의식상에도 놀라운 비약이 있어질 터이런만.
그런 뒤에 뼈에 사무치는 이 실제의 체험을 토대로 하고 불쌍한 이들의 해방 운동에 뛰어나가고 싶다. 지금 처하여 있는 이 '인텔리겐차'라는 지위가 여간 미지근한 것인가. 그러면서도 나는 이 자리를 용이히 떠나지 못하고 만다. 이 무슨 사내답지 못한 일인고.[56]

(G) 백 퍼센트의 정력을 밥에다가 깡그리 허비하고도 부족이 되어서 쩔쩔매는 것이 우리 없는 사람들의 생활이다. 있는 사람들은 남은 정력을 허비할 때가 없어서 쩔쩔매는데 우리는 정력의 밑바닥까지 박박 긁어 바치면서도 그날그날의 생명을 연장할 만한 영양소도 얻지 못해서 처자의

굶는 꼴을 눈을 뜨고 보지 않으면 안 되게 된다.(…)

참말 한심한 생활이다. 아침부터 밤까지의 생활을 주판질 해 보면 밥에만 붙어서-별별 곤욕을 다 겪어 가면서까지 밥에만 붙어서 허덤벙대고도 결국은 굶으니 우리는 우리의 생명을-그 귀중한 생명을 희생해 가면서라도 근본적 해결을 요구하여야만 될 것이다.[57)

(H) 생각하면 나도 병신은 병신인 것이 분명한가 보외다. 세상에서 병신으로 대접하는데 아무 반항도 없이 그저 시키는 대로 수굿이 하는 것을 보면 병신 가운데서도 제일 못생긴 병신인가 봅니다. 그러나 이 병신에게도 생각이 있고 힘이 있답니다. 그것은 일후에 사실로 증명하렵니다. 나는 각일각 높아가는 혈관의 뜨거운 피 뛰는 소리를 듣습니다. 이것 보셔요. 그 소리는 점점 커집니다.[58)

최서해는 이 글들에서 자신이 세상 사람들과 반대의 길을 걷는 것이 '어찌구러 그렇게 걸어진 것이 성벽이 되고 주의가 된 것'(D)인데 남들과 다른 길을 가는 자신에게는 '지도하거나 붙들어주는 이'가 없으며(E) 최하층 계급의 온갖 고통 속에서 정신과 의식의 불꽃과 비약을 체험한 뒤 해방운동에 뛰어들고 싶은 욕망(F)을 가진 자신은 귀중한 생명을 희생하면서라도 처자가 굶는 현실에 대한 근본적 해결(G)을 요구해야 한다고 느끼면서 각일각 높아가는 혈관의 뜨거운 피 뛰는 소리를 듣는다(H)고 술회하고 있다. 요컨대 최서해는 불합리한 제도와 현실에 반항할 것을 주문하면서도 그 반항은 스스로의 처지에서 자연스럽게 우러나온 자발적인 것이어야만 의미 있고 값진 것이라고 말하고 있는 것이다.

이상에서 본 것처럼 최서해의 수필은 그 우성소(dominant)로서 '반항'과 '자발성'을 드러내고 있는데 이러한 요소들은 아나키즘과 상당히 친연적이다. 그것은 지배에 대한 거부로서의 반항감정이 아나키즘의 본질적 속성[59]이고 1) 반역정신, 2) 국가에 대한 혐오, 3) 부르주아민주주의에 대한 적개심, 4) 권력적 사회주의에 대한 비판, 5) 과도한 독재 부정, 6) 개인의 절대적 존엄, 7) 자유의지에 기초한 연대, 8) 대중의 자발성 중시, 9) 전위조직에 의한 지도 부정[60] 이 아나키즘의 본령이라 말해지기 때문이다. 비록 전 항목에 걸쳐 세세한 대응이 이루어진 것은 아니지만 '자발적 반항'이라는 가장 본질적인 점의 일치에 있어 최서해 수필은 아나키즘적 특성을 보이고 있는 것이다.

그러나 최서해의 글에서 아나키즘이 직접 거론되는 경우는 보기 힘들다. 그럼에도 불구하고 아래의 평론을 보면 그가 무정부주의에 대해 전혀 맹목도 아니었음을 알 수 있다.

(A) 당시 허무주의란 말이 난 것은 튜르게넵의 작에서다. 그는 『父와 子』에 이 허무주의를 세밀하게 그렸다. 그 작중의 인물 바사로프가 시(示)함과 같이 러시아의 허무주의자는 모든 법률과 권위에 굴종치 않으며 어떠한 원리든지 신앙치 않고 각인(各人)을 평등 공산적 상태에 두려고 한 것이다. 이 허무 사상이 무정부주의자 크로포토킨의 사상에서 배태된 것이다. 이것이 러시아에서 발생이 되어 러시아에서 세력 얻은 것을 보면 러시아의 사회조직이 얼마나 불완전하였던 것을 엿볼 수 있다.[61]

위에서 본 것처럼 최서해는 무정부주의자 크로포트킨을 인지하고 있고 그의 사상을 "모든 법률과 권위에 굴종치 않으며 어떠한 원리든지 신앙치 않고 각인을 평등 공산적 상태에 두려고 한" 허무주의의 기원으로 보고 있다. 아울러 러시아의 불완전한 사회조직이 이러한 사상의 온상임도 지적하고 있다. 이렇게 볼 때 최서해는 개념으로 이해한 무정부주의적 반항사상을 체험을 바탕으로 하는 수필 속에 보다 구체적으로 육화시켜서 '자발적 반항'의 양상으로 나타내고 있다고 추정할 수 있다. 그런데 다른 평론들에서는 자신의 이러한 아나키즘적 의식성향을 직접 드러내기보다는 현실적 민중문예론 정도의 일반론으로 다음처럼 표현하고 있다.

(B) 문단의 침체는 갈수록 심하다. (…) 나는 그 근본적 원인을 '전조선' '현재의 조선'이라는 데 돌리려고 한다. (…)

지반이 움직이는데 상부 구조가 평온할 수 없는 것은 삼척의 동자라도 가히 알 일이다. 현재 조선의 문사가 궁경(窮境)에 헤매는 것은 사실이다. (…) 그러나 이 곤경에 빠진 것은 문인뿐이 아닌 줄을 알아야 한다. 농민도 그러하고 상민도 그러하다. (…)

문단의 침체를 생각하는 때마다 '위대한 예술은 위대한 민중에게서'라 부르짖으며 붓대를 꺾고 민중 전선에 나가던 이태리 시인 마쩨니가 간절히 생각난다.[62]

(C) 오늘의 문예가는 (…) 현실의 추이를 일호(一毫)도 틀림이 없이 보는 관찰력과 대중의 욕구를 잘 이해하는 판단력을 가지고서 대중과 걸음을 같이하되 대중의 뒤에 섰거든 대중의 나아간 자취를 잘 보아야 할 것이요, 대중의 속에 들었거든 작금의 인과 관계와 현재의 생활을 잘 보아서 마땅히 나타나야 하겠고 필연적으로 나타날 명일의 현상까지 대중에게 보고하여 그 대중을 위하는 충복이 되어야 하겠고, 겸손한 지도자가 되어야 하겠고, 튼튼한 투사가 되어야 할 것이다.[63]

(D) 정치적으로 경제적으로 또는 사상적으로 조선은 일대 수난 시대에 처하여 있다. 그 지긋지긋하고 머릿살 아픈 수난의 현상을 우리는 도처에

서 본다. 심하게는 우리네들의 일상생활에서까지 시시각각으로 찾을 수 있다. 그 모든 고통은 우리들의 생활이요 동시에 특수성이다. 그렇다고 우리는 이것을 일조일석에 벗을 수도 없거니와 무시할 수도 없다. 우리는 이 속에서 장래할 시대를 찾아야 할 것이다. (…) 그러므로 조선의 작품은 조선의 현실을 무시하여서는 안 될 것이다. 그것을 그러냐(그려야·인용자) 하고 그 속에서 장래할 조선을 찾아서 독자의 앞에 드러내 놓아야만 할 것이다.[64]

(B)에서 최서해는 문단의 침체 앞에서 토대-상부구조의 반영적 관계를 떠올리며 토대로서의 민중 전선의 천착을 생각하고 (C)에서는 문예가에게 과거, 현재, 미래를 관통하는 현실의 추이와 대중의 욕구를 보고하는 문학을 요구하며, (D)에서는 고통의 현실 속에서 장래할 시대를 찾아 독자 앞에 드러내 놓아야 하는 작가의 의무를 제시하고 있다. 요컨대 최서해는 고통스런 현실의 추이와 민중의 욕구를 잘 통찰하여 장래할 시대를 그려내는 것이야말로 문학이 갈 길이라고 보고 있는 것이다.

이상에서 우리는 최서해의 수필과 평론을 통하여 형상화라는 조작 없이 개념적 직접성으로 드러난 지향의식을 살펴본 셈이다. 그리하여 수필에서 '반항'과 '자발성'이라는 아나키즘적 요소를 의미의 중심축으로 삼고 있는 최서해는 평론에서 범박하게 민중적 현실문학론을 펼치고 있음을 알았다. 따라서 양자를 종합하면 '민중적 현실을 천착하여 장래할 시대를 그려내되 자발적 반항의 방식을 취할 것'이라는 서해문학론이 될 것이다. 그러면 그의 소설에서는 이러한 개념적 요청사항이 어떻게 나타나고 있는지 대표작들을 통하여 살펴보기로 한다.

최서해가 "간도 유민이나 빈농의 궁핍을 소재로 하여 비극적 파국을 맞는" 신경향파 작품을 다수 창작65)하였다고 말할 때 그것은 엄밀히 1) 극빈 하층민 소설, 2) 프로인텔리겐차 소설, 3) 심파다이저 소설66)이라는 서해 소설의 세 유형 중 활동의 전반기에 주로 씌어진 1)유형만을 지칭하고 있 는 것이다. 그럼에도 불구하고 최서해의 총체성이 아니라 작품의 완결성 이나 시대적 의의를 문제 삼는 경우 1)유형에 논의를 국한해도 별 상관은 없어 보인다. 그만큼 1)유형은 최서해의 득의의 영역이라 할 수 있고 그 가 운데도 〈탈출기〉, 〈박돌의 죽음〉, 〈기아와 살육〉, 〈큰물진 뒤〉, 〈홍염〉 등 이 핵심을 이루고 있다.

그러면 이러한 작품들은 어떠한 작가의식을 기반으로 산출되었으며 그 것은 20년대라는 당대 현실과 어떠한 관계를 맺고 있는 것일까? 일찍이 〈탈출기〉가 "서해의 삶의 일면을 잘 나타내 보이는 자서전"67)이라는 지적 도 있었지만 서해 소설을 잘 살펴보면 교육을 많이 받지 못하고 막노동을 하며 만주를 유랑했다는 그의 경력에 비해 당대, 특히 만주의 정세에 대한 견문이 상당함을 알 수 있다. 그것은 만주의 독립단(〈고국〉), ××단(〈탈출 기〉), 모스코 ××회(〈향수〉), 만주·서백리아·상해 등지의 ×××(〈해돋이〉) 등 민족주의계는 물론 사회주의계의 항일운동과 그 세력 판세는 물론 그 순기능과 역기능에 대한 이해에까지 미치는 것이었다. 더욱이 다음의 인 용은 그가 3·1운동 이후의 사상사적 흐름에도 일정한 식견을 갖고 있었 음을 보여준다.

경석이는 처자도 없고 부모도 없고 집이 없고 직업도 없는 청년이다. 그는 일가집에서 몸을 그날그날을 지내간다. 그의 학식과 인격은 비범하 다. <u>그가 만세를 부르고 감옥에 들어가고 감옥에서 나온 후로 ××주의자 가 되어</u> 여러 방면으로 활동하게 되면서부터 당국의 검은 손이 등뒤를 떠 나지 않고 쫓아다녔다. (…)

김소사의 앞에 앉은 경석의 신경은 또 비애와 의분에 들먹거렸다. 자기의 처지를 생각하든지 김소사와 만수의 처지를 생각하면 슬펐다. 그 슬픔은 그 몇몇 사람의 처지에만 대한 슬픔이 아니었다. 그 몇몇 사람을 표본으로 온 세계를 미루어 생각할 때 그는 주림과 벗음에 헐떡이는 수많은 생명 속에 앉은 듯하였다. 피기름이 엉긴 비린내 속으로 처량히 흘러나오는 굶은 이의 노래가 귓가에 들리는 듯하며 벌거벗고 얼음궁에 헤매며 짜릿짜릿한 신음 소리를 지르는 생령이 눈앞에 보이는 듯하였다. 눈을 번쩍 떴던 경석이는 입술을 꼭 깨물면서 눈을 감았다.

"아! 뛰어나가자! 저 소리를 어찌 앉아서 들으랴? 이 꼴을 어찌 보랴? 아! 가련한 생령아! 나도 너희와 같은 자리에 섰다. 만수도, 어머니도, 몽주도…… 상진도 아니 전조선이 그렇구나. 아! 이 역경을 부수지 않으면 우리 목에…… 않으면 우리는 영영 이 속을 못 뛰어나리라, 뛰어나서자!"
이렇게 경석이는 가슴속으로 부르짖었다.[68]

경석이라는 인물이 3·1운동으로 감옥에 갔다 온 후 사회주의자가 되는 설정은 당대의 사상적 흐름과 궤를 같이 하고 있으며, 또 그가 주의자를 자처하면서도 헐벗고 굶주리며 고통 받는 이들을 보고 역경을 부수기 위해 직접혁명을 고취하는 장면은 당시에 사회주의 속에 미분화상태로 공존하던 아나키즘의 실태를 보여준다.

이처럼 만주 편력을 통해 민중으로서 고통을 느꼈을 뿐 아니라 당시의 정세와 다양한 사상적 조류에 대해 일정한 식견을 가졌던 최서해였던 만큼 그가 20년대 전반기에 사회주의의 주류였던 아나키즘의 이념과 일정한 관계가 있었을 것이라고 추정하는 것은 무리가 아닐 것이다. 이미 우리는 그의 수필과 평론을 통해서 반항과 자발성이라는 아나키즘적 요소를 확인한 바도 있거니와 아래에서는 당대의 대표적 아나키즘선언인 「조선혁명선언」(1923)을 시금석으로 삼아 좀 더 구체적으로 최서해 소설과 아나키즘의 연관성을 알아보기로 한다.

「조선혁명선언」에 의하면 일본 강도정치가 우리 민족 생존의 적이므로 민족의 생존을 유지하기 위해서는 혁명으로써 강도 일본을 구축하는 길밖에는 없는 바, 혁명의 제일로는 신인(神人)이나 성인이나 어떤 영웅호걸의 지도나 열규(熱叫)로부터 오는 것이 아니라 오직 민중이 민중을 위하여 일체 불평·부자연·불합리한 민중향상의 장애부터 먼저 타파함에서 온다. 그 단계는 다음처럼 진행된다.

(1) 일반 민중이 기(飢)·한(寒)·곤(困)·고(苦)·처호(妻呼)·아제(兒啼)·세납(稅納)의 독봉(督捧)·사채(私債)의 최촉(催促)·행동의 부자유·모든 압박에 졸리어, 살려니 살 수 없고 죽으려 하여도 죽을 바를 모르는 판에 만일 그 압박의 주인(主因)되는 강도정치의 시설자인 강도들을 격폐(擊斃)하고, 강도의 일체시설을 파괴하고,

(2) 복음이 사해(四海)에 전하여 만중이 동정의 눈물을 뿌리어, 이에 인인(人人)이 그 「아사(餓死)」이외에 오히려 혁명이란 일로가 남아 있음을 깨달아,

(3) 용자(勇者)는 그 의분에 못이기어 약자는 그 고통에 못견디어, 모두 이 길로 모여들어 계속적으로 진행하며

(4) 보편적으로 전염하여 거국일치의 대혁명이 되면

(5) 간활잔폭(奸猾殘暴)한 강도일본이 필경 구축되고 인류로써 인류를 압박치 못하며 사회로써 사회를 박삭치 못하는 이상적 조선이 건설된다.

요컨대 (1) 압박에 졸린 민중의 압박자 격폐 및 일체 시설 파괴 → (2) 소문에 의한 만중의 공감 → (3) 동참으로 계속 진행 → (4) 거국일치의 대혁명 → (5) 일제 구축 및 이상적 조선 건설이 「조선혁명선언」에 나타난 민중혁명의 프로그램이다.

그러면 최서해의 소설들은 어떠한 전개양상을 보이고 있는가? "주인공의 극도의 빈궁상태를 사실적으로 묘사하고 그들이 사회제도를 저주하면서 부자에게 복수하는 내용"[69]을 서사구조로 하고 있다는 최서해 소설의 구체적 면모를 보기로 하자.

(A) 어떻게 하면 살 수 있을까? ……이러한 생각은 이 때 내 머리를 몹시 때렸다. 이때 나에게 부지런한 자에게 복이 온다 하는 말이 거짓말로 생각되었다. 그 말을 지상의 격언으로 굳게 믿어 온 나는 그 말에 도리어 일종의 의심을 품게 되었고 나중은 부인까지 하게 되었다.

부지런하다면 이때 우리처럼 부지런함이 어디 있으며 정직하다면 이때 우리 식구같이 정직함이 어디 있으랴? 그러나 빈곤은 날로 심하였다. 이틀 사흘 굶은 적도 한두 번이 아니었다.[70]

(B) 붉은 아침볕은 뚫어지고 찢기고 그을은 창문에 따뜻이 비치었다.

서까래가 보이는 천장에는 까맣게 그을은 거미줄이 얽히설키 서리고 넌들넌들 달렸다. 떨어지고, 오리이고, 손가락 자리, 빈대피에 장식된 벽에는 누더기가 힘없이 축 걸렸다. 앵앵하는 파리떼는 그 누더기에 몰려들어서 무엇을 부지런히 빨고 있다. 문으로 들어서서 바로 보이는 벽에는 노끈으로 얽어 달아매놓은 시렁이 있다. 시렁 위에는 금간 사기 사발과 이 빠진 질대접 몇 개가 놓였다. 거기도 파리떼가 웅성거린다. 부엌에는 마른 쇠똥, 짚부스러기, 흙구덩이에서 주워 온 듯한 나뭇가지가 지저분하다.

뚜껑 없는 솥에는 국인지 죽인지 누릿한 위에 파리떼가 욱실거리는지 물 담아 놓은 파리통 같다.

먼지가 풀썩풀썩 이는 구들, 거적자리 위에는 박돌이가 고요히 누웠다. 쥐마당같이 때가 지덕지덕한 그 낯은 무쇠빛같이 검푸르다. 감은 두 눈은

푹 꺼졌다.71)

(C) (내가 그른가? 공부도 있는 놈만 해야 하나? 식구가 빌어먹게 집까지 팔면서 공부하게 한 죄가 뉘게 있나? 내게 있을까? 과연 내게 있을까? 아아, 세상은 그렇게 알 터이지. 흥, 공부를 하고도 먹을 수 없어서 더 궁항에 들게 되니, 이것도 내 허물인가? 일을 하잖는다구? 일? 무슨 일? 농촌으로 돌아든대야 내게 밭이 있나, 도회로 나간대야 내게 자본이 있나? 교사 노릇이나 사무원 노릇을 한대야 좀 뽀루퉁한 말을 하면 단박 집어세이고……. 그러면 나는 죽어야 옳은가? 왜 죽어? 시퍼렇게 산 놈이 왜 그저 죽어? 살 구멍을 찾다가 죽어두 죽지! 왜 거저 죽어? 세상에 먹을 것이 없나, 입을 것이 없나? 입을 것 먹을 것이 수두룩하지! 몇 놈이 혼자 가졌으니 그렇지! 있는 놈은 너무 있어서 걱정하는데 한편에서는 없어서 죽으니 이놈의 세상을 거저 두나?)72)

(D) 자기는 이때까지 남에게 애틋한 일, 포악한 일을 한 적이 없었다. (…) 선한 일을 하면 복을 받는다, 부지런하면 부자가 된다, 남이 욕하든지 때리든지 가만히 있어라-이러한 것을 자기는 조금도 어기지 않고 지켜왔다. 그러나 이때까지 자기에게 남은 것은 풀막-그것도 제 손으로 지은 것-병, 굶주림, 모욕밖에 남은 것이 없다. (…) 오히려 이때까지 자기가 본 경험으로 말하면 욕심 많고 우락부락하고 못된 짓 잘 하는 무리들은 잘 입고, 잘 먹고, 잘 쓴다. 자기에게 남은 것은 실낱 같은 목숨뿐이다. 아내뿐이다. 그러나 그것도 이렇게 되고서는 몇 달을 보증하랴! 까딱하면 목숨까지 버릴 것이다. 목숨까지 바쳐? 이 목숨-여기까지 생각하고 그는 몸을 부르르 떨면서 주먹을 쥐었다.73)

(E) 언제나 이놈의 소작인 노릇을 면하여 볼까? 경기도에서도 소작인 생활 십 년에 겨죽만 먹다가 그것도 자유롭지 못하여 남부여대로 딸하나 앞세우고 이 서간도로 찾아들었더니 여기서도 그네를 맞아 주는 것은 지팡살이[小作人]였다. 이름만 달랐지 역시 소작인이다. 들어오던 해는 풍년이었으나 늦게 들어와서 얼마 심지 못하였고 그 이듬해에는 흉년으로 말미암아 일 년내 꾸어먹은 것도 있거니와 소작료도 못 갚아서 인가에게 매까지 맞고 금년으로 미뤘더니 금년에도 흉년이 졌다. 다른 사람들도 빚을 지지 않은 바는 아니로되 유독이 문 서방을 조르는 것은 음흉한 인 서방의 가슴 속에 문 서방의 용례(금년 열일곱)가 걸린 까닭이었다.[74]

(A)에서는 생활에 쫓겨 어머니와 아내를 데리고 고향을 떠나 간도에서 온갖 일을 해 보던 주인공이 기한을 면하지 못하는 참상이, (B)에서는 어미와 둘이서 굶주리며 살던 박돌이 상한 고등어 대가리를 주워 먹고 탈이 나지만 의원의 진료 거부로 비참히 죽어 가는 모습이, (C)에서는 만주에 들어와 병든 아내와 늙은 모친, 어린 딸과 더불어 가난에 시달리며 회의하는 모습이, (D)에서는 홍수로 생활의 터전과 신생아까지 잃고 병든 아내와 궁핍에 고통받는 모습이, (E)에서는 중국인 지주에게 진 빚 때문에 딸을 빼앗기게 되는 고통이 각각 그려져 있다. 이러한 다양한 극빈의 고통 속에서 주인공들은 의식의 전환을 경험한다.

나는 일이 없으면 없느니만큼, 고통이 닥치면 닥치느니만큼 내 번민은 크다. 나는 어떤 날은 거의 얼빠진 사람처럼 눈을 감고 깊은 생각에 잠긴 일도 있었다. 이때 머릿속에서는 머리를 움실움실 드는 사상이 있었다. '오늘날에 생각하면 그것은 나의 전 운명을 결정할 사상이었다.' 그 생각은 누구의 가르침에 의해 일어난 것도 아니려니와 일부러 일으키려고 애써서 일어난 것도 아니다. 봄 풀싹같이 내 머릿속에서 점점 머리를 들었다. (…)

우리는 여태까지 속아 살았다. 포악하고 허위스럽고 요사한 무리를 용납하고 옹호하는 세상인 것을 참으로 몰랐다. (…) 우리는 우리로서 살아온 것이 아니라 어떤 험악한 제도의 희생자로서 살아왔었다. (…) 허위와 요사와 표독과 게으른 자를 옹호하고 용납하는 이 제도는 더욱 그저 둘 수 없다.[75]

이처럼 누가 가르쳐서 일어난 것도 아니고 일부러 일으키려고 애써서 생긴 것도 아닌 사상이 자발적으로 머리를 드는데 그것은 제도의 희생자라는 의식과 이를 그저 둘 수 없다는 반항의식이다. 물론 위의 인용은 〈탈출기〉 주인공의 의식이지만 다른 작품들도 명시적이든 묵시적이든 이러한 자발적 반항의식이 동기가 되어 다음과 같은 행동에 나선다.

(A') 김군! 나는 더 참을 수 없었다. 나는 나부터 살려고 한다. 이때까지는 최면술에 걸린 송장이었다. 제가 죽은 송장으로 남(식구)들을 어찌 살리랴. 그러려면 나는 나에게 최면술을 걸려는 무리를, 험악한 이 공기의 원류를 쳐부수어야 하는 것이다.

나는 이것을 인간의 생의 충동이며 확충이라고 본다. 나는 여기서 무상의 법열을 느끼려고 한다. 아니 벌써부터 느껴진다. 이 사상이 나로 하여금 집을 탈출케 하였으며, ××단에 가입케 하였으며, 비바람 밤낮을 헤아리지 않고 벼랑 끝보다 더 험한 선에 서게 한 것이다.[76]

(B') 김 초시의 멱살을 잔뜩 부여잡은 박돌 어미는 이를 야금야금하면서 주인 여편네를 노려본다.

주인 여편네는 뛰어다니면서 구원을 청하였다.

김 초시 집 마당에는 어린애 어른 할것없이 모여들었다. 그러나 모두 박돌 어미의 꼴을 보고는 얼른 대들지 못한다.

"응 이놈아!"

박돌 어미는 김 초시의 상투를 휘어잡으며 그의 낯에 입을 대었다.

"에구! 사람이 죽소!"

방바닥에 덜컥 자빠지면서 부르짖는 김 초시의 소리는 처량히 울렸다.

사내 몇 사람은 방으로 뛰어들어간다.

"이 놈아! 내 박돌이를 불에 넣었으니 네 고기를 내가 씹겠다."

박돌 어미는 김 초시의 가슴을 타고 앉아서 그의 낯을 물어뜯는다. 코, 입, 귀…… 검붉은 피는 두 사람의 온몸에 발리었다.[77]

(C') "모두 죽여라! 이놈의 세상을 부수자! 복마전 같은 이놈의 세상을 부수자! 모두 죽여라!"

밖으로 뛰어나오면서 외치는 그 소리는 침침한 어둠 속에 쌀쌀한 바람과 같이 처량히 울렸다. 그는 쓸쓸한 거리에 나섰다. 좌우에 고요히 늘어 있는 몇 개의 상점은 빈지를 반은 닫고 반은 열어 놓았다.

경수의 눈앞에는 아무 거리낄 것, 아무 주저할 것이 없었다. 그는 허둥지둥 올라가면서 닥치는 대로 부순다. 상점이 보이면 상점을 짓모으고 사람이 보이면 사람을 찔렀다. (…)

경수는 어느새 웃장거리 중국 경찰서 앞까지 이르렀다. 그는 경찰서 앞에서 파수보는 순사를 콱 찔러 누이고 안으로 뛰어들어갔다. 창문을 부순다. 보이는 사람대로 찌른다.

"꽝……꽝……꽝꽝."

경찰서 앞에서는 총소리가 연방 났다. 벽력같이 울리는 총소리는 쌀

쌀한 바람과 함께 거리를 처량히 울렸다. 모든 누리는 공포의 침묵에 잠겼다.[78]

(D') 윤호는 몇 걸음 걷다가는 헝겊에 뚤뚤 감아서 허리 밑에 지른 것을 만져 보았다. 만질 때마다 반짝 서릿발 같은 그 빛을 생각하고 몸을 떨면서 발을 멈추었다. (…)

"아, 못 할 일이다! 참말 못 할 일이다! 내가 살자고 남을 죽여!"

그는 입안으로 중얼거리면서 발끝을 돌렸다. 그러다가도 자기의 절박한 처지라거나 자기가 목표삼고 나가는 대상들의 하는 것들을 생각할 때면 그 생각이 뒤집혔다.

"아니다. 남을 안 죽이면 내가 죽는다. 아내는 죽는다. 응, 소용없다. 선한 일! 죽어서 천당보다 악한 짓이라도 해야 살아서 잘 먹지! 그놈들도 다 못된 짓하고 모은 것이다. 예까지 왔다가 가다니?"

이렇게 생각하면 풀렸던 사지가 다시 긴장되었다.[79]

(E') 문 서방이 여러 사람을 헤치고 두 그림자 앞에 가 섰을 때 앞에 섰던 장정의 그림자는 땅에 거꾸러졌다. 그때는 벌써 문 서방의 손에 쥐었던 도끼가 장정 인가의 머리에 박혔다. 도끼를 놓은 문서방의 품에는 어린 여자의 그림자가 안겼다. 용례가…….

그 바람에 모여섰던 사람들은 혹은 허둥지둥 뛰어버리고 혹은 뒤로 자빠져서 부르르 떨었다. 용례도 거꾸러지는 것을 안았다.

"용례야! 놀라지 마라! 나다! 아버지다! 용례야!"

문 서방은 딸을 품에 안으니 이때까지 악만 찼던 가슴이 스르르 풀리면서 독살이 올랐던 눈에서 뜨거운 눈물이 떨어졌다. 이렇게 슬픈 중에도 그의 마음은 기쁘고 시원하였다. 하늘과 땅을 주어도 그 기쁨을 바꿀 것

같지 않았다.

　그 기쁨! 그 기쁨은 딸을 안은 기쁨만은 아니었다. 적다고 믿었던 자기의 힘이 철통 같은 성벽을 무너뜨리고 자기의 요구를 채울 때 사람은 무한한 기쁨과 충동을 받는다.

　불길은-그 붉은 불길은 의연히 모든 것을 태워 버릴 것처럼 하늘하늘 올랐다.[80]

　그리하여 (A')에서는 가출과 혁명단 가입, (B')에서는 의원 폭행, (C')에서는 살육, (D')에서는 강도질, (E')에서는 살인 방화를 하게 되는데 모든 행위가 주인공을 둘러싸고 압박을 가하던 제도에 타격을 가하는 직접적 저항이라는 데 공통점이 있다. 이러한 행위에 대해서는 그 실효성에 대한 의문 제기와 더불어 미래가 담보되지 못하는 극단적 자기파괴에 비판을 가하는 것이 일반적 평가였다. 그러나 우리가 보기에 그것은 한계를 가진 우연한 행위가 아니라 극빈의 고통 속에서 자발적으로 반항한다는 당대 아나키즘의 패러다임과 일치하는 의미 있는 귀결이라 생각된다.

　그러나 「조선혁명선언」이 (1) 압박에 졸린 민중의 압박자 격폐 및 일체 시설 파괴 → (2) 소문에 의한 만중의 공감 → (3) 동참으로 계속 진행 → (4) 거국일치의 대혁명 → (5) 일제 구축 및 이상적 조선 건설 등 민중혁명 프로그램을 과정적으로 제시하고 있는데 비하여 최서해의 소설은 (1)만을 집중적으로 조명하고 있어 차이가 남을 알 수 있다. 다시 말해 민중의 파괴적 반항이 소문이 나고 확산되어 대혁명으로 발전함으로써 이상적 사회로 나아가는 과정은 생략되어 있는 것이다.

　이렇게 볼 때 극빈을 매개로 현 제도의 불합리성을 깨닫고 자발적으로 파괴적 반항에 나아가는 최서해 소설은 아나키즘의 총체적 비전에 크게 미달하는 것도 사실이다. 그 이유는 최서해의 불철저한 인식, 단편소설 양식의 한계, 당대의 현실적 제약성 등 여러 가지가 있을 수 있을 것이다. 그러나 적어도 최서해의 신경향소설이 전망부재의 소재주의로 일관한 계급문학의 초창기 양상에 불과하다는 평가와 거리가 있는 것만은 확실하다. 따라서 자발적 반항이라는 전망을 바탕으로 당대의 가능의식인 아나키즘을 일정하게 반영하고 있는 최서해의 신경향소설은 20년대 사상사의 지형도를 증언하고 있을 뿐 아니라 더 나아가 볼셰비즘의 과정사로 이해된 프로문학사의 재검토를 요청하고 있어 보이는 바 이의 상세한 검토는 다른 지면에서 시도되어야 하리라고 본다.

4. 결론

본고는 이데올로기 없는 시대의 대안적인 사회 이념으로 떠오른 아나키즘을 계보학적으로 파악해 보는 작업의 일환으로 최서해의 신경향소설과 20년대 한국 아나키즘사상의 관련양상을 밝혀보고자 하였다. 그것은 극빈의 상태에서 살인, 방화, 강도 등 극단적 반항을 보이는 최서해의 소설들이 '정복의 사실'에 대한 명료한 의식과 폭로, 그리고 그것에 대한 증오와 반항[81]이라는 아나키즘 예술론과 유사성이 있어 보였기 때문이다.

그리하여 먼저 한국 아나키즘의 사상사적 흐름과 그 의의를 살펴본 뒤 의열단의 「조선혁명선언」을 통하여 아나키즘적 현실인식의 논리를 파악해 보았다. 사상사에 기대면 한국인에게 공산주의와 미분화상태로 수용된 아나키즘은 3·1운동 이후 사회주의의 주류로서 급속히 확산되고 20년대 중반부터 본격적인 활동을 하다가 공산주의 세력에 밀려난 것으로 되어 있다.

개인의 절대적 자유를 추구하는 아나키즘은 권력과 사회제도·국가를 타파하고 "인민의 자발성에 근거한 자치적 분산사회"[82]라는 새로운 사회를 건설하고자 하였으므로 식민지 한국인에게 반제국주의적 민족해방운동으로 이해되었다. 그리하여 20년대의 새로운 시대사상으로 기능하게 된 아나키즘은 의열단 선언서인 「조선혁명선언」(1923)을 통하여 당대의 가능의식의 최대치를 보여 주었는데 그것은 부자연·불합리한 제도의 희생자인 민중이 자발적으로 장애를 타파하고 그 소식이 전파되어 대혁명으로 진행되면 이상사회가 이루어질 수 있다는 것이었다.

이처럼 식민지적 현실의 내적 요구에 의하여 수용된 아나키즘은 20년대 초 자신의 논리구조에 입각하여 식민지 현실의 수탈적 본질을 폭로하고 민중의 자발적 혁명을 권장하는 등 당대의 지도사상으로 기능하였으나 점차 볼셰비즘과의 노선 차이로 갈등을 빚다가 잠복하게 되었던 것이다.

최서해는 이러한 아나키즘이 민족주의, 공산주의와 각축을 벌이던 20년대 중반기에 등단하여 전성기를 누린 작가였기 때문에 그의 문학적 특성과 이러한 시대성의 관계를 살펴보는 것은 최서해의 객관적 이해를 위해 필수적 요청사항이라 판단된다. 이러한 과제를 수행하기 위하여 우리는 소설이외에 시, 수필, 평론 등으로 이루어진 최서해 문자행위의 보편적 통일성으로서 작가의식을 추출해 보고자 하였다.

그리하여 습작 수준의 시를 제외한 수필과 평론을 통하여 형상화라는 조작 없이 개념적 직접성으로 드러난 최서해의 지향의식을 살펴보았다. 수필에서 '반항'과 '자발성'이라는 아나키즘적 요소를 의미의 중심축으로 삼고 있는 최서해는 평론에서 범박하게 민중적 현실문학론을 펼치고 있어 요컨대 '민중적 현실을 천착하여 장래할 시대를 그려내되 자발적 반항의 방식을 취할 것'이라는 문학론이 그의 작가의식의 요체라 보았다.

이어서 우리는 그의 소설에 이러한 개념적 요청사항이 어떻게 나타나고 있는지 대표작들을 통하여 살펴보았다. 최서해의 대표적 신경향소설들은 극빈의 고통 속에서 주인공이 자발적으로 제도의 희생자라는 의식의 전환을 경험하고 직접적 저항으로 나아간다는 구조로 되어 있어 자신의 문학관과 대체로 상응함을 알 수 있다. 그러나 「조선혁명선언」이 과정적으로 제시한 당대 아나키즘의 민중혁명 프로그램과 비겨볼 때 초동단계 묘사에 머물고 있어 아나키즘의 총체적 비전에 미달하는 것도 사실이다. 다시 말해 민중의 파괴적 반항이 소문이 나고 확산되어 대혁명으로 발전함으로써 이상적 사회로 나아가는 과정이 생략됨으로써 전망부재의 즉자적 저항이라 폄하될 빌미를 제공했던 것이다.

그러나 최서해의 신경향소설은 20년대에 정립(鼎立)하고 있던 사상사의 지형도를 증언하면서 자발적 반항이라는 아나키즘적 전망을 일정하게 반영함으로써 볼셰비즘의 과정사로 이해된 프로문학사의 재검토를 촉구하는 시금석으로 작용하고 있는 것이다.

장용학 소설과 에코아나키즘

1. 머리말

오늘날 우리는 최첨단 기계문명을 구가하면서도 정신적 지향성을 잃고 방황하는 역사상 유례가 드문 시대를 살고 있다. 이렇게 이데올로기적으로 또 생태적 실존적으로 대안이 없는 시대[1]를 맞아 "자유주의의 최종 산물인 동시에 사회주의의 최종 목표"[2]라는 아나키즘이 대안적인 사회 이념[3]으로 추천되기도 하고, 인류의 가장 큰 보편적 당위성은 생태학적 문제 상황[4]이라면서 사회이론의 생태론적 전환[5]이 촉구되기도 한다. 말하자면 그 원인이 어디에 있건 기존 전망의 퇴조가 삶의 좌표를 무화시킨 가운데 새로운 지표 확보를 위한 치열한 지적 노력이 경주되고 있는 형국인 것이다.

그런데 한국 현대작가 중에 당대를 "어제는 지나가 버렸고 오늘은 아직 오지 않"아 "어제에 속하지도 않고 오늘에도 속하지 않은", "의지할 아무 이념도 없"는 절망상태[6]로 진단하면서 그 돌파구를 열어보고자 한 사람이 있어 유사한 상황에 처한 우리의 흥미를 끈다. 이처럼 동트기 전 전망부재의 어둠 속에서 어제 아침과 다른 새아침을 배어내는 가치전환의 생활철

학7)을 모색하기 위해 진통을 감내한 사람은 바로 장용학이다. 그가 1950~
60년대에 그 역할을 해낼 수 있으리라고 믿었던 전망을 장용학은 실존주
의라 불렀다.

반드시 그 때문은 아닐지 모르지만 그 용어의 주박 속에서 그동안 장용
학 소설은 주로 실존주의8)의 카테고리로 논의되어 왔고 형식적 측면을 아
우르는 우화적 관념성9)이 보완적으로 조명되기도 하였다.10) 그러나 실존
주의라는 용어로 장용학이 지칭하고 있는 내용은 실존, 현존재, 세계내존
재, 불안, 유한성, 단독자, 본래성, 비본래성, 한계상황, 죽음 등의 개념을
중심11)으로 하면서 현존재의 본질을 그의 실존 속에서 찾고12) "인간을 무
감각으로부터 각성시키고 참된 자기를 상기하게 하는 것이 참된 기능"13)
이라는 일반적인 실존주의 이해와 많이 다른 것도 사실이다. 따라서 그의
실존주의는 분위기 같은 것은 소위 실존주의 소설 같은 인상을 주지만 실
존주의 소설하고 전연 다르고 그가 다루고 있는 테마는 실존주의자들이
다루고 있는 테마와 다르다는 이정호의 지적14)에도 일리가 없지 않다.

그러므로 중요한 것은 장용학의 실존주의 이해가 얼마나 정확했느냐가
아니라 그가 그러한 용어로 나타내고자 했던 그 지향성이 무엇인가일 것
이다. 장용학의 주요 작품들은 지속적으로 동일한 라이트 모티프(leit-motif)
를 반복함으로써 단일 회귀단위를 형성하는데 그것이 바로 '존재와 본질의
간극 속에서 자유를 확보하기 위한 현실의 전면적 거부' 모티프이다. 말하
자면 소위 실존주의적 발상에서 촉발되어 아나키즘적 사유에 도달한 형국
이라 할 수 있다.

그에 의하면 인간이라는 존재가 먼저 있고 다음에 본질이 있어지는 것
이기 때문에 인간의 본질은 인간 스스로 만들어내는 것이다.15) "자기에게
원인이 있고 남에게 강제되지 않는 것"이 자유16)라 할 때 인간은 자유적
존재이다. 그리고 이 자유야말로 모든 것의 근원이고 생존의 근원17)이기

도 하다. 그러나 금전의 노예, 시간의 노예, 메커니즘의 노예 등 현대인은 노예이다.[18] 그러므로 자유 주체로서의 위엄을 회복시키기 위해 '인간'을 일상성, 보편성, 메커니즘, 합리주의로 굳어진 '인간성'에서 해방시킬 필요가 있다[19]는 것이다.

이처럼 인간의 존재와 본질의 간극을 격파하고 그 본래적 자유를 회복시키기 위해 기존의 합리성과 논리 및 언어의 의미에 도전[20]한다는 뜻에서 장용학의 지향성은 아나키즘적이다. 일반적으로 아나키즘은 개인의 절대적 자유를 추구하며 개인에게서 절대적 자유를 박탈하는 권력과 사회제도·국가를 타파하고 개인의 자유의지의 연합에 의해 무권력·무지배의 새로운 사회를 건설하고자 하[21]는 사상이라 말해진다. 그러므로 장용학 사상은 실존주의라는 어사에도 불구하고 개인적 실존 해명을 지향하는 일반적 실존주의와 많이 다르고, 절대자유를 위해 언어적 규정, 근대적 합리성, 메커니즘에 끝없이 저항하는 면모가 오히려 아나키즘에 가깝다 할 수 있다.[22]

그런데 아나키즘도 개인의 절대적 자유[23]와 지배에 대한 거부로서의 반항감정[24]이라는 공통점에도 불구하고 그 안으로 들어가 보면 목표와 전략을 둘러싸고 그 유형이 아주 다기하다.[25] 그러므로 "오늘의 모든 위장된 제도와 윤리 속에서 참다운 원시적 존재로서의 자연인을 창조"[26]해 내고자 했다는 한 연구자의 평가처럼 생태주의적 특성이 강하게 인각되어 있는 장용학의 아나키즘은 생태 아나키즘이라 규정하는 것이 좋으리라 생각한다. 물론 아나키즘 자체가 목가적인 자연상태[27]와 근원적으로 친연성을 지니고 있지만 생태학, 특히 심층생태학의 다음과 같은 지향점을 고려할 때 장용학을 생태학과 표나게 결부시키는 것이 큰 무리는 아니라고 생각된다.

근본 생태론자들은 자신들의 원칙이 새로운 것이 아니라 (…) 산업화되기 이전의 그리고 도시화되지 않은 전자본주의 사회에 있던 '고대의 진리'를 빌려온 것이라고 주장한다. (…)

근본 생태론자들은 (…) 전자본주의 사회, 비도시, 산업화 이전의 원시주민들의 문화적인 전통(…), 즉 '계몽이란 틀'을 체계적으로 부정하는 가운데 그 자신의 입지점을 가지고 있는 듯하다. (…)

근본 생태론자들은 이러한 계몽의 독재를 전복하려 하였으며, 인간의 자연으로부터의 소외 그리고 자연의 지배를 근절시키기 위하여 인간의식을 재주술화된 세계, 생동적인 재주체화된 자연, 그리고 더 신비적인 지식 획득 방식으로 회귀시키길 원한다.[28]

생태학의 한 갈래이자 환경운동의 급진적인 형태[29]로서 심층생태학(deep ecology)이라고도 하는 근본생태론은 오염과 자원 고갈에 관심[30] 있는 표층생태학(shallow ecology)과 대립적 위치에서 단순하고, 기술에 너무 의존하지 않고, 자급자족적·탈중심적 공동체를 실천적 함의[31]로 추구하고 있는 바, 심층생태학의 이러한 고대적 원시자연 지향성은 일례로 "과거 쪽으로 흘러가는 사건의 흐름"[32] 속에서 "혈거지대로 혈거지대로, (…) 자꾸 청동시대로 끌려드는 향수를 느"끼며[33] "역사는 그만 하고 그쳤으면 좋겠다"[34]는 장용학 소설 속 인물의 지향성과 동궤이다. 그런 의미에서 우리는 장용학의 문학세계를 생태적 아나키즘의 관점에서 살펴보고자 하는 것이다.

그러면 그의 대표작으로 꼽히는 〈요한시집〉(1955.7), 〈비인(非人)탄생〉(1956.10～57.1), 〈현대의 야(野)〉(1960.3), 〈원형(圓形)의 전설〉(1962.3～11)을 중심으로 보다 구체적으로 장용학 문학의 생태 아나키즘적 특성과 의의를 살펴보기로 한다.

2. 근대의 노예성과 자유의 함의 -〈요한시집〉

장용학은 〈요한시집〉 이전에도 몇몇 작품을 발표한 적이 있지만 그를 명실상부한 문제적 작가로 한국 현대문학사상에 자리매김하게 한 소설은 바로 이 작품이다. 물론 그 이전의 작품 속에서도 미숙한 형태로나마 동일한 문제의식의 편린을 찾아볼 수는 있다.

〈희화(戲畵)〉(1949.11)에서 폐병 걸린 아내와 어린 아이를 거느리고 집세 독촉에 시달리며 사는 가난한 화가 철수는 "누구든 나를 구속 못한다. (…) 나의 앞길을 막은 것은 이것을 제거하는 것이 이것이 순수인간의 진면목"이라고 수기에 쓰고 있고, 〈지동설(地動說)〉(1950.5)에서는 지동설을 이해할 정도의 근대적 지식인 유선생이 어리숙한 제자만 일편단심 사랑하고 자신을 거부하자 재색겸비의 종 춘란을 살해하고 자신도 자살하는 이야기를 통하여 근대의 무자비성과 전근대의 순결성을 대비시키며, "아주 근대적인 시구를 만들어 내느라 시간이 깊어가는 줄 모르"는 〈미련소묘(未練素描)〉(1952.1)의 모더니스트 시인 상주는 복두꺼비 신앙 이야기에 자신의 취직문제와 두꺼비의 일거일동을 결부시키며 인간의 뿌리 깊은 전근대적 감성을 버리지 못한다.

또 〈찢어진 '윤리학의 근본문제'〉(1953.9)에서는 전쟁이라는 극한상황 속에서 '혈거생활'을 하면서 "시시각각으로 동물로 동물로 돌아가고" 있는 인심의 추이를 통하여 윤리의 상대성을 조명하고 있고, 〈인간의 종언(終焉)〉(1953.11)에서는 문둥병을 비관하여 "선악의 대립은 생 이전의 가정"이므로 "생과 악이 양립할 수 있는 지역"의 필요성을 절규하던 상화가 일가족 분신자살의 와중에서도 실신한 아들의 간을 먹는 행위를 함으로써 선악 이분법을 부정한다.

이처럼 장용학의 초기작품들도 자유, 전근대 지향성, 원초적 감성, 가치의 상대성, 이분법적 사고 비판 등 그의 회귀단위의 구성성분들을 함유하고 있지만 미숙한 가운데 부분적, 파편적으로 드러나던 그의 문제의식이 양과 질, 그리고 정합성의 측면에서 어느 정도 완성된 형태를 띠고 나타난 것이 〈요한시집〉이다. 〈요한시집〉은 서두의 토끼 우화, 의용군 출신 동호가 포로수용소에서 자살한 괴뢰군 누혜의 부탁으로 그 어머니를 찾아가는 부문(상), 포로수용소 이야기(중), 누혜의 유서 부문(하) 이렇게 4부로 구성되어 있는데 크게 보면 알레고리적 서두 부문과 본문으로 양분되면서 양자 사이에 의미상 대응관계가 성립되는 구조를 가지고 있다. 그것이 바로 자유의 문제인 바, 이 자유의 함의를 얼마나 올바르게 파악해 내느냐 하는 것이 〈요한시집〉 이해의 관건이다.

토끼 우화는 무지갯빛 동굴이 세계의 전부로 알고 행복하게 살던 토끼가 밖의 세계를 인식하고 천신만고 끝에 동굴 입구 경계지점에 당도하여 강렬한 자연 광선에 눈이 먼 채 그 자리를 떠나지 않고 맴돌며 살다 죽은 후 '자유의 버섯'으로 환생하는 이야기이다. 이 이야기에서 우리가 끌어낼 수 있는 의미소는 동굴 속으로 표상되는 위장된 현실, 순응적 삶의 거부와 자유를 향한 탈출, 경계지점의 발견과 정착, 자유의 화신으로의 환생 등이다. 이 창작 우화 역시 장용학의 작가의식의 발현이자 뒤이어 나타나는 이야기의 비유담으로 보면 애매해 보이기만 하는 토끼 우화도 익숙한 일상성을 탈피할 때 기존의 본질 규정과 상충하는 경계부분에 자유라는 이름의 무규정적 존재 영역이 유재하고 있음을 암시하는 것으로 이해할 수 있다.

생각해 보니 역사는 흥분과 냉각의 되풀이에 지나지 않았다. 지동설에 흥분하고, 바스티유의 파옥에 흥분하고, '적자생존'에 흥분하고, '붉은 광장'에 흥분하고……. 늘 그때마다 환멸을 느끼고 했던 것이다. (…)
복, 영원……. 자유에서 빚어져 생긴 이러한 '뒤에서 온 설명'을 가지고

'앞으로 올 생'을 잰다는 것은 하나의 도살이요, 모독이다. 생은 설명이 아니라 권리였다. 미신이 아니라 의욕이었다! 생을 살리는 오직 하나의 길은 자유가 죽은 데에 있다.

'자유' 그것은 진실로 그 뒤에 올 그 무슨 '진자(眞者)'를 위하여 길을 외치는 예언자, 그 신발 끈을 매어 주고, 칼을 맞아 길가에 쓰러질 '요한'에 지나지 않았다.[35]

존재가 본질에 선행한다고 할 때 모든 본질 규정은 존재의 자유적 산물일 것이다. 그런데 어떠한 본질 규정도 역사적 경험에 비추어 보면 존재를 억압하면서 환멸로 귀결되는 오류의 과정이었다는 것이다. 그 이유는 자유를 잘못 이해하고 잘못 사용한 데에 있을 터이다. 존재란 설명이나 미신이 아닌 생으로서 복·영원 등 뒤에서 온 설명을 가지고 잴 수 없는, 앞으로 올 어떤 권리이자 의욕이기 때문이라는 것이다. 그런 의미에서 자유는 그 자체가 목표가 되어서는 안 되고 그 뒤의 진자(眞者)에 길을 여는 요한 같은 존재이기에 "다음 순간에 일어날 가능성 앞에 떨고 있는 전율"[36]이어야 한다. 자유의 의미를 추구하는 이 작품이 〈요한시집〉으로 명명된 소이연이 여기에 있다.

이러한 자유의 함의를 깨닫게 되는 과정으로서의 본문은 의용군 포로 동호와 괴뢰군 포로 누혜의 이야기가 전지적 시점으로 제시되는 형식을 취하고 있다. 의용군으로 6·25에 참전하지만 참혹한 전쟁 체험, 포로수용소에서의 좌우대립 및 좌파의 비인간적 행태를 겪으면서 회의주의에 빠지게 된 동호는 인간의 의식에 대해서도 회의를 하게 됨으로써 자신의 삶의 과정, 더 나아가 인간 일반의 삶의 과정을 언어에의 예속과정으로 인식하기에 이른다. 이러한 삶과 언어적 의미부여 사이의 괴리는 결국 삶 자체를 압살시키고, 더 나아가 말에 의한 삶의 지배뿐 아니라 나를 나의 삶의 주체로서가 아니라 언어의 노예로 전락시켰다는 것이다.

공기 속에 살고 있다는 것은 '말' 속에 살고 있다는 것과 마찬가지이다. 처음에만 '말'이 있는 것이 아니라, 처음부터 끝까지 있는 것은 '말'뿐이었다. 인간은 그 입에 지나지 않았다. 입의 시종(侍從)으로서의 노동, 이것이 인간 행위의 정체였다. (…)

따지고 보면 의지할 것은 아무 것도 없다. 그래서 나는 따라다녔을 뿐이다. 내가 나의 주인이 되어 나의 앞장을 내가 서서 나의 길을 내가 걸어본 적이 있었던가? 없다! 한 번도 없었다.37)

이러한 종속성 인식은 동호의 또 다른 짝패라 할 수 있는 인민군 포로 누혜에게서도 감지된다. "나자마자 한 살이고, 이름이 지어진 것은 닷새 후였으니 이 며칠 동안이 나의 오직 하나인 고향인지도 모른다. 세계는 '이름'으로 이루어진 것이니, 가령 이 며칠 사이에 죽었더라면 나는 이 세상에 존재하지 않았던 것으로 되었을 것이다."38)라고 유서에 쓰고 있는 누혜 역시 존재와 언어 규정 사이에 간극이 존재하고 세계는 언어적 질서에 지나지 않으며 "오직 하나의 고향"으로서의 존재의 진정성은 그 간극에 있다고 생각하고 있는 것이다. 결국 인류사란 지동설, 바스티유 감옥 파괴, 적자생존, 붉은 광장 등 언어적 본질 규정의 교체과정에 불과하다고 생각한 누혜는 환멸에 빠지고 수용소 안에서의 좌우선택 강요에 중간 지역 하늘을 맑은 눈으로 바라보다 철조망에 목을 매고 자살하기에 이른다.

나는 그가 어째서 죽음의 장소로 철조망을 택했는가 하는 것을 그의 유서를 읽어볼 때까지는 깨닫지 못했다. 그때까지도 내 눈에 보인 것은 내가 눈알을 손바닥에 들고 서 있어야 했던 안 세계와 감시병이 향수를 노래하고 있었던 바깥 세계, 이 두 개의 세계뿐이었다. 세계를 둘로 갈라 놓은, 따라서 두 개의 세계를 이어 놓고도 있는 철조망은, 눈망울에는 비쳐는 들었건만 보지는 못했었다. 그 철조망에 어느 날 새벽 한 시체가 걸리게 되었으니 그것은 하나의 돌파구가 거기에 트여짐이다.[39]

수용소 밖과 안, 좌파와 우파를 가르는 경계의 지점인 철조망, 그곳이야말로 이제까지와 다른 진정한 세계이자 하나의 돌파구였던 셈이다. 그러므로 그 지점에서 목맨다는 것은 단순한 죽음이 아니라 새 질서에의 편입을 의미한다. 그것은 토끼가 동굴과 밖의 세상 경계에서 죽어 자유의 화신이 되는 것과 동일한 의미이며, 고치에 유폐될 누에(또는 누혜)가 껍질을 뚫고 나와 하늘과 맞닿는 지점에 놓이는 것과 같다. 언어에 의한 본질 규정에서 놓여난 존재가 "다음 순간에 일어날 가능성 앞에 떨고 있는 전율"의 장소인 그 곳은 다음처럼 묘사된다.

여기는 땅의 끝, 땅의 시작되는 곳. '온 시간'과 '올 시간'이 이어진 매듭. 발끝으로 설 만한 자리도 없다. 여기는 경계였다.

그러나 얼마나 넓은 세계이냐. 이 옥토, 생산의 안뜰, 시간과 공간이 여기서 흘러 나가는 혼돈……

이 세계에는 이율배반이 없다. 무수의 율(律)이 마치 궁륭(穹窿)의 성좌처럼 서로 범함이 없이, 고요한 시의 밤을 밝히고 있다. 왕자도 없고 노비도 여기에는 없다. 우려가 없다. 그러니 타협이 없다. 풍습이 없으니 퇴폐가 없다. 만물은 스스로가 자기의 원인이고, 스스로가 자기의 자(尺)이다. 태양이 반드시 동쪽에서만 솟아야 할 이유가 여기에는 없다. 늘 새롭고 늘 아침이고 늘 봄이다. 아아 젊은 대륙……[40]

이처럼 누혜는 자신을 둘러싼 모든 시선과 그 시선들이 얽혀서 비쳐진 환등의 그림자에 불과했던 스스로를 탈출하여 안개 속으로 나타나는 세계에 기대를 품고 철조망에 목을 매고, 누혜의 현신으로서의 동호는 비참하게 죽어간 누혜 어머니의 시체 옆에서 기존 관념을 벗어던진 채 내일의 아침 해에 전율하며 고요히 깊어가는 밤 고목나무 아래에서 가슴 설레고 있는 것이다.

이상에서 본 것처럼 〈요한시집〉은 언필칭 자유와 합리의 시대라는 근대가 결국은 그 언어적 본질 규정에 의하여 존재와 생을 억압하고 압살해 온 과정에 다름 아님을 통찰하면서 자유적 존재인 인간이 그 원초적 출발점인 본질 환원의 자리, 생의 무한한 가능성 앞에서 전율하는 존재의 출발점을 확보하는 일이야말로 가장 소중한 일이며, 그것이 자유의 진정한 함의임을 보여주고 있는 것이다. 아울러 인간 존재의 진정성인 자유 확보를 위해 목숨을 걸고 본질로부터 필사적 탈주를 시도하는 〈요한시집〉은 그 자유를 위한 저항의 강렬성에서 아나키즘적 특성을 보여준다고 할 수 있다.

3. 인간성 해방과 시원적(始原的) 자연인 - 〈비인탄생〉

〈요한시집〉이 언어적 본질 규정으로부터 존재를 회복시켜 무한한 가능성으로서의 자유 상태에 머물게 하고자 한 작품이라면, 〈비인탄생〉은 언어를 포함하여 '인간성'을 구성하는 모든 인위적 산물을 거부하고 자연 상태의 본연적 '인간'을 회복하고자 한 작품이다. 인간에 인간성을 주입함으로써 자연인을 사회인으로 교화하는 메커니즘으로서의 학교에서 교사로 근무하다 교장과의 갈등으로 사직서를 제출하고 궁핍에 시달리고 애인 종희(終姬)와의 결혼도 무산되는 주인공 지호(地湖)는 산비탈의 방공호에서

병든 모친과 혈거생활을 하는 중 도시를 내려다보며 다음과 같은 생각에
잠긴다.

　　건너편 능선 저쪽에 저 끝까지 지붕이 이랑을 이룬 도회의 회색, 저것
이 인간 정신의 피부란 말인가? 체온이었단 말인가?
　　그것은 묘지였다. 자연계의 공동묘지였다. 생생하고 윤택 있던 자연은
대지에서 뜯겨서 도시에 와서 그 잔해를 눕힌다. (…)
　　저 하늘의 맑음을 보고, 저 산의 숭엄함을 보고, 저 전야의 부드러움을
보고, 그리고 시선을 당기어 도시를 보아라. 지상에서 제일 지저분한 부
분이 도시다. 그 속에 미가 있다면 어떤 미이고, 그 속에 의가 있다면 무
슨 의이고, 이(理)가 있다면 어떤 이겠는가.
　　악덕의 분지……41)

자연이 생생하고 윤택하고 맑고 숭엄하고 부드러운 것이라면 인공의 대
표격인 도시는 자연계의 회색 묘지이고 지상에서 제일 지저분하고 악덕의
분지라고 인지된다. 이러한 지호 앞에 종희와의 관계를 청산할 것을 요구
하며 녹두대사라는 기인이 나타난다. 중국대륙을 누비던 독립운동가로 이
북에도 살아 봤고 이남에서 사업하다 실패하여 강원도 산속 암자에서 참
선하면서 회천(回天)의 대업을 구상중이라는 그는 인습을 버리고 천진난만
하게 살 것을 충고하기도 하고 엎드려 네 발로 걸으며 천동시대(天動時代)
냄새라며 땅 냄새도 맡다가 곧추 일어서면서 직립의 폐해를 지적도 하는
데 그의 풍모는 이렇게 묘사되어 있다.

　　일본군 병졸들이 입던 그런 우비를 질끈 허리를 동여 입고, 단꼬바지인
지 승마복인지 분간할 수 없는 바지에다 요강 만한 등산화를 신었다. 그

런 차림새인데 손가락에서는 보랏빛 보석을 박은 굵다란 금가락지가 석양에 유난스럽게 광채를 발하고 있었다.

모든 것이 밸런스가 취해져 있지 않았다. 함부로 툭 튀어나온 눈알에서는 동태의 그것과 같은 졸음이 느껴지는가 하면, 식인종을 연상케 하는 왕성한 입술, 그 사이를 남북으로 달리는 콧마루는, 뭐니뭐니해도 여기서는 내가 최고봉이노라 하듯 두꺼비처럼 버티고 있다. 얼굴의 면적은 이들이 다 차지하여서 빈자리는 거의 없었다.[42]

현대인의 모습과는 한참 거리가 있고 그 행태조차 진화 이전의 원시인을 연상시키는 녹두대사를 본 지호는 자신의 머릿속에서 생각하던 것의 현현에 당황도 하며 그가 보인 것처럼 모든 게 거꾸로 가는 세상도 생각해 본다. 이처럼 도시적 현대를 부정적으로 보고 자연 상태의 원시시대를 긍정적으로 평가하는 지호의 지향성은 다분히 심층생태적이다. 그러나 현실적으로 도시적 현대를 사는 인간은 인간성이라는 덫에 걸려 자연스런 인간으로부터 멀어져 있는 것이다. 〈비인탄생〉의 2부작 〈역성서설〉에서는 그러한 인간성을 다음과 같이 성토한다.

인간성이란 가설, 인간보다 먼저 있은 것. 그 인간성이 인간이었다면 오늘까지의 인간은 가설에 지나지 않았다. (⋯)

인간성에 인간이 있는 것이 아니라 인간에 인간성이 있다.

인간이란 길을 좇는 것이 아니라 내 길을 내가 만들어내어 걷는 것!

인간성이란 내 발자취. 맞지 않게 되어 내버린 낡은 옷. 내버려야 할 낡은 옷이었다!

시체가 되었을 때만 그 옷이 몸에 맞는 것이다!

그 옷이 몸에 맞는다는 것은 시체가 되었다는 증거이다.

인간이란 일회. 현재만이 인간이다!

증명되어야 할 것이 아니라 인간은 존재하는 것이다. 합리화될 것이 아니라 사는 것이다!

세계란 증명의 연습장. 정의를 가지고 사랑을 가지고 자유를 가지고 평등을 가지고 증명하려던 연습장이었다.[43]

인간을 거기에서 구해내야만 하는 인간성이란 무엇인가? 인간성은 정의, 사랑, 자유, 평등 등으로 합리화하고 증명하려한 가설이자, 일회적이고 현재인 인간에 맞지 않아 내버려야 할 낡은 옷에 불과한 것이라는 것이다. 그런 의미에서 내 길을 내가 만들어 걷는 존재로서 인간은 인간보다 먼저 있는 가설로서의 인간성이라는 길을 버려야 한다. 그것이 주체적 인간으로서의 비인(非人)이 되는 길이다.

인간이 인간이 아니다. 비인(非人)이 인간이다.

일련번호가 내가 아니다. 내가 나다.

길이 먼저 있고, 다음에 내가 있는 것이 아니다. 내가 먼저 있고, 다음에 내가 가는 길이 있는 것이다.

인간은 도구와 다르다. 삽이나 가위는 대장장이가 그렇게 만든 대로 만들어졌고, 그렇게 만들어진 대로만 쓰여지고, 쓰여져야 하는 것이다.

인간은 도구도 노예도 아니다.

인간을 만들어 내는 대장장이는 없는 것이다.(⋯) 거기서는 내가 나의 주인이다. 그래서 나는 자유이다.[44]

이처럼 인간에 선행하는 가설로서의 인간성을 제거하고 인간에 주체성과 자유를 회복시키기 위하여 인간은 비인이 되어야 하고, 시초적 인간인 원시적 자연인으로 되돌아가야 하는 것이다. 그러므로 〈비인탄생〉은 주인 공 지호가 인간성의 질곡으로부터 벗어나 자유적 존재이자 시원적 인간인 비인으로 다시 태어나는 과정을 그려 보인 작품이라 할 수 있다. 그런데 이 작품 역시 서두에 소위 '아홉시 병'이라는 꾀병 이야기를 삽입하여 본편 과의 사이에 알레고리적 비유를 확립시키고 있다.

그러면 '아홉시 병'이란 무엇인가? 등교해야 하는 아홉시에 배 아프다 하 면 가기 싫은 학교를 안 가도 되고 오히려 보살핌을 받는 것을 알게 된 아 이들이 툭하면 아프다 꾀병을 부리는 습관을 가지게 된 것이 '아홉시 병'이 다. 그런데 그것이 나중에는 하기 싫은 일에 직면하면 그 병이 도지고 신 기하게도 정말로 몸이 아파지게까지 되는 것이다. 그러나 사회에서 직업 인으로 살아가기 위해서는 배 아픔을 참고 견디지 않으면 안 되어 생리가 배탈에 물들게 되고 마비되어 건강체가 된다는 것이다. 말하자면 안 아파 도 아프다 하면 아파지고, 아파도 안 아픈 양 행동하면 아픈 줄 모르게 되 는 현상을 일러 '아홉시 병'이라 하는 것이다. 그런 의미에서 '아홉시 병'은 언어에 의한 존재 규제의 대명사이자 아픔의 존재에 선행하는 언어의 본 질을 은유하는 메타포인 셈이다.

그러므로 알레고리적 비유로 서두에 제시된 '아홉시 병' 이야기는 본편 에서 문제 삼는 인간성과 인간의 관계에 있어 가설이라 명명된 인간성을 지칭하면서 본원적 인간인 비인이 되는 길이 '아홉시 병'을 극복하듯 인간 성을 극복하고 시원적 인간을 회복하는 것이라는 주제의식을 표상한다. 그러면 〈비인탄생〉에서 비인이 탄생하는 과정은 어떠한가? 그것은 표면적 으로는 학교 미술교사인 지호가 일상성에서 일탈되는 과정이자 몰락하는 과정이지만 의식의 레벨에서는 노예적 인간성을 벗어버리고 본래의 주체 적 인간을 회복하는 과정이다. 그리하여 직업을 잃고 궁핍 속에서 애인과 결별하고 중병 든 어머니와 방공호에서 혈거생활을 하고 절도 피의자로 연행되고 그 사이에 사망한 어머니의 시신이 까마귀에 의해 심하게 훼손되자 불효의식에 자책하고 그 자리에서 화장을 하고 비인을 선언하며 떠나는 것이다. 이 작품의 하이라이트이기도 한 화장장면은 다음처럼 묘사된다.

> 네모 모양을 한 장작더미라기보다 무슨 제단 같은 그것이 가슴께만큼의 높이로 쌓였을 땐, 주위는 아주 밤이 되고, 하늘에서는 모든 별들이 나와 앉아서 소리 없는 아우성 소리를 치고 있었다. (…)
>
> 몸집은 작았지만 어머니의 시체가 너무 짚단 같아서 제단 위에 갖다 올려놓는 데는 그리 힘들지 않았다.
>
> 그렇게 해서 화장의 준비는 다 끝난 것이었다.
>
> 그는 그 제단에 석유를 뿌리려다 말고 포켓에서 성냥을 꺼내 켜 보았다. 역시 잘 켜지지 않았다. (…)
>
> 그 근방 여기저기를 한참이나 돌아다니면서 잘 마르고 넓적한 나무토막과 딴딴하고 마른 나뭇가지를 찾아 가지고 '제단'으로 돌아왔다. 그리고 거기에 들어앉아서, 그런 그림에서 본 것처럼, 나뭇가지를 나무토막 위에 세우고, 그것을 두 손바닥으로 비비기 시작했다. 그는 원시시대로 돌아가 거기서 불을 만들어 내려는 것이었다. (…)
>
> 그는 지금 원시시대를 학습하고 있는 것이다. 존재가 의식을 규제하는 것이라면, 그의 마음은 지금 원시시대가 되어 가고 있는 것인지도 모른다. (…)
>
> 그리하여 원시의 불은 탄생에 성공한 것이었다. 그렇게 학습에 성공한 그는 급히 일어나서 석유를 장작더미에 뿌렸다. 그리고 원시의 불을 거기에 던졌다. (…)
>
> "어머니, 이것이 제가 탕아가 되는 의식이기도 합니다!"

몸을 일으켜 똑바로 앉으면서 하는 소리였는데, 그것은 어머니에게 할 때의 소리이고, 어머니를 태우고 있는 화염에 대해서는, 그것은 "인간을 그만두겠다." 바꾸어 말하면 "비인이 되겠다."라는 그런 울림이 있는 소리였다.[45)]

이처럼 이 작품은 소위 인간적이라 불리는 행태에서 밀려나 불효행위까지 자행한 주인공이 재생하기 위해 인간적인 모든 것을 무화로 돌리는 의식을 행하면서 시초라 할 수 있을 원시시대를 모방함으로써 존재와 일치하는 비인의 상태를 지향하는 것이다. 이렇게 볼 때 이 작품은 존재는 본질에 선행한다는 입론에 있어 실존주의적 특성도 보이지만 인간성 일체가 인간 존재에 구속을 가하는 가설로서 이 인간성을 부정한 비인의 상태가 될 때 비로소 인간은 자유 주체를 회복하게 되고, 그것은 원시적 자연 속의 시원적 인간상으로 되돌아가는 것임을 암시한다는 점에서 모던한 실존주의보다는 생태적 아나키즘의 특성을 보여주고 있다고 할 수 있다.

4. 지배 메커니즘의 거부와 주체의 자유 - 〈현대의 야〉, 〈원형의 전설〉

〈현대의 야〉와 〈원형의 전설〉은 현실의 지배 메커니즘을 파헤치고 결국 그것들이 생생하고 주체적인 삶을 불가능케 하는 억압적 기제들이며 거부되어야 할 것들임을 보여 주는 작품들이다. 그리하여 전자에서는 자유를 내세우거나 정의를 내세우거나 현실은 전문가 집단들에 의한 지배질서에 불과함을, 그리고 후자에서는 자유/평등, 민족/계급 등 지배적인 이분법적 사고 메커니즘이 원형을 본질로 하는 세계와 맞지 않음을 증명하려 하고 있는 것이다.

(ㄱ) 세계를 세운 것은 박 아무개 김 아무개라는 "인간"이 아니라 "귀신"
이다. 계장 국장 대위 형사 주임 재판장 이러한 "전문가"를 앞잡이로 내세
워 가지고 꾸며 낸 것이다. 이러한 전문가들이 인간을 지배하고 재판하고
한다. 세계는 인간의 것이 아니고 전문가들의 것이다. 한번 그들의 선에
걸려들면 인간이란 거미줄에 걸린 나비다. 버둥거릴수록 거미줄은 생생
해지는 것이다. 인간이란 세계에서 보면 "비료"에 지나지 않았다.[46)]

(ㄴ) 세상에는 분법이 여러 가지 있지만 이 이분법이란 것이 압도적으
로 많고 따라서 가장 인간적인 분법인데, 그래서 가장 주먹구구로 돼 있
는 거요. 이분이란 바꾸어 말하면 대립인데 소위 과학적이라는 입장에서
볼 때 세상에 대립이라는 것은 없는 것이오. 한 줄로 "나라비"를 시켜 놓
으면 서로 이웃이 되어서 모두 친척이란 말이오. 청은 남색과, 남은 자주
와, 자주는 적색과, 적색은 주황과, 주황은 녹색과 녹색은 청색과, 이렇게
한 바퀴 휘돌게 되거든. 도덕도 마찬가지. (…)
이 사슬을 끊어 놓으면, 끊어진 고 자리만 봤을 땐 두 조각으로 갈라진
것 같지만 전체를 보면 여전히 한 줄이란 말이요. 원의 둘레는 끊어 놓으
나, 안 끊어 놓으나 한 줄 아니요? 삼라만상은 제각기 다 이렇게 서로 돌
고 도는 것인데, 거기에다 이분법을 썼으니 주먹구구가 될 수밖에.[47)]

(ㄱ)에 드러나 있듯이 군인, 경찰, 행정가, 법률가 같은 전문가들이 짜
놓은 거미줄 같은 선으로 뒤덮인 세계는 인간을 위한 공간이 아니고 그 전
문가 집단만을 위한 곳이어서 개인은 비료 같은 수단으로 전락할 뿐임을
인식하게 되는 과정이 〈현대의 야〉의 줄거리이다. 주인공 현우(玄宇)는 전

쟁의 와중에 어머니의 부고를 돌리다가 붙잡혀 시체 치우는 일에 동원되는데 기중기로 시체를 함부로 다루면서도 시체들은 세계정복이라는 진리를 위한 비료가 되는 것에 영광을 느껴야 할 것이라 말하는 북한 동무를 보고 회의에 잠긴다.

그리하여 "자유도 정의도 저 여름의 태양광선을 받으면서 바람에 흔들리는 플라타너스의 한 이파리보다도 가치가 없는 것이다."[48]라고 생(生)제일주의를 절감한다. 그러므로 수많은 삶이 죽음으로 화한 것을 보았을 때 자유수호 전쟁이라 하든 계급정의를 위한 해방전쟁이라 하든 6·25의 명분이란 살아 있는 나무 이파리만도 못한 언어유희에 불과한 것으로 보이게 되는 것이다. 그러다가 스승의 딸 성희(聖喜)를 닮은 시체를 웅덩이에 던지면서 마음이 흔들리는 바람에 함께 매몰된 현우는 시체들에 싸인 채 생사를 넘나들며 다음과 같은 존재적 각성에 이른다.

어쨌든 나는 현재를 살고 있는 것이 아니라는 것만은 명백하다. 나는 나를 산 적이 없다. 내 밖에서 살았다. 따라서 거기에 나는 없었다. 부재였다. 나는 부재였다. 그래서 부재증명이 생인 줄 알았다. 부재 증명을 하는 것이 산다는 것인 줄 알았다.

우선 나는 나를 살아야 할 것이 아닌가. 그 다음에 그 다음 일을 해야 할 것이 아닌가······.[49]

이처럼 전쟁의 와중에서 살아 있음이 '나'라는 인간의 징표이고 자유든 정의든 모든 언어적 규정이란 부차적인 것이라는 인식에 도달한 현우는 악전고투 끝에 바깥으로 나온다. 그리고 재탄생의 의미로 이름을 박만동(朴萬同)이라 고치고 생존을 위해 보안서, 경찰서, 방위군, 부두 및 비행장, 포로수용소 등을 전전하다가 은행에 근무하게 된다. 그러나 성희와의 이별을 과거와의 마지막 고별로 생각하고 하숙집 딸과 결혼하려던 그는 경찰에 끌려가 취조를 당하고 그들이 미리 꾸며놓은 조서를 본다.

자신의 과거 행적이 모두 기록되어 있는 것을 보면서 "그런 것도 모르고 이때까지 제 딴에는 사느라고 하면서 산 것이 우스워지고 살고 있다는 것이 거짓말 같고 살맛이 없어지는 것"을 느낀 그는 "감시 속에서 산 나는 내가 아니다. 내가 내 생명을 가지고 산 것은 감시 밖이다"라는 생각에 간첩 혐의로 재판정에 서서도 순순히 조서 내용을 인정하여 모두를 당황케 한다. 말하자면 계급적 질서 속에서는 인간을 넘어서는 목표 우선주의에 좌절하고, 자유적 질서 속에서는 주체적 삶을 불가능케 하는 감시체계에 절망한 자아가 항거의 의미로 삶의 의욕을 거두어들이는 것이다. 그리하여 재판장에게 육법전서에 세계가 다 들어 있지만 육법전서 밖에 나가 있는 세계가 더 너르고 자기는 무덤에서 나온 이래 세계 안에서 살지 않았다고 최후진술을 한 그는 상소도 포기한 채 십년 형을 감수하기로 하는데 투옥 도중 문틈에 손이 끼어 죽게 된다.

이로써 한 치의 틈도 없이 촘촘하게 짜여진 현실의 지배 메커니즘은 한 개인을 전체 목표를 위한 비료로 취급하거나 감시체계에 의해 질식케 함으로써 자유 존재의 가능성을 철저히 차단하고 있음이 드러난 셈이다. 그러므로 이 작품은 자유를 내세우거나 정의를 내세우거나 상관없이 눈앞에 전개되고 있는 현실은 결국 전문가 집단들에 의한 지배질서 확립의 빌미에 불과하기 때문에 생생한 삶이라는 지고지선의 가치를 위해서는 언어 규정의 밖으로 나가려는 저항을 해야 한다는 것을 주장하고 있는 것이다. 이처럼 그것이 자유주의든 사회주의든 합리성을 가장한 권력 일체를 거부한다[50]는 뜻에서 〈현대의 야〉는 아나키즘적 지향성을 띠고 있는 것이다.

한편 〈원형의 전설〉은 (ㄴ)에 나타난 것처럼 이 세상의 삼라만상 모든 존재의 속성은 대립이 없이 사슬로 이어진 원형인데 그것을 이분법이라는 지배적인 사고 메커니즘으로 재단하는 것은 실상에 반하는 것일 수밖에 없고 이 사실은 도덕 문제에서도 예외가 아니라는 전제에서 출발한다. 이러한 진술 가운데 슬쩍 끼워 넣은 형국이지만 실상 이 작품에서 중심에 놓인 문제는 자유/평등, 민족/계급이 아니라 사생아, 그것도 근친상간으로 태어난 사생아 문제로서 근친상간 금지/허용이라는 도덕률에 대한 성찰이다. 그러므로 〈원형의 전설〉은 인간과 사회를 지배하는 외적 제도보다는 내적 제도로서의 가치관, 그 중 근친상간 금지라는 도덕률을 문제 삼고 있는 작품이다.

그런데 본원적으로 도덕률이라는 것은 인간성의 이름 아래 존재가 태어나기 이전부터 본질로서 부여되는 것이어서 존재가 거기에 구속되거나 책임질 근거는 없다는 것이 이 작품의 논거이다.

나라는 인간은 모년 모월 모일 모시에 태어났다. 그런데 알고 보니 나의 인간성은 그 이전에 이미 마련되어 있었던 그런 것이다. 모년 모월 모일 모시에 비로소 태어난 나라는 "인간"과 그 이전에 이미 마련되어 있었던 나의 "인간성"이 어떻게 동일이랄 수 있는가. 있다면 그것은 계약에 의해서만이다. 그런데 그 계약이란 이자(二者) 사이에서야 있을 수 있는 것이다.

더구나 그 계약은 철도 들기 전에 강요에 의한 것이다. (…) 그러니 "나"는 "나의 인간성"에 책임을 질 필요가 없고, 구속될 이유도 없다. 이유가 없는 것을 수락해야 할 의무는 없다. 도리어 거부할 권리가 있는 것이고, 그 권리가 있는 곳에 인간이 있다.[51]

이처럼 존재에 선행하는 인간성에 대하여 수락하거나 책임질 필요가 없는 것은 물론이고 더 나아가 오히려 거부할 권리가 있다는 것이다. 그 인간성 중에 근친상간 금지라는 도덕률을 택하여 그것의 금지가 온당한 것인지, 아니면 존재에 반하는 부자연한 것인지를 점검하고 있는 것이 〈원형의 전설〉이다. 이 소설 속에는 친 남매간, 부녀간, 이복 남매간의 근친애라는 세 유형의 근친애가 나타난다.

기업체 사장이자 국회의원인 오택부(吳澤富)는 미모의 여동생 기미(起美)를 강간하여 주인공 이장(李章)을 사생아로 낳아 입양시키고, 황해도 야산에서 간질을 앓는 딸 윤희와 단둘이 살던 텁석부리 영감은 딸을 임신시키고 그 책임을 전가하기 위해 이장과의 동침을 강요하다 딸을 자결에 이르게 하며, 생부의 비밀을 알아내고 복수하기 위해 남파간첩으로 내려온 이장은 흑나비다방 마담 바타플라이가 오택부의 딸 안지야(安芝夜)임을 알고도 결혼하여 동굴 속에서 초야를 치르는 것이다. 말하자면 근친상간 금지라는 도덕률이 엄존하고 타인의 시선을 의식하여 그 도덕률을 준수하는 듯 가장하지만 실제로는 여러 이유로 금기가 깨지기도 하는 것이다. 이러한 위장의 폐해는 고스란히 가해자가 아니라 피해자에게 돌아가 기미는 숨어살다 벼락맞은 나무에 찔려 죽고, 윤희는 자결하게 되는 것이다. 이런 비극은 도덕률이나 인간성을 구성하는 여러 요소들이 영원불변하고 보편타당한 것으로 치부되기 때문에 초래되는 것이다. 그러면 어떻게 해야 할 것인가?

현대는 생이 눈을 뜨는 시대다.

설명에 지나지 않는 지·정·의에 맞추어 낸 진·선·미는 옷에 지나지 않는다. 따라서 진·선·미를 예배하면서 산다는 것은 생을 산 것이 아니라 옷을 산 것이다. "영원불변"이라는 저고리와 "보편타당성"이라는 바지에 갇힌 생은 제대로 발육할 수 없었고, 호흡할 수 없었다.

그래서 생이 지각을 뚫고 나왔을 때 그때까지 지상을 장식했던 "진·
선·미"는 시들어야 할 운명을 처음부터 지니고 있었다. 그것들은 "생"이
탄생할 때까지 임시로 지상을 맡았던 관리인, 어쩌면 "생"을 준비한 원정
이었는지도 모른다.[52]

영원불변과 보편타당의 이름으로 생을 압살하던 이러한 규정들은 이제
폐기되어야 한다는 것이다. 그러므로 예로 든 근친상간처럼 인간 존재에
선행하는 인간 본질로서 군림하면서 존재의 생을 고양시키기보다 생을
희생시키는 지배 메커니즘은 이제 그 위장을 버릴 때가 된 것이다. 그리
하여 이장은 생부의 길을 가지 않고 안지야와의 근친애를 적극적으로 수
용하기 위하여 동굴 속에 스스로를 밀폐시키고 새로운 세상을 꿈꾸기에
이른다.

〈인간〉과 〈인간적〉이 서로 적대하고 있다는 것은 우리가 일상생활에
서 늘 당하고 있는 사실이 아닌가! 그럴 때 인간은 어느 편을 들어야 할
것인가? 아까 지야는 나와 함께 〈인간〉의 편을 들었다. 반〈인간적〉일수
록 인간은 인간이다.(…) 우리는 인간으로 환속한 것이다. 이제부터 우리
는 〈인간〉을 사는 것이다.(…) 거기가 내세다! 무수한 원의 교향(交響), 만
상은 원주의 일부라는 것을 안다. 그러니 대립이 없다! 양적인 차만 있고,
질적인 차가 거기에는 없다![53]

이처럼 존재로서의 '인간'과 본질로서의 '인간적'이 대립할 때 '인간'의 편
을 든 이장과 안지야는 흔쾌히 자발적으로 근친애를 수용함으로써 대립적
이분법이 아니라 원형적 연쇄로 이루어진 삼라만상의 일부로 편입되면서
자유 주체로 스스로를 정립하게 되는 것이다.

이상에서 살펴 본 것처럼 〈현대의 야〉는 전문가 집단들에 의한 지배질서에 불과한 현실에서 진정한 삶을 위해 표어나 법규 같은 언어 규정 밖으로 나가려는 저항적 몸짓을 나타내고 있고, 〈원형의 전설〉은 근친상간 금지라는 도덕률을 예화로 대립적 이분법이라는 지배적 사고 메커니즘이 원형을 본질로 하는 삼라만상과 맞지 않음을 증명하면서 지배적 언어 메커니즘을 부정함으로써 존재에 부합하는 자율적 주체를 복원하고자 하고 있는 것이다. 이처럼 존재의 출발점으로 회향하기 위해 지배 메커니즘에 저항하는 이 작품들은 그 저항성에 있어 아나키즘적이고 유폐된 동굴 속에서 근친애라는 금기를 넘어서는 원시성에서 심층생태학적이다. 그러므로 이 작품들을 우리는 생태적 아나키즘의 계보 속에 편입시킬 수가 있는 것이다.

5. 맺음말

근자 생태주의와 아나키즘이 대안적 사회이론으로 회자되는 가운데 본고는 장용학의 소설을 생태 아나키즘적 관점에서 재조명해 보고자 하였다. 이는 실존주의를 위주로 하여 이해되던 기존의 장용학론이 틀렸다는 입장과는 확연히 다른 것이다. 실상 장용학에게서 실존주의를 증명해 내기란 쉬운 일일 것이다. 그러나 실존주의로 못 박아 놓음으로써 결과적으로 장용학을 역사 속의 유물로 박제화하게 된다면 그것은 장용학 문학을 위해서도 바람직하지 않을 것이다.

그러므로 장용학 소설에서 생태 아나키즘적 특성을 발굴하고 그 의의를 찾아보는 것은 장용학을 다시 논의의 장으로 끌어내어 현재화하는 의미를 가진다. 그러나 장용학의 생태 아나키즘적 특성을 거론한다고 해서 그가 전형적인 생태 아나키스트라는 말은 아니다. 그것은 장용학을 최근의 생태 아나키즘 계보에 편입시킴으로써 그를 생태 아나키즘의 기원으로 재맥락화하는 정도의 의미를 띨 수 있을 뿐이다.

기원적인 것이 항용 그러하듯이 장용학의 생태 아나키즘도 징후적이거나 미완 상태일 것임은 불문가지이다. 그러나 그것을 포착하여 하나의 계보학을 작성하는 것과 그러한 징후조차 읽어내지 못하고 방치하는 것은 천양지차가 있다. 그러면 위에서 논의된 내용을 간략히 요약함으로써 결론을 대신하기로 한다.

〈요한시집〉은 자유와 합리의 시대라는 근대가 결국은 그 언어적 규정에 의하여 생을 억압하고 압살해 온 과정이었음을 자각하고 생의 무한한 가능성 앞에서 전율하는 자유적 존재로 거듭나기 위해 선행하는 본질에 저항한다는 의미에서 아나키즘적이다.

〈비인탄생〉은 소위 인간적인 것을 청산하고 진정한 인간인 비인(非人)으로 재생하기 위해 원시인의 행위를 모방하면서 원시적 자연 속의 시원적 인간상에서 자유 주체를 회복하고자 한다는 점에서 생태 아나키즘적 작품이다.

〈현대의 야〉는 현실이란 전문가 집단들에 의한 지배질서에 불과함을 깨달은 주인공이 진정한 삶을 위해 언어로 규정된 세계 밖으로 나가려 저항하는 아나키즘적 작품이고, 〈원형의 전설〉은 근친상간 금지라는 도덕률에 맞서 동굴 속에서 근친애를 성립시킴으로써 이분법이라는 지배적 사고 메커니즘에 맞서 시원적 본성을 긍정하는 생태 아나키즘적 작품이다.

이처럼 복합적 구조물인 장용학의 소설에서 우리는 관여적 요소로서 생태 아나키즘적 특성을 택하여 그 양상과 의미를 살펴보았다. 이는 기존의 다른 장용학론을 배제하거나 대신한다는 의도에서가 아니고 부상하고 있는 생태 아나키즘의 계보학적 기원을 탐색함으로서 장용학의 재맥락화라

는 효용은 물론 한국 생태 아나키즘의 연조가 일천하지 않음을 증명하고
자 하는 의도에서 시도되었을 뿐이다.

최수철 소설과 아나키즘

1. 머리말

한국 현대문학사에 있어 아나키즘 혹은 무정부주의 문학은 1920년대에 일시 논쟁의 형식으로 등장한 후 별 문학적 성과를 남기지 못한 채 곧 퇴조해 간 것으로 보아 온 것이 통설이었다. 그러나 근자 아나키즘에 대한 논의가 활발해지면서 아나키즘의 실상에 대한 실증적 복원은 물론 그 문학사적 의의에 대한 재조명이 다각적으로 시도되고 있다.[1]

비교적 일찍부터 아나키스트 신채호의 〈용과 용의 대격전〉(1928)을 비롯, 권구현의 〈폐물〉(1927)과 〈인육시장의 점경〉(1933)[2] 등이 이따금 거론되기도 했지만 아나키즘은 주로 볼셰비즘에 대한 이론 논쟁에 치중하다 쇠락의 길을 걸어간 관계로 작품적 성과는 전반적으로 미미했던 것도 사실이다.

그러나 시대정신이나 주류사상으로 기능할 기회를 갖지 못한 아나키즘은 그 뒤 사상적으로 매력을 느낀 일단의 작가들이 간간이 아나키즘적 이상에 입각한 작품을 발표함으로써 하나의 계열체를 형성하기에 이르렀다. 특히 1990년대 이후 거대담론으로서의 발전사관이 약화되면서 개인의 절대 자유와 그를 위한 저항을 기조로 하는 아나키즘은 이론적으로 환경 생태사상과 결합3)되는 등 활로를 모색하고 있어 아나키즘소설의 미래적 가능성4)도 기대되는 형국이다.

본고는 아나키즘을 1920년대에 한정시키지 않고 아나키즘적 이상을 문학적으로 구현하고자 한 성과를 계보학적으로 정리해 보는 작업5)의 일환으로 1990년대에 무정부주의를 표나게 내세우며 4부작 〈어느 무정부주의자의 사랑〉(1991)을 출간한 최수철의 작품 성과와 그 의의를 탐색해 보고자 한다.

2. 최수철과 무정부주의

앞에서 우리는 최수철이 〈어느 무정부주의자의 사랑〉에서 무정부주의를 '표나게' 내세웠다고 말했거니와 이는 그동안 아나키즘적 경향의 작품을 쓴 작가라 하더라도 대개 아나키스트니 무정부주의자6)니 하는 말을 그렇게 공공연히 드러내지는 않았거나 못했던 저간의 실정에 비추어 볼 때 대단히 이색적이라 할 수 있다. 다시 말해 이는 사회 상황이 달라졌거나 작가의 신념이 유다르다는 것을 만천하에 고하는 형국이 되겠기 때문이다.

주지하다시피 아나키즘은 민족주의와 마르크스주의 양 진영을 비판7)하는 입장으로 인하여 식민지 기간은 물론 분단된 남북 현실에서 그 설 자리가 애매할 수밖에 없었던 것이 사실이다. 다시 말해 양측으로부터 환영받지 못하는 변두리사상으로 머물 수밖에 없었다. 그런 아나키즘을 최수철이 무정부주의라 부르며 4권에 이르는 소설을 써냈다는 것은 어떤 의미에서 소설사적 사건일 수 있다.

이를 의식한 듯 최수철은 "최근 한동안 내 머리 속에 심지를 단단히 박고 있었던 무정부주의라는 추상적이면서도 구체적인 개념"[8]을 펼쳐놓은 것이 〈어느 무정부주의자의 사랑〉이라 말하면서 "'무정부주의자' 연작을 기획하게 된 것"이 "사회사의 문맥에서 전적으로 벗어나 있었던 것은 아니라"[9]고 피력하고 있다. 그렇다면 그 사회사의 문맥이란 무엇일까?

내게는 사람들이 이야기하는 바로서의 전망이라는 것은 존재하지 않지. 그리고 오히려 나는 <u>내 사고방식이나 나의 삶에 전망이 결여되어 있음을 이 시대의 한 징후로 파악하고자 하지.</u> 낙관적이고 단순히 당위적인 전망을 가지기보다는, 나는 차라리 전망의 확립의 어려움을 끊임없이 환기시킴으로써 제대로 된 전망의 모색에 작은 몸짓으로나마 가까이 다가가고자 하는 셈이야. (…)
　　무엇이 나로 하여금 나 스스로를 무정부주의자라고 부르고 싶은 욕망을 가지게끔, 혹시 그렇게 되지 않을 수 없다는 느낌을 가지게끔 만들었는지 나로서도 한마디로 단언할 수 없는 것이 사실이지. 하지만 무정부주의자와 허무주의자가 굳이 달라야 할 바도 나는 모르겠어. 단지 나는 무정부주의와 허무주의가 <u>궁극적인 하나의 가장 윤리적인 입장을 찾아 나서는 나름의 노력</u>이라는 점에서 서로 만난다는 생각을 하고 있을 뿐이야. (밑줄-인용자)[10]

작중 인물의 입을 빌려 '삶에 전망이 결여되어 있음을 이 시대의 한 징후로 파악'한다고 말하고 있는 윗글은 말하자면 전망이 결여된 시대가 전망 모색을 강요하고 있음이 사회사적 문맥임을 알게 한다.[11] 그렇다면 시대의 징후로서의 전망 결여가 왜 초래되었는가?
　　두루 아는 바와 같이 1980년대 말 사회주의 진영의 몰락과 더불어 진보를 표방하며 자본주의 이데올로기를 비판하던 마르크시즘적 전망이 퇴조하자 사상계는 역사의 방향성을 재정립해야만 하는 시대적 과제를 안게 되었다. 아울러 일방의 붕괴가 저절로 타방의 승리와 정당성을 담보해 주는 것은 아니어서 한동안 세계는 과도기의 혼돈을 경험해야만 했다. 이를 일러 포스트모더니즘이라 하기도 했던 것이다.[12] 이처럼 기존의 질서가 무너져 새로운 질서를 정립해야만 하는 현실이 말하자면 80년대 말 90년대 초의 사회사적 문맥이었다 할 수 있는 것이다. 인간은 전망 없이는 한 순간도 사는 것은 물론 죽는 것조차 가능하지 않다고 말해지는 만큼 전망 모색은 절박한 시대적 과제[13]였던 셈이다.

그리하여 칼 만하임적 의미에서 시효를 잃은 기존 전망인 이데올로기에도, 아직 도래하지 않은 전망인 유토피아[14]에도 기대기 어려운 당대의 상황에서 최수철은 자본주의와 볼셰비즘을 다같이 부정한 무정부주의에 새삼 주목하게 된 것으로 보인다. 그런데 최수철은 자신의 무정부주의를 통상적인 의미에서의 아나키즘 혹은 무정부주의와도 구별하고자 한다.

저는 (1) 아나키스트는 물론 아니고, 엄밀히 말하자면 (2) 무정부주의자 또한 아니라고 말할 수 있습니다. 하지만 저는 기꺼이 저 자신을 (3) 무정부주의자라고 자처하고 싶은데, 그 까닭은 과문하나마 제가 알고 있는 무정부주의의 기본 정신을 사랑하기 때문입니다. 물론 그런 다분히 피상적인 사랑만으로 자기를 어떤 이념의 주의자로 내세운다는 것은 무리스러운 일이긴 합니다. 하지만 선생님과는 다른 시대에 살고 있는 저는 (4) 이념들의 무게를 떨쳐 버리기 위해서, 좀더 노골적으로 말하자면 모든 이념들을 비웃기 위해서, (5) 온갖 철학적이고 역사적인 무게를 가지고 있는 무정부주의라는 말을 스스로 감히 입에 담는 것입니다. 그래서 저는 아무것도 아닌 저를 기꺼이 무정부주의자라고 부르는 것이고, 그렇게 하여 저는 (6) 도저한 정치적인 이념을 일상화시킵니다. 그것들을 (7) 일상의 차원으로 끌어내리는 것입니다. 그런 점에서 아나키스트와 무정부주의가 다른 것이고, 바로 그런 의미에서 저는 무정부주의자입니다. (밑줄-인용자)15)

동어반복으로 인하여 일견 명료하지 못한 듯하지만 유의해 보면 인용문에서 (1), (2), (5)는 사상사에 등장하는 바로 그 아나키즘 또는 엄밀한 무정부주의를 지칭하고, (3), (4), (6), (7)은 최수철이 규정하는 새로운 무정부주의와 연관되는 요소들이다. 그리하여 개인의 절대자유를 위해 권력지향적인 자본주의와 계급주의를 모두 거부16)했던 '도저한 정치적인 이념'으로서의 아나키즘 또는 엄밀한 무정부주의와 결별하고 최수철은 모든 이념들을 비웃는 일상적 레벨에서의 자신의 지향을 새로운 의미의 무정부주의라 규정하고 있는 것이다.

말하자면 그는 도저한 정치적 이념을 '일상화'시키는 노력만을 무정부주의라 규정한 뒤 자신은 그런 의미에서의 무정부주의자라 칭한다. 따라서 여러 이념 중 하나로서의 정치적인 아나키즘도 자유를 위해 회의의 대상에서 제외되지 않는다. 그러면 아나키즘에 대한 최수철의 이해 지평은 어느 수준이며 굳이 이것과 선을 긋는 이유는 무엇인가?

박형도 아시다시피 이곳에는 대표적인 아나키스트인 하선생님이 계시고, 요즘도 가끔 아나키 대회가 열리고 있습니다. 그리고 아나키 기관지인 《자유연합》은 지금도 발간되고 있습니다. 돌아보면, 경남 안의와 진주, 그리고 대구에는 1925년 무렵부터 비밀조직들이 있었지요. 대구의 진우 연맹, 하종찬의 고향인 안의의 아나키즘 연구회, 시인 이경순이 관계한 진주의 아나 그룹 등이 그것인데, 물론 그 조직들은 당시의 공안 당국에 의해 곧장 와해되었지만 그래도 그들은 연구 모임을 통해 거의 아나키의 본질을 꿰뚫었다고 보여집니다. 그 외에 중국과 일본에서도 한국인들에 의한 아나키 운동이 있었는데, 중국의 아나키 단체가 신채호, 이희영 등을 통해 민족주의에 경사했고, 일본의 조선 아나키 그룹이 박열 들에 의해 계급주의에 밀착해 있었다는 것은, 그들이 아나키의 근본 이념을 몰랐다기보다는 역시 당시의 현실이 그들로 하여금 아나키의 고유 세계에 머물러 있을 수 없게 만든 탓이라고 여겨집니다. 박열 또한 흑도회를 결별, 흑우회를 조직하여 유인(裕仁)에게 폭탄 투척을 할 만큼 혁명적 민족주의자로 바뀌었지요. 한편, 김화산의 아나키즘 예술론의 배후에 유치진, 이경순, 유치환, 홍원, 이향 등이 관계한 것을 보면 일찍이 문단에서도 아나키의 이념과 사고에 매료된 모습을 보여 준 바 있음을 알 수 있습니다.[17]

최수철은 한국 아나키즘이 크로포트킨이나 푸르동 등이 주창한 바로 그 역사적인 무정부주의 이념이고 신채호, 이희영, 박열 등이 민족해방의 차원에서 채택한 것이며 문인으로 김화산, 유치진, 이경순, 유치환, 홍원, 이향 등이 지향한 노선으로 현재에도 마지막 아나키스트 하선생이 명맥을 유지하고 있는 운동으로서 "거의 아나키의 본질을 꿰뚫었다"고 그 역사성을 정확히 파악하고 있는 것이다. 그러나 "아나키를 거론하는 사람들이 거의 전무한 이런 시점"이라며 그 시효성의 한계도 잊지 않는다.

그리하여 최수철은 무정부주의의 근본이념 자체가 중요하다거나 그 이념적 순수성을 지켜나가야 한다고 생각하지 않는다. 오히려 그는 환경에 적응하면서 현장에서 근본을 지향하고 현실의 와중에서 이념을 지향할 필요성을 역설하기 위하여 다분히 무엇인가를 규정하는 아나키즘보다 좀 더 포괄적이면서 막연하고 유연한 개념으로서의 무정부주의라는 용어를 고집한다는 것이다.[18] 그렇다면 현실 환경에 적응하면서 아나키즘의 근본이념을 지향한다는 것은 어떻게 한다는 것인가?

요즘 내가 자주 입에 올리고 있는 이른바 무정부주의, 혹은 무정부주의 자라는 단어들은 구체적으로 대체 어떤 의미를 지니는 것일까. (…) 이를 테면 그 중의 하나는, 싸르트르 식으로 말해서, '나의 무정부주의는 그 무엇인가에 대한 무정부주의이다'라는 점을 분명히 의식하는 것이다. (…) 부끄러움을 무릅쓰고서 다분히 거창하게 말하여 나는 <u>인간의 자유에 걸림돌이 되는 크고 작은 온갖 종류의 제도의 힘에 나 나름대로 대처하기 위하여, 그리고 필요하다면 싸움이라도 벌이기 위하여</u>, 나 나름의 의미에서의 '무정부주의자'로서 문학 행위를 실현하고 있을 따름이다.

그리고 내가 취하고 있는 방향 중에서 다른 한편으로 또 한 가지 중요한 사항은, 지금 나는 문학을 하고 있는 것이므로 무엇보다도 우선적으로 나의 무정부주의는 문학적인 무정부주의라는 것이다. (…) 소설가인 나는 글을 쓰면서 무정부주의자이고, <u>무정부주의자로서 글을 쓸 수 있기를 바라고 있는 것이다.</u>[19]

위의 인용문에서 알 수 있듯이 최수철의 무정부주의는 '인간의 자유에 걸림돌이 되는 크고 작은 온갖 종류의 제도의 힘'에 '대처하기 위하여, 그리고 필요하다면 싸움이라도 벌이기 위하여' 무정부주의자로서 글을 씀으로써 아나키즘의 본질인 자유와 저항을 나름대로 구현하고자 하는 문학적인 무정부주의인 것이다.

따라서 최수철의 무정부주의적 문학행위는 아나키즘소설의 계열체를 이탈하지는 않으면서 정치성을 배제하고 문학 고유의 영역에 머물 것을 선언함으로써 그 행동반경을 제한하고 있는 다소 특수한 것이라 할 수 있다. 그리하여 자유를 억압하는 일체의 제도에 대한 저항이라는 아나키즘적 이상은 작가의 자유를 억압하는 일체의 문학적 제도(기존 관습)에 대한 저항으로 축소되고 말았다.

3. 무정부주의적 글쓰기와 억압의 해체

앞 장에서 우리는 최수철이 표방하는 무정부주의가 통상적인 아나키즘과는 달리 상당히 제한적 의미를 가지고 있음을 살펴보았다. 그리고 그 이유로 엄밀한 정통 이념의 시효성을 묻지 않을 수 없는 당대적 문맥을 꼽고 있음도 알 수 있었다. 그리하여 우리는 오로지 일상의 레벨에서 자유를 억압하는 제도 일체에 저항하기 위하여 무정부주의적 글쓰기를 하는 것이 최수철 무정부주의의 요체라 파악하였다.

일반적으로 아나키즘은 "지향하는 가치가 지나치게 다양하여 현실적으로 실패를 하였다"[20]고 평가되지만 최수철은 "역으로 그 가치적 다양성과 그로 인한 실패야말로 아나키즘으로 하여금 인간의 거의 모든 정신적 행위의 저변에 가로놓일 수 있게 한 힘"[21]이며, "우리 주위를 감싸고 있는 벽 위의 도처에 무수히 뚫려 있는 구멍들"로서 "그 뚫린 구멍을 통해 나나 너에 대한 예언처럼 행복의 복음을 우리에게 끊임없이 속삭이는 것"[22]이라고 그 의의를 적극 인정한다.

그러기에 "무정부주의란 결국 각 개인과 아울러 자기 자신을 스스로 존중함으로써 그 위에서 각 개인간의 진정 바람직한 관계를 모색하고자 하고, 그 관계를 사전에 좌우하려 드는 모든 힘과 싸움을 벌이려는 자발적인 움직임"[23]에 다름 아니라는 것이다. 그러면 문학적 무정부주의자로서 최수철이 저항하고자 하는 대상인 동시에 자유를 억압하고 개인의 관계를 '사전에 좌우하려 드는 모든 힘'의 실상은 어떻게 파악되고 있는가?

내 생각으로는 인간은 옛날부터 종교니 관습이니 하는 것에 의해 현실뿐만 아니라 무의식이랄까 잠재의식이랄까 하는 것의 세계를 지배당해 왔던 것이고, 다시 말해서 우리가 실제로는 하루의 대부분을 그 잠재의식의 세계에 사로잡혀 살아가고 있다는 점에 대해서는 이론의 여지가 없는 것일 테고. (…) 그런데 이제 현대에는 종교나 관습에 못지 않게, 아니 그보다 더 심각하게 대중매체들이 그 파괴적이고 지배력이 강한 기류를 일으키는 것이어서, 이제 우리는 아예 잠재의식 그 자체의 세계를 현실로 살아가고 있는 것이나 다름없는 것이 아닐까 싶기도 해. (…) 학자들의 말을 빌 것도 없이 우리가 일상적으로 사용하는 말이나 글이라는 것도 그 오염의 문제에서 전혀 자유롭지가 못하지. 도대체 우리의 모든 행동과 생각들 하나하나에 있어서 그 시원과 변화의 역사에 이르기까지 우리를 암암리에 조종하려 드는 것들의 흔적이 그 얼마나 많이 묻어 있는가.[24]

이처럼 최수철은 우리가 현실이나 의식은 물론 무의식의 차원에서 종교, 관습, 대중매체의 강한 기류 속에 놓여 있고, 특히 이제는 잠재의식 자체가 현실이 되어버린 세상이 되어 행동과 생각들이 암암리에 조종되고 있음을 지적한다. 그리고 이것은 달리 말해 우리가 자유롭지 못하다는 사실을 반증한다. 그런데 이러한 선험적 규제가 시효성 있는 비전에 입각하고 있어 당연시 되거나 문제로 인식되지 않는다면 사정이 혹시 달라질 지도 모른다.

그러나 "삶에 있어서 우리가 당연하게 생각하는 것들이 실제로는 (…) 당연하지 않은 것들 투성이"이고 "이 시대는 온갖 종류의 이데올로기들이 그야말로 소용돌이를 일으키고 있고, 그 속에서 세상은 미친 듯이 마구 돌아가고 있"으므로 "온갖 오염된 불순한 이데올로기들이 가득 들어차 악취를 풍기"기에 집안의 "문이란 문은 열어젖히고 필요하다면 벽과 천장까지도 넘어뜨려야"[25] 한다고 그는 생각한다. 이러한 사정을 예컨대 사랑과 성의 측면에서 보자면 다음과 같다는 것이다.

따지고 보면 근래들어 인간의 모습은 너무도 달라져 버렸다. 이미 우리들은 과거의 우리들의 모습으로부터 멀리 떨어져 나와 있으면서 그런 사실도 모르는 채 안온함을 유지하며 습관적인 삶을 살아가고 있는 셈이었다. 말하자면 사랑과 성이 그 어느 때보다도 더욱 제도화되어 관리되고 있는 현대적인 삶에서 오히려 그로테스크한 성과 성적인 그로테스크함이 그 얼마나 심하게 인간성의 영역을 침범하기 시작하였는지 전혀 짐작조차 못하면서, 우리는 고전적인 인간관에 대한 맹목적일 정도의 믿음을 고수하는 데에 일상이라는 것의 대부분의 의미를 부여하고 있는 것이었다. 그러나 나 자신만 해도, 내 속에 들어 있는 욕망이란 그 얼마나 끝이 어둡고 심지가 깊이 박혀 있으며, 그것이 얼마나 자주 많은 돌연변이를 만들어 내어 나를 질식시키려 드는 것일까. 그러나 내게는 다른 선택의 여지가 없다. 병신 자식을 낳은 부모처럼 그 돌연변이들까지도 뜨겁게 사랑하는 것 외에는.26)

최수철은 고전적인 인간관에 기초한 맹목적이고 습관적인 일상이 현대적 삶에서 그로테스크하게 변형된 성적 욕망과 너무 멀리 떨어져 있다는 사실을 지적함으로써 당위와 현실의 불일치의 한 예를 제시한다. 따라서 실상으로부터 멀어진 관습의 억압에 질식당하느니 그로테스크한 돌연변이를 받아들이는 길을 선택하겠다는 위의 선언은 일상에 대한 저항의 의미를 지닌다.

그리하여 "욕정이라는 말로써 각각의 가치를 교묘하게 분류하여 만든 의미와 가치의 사다리 밑에 스스로 갇혀서, 자신을 규제하고 남들을 억압하기 일쑤"인 관습적 일상 현실에서 "인간의 감정과 혹은 정념의 일부가 욕정이라고 쉽사리, 그리고 아무렇게나 규정되는 것이 사라져 버리는 공간"을 만들면 "모든 사람들이 자유롭고 평등하고 편안해질 수 있는 가능성을 더 많이 가지"27)게 될 것이라고 보는 것이다.

한 걸음 더 나아가 '관습적 일상'이란 모든 종류의 기존 권위에 대한 메타포이기도 하므로 일상과 현실의 불일치가 심각하면 할수록 개인의 자유가 심하게 억압되는 것으로 이해하는 최수철은 "알게 모르게 권위적인 분위기가 배어 있"는 모든 제도들에 "민감한 거부반응"을 보이는 것이다. 그리고 이러한 모든 종류의 억압에 저항하고 자유를 확보하기 위해 무정부주의자로서 문학적 글을 쓴 성과가 4부작 〈어느 무정부주의자의 사랑〉인 것이다.

그런 최수철이기에 소설가로서 글을 쓰고 있을 경우에도 "글이 형태를 이루어 나가는 와중에서 때로 이 글 스스로 그 자체 속에 나름의 권위라는 뼈대를 스스로 세워가고 있다는 생각이 들"고 "내가 쓰고 있는 글이 슬그머니 어떤 제도적이고 권위적인 체제를 갖추면서 나를 억압한다"는 느낌이 들면 참을 수 없게 된다.28) 그리하여 그는 〈어느 무정부주의자의 사랑〉 2부에서 소설가들이 일반적으로 빠지기 쉬운 잘못된 관습을 지적하고 좋은 이야기꾼으로서 작가가 지향해야 할 무정부주의적 글쓰기 방법을 제시한다.

이른바 이야기꾼이라는 자들이 저지르는 잘못에 (…) 그 이야기를 그럴듯하게 혹은 그럴싸하게 시작하여 역시 그럴듯하게 혹은 그럴싸하게 끝을 내는 데에만 급급하는 것이다. 그때 그들은 자주 이야기를 하는 중에 자기들도 어쩔 수 없는 순간에 거의 우발적으로 과장을 하고 의도적으로 곡해를 하기도 하고, 하여 자기도 모르게 자신을 팔아넘기곤 한다. 그리고나서 처음에는 자신의 행동을 자책하게 되지만 얼마 시간이 지나지 않아서 다시 그런 행동을 반복하게 되고 그러다가 그들은 상습적으로 그렇게 되어버리고 만다.

거기에 비해 좋은 이야기꾼들은 성적인 것을 화제로 삼을 때에도 이야기를 함으로써 그저 무엇인가를 전한다거나 상대방의 흥미를 유발한다거나 자기만족을 얻는다거나 하는 데에 크게 집착을 하지 않고서, 그 이야기를 하는 행위도 그 자체로 하나의 자신의 성적이고 심지어 존재론적인 삶을 실현하는 것으로, 즉 간단하게 말해서 자신의 삶을 사는 것으로 여긴다고 할 수 있을 터이다.[29]

이처럼 잘못된 이야기꾼에서 좋은 이야기꾼으로 거듭난다는 것은 "뭔가 고상하고 독특한 이야기를 하는 것으로 서두를 시작하고 싶은 욕구와 허위의식이 내 속에 들어 있을지도 모른다는 사실을 겸손하게 받아들이고서, 우선 지금 당장 내게 떠오르는 대로 그 중구난방격인 우후의 죽순들을 있는 그대로, 그것이 사실이건 허구건 상관 없이, 만약 가능하다면 거의 자동기술적으로 풀어 놓는 것이 일의 순서를 제대로 따라가는 것"[30]이 되도록 글을 쓰는 일이다.

그 연장선상에서 "경계해야 할 것이 있다면 어떤 것이든 상투화되거나 고질화될 수 있다는 사실"[31]이라며 최수철은 "소설쓰는 과정 자체를 소설화하는"[32] 소위 소설가소설까지 시도하면서 "소설이 건드려서는 안 되는 모든 금기를 위반하고 어느 정도는 무모하게 성역을 파헤치려 하"[33]기도 한다. 그리하여 "소설을 쓸 때마다 나 자신의 의식을 사로잡는 그 무의식적인 방어기제를 인위적인 방법을 통해 조금이라도 제거해 보"고자 "술을 마신 상태에서 이 소설을 써 보는 일"까지 감행해 보기도 한다.[34]

이처럼 몸부림에 가까울 정도의 글쓰기를 시도하는 이유는 "의미에 대한 콤플렉스에 젖어 있는 인간들은 주변에 각기 독립적으로 난립해 있는 사물들을 어떤 나름의 인간적인 의미망 속에 가두어 두려고 하"는데 "인간들이 그렇듯 암암리에 이야기화를 꾀하면서 세상을 바라보는 것이야말로 우리의 삶을 왜곡시키는 하나의 과정이어서, 그 이야기화 속에서 개체는 훼손되며, 이야기하는 행위 속에는 어쩔 수 없이 그 상황 자체에서 비롯되는 허위의식이 개입"35)되어 자유와 멀어지기 때문이다.

이러한 소설쓰기는 기존 소설에 익숙해 있을 독자에게는 난감함을 유발할 수 있을지 모르지만 억압의 해체와 자유의 확보라는 점에서 무정부주의적 작가에게는 큰 의의가 있다고 최수철은 보고 있는 것이다.

> 독자들의 눈에는 어쩌면 내가 그들이 일반적으로 소설이라고 생각해왔던 것과 소설이라고 할 수 없는 것 사이에서 아슬아슬하게 곡예를 하고있는 것으로 비칠는지도 모른다. 혹은 어떤 단호한 독자들은 내가 더 이상 소설 속에서 할 말이 없어 소설 자체를 문제삼는다는 미명하에 아예소설 저편으로 뛰어넘어가 버렸다고 판단을 내렸을 수도 있을 것이다. 하지만 이 자리에서 중요한 것은 그들의 생각이 옳으냐 그르냐 하는 것이아니다. (…) 더욱 중요한 점은, 바로 지금 내가 매 순간마다 한 치 앞도내다보지 못하고 있다는 사실이다. 한 치 앞도 내다보지 못하기 때문에나는 갈피를 잡지 못하고 있다. 하지만 내게는 그 덕분에 거칠 것이 없다. (…) 지금에야말로 나는 내가 무한히 자유로움을 느낀다. 물론 여기에서도 나름대로의 억압이 존재할 것이다. 그러나 그 정도의 억압은 내가 이전에 소설들을 쓸 때 느꼈던 짓눌리는 듯한 압박감에 비하면 거의 아무것도 아니다.36)

이처럼 기존의 억압, 특히 소설의 관습적 억압에서 벗어나 자유를 구가하면서 4부작 〈어느 무정부주의자의 사랑〉을 쓰게 된 최수철은 '작가의 말'을 통하여 "적어도 이번만은 그동안 평소에 다니던 길을 벗어나 보라고, 다니던 길로만 다니지 말아보라"고 독자에게 권고한다. 그것은 작품에 대한 독자의 기대지평을 바꾸라는 요구인 셈인데, 실제로 작품을 살펴보면 기존 소설과 판이하게 다른 모습에 일반 독자는 당혹스러움을 느낄 것이다.

우선 4부작이라 했지만 각 작품은 아무 연관이 없는 독립된 단행본들이고, 한 편의 작품의 경우에도 유기적인 구성을 벗어나 "소설적이 아닌 수필적인 방식으로 기술"[37]되거나 요약될 수 없도록 파편적으로 종횡무진하기 때문이다.

그럼에도 불구하고 대체로 〈어느 무정부주의자의 사랑〉의 제1부 〈즐거운 지옥의 나날〉에서는 일상을 구성하는 수많은 디테일들을 아무런 상호관련 없이 파편적으로 소묘함으로써 전망이 사라진 현실의 즉자적 모습만이 이 시대의 지화상임을 환기한다.

이어 제2부 〈무정부주의자의 사랑〉에서는 "우리 삶 속에서 성과 관련되는 가능한 한 많은 양상들을 이야기로 다루어"[38] "아름답건 추하건, 슬프건 즐겁건 모든 종류의 성과 사랑의 이야기들을 일상적인 것이 되어 버리도록"[39] 함으로써 우리의 "속에 들어 있는 성에 대한 강박관념과 고정된 의식을 조금이나마 무너뜨"[40]리고 "사랑의 족쇄를 조금이나마 느슨하게 풀어"[41]줌으로써 "왜곡된 성에 대한 부정적이고 억압적인 도덕률을 해체"[42]시키려 하고 있다.

제3부 〈녹은 소금, 썩은 생강〉은 "역사는 진화만을 하는 것이 아"니기 때문에 "이 생소한 시간대 속에서 언제까지고 길 잃은 괴물처럼 떠돌아다닐 수밖에 없는"[43] 무정부주의적 인물들이 "관습 덩어리, 이데올로기 덩어리 등등의 것들이 사람들의 눈을 현혹시키는", 말하자면 "그렇듯 미리 깔려 있는 멍석 위에서는 전혀 자유로울 수 없는 법"[44]이라는 것과, "우리 주변에 촘촘하게 드리워져 있는 금기의 그물은 우리를 끊임없이 좌절시키는 동시에 그 속에서 우리 스스로를 느낄 수 있게 해 주는 것"[45]임을 절감하고 "세상에 가득 차 있는 온갖 이데올로기들에서 뿜어 나오는 불결한 습기가 소

금의 결정을 녹이고 생강의 냄새와 성분을 역으로 뒤집어 썩게" 하는 시대에 "녹은 소금을 집어넣고 생강도 빻아넣어 휘저어서 맛을 전혀 새롭게, 새삼스럽게 시작해야겠"[46]다는 의지를 다지는 작품이다.

끝으로 제4부 〈알몸과 육성〉은 "소설을 쓰는 현실이 곧 전적으로 소설을 이루며 소설이 곧 그 현실 자체일 수 있기를 지향하고 있는"[47] 소설로 "허위의식을 떨쳐 버리고 이른바 정직한 글쓰기를 실현"[48]함으로써 "언어는 현실 앞에서 좌절을 되풀이하고, 그럼으로써 현실의 좌절을 구현하고, 나아가 밑바닥을 뒤집어 사회의 변혁에 기여하고자"[49] 하는 작품이다.

이렇게 볼 때 〈어느 무정부주의자의 사랑〉은 최수철이 선언한 문학적 무정부주의의 실천물이자 결과적으로 소설로 쓴 무정부주의소설론이 되어 버린 셈이다. 그러면 전망 결여의 90년대라는 사회사적 맥락에 그 근거를 두고 있는 최수철의 이러한 무정부주의적 글쓰기가 이룩한 작품적 성과와 그것이 가지는 의의는 무엇일지 다음 장에서 논의해 보기로 한다.

4. 문학적 무정부주의의 의의와 한계

최수철은 문학적 무정부주의를 표방하면서 작가 또는 그 분신인 화자로 하여금 창작과 동시에 끊임없이 그 창작 행위를 반성적으로 성찰하게 함으로써 일반적인 소설적 관습을 변형 내지는 해체시키려 하였다. 그가 보기에 이러한 소설 해체는 기존의 소설적 관습을 포함한 일체의 억압적 허위의식에서 소설가를 자유롭게 함으로써 문학적 무정부주의의 목표 달성을 가능하게 할 것으로 보였기 때문이다.

이처럼 최수철의 소설 해체 작업은 우연의 산물이 아니라 상당히 자각적인 상태에서의 의식적인 시도였던 것이다. 문학의 사회적 실천을 역설하거나 개성적 다양성을 옹호하는 입장들이 상충하는 것이 당대의 문학적 지형도라 본 최수철은 전자의 공격적 목소리나 후자의 자기반성적 어조 가운데 기본적으로 자신은 후자에 속함을 인정하면서도 메타픽션이라 부른 자신의 소설 해체 작업이 아울러 사회적 실천까지 드높이기를 기대한다고 다음처럼 천명할 때 그것은 극명히 드러난다.

우리가 몸담고 있는 현실의 상황이 그러하기 때문에 여러 문학적 양상들 사이의 긴장과 화해가 수시로 불구가 되거나 깨어져 버린다. 한쪽에서는 목소리를 드높여 문학의 사회적 실천을 실현하기 위한 결집을 주장하고 있고, 다른 쪽에서는 각각의 다양함과 개성적인 속성을 인정하고서 그것들이 각자 지니고 있는 특질을 발휘하여 사회의 변혁을 지향할 수 있도록 해야 한다고, 혹은 그래야 하는 것이 아니겠느냐고 반성적인 어조로 말한다. 전자는 실천력을 위한 공격성을 의식하여 목소리를 높이고, 후자의 경우에는 시선이 개인과 사회의 소위 본질적인 구조에 닿아 있으므로 어조가 자기반성적으로 울린다. 물론 나는 후자의 범주에 속한다. 그래서 나는 이렇듯 이른바 메타픽션의 계열에 속하는 (⋯) 소설을 쓰고 있는 것이고, 이 글의 첫머리에서 개인 정비라는 말을 한 것도 그런 맥락에서이다. (⋯) 나는 사회적 실천을 드높이는 메타픽션적인 소설을 읽을 수 있었으면 하는 바람을 가지고 있기도 하다.[50]

원래 메타픽션은 소설이라는 픽션에 대해 "가공물로서의 그 위상에 자의식적이고 체계적으로 관심을 갖는 허구적인 글쓰기"로 "픽션창작의 실제를 통하여 픽션의 이론을 탐구"[51]하고자 함으로써 "하나의 픽션을 창작함과 동시에 그 픽션의 창작과정에 대한 진술을 하는" 공통점을 드러낸다고 말해진다. 그리고 이러한 메타픽션은 "문학장르의 역사상 '위기'의 시대에 나타"나며 "전통적 가치에 대한 불신과 함께 그 붕괴를 말하고 있다"[52]고 장르사회학적 평가도 내려진 바 있다.

그러므로 기존의 여러 이데올로기가 상충한다고 진단된 전망 상실의 90년대에 최수철이 메타픽션을 거론하며 기존 소설을 해체하는 작업을 시도한 것은 시대적 의의를 획득할 수 있는 조건을 확보하고 있어 보인다. 그러나 최수철이 바란 것처럼 그러한 작업이 '사회적 실천'을 드높이는 데에까지 이르렀는지, 그리고 사회적 실천의 함의가 구체적으로 무엇인지에 대해서는 좀 더 논의가 이루어져야 할 것으로 보인다.

이미 우리가 살펴본 바와 같이 최수철은 90년대라는 전망 상실의 시대에 직면하여 그 무전망의 혼돈을 오히려 즐긴다거나 전망 없는 즉자적 존재성을 생의 본연의 자태로 받아들이고자 한 것이 아니라, 새로운 전망 확보를 위하여 기존 전망들을 억압으로 이해하고 거기에서 벗어나 억압 없는 자유적 삶을 회복하는 것을 과제로 선택하였다. 그리고 이러한 자신의 지향성을 무정부주의라 부른 최수철은 역사적이고 정치적인 아나키즘이 지나치게 엄정하고 시의성이 없음을 내세워 글쓰는 작가로서 문학적 무정부주의에 자신을 한정하겠다고 선언하였다.

그렇다면 최수철의 '사회적 실천'은 일단 무정부주의의 실현으로 이해될 수 있고 메타픽션을 통하여 작가로서의 자유를 향유하고 억압을 구축하는 것이 그 목표로 설정된 셈이다. 그리고 이러한 목표의 궁극적 양상은 다음처럼 묘사되고 있다.

이제야 비로소 나는 자신 있게 말할 수 있다. 아마도 대부분의 작가들에게는 때로, 바로 이 생각에 도달하기 위하여, 혹은 이런 말을 쓸 수 있기 위하여 그동안 글을 써온 것이 아닐까 하는 깨달음을 줄 수 있는 귀절을 얻고자 바라는 마음이 없지 않을 터인데, 내게 있어서 그것은 하나의 큰 글자로서의 '역접의 문장부사'이다. 말하자면 지금 나는 '그러나'와 같은 그 한 마디의 말을 통해 앞에서 내가 쓴 책 한 권을 완전히 부정해 버릴 수 있는 말을 원하는 것이다. 이 때 '그러나'의 부정은 내가 앞에서 해놓은 일의 하중에서 자유로워져서 나로 하여금 그 하중을 벗어던지게 하거나 혹은 그것을 가볍게 등에 짊어지고 내키는 방향으로 나아갈 수 있도록 해준다. (…) 하여 나는 심지어 가능하다면 그 한 마디로 아직까지의 인류 문화 전반을 의심하고 부정할 수 있는 말을 찾을 수 있기를 바라고 있으며 나아가 그런 여건을 만들 수 있는 문맥상의 확립을 도모하고자 암암리에 노력하고 있는 것이다. 내 속에 들어 있는 모든 것들뿐만 아니라, 우리를 형성하는 모든 문화적인 것은 부정되기 위하여 자기의 자리를 지키고 있는 것이며 또한 마땅히 그렇게 되어야만 하는 것이다. 그리고 어쩌면 나는 지금 내가 하고 있는 이 말을 위하여, 바로 이런 생각에 도달하기 위하여 이 소설을 쓴 것인지도 모른다. 더욱이, 한 마디만 부연하자면 앞과 뒤의 역접관계는 그 뒷부분을 갱신시키는 어떤 특징을 부여하는 것이기도 하지만 그뿐만 아니라 동시에 그 앞의 부분에도 역설적으로 풍요로움을 제공하는 것이라고 할 수 있다.[53]

위의 언급을 통하여 우리는 픽션에 대하여 자의식을 가지면서 창작과 동시에 그 과정을 진술한다는 메타픽션이 최수철에 있어서는 형식 붕괴를 통하여 전통질서의 붕괴를 증언하는 역사적 기념물에 만족하는 것이 아니고, 자신의 과거 작업 뿐 아니라 일체의 이전 문화 일체를 부정하는 절대부정(negation)으로서 그것은 과거로부터의 자유일 뿐 아니라 미래의 자유와 풍요로움의 보증임을 확신하고 있음을 알 수 있다.

그리하여 최수철은 기존 소설가들이 일반적으로 빠지기 쉬운 잘못된 관습으로 "이야기를 그럴듯하게 혹은 그럴싸하게 시작하여 역시 그럴듯하게 혹은 그럴싸하게 끝을 내는 데에만 급급"[54]해 하는 것을 비판하고 "떠오르는 대로 그 중구난방격인 우후의 죽순들을 있는 그대로, 그것이 사실이건 허구건 상관 없이, 만약 가능하다면 거의 자동기술적으로 풀어 놓는 것"[55]을 방법론으로 택한다. 따라서 최수철은 작품의 시초와 중간과 종말이 "아무 데서나 시작하거나 끝내서는 안 된다"[56]는 소위 아리스토텔레스의 개괄적인 구성이론마저 무시한 채 무계획적 글쓰기를 시도한 것이다.

그 결과 유기적인 구성을 버리고 "소설적이 아닌 수필적인 방식으로 기술"[57]하거나 요약될 수 없도록 파편적으로 종횡무진한 최수철의 메타픽션은 "일화들을 중심으로 나아가며 전체적인 상상력을 거부하고" "글쓰기에 관련된 전반적인 상황에서의 허위의식을 제거하며", 그의 언어는 "현실 앞에서 좌절을 되풀이하고, 그럼으로써 현실의 좌절을 구현하고, 나아가 밑바닥을 뒤집어 사회의 변혁에 기여하고자"[58] 하였던 것이다.

그러면 이렇게 하여 씌어진 〈어느 무정부주의자의 사랑〉 4부작의 성과를 작가는 어떻게 평가하고 있는가?

내게 있어서 이런 글에서의 서두는 항상 즐겁고 자유롭고 특히 편안하다. 요즘 나는 분명히 깨닫고 있다. 무엇보다도 「알몸과 육성」은 내게는 즐거움의 공간이다. 거의 모든 것이 허용되고 있으며 나는 하고 싶은 대로 거의 모든 말을 할 수 있고 또 하지 않을 수도 있기 때문이다. (게다가 이 글은 아무것도 대상으로 삼고 있지 않은 동시에 이 소설 자체라는 뚜렷한 대상을 가지고 있기도 한 것이다). 아직까지 그리고 지금도 역시 내게 있어서 단 한 번만이라도 소설쓰기가 괴로운 일이 아니고 그 자체로 충분히 즐거울 수 있는 일이었다면, 나는 이런 류의 비정상적인 소설을 쓸 생각을 결코 가지지 않았을 터이다. 이 점은 독자들에게도 마찬가지로 해당되는 사실일 수 있다. 일반적인 소설들에서 충분히 즐거움을 누릴 수

있는 사람들에게는 이 소설은 아무런 필요가 없는 것이나 다름없기 때문이다.[59]

이처럼 작가는 자신의 일련의 메타픽션에 대해 쓰는 즐거움과 자유 확보를 이유로 긍정적 평가를 내리고 있다. 아울러 기존 소설에서 재미를 못 느낀 독자에 대해서도 같은 생각일 것이라고 추정한다. 그런 의미에서 문학적 무정부주의를 표방하고 작가로서 일체의 억압을 떨쳐버리고 자유를 구가하겠다고 선언한 최수철은 자신의 목표를 달성한 것처럼 보인다. 그리고 한국문학사는 독특하기는 하지만 또 하나의 무정부주의 소설을 첨가할 수 있게 되었다. 그것은 일체의 기존 소설을 억압으로 느끼는 작가가 역접의 부사를 모토로 영원한 창작의 자유를 구가하고 있는 메타픽션인 것이다. 그리고 여기에 최수철 무정부주의 소설의 의의가 있다고 일단 말할 수 있을 것이다.

그러나 기존 소설이나 그 작법에 대해 허위의식과 억압적 압박감을 느끼고 메타픽션을 시도하여 무정부주의적 해방감을 느끼는 것은 최수철 개인의 내적 문제일 뿐 그것이 그대로 독자나 다른 작가에게도 해당된다고 장담하기는 어려운 일이다. 그리고 자유로운 해방감이 작가 개인의 주관에 머물러 객관현상으로 확산되지 않는다면 사회적 실천은 운위되기 어려운 것도 사실이다. 결국 이러한 메타픽션은 궁극적으로 최수철의 작품을 모방계열로 만들어 주는 일련의 작가들에 의해 그 성공 여부가 점쳐질[60] 터인 바, 이어지는 작품이 없을 때 최수철의 시도는 일회성으로 끝나고 쇠락의 길을 갈 수밖에 없을 것이다.[61]

아울러 '사회적 실천'과 관련하여 우리는 작가의 자유로움에 몰두한 나머지 독자에 대한 효용에 주목하지 못한 최수철의 한계를 지적하지 않을 수 없다. 사회적 실천은 일정한 정치활동은 물론 작품을 쓰는 행위까지 포함된다고 볼 때 무정부주의적 이상을 추구함에 굳이 문학, 비문학을 구분할 이유는 없을 것이다. 스토우 부인의 〈엉클 톰스 캐빈〉이 남북전쟁의 도화선이 되었다는 것은 잘 알려진 예이거니와 억압에의 저항과 절대자유의 추구는 문학을 통하여 문학 밖으로 얼마든지 확산될 수 있는 것이다.

그러므로 작가가 주관적 해방감에 만족하지 않고 독자에게서도 해방된 일상을 기대하면서 메타픽션을 시도할 때에 그것의 사회적 실천 가능성은 더욱 더 제고될 것이다. 그런 의미에서 최수철이 〈무정부주의자의 사랑〉에서 "속에 들어 있는 성에 대한 강박관념과 고정된 의식을 조금이나마 무너뜨"[62]리고자 "우리 삶 속에서 성과 관련되는 가능한 한 많은 양상들을 이야기로 다루어"[63] 그 결과가 백신이 되어 작가뿐 아니라 독자에게도 성적 억압이 없는 해방된 일상을 기대한다고 다음처럼 말할 때 그는 문학적 무정부주의를 자기도 모르게 벗어나 사회적 실천을 실행하고 있는 셈이다.

이 이야기 속에서 나는 병을 앓은 것이고, 그러나 내가 이 병을 앓고 난 후에 치료되어 면역이 되고 나면 나의 혈청은 백신이 될 것이다.

지금 나는 몇 명 되지 않는 사람들이 이 이야기를 끝까지 듣고서 엉덩이를 털고 자리에서 일어서는 모습을 지켜보고 있다. 그들의 엉덩이에서 피어오른 먼지가 내 눈 앞을 가리며, 그 속에서 나는 텅 빈 무대 위에 선 채 성욕이 철저히 자기 자신에게 귀착되듯, <u>나의 이야기가 일상의 한 부분으로, 아무것도 아닌 것으로 귀결되는 마지막 몇 장면들을 바라본다.</u> 그러나 이미 나는 그 속에 없다.[64]

이상에서 살펴본 것처럼 허구로서의 소설을 쓰면서 소설쓰기에 대한 자의식까지 그대로 작품에 드러낸 최수철의 4부작 〈어느 무정부주의자의 사랑〉은 90년대라는 불확실하고 불안정한 위기 시대를 무정부주의적 전망으로 돌파해 보고자 한 메타픽션으로서 그것은 기존의 문학 관습으로부터 벗어나 작가의 창작의 자유를 확보하였다는 문학적 무정부주의의 의의와 함께 독자에 대한 효용까지 아우르는 적극적 지향성을 앞으로의 과제로 제기하였다고 평가할 수 있다.

5. 맺음말

우리는 문학사상을 '문학 작품의 발상법'으로 이해하고 일련의 작업을 통하여 현대 한국 소설사상의 한 계열을 이루는 아나키즘 작품들을 살펴본 바 있다. 본고는 그러한 작업의 일환으로서 90년대에 무정부주의를 전면에 내세우며 4부작 장편 〈어느 무정부주의자의 사랑〉을 펴낸 최수철의 소설을 분석해 본 것이다.

최수철은 80년대 말 90년대 초를 여러 이데올로기가 상충하는 전망 부재의 시대로 진단하고 그러한 사회사적 문맥에서 새로운 전망 모색의 어려움과 필요성을 절감하였다. 그리하여 이러한 상황을 돌파하기 위한 한 방편으로 절대자유를 지향하며 일체의 기성적인 것을 억압으로 간주하고 저항을 선언한 무정부주의에 주목하였다.

그러나 도저한 정치적 이념으로서의 아나키즘이 감당하기 어려울 정도로 무거울 뿐 아니라 시효성도 문제가 된다고 판단한 최수철은 자신의 목표를 일상적 레벨에서 추구하고 그 중에서도 글쓰는 작가로서 문학에 한정할 것임을 천명하면서 그것을 문학적 무정부주의라 명명하였다.

그리하여 최수철의 작업은 당대인 모두를 짓누르는 일체의 억압의식과 그로부터의 해방이라는 문제의식보다는 주로 글쓰는 작가로서의 자신의 억압의식과 그로부터의 해방이라는 과제에 집중되어 있다. 그리고 이러한 과제를 달성하기 위해 메타픽션이라는 해체 소설적 방법을 취하면서 이러한 시도가 사회적 실천에 이르기를 소극적으로나마 기대하기도 한다.

그 결과 산출된 〈어느 무정부주의자의 사랑〉은 이전의 소설들과는 많이 다른 해체 소설적 면모를 보이고 있고 또 작품 속에서 작가는 작품쓰기의 자유로움을 획득했노라 토로하기도 한다. 이 점에서 이 작품은 작가의 목표를 어느 정도 성취하고 있다고 볼 수도 있다. 그러나 이전 작품들과 전적으로 다른 새로운 작품의 성패 여부는 그것을 하나의 군으로 만들어 줄 유사작품들의 출현이 관건이므로 최수철의 시도에 대한 최종 평가는 차후의 역사적 전망을 요한다.

이러한 일정한 성과에도 불구하고 우리는 최수철이 '문학적'이라는 입장에 지나치게 얽매어 작가는 작품 실천을 통하여 독자와 연결되고 더 나아가 사회실천으로 나아간다는 것을 간과하고 있음을 지적하지 않을 수 없다. 작가의 해방감만이 중요한 것이 아니고 작품 속에서 억압적 요소들을 제거하는 작업을 통하여 작가는 독자에 영향을 줄 수 있고 그것이야말로 정치활동 못지않은 강력한 사회참여임을 재인식할 필요성이 최수철의 〈어느 무정부주의자의 사랑〉은 재인식시켜주고 있는 것이다.

그러나 이러한 지적에도 불구하고 전망부재의 시대에 전망모색을 위하여 고통스런 작업을 시도한 최수철은 당대의 정신상황에 대한 증언자이자 진지하게 작품의 지평을 고민한 작가로서 그러한 작가적 자세는 높이 평가될 수 있을 것이다.

윤대녕 소설과 신화사상
-장편 〈호랑이는 왜 바다로 갔나〉를 중심으로

1. 머리말

　루카치에 의하면 "서사문학의 중요한 두 형식인 서사시와 소설"은 작가의 창작의도가 아니라 직면된 역사철학적 상황에 따라 구분[1])되고 운문이냐 산문이냐 하는 것은 본질적인 것이 아니다. 그리하여 삶의 외연적 총체성이 주어져 있던 고대의 서사시는 영혼의 모든 행위가 하나의 의미 속에서 완결되는 "원환적 성격"[2])을 띠는 반면 근대의 산물로서의 소설은 "선험적 고향상실성의 표현"[3])으로 삶의 의미 내재성을 문제시한다는 것이다.

　그런데 문학양식을 시대와의 대응관계 속에서 파악하는 이러한 반영론 혹은 장르사회학적 입론은 유연하게 이해될 필요가 있다. 우리의 이러한 언급이 토대가 상부구조에 미치는 결정적 영향력을 부인하거나 희석시키려는 의도에서 나온 것이 아님은 말할 필요도 없다. 다만 상부구조가 토대에 미치는 영향이나 상부구조 상호간의 영향 같은 다른 요인을 감안하지 않으면 반영론은 기계적 결정론에 함몰하여 문학현상의 참모습에서 멀어질 수 있다는 우려를 표명한 것에 지나지 않는다.

　따라서 루카치가 서사시를 고대와, 소설을 근대와 관련시킴으로써 소설의 근대적 본질을 해명하는 데 지대한 기여를 한 것이 틀림없다 하더라도 고대와 더불어 완결된 서사시와는 달리 진행 중인 근대와 궤를 같이 하면서 왕성한 생명력으로 아직도 지속적 생성을 이룩해내고 있는 소설이 과거완료형인 것처럼 예단되어서는 안 될 것이다. 그런 의미에서 우리는 고대 서사시와 본질적 친연성을 지닌 것으로 파악되어 온 신화를 근대의 소설과도 관련시켜 다시 생각해 볼 필요가 있다.

일반적으로 "고대의 최상의 문학 형식"[4]이라는 서사시는 "신화와 전설과 설화와 역사를 뒤섞"어 "전사와 영웅들의 행적"에 관하여 이야기함으로써[5] "초자연이나 초인과 관련되고 창조나 존재의 기원을 설명하는 신화"[6]와는 뗄 수 없는 관계에 있는 것으로 생각되어 오고 있다. 그 영향 때문인지 신화라 하면 대개 신적 존재 또는 비범한 영웅과 관련된 아득히 먼 옛날이야기 정도로 치부하고 지금, 여기라는 의미에서 현대의 우리, 또는 현대소설과는 별 관련이 없을 것이라고 보기 쉽다. 그러나 실제 작품들을 살펴보면 적지 않은 소설이 신화와 다양한 방식으로 관계를 맺고 있음을 알 수 있다.

비교적 근자에 조성기나 윤후명은 우리의 정치 현실이나 사회 문제들에 대한 답을 구해 보고자 민족의 근원적 뿌리로서『삼국유사』소재 신화나 전승들을 현대소설 형식으로 다루고 있는가 하면[7] 양귀자는 신화적 원형 혹은 모티프를 활용하여 소설을 쓰고 있다.[8] 더 나아가 윤대녕은 기존 신화나 설화를 재활용하는 데에서 그치지 않고[9] 신화의 근본 원리를 이용하여 오늘의 이야기를 지속적으로 써내고 있어 특히 우리의 관심을 끈다. 말하자면 이들은 신화가 응고된 고대의 유산에 그치지 않고 현재에도 살아 기능하는 서사의 원동력이 될 수 있음을 입증하고 있는 것이다.

이처럼 신화가 원시시대나 고대 서사시라는 원래의 문맥에서 벗어나 근대의 산물인 소설 속에서 새로이 조명되고 있는 근자의 현상에 주목하여 그 양상과 의미를 파악해 보고 싶은 문제의식을 가지고 필자는 우선 그 출발의 의미로 윤대녕의 장편 〈호랑이는 왜 바다로 갔나〉를 분석하여 신화의 소설적 재소환의 양상과 그 의의를 검토해보고자 한다.

그동안 윤대녕의 소설을 신화와 관련지어 살펴본 연구가 없었던 것은 아니다. 혹자는 80년대적 모방(미메시스)의 강박에서 벗어나 "신화적 상상력을 매개로" 환상을 서사의 축으로 함으로써 새로운 시대성의 징후를 드러낸 작가로 평가하는가 하면[10] 신화를 '낯설게 하기'의 기법적 차원[11]이나 모티프[12] 또는 "합리적 재해석"을 위한 문학적 요소[13]로 보아 이러한 새로운 시도의 양상과 의미를 천착하기도 하고, 초월성을 상실한 오늘의 세속적 문화 속에 '상징'을 통해 "잃어버린 신화" 즉 초월세계를 부른 작가[14]로 보기도 하였다.

이러한 연구들이 나름대로의 성과를 바탕으로 윤대녕 문학의 핵심 의제 중의 하나로 신화를 떠올리게 한 점은 평가받아 마땅하다. 그러나 본고는 단순히 윤대녕 개인에서 시작하여 개인으로 끝나는 또 하나의 윤대녕론에 멈추는 것을 목표로 하지 않는다. 본고는 작가 개인이라는 미시적 관점을 넘어 장르와 시대성이라는 거시적 관점에서 고대적 신화와 근대적 소설양식의 교섭 현상의 궁극적 의미를 따져보고 싶은 문제의식에서 출발한다.

따라서 윤대녕의 〈호랑이는 왜 바다로 갔나〉는 시론적 검토로서 그 연구 성과는 앞으로 그의 여타 작품이나 다른 작가로까지 대상을 확대하면서 지속될 우리의 연구에 하나의 시금석으로 기능할 것이다. 또한 본고는 윤대녕에 있어 신화란 부분적 파편적 우연적 요소가 아니라 근원적 인식론적 하부구조인 에피스테메라 보고 그의 소설을 그의 문학사상, 다시 말해 "작가의 정신구조로서의 발상법"[15]과 결부시켜 그 특성과 의미를 살펴보기로 하겠다.

2. 윤대녕의 문학사상과 신화의 본질

앞에서 우리는 윤대녕이 신화를 활용하여 소설을 쓰는 여타 작가와 달리 신화의 근본 원리에 바탕을 두고 소설을 쓴다고 적은 바 있거니와 본장에서는 그 신화의 근본 원리를 구체적으로 살펴보고자 한다. 물론 신화에 대한 이해나 설명은 학파와 개인에 따라 다소 견해가 엇갈릴 수 있겠지만 우리는 윤대녕이 영향을 받았다고 진술한 캠벨과 엘리아데 및 김열규의 소론을 중심으로 파악해 보기로 한다. 아울러 "신화를 연출"[16]하는 것이 샤머니즘의 대표격인 굿이고 "신화 역시 주술적 효능을 굿 못지않게 향유"[17]한다고 본다면 동전의 양면 같은 신화와 샤머니즘은 본고에서 굳이 구별될 필요가 없음도 지적해 두고자 한다.

그러면 윤대녕은 어떻게 하여 신화를 자신의 근원적 발상법이자 정신구조로서의 문학사상으로 삼게 되었을까? 윤대녕이 작가로 등단한 것은 1988년 「대전일보」 신춘문예에 단편소설 〈원(圓)〉이 당선되고, 이어 1990년 〈어머니의 숲〉으로 『문학사상』 신인상을 수상하면서부터이다.[18] 그 뒤 그는 왕성한 작품 활동을 펼쳐 90년대 이후의 대표 작가의 한 사람으로 각광받아 오고 있다.[19] 그러나 윤대녕의 이러한 작가적 성공은 시대와 타고난 작가 성향의 우연한 일치가 아니라 자각적 고민과 선택의 결실임을 다음의 고백은 여실히 보여준다.

대학을 졸업한 뒤 취직을 했으므로 글을 쓰기란 쉬운 일이 아니었다. 무엇보다도 시대가 급변하던 시기였다. 군에서 제대하고 복학한 1987년에는 6월 항쟁이 일어났고 1989년에는 동구권이 개방되었던 것이다. 그와 함께 노동해방문학과 민중문학으로 대변되던 시대가 가고 바야흐로 포스트모더니즘 논쟁으로 불리는 과도기가 도래해 있었다. 문단에서는 갑자기 화두를 잃고 설왕설래하는 분위기였다. 말하자면 새로운 패러다임이 필요한 시기였다. (…) 등단하기 전임에도 무엇을 쓸 것인가?라고 나도 고민하지 않을 수 없었다.[20]

1990년대 이후 소위 포스트모더니즘적 혼돈 상황에서 한 작가지망생이 느꼈을 막막함이 위 문면에 약여하게 드러나 있거니와 이러한 시대적 난제 앞에서 새내기 작가 윤대녕이 활로를 열기 위해 택한 길은 무엇이었을까? 90년대 작가치고 작품의 방향을 두고 고통스러운 모색을 하지 않은 사람은 없을 것이고 그 성과는 그대로 90년대 이후의 소설적 지형학으로 다채롭게 나타나고 있음은 주지되어 있는 그대로이다. 이처럼 윤대녕도 '무엇을 쓸 것인가'로 고민하던 중 본인의 표현을 빌리면 '분명 행운에 속하는 일'이 그에게 일어나게 된다. 그것은 바로 신화와의 만남이고 고전문학자 김열규를 통한 샤머니즘의 발견이었다.

> 나는 미셸 투르니에의 『마왕』을 접하게 되었고 곧 신화에 깊이 매료되었다. 그리고 조지프 캠벨의 『신화의 세계』를 읽고 나서 말 그대로 '신화의 바다'에 빠지고 말았다. 그 즈음 김열규 선생의 『한국민속과 문학연구』를 읽은 것도 내게는 분명 행운에 속하는 일이었다. 그로부터 한국의 샤머니즘에 대한 관심을 갖게 되었고 또한 엘리아데의 불후의 저작 『샤머니즘』을 접하게 되는 계기가 되었다.[21]

이처럼 우연히 캠벨과 엘리아데와 김열규 등을 통하여 신화와 샤머니즘에 눈을 뜨게 된 윤대녕은 이 새로운 세계상과 인식론적 패러다임에 심취하여 "신화관련 서적"만은 "늘 옆에 두고 있는 책들"[22] 가운데 하나로 삼았고 "일 년에 두어 번 아무도 모르는 장소에서 주기적으로 삶을 회복하는 통과제의의 과정"23)을 수행했을 정도로 그 영향과 파장이 심원하고 지속적이었다. 더 나아가 윤대녕은 40대 이후까지도 "자연의 일부로서 자연과 함께 순환하는 삶을 살고 싶다"24)는 염원을 유지하였고 평범한 참나무조차 신화적 우주나무로 삼아 병든 모친의 쾌유를 기원할 정도로 "모든 사물에 영혼이 깃들어 있다"는 신념조차 지니게 된다.25)

이처럼 신화적 상상력에 깊이 매몰되어 최초의 단편집에 실린 작품들을 한 마디로 "저 신화라 부르는 원형의 공간으로 돌아갈 마른 꿈만 뒤적이고 있었던"26) 결과물이라 자평하면서 시몬느 비에른느적 의미에서 문학적 샤먼으로서의 자신의 운명을 부지불식간에 토로하기까지 한 윤대녕은 50이 넘은 근자에까지도 삶의 주기적 재생과 행복의 시학을 펼쳐 보여준다.

2년간 계속된 에세이 연재물을 책으로 묶어내면서 "때때로 지난 생을 되돌아보게 되는" 기회였던 에세이는 "파편적으로 흩어져있던 과거의 기억들을 복원하는 글쓰기"였고 그것은 "다름 아닌 삶을 복원하는 일"이자 "무척 행복"하고 "즐거움을 안겨 주"는 일이었을 뿐 아니라 "앞으로의 삶을 지속할 수 있는" 힘까지 주는 기회였다고 회고할 때27) 윤대녕은 시몬느 비에른느의 소위 통과제의적 존재 쇄신으로서의 신화적 문학사상을 유지하고 있음을 고백하고 있는 것이다.

그러면 윤대녕이 이처럼 신화와 샤머니즘의 세계에 철저하게 경도된 이유는 무엇일까? 개인적 취향을 논외로 한다면 그것은 그의 고뇌의 출발점이 된 당대 상황, 즉 근대적 발전사관의 위기 봉착과 포스트모더니즘적 무방향성에서 그 단서를 찾을 수밖에 없을 것이다. 그렇다면 신화 혹은 샤머니즘이란 어떠한 본질과 기능을 가진 세계이기에 좌절하고 방황하던 윤대녕으로 하여금 그것을 일생의 정향성으로 삼게 만들었던 것일까?

먼저 신화의 가장 큰 본질적 특징은 엘리아데의 지적처럼 순환적 시간관으로 이는 근대인의 직선적 시간관 및 발전적 역사의식에 철저히 대비

된다. 그에 따르면 신화는 "시간에 순환적인 방향을 부여"하고 "세상에 새로운 것은 아무 것도 없"으며 "모든 것이 동일한 원초적 원형들의 반복에 불과"[28]하다. 그리하여 근대인에게 시간의 경과란 발전으로서의 역사를 구성하지만 신화에 있어 "인간은 '역사'를 못 견뎌하며 그래서 주기적으로 역사를 폐기하려"[29] 한다.

그리하여 바로 신화가 생겨난 '태초의 때'라는 모범적 역사,[30] 즉 "원초적인 신화시대"의 복원 체험인 무속 체험[31]을 통하여 시간을 무화하고 시원으로 회귀시키는 순환적 삶을 이룩한다. 따라서 "구체적이고도 역사적 시간에 항거하면서 '사물이 비롯된 시원적인 신화의 시간에 주기적으로 귀환하고자 하는 향수' 속에 살고 있는 것이 곧 인간본성"[32]이라 규정되며 이 순환성이야말로 신화적 인간의 본질로 파악되는 것이다.

그러면 신화에서는 왜 시간과 그의 축적으로서의 역사를 이처럼 폐기하고자 하는 것일까? 신화적 삶에 있어 세속적 시간의 퇴적에 불과한 역사란 '세속적 제도'와 '관습'에 의해 "자연의 생명력이 줄어들"고 "찌들어 활력을 잃어"버리게 하는 과정일 뿐이다. 따라서 "활력을 돋구"고 "창조적인 힘을 얻어" "생명력을 재생"시키고 "풍요"를 가져오기 위해서 주기적으로 "세속적인 시간을 정화"시키는 "제의의 메카니즘", 즉 "원초적 신화적 시공"인 "신화세계로 회귀"하는 '주술'이 요구되는 것이다.[33]

그리하여 "신화를 이야기함으로써, 줄거리에 나오는 사건이 일어났던 신성한 시간을 재현"[34]하고 "근원으로 돌아가서 우주 창조를 반복"[35]함으로써 "삶과 세계의 갱신"[36]을 주기적으로 이룰 때 인간은 재생하여 세계와 조화로운 신생의 삶을 누리며 낙원의 행복을 만끽할 수 있는 것이다. 이처럼 이 세계와의 조화와 행복이야말로 신화에 있어 삶의 목표이자 목적이고 이를 가능케 하는 것이 신화가 담당한 기능이었던 것이다.

아기를 안고 있는 (…) 여성은 신화의 기본적인 이미지를 보여준다. 누구나 태어나서 처음 경험하는 것이 어머니의 몸이다. (…) 르 드블뢰가 어머니와 자식, 자식과 어머니 간의 "신비적인 관계"라고 불렀던 것은 궁극적인 낙원이다. 우리의 어머니인 대지와 전 우주는 이 경험을 범위가 더 넓은, 성인의 경험 속으로 옮긴다. 어린 아이와 어머니의 관계와 같은 정도로 자신과 우주의 관계가 완전하고 자연스럽다고 느낄 수 있는 사람은 자신과 우주 사이의 완전한 조화와 일치를 얻게 된다. 우주와 조화를 이루면서 그곳에 오래 머무는 것, 이것이 신화의 주요한 기능이다.[37]

이처럼 아기를 안고 있는 어머니와 어머니 품에 안겨 있는 아기가 느끼는 완전하고 자연스러운 조화와 일치의 느낌을 궁극적 낙원의식이라 할 때, 성인으로 하여금 자신과 어머니 대지 및 전우주 사이에서 이러한 궁극적 낙원의식을 느끼며 오래 머물 수 있도록 해주는 것, 이것이 신화가 담당해 온 기능이었다고 캠벨도 그의 저서 첫머리에서 단언하고 있다. 이는 우리가 일반적으로 연상하던 아득하고 먼 절대적 크로노토프(chronotope)라는 신화의 외경 이미지와 달리 포근하고 행복감마저 들게 하는 친숙한 세계상인 것이다. 요컨대 신화에 있어 인간의 목적은 어머니 품속의 아이처럼 부족한 것이 없이 완벽히 충만된 상태에서 행복을 지속적으로 누리는 것이고, 이것은 원초체험인 시원적 신화의 시공으로 주기적으로 회귀함으로써 가능했던 것이다.

그러면 이러한 신화가 문학과 맺고 있는 관계는 어떠한 것일까? 김열규는 "제의가 언어화할 때 신화가 되고, 신화가 행동화할 때 제의가 되는 것이면 신화와 제의는 동일한 것의 양면"[38]이라 본다. 그리고 "신화가 제의의 구술적 상관물이라면 문학은 신화와 설화의 기술적(記述的) 상관물"이며 따라서 "문학이 제의의 기술적 상관물"이라는 새 명제도 만들어낸다.[39]

간단히 말하면 문학은 신화와 제의의 기술적(記述的) 상관물이라는 것이다.

더 나아가 김열규는 신화와 제의 및 굿은 주술적 효능을 못지않게 향유하고 있어 동일한 목적에 다 같이 이바지할 수 있다[40]고 보는 바, 그렇다면 '신화와 제의의 기술적 상관물'인 문학 역시 같은 이야기가 가능해진다. 이때의 동일 목적이란 시원으로의 회귀를 통한 충만되고 원초적인 시간의 회복이고, 그를 통하여 "오늘의 사람은 (…) 까마득한 어느 날의 시간을 생생하게 살고" "좁은 역사적 사회적 제약에서 풀어 놓아 영원 속에 해방시켜 주는"[41] 신생의 감각으로 살 수 있게 하는 일일 터이다.

문학과 신화를 이처럼 상관적으로 이해하는 입장은 "문학작품의 이른바 '제의적 기반'"[42]과 "현대문학과 제의와의 병행성"[43] 이론으로 구체화되어 햄릿과 오레스테스, 오이디푸스 비극, 셰익스피어 등이 제의들과 갖는 상관성[44]의 천착으로 나타나기도 하고 시몬느 비에른느의 소위 통과제의적 존재 쇄신으로서의 신화적 문학사상으로 가다듬어지기도 한다. 시몬느 비에른느에 의하면 문학은 통과제의가 표현되는 장소일 뿐 아니라 읽는 행위 자체도 통과제의적 근본을 지니고 있는 행위[45]로서 "제의와 작품들을 통해서 끊임없이 현실화되는 그 존재의 쇄신에 의해서 인간조건을 초월하고 영생불멸에 도달할 수 있"[46]다는 면에서 샤먼과 작가는 결국 같은 일을 하고 있다는 것이다.

이상에서 우리는 몇몇 이론가들의 소론을 통하여 신화의 구조적 본질과 그 기능, 그리고 문학과의 상관성을 살펴본 셈이다. 요컨대 순환론적 시간관에 입각하여 시간의 경과를 쇠퇴와 타락으로 보고 태초의 시점인 신화의 시간으로 주기적으로 회귀하는 제의를 행함으로써 시간의 갱신을 이룩하고 세계와의 조화 속에서 활기차게 행복을 구가케 하는 기능을 가졌던 것이 신화였던 것이다. 이러한 신화는 기술적 상관물로서의 문학에도 영향을 미쳐 존재쇄신이란 측면에서 작가에게 문학적 샤먼의 기능을 부여하기도 하는 것이다.

이렇게 볼 때 신화는 순환적 시간관에 입각하여 태초적 시원으로의 회귀를 통한 삶의 재생과 새 출발을 약속함으로써 꽉 막힌 통로 앞에서 좌절하던 윤대녕에게 출구를 열어주는 느낌으로 받아들여졌으리라 생각된다. 그러므로 윤대녕이 90년대에 불어 닥친 발전적 시간관의 위기 앞에서 '신화에 깊이 매료'되고 '신화의 바다에 빠지고' 한국 신화와 샤머니즘에 관심을 갖게 되었다는 것은 곧 순환적 원형적 시간관을 그 대안으로 선택하게 되었다는 의미이었던 것이다. 그리하여 포스트모더니즘적 무방향의 시대에 고민하던 소설가 지망생 윤대녕은 그 순환적이고 재생적인 세계상과 함께 자신의 미래적 창작 비전 및 삶의 방식으로 신화를 적극 수용하였던 것이다.

그렇다면 신화에 흥미를 느끼고 신화의 원리로 작품을 써 온 윤대녕에 있어서 '시원으로의 주기적 회귀'와 치유와 재생이라는 신화의 원리는 창작에 어떻게 구현되어 있는 것일까? "병이 나서", "재수가 없어서", "흉년"이 들어서 "불행과 행복을 바꾸어 순환시키려는"[47] 목적으로 굿이나 신화의 음송이 행해졌듯이 신화적 소설 역시 치유를 요하는 황폐한 개인으로부터 출발하여 "예전에 존재했던 것의 순환적인 회귀", "영원회귀", "원형적인 행위의 반복"[48] 모티프에 입각하여 "완전한 갱신을 보증할 수 있는 유일한, 원초적인 시간"으로서의 "절대적 시원"[49]을 재확립하고자 하는 구조를 가질 것으로 예견되지만 이에 대한 상세한 검토는 다음 장에서 하기로 한다.

3. 〈호랑이는 왜 바다로 갔나〉와 존재의 쇄신

앞장에서 우리는 윤대녕이 신화적 문학사상을 습득하게 된 과정과 그 내용 항목을 살펴보았거니와 요컨대 그는 문학을 '신화 혹은 제의의 기술적(記述的) 상관물'로 보는 관점에 입각하여 '시간의 퇴적으로 인한 황무지적 현실에서 원초적 시원에의 회귀를 수행함으로써 신생의 활력을 되찾는 과정'을 서사화하는 창작방법론을 고안하게 되었을 것으로 예견하였다. 이때 작품의 진행과정은 그대로 비에른느적 의미에서 일종의 통과제의가 되고 인물들은 물론 독자들도 존재의 쇄신을 현실화하면서 존재초월과 영생불멸의 구원을 경험하게 되는 것이다.

그러면 윤대녕의 장편 〈호랑이는 왜 바다로 갔나〉[50]의 경우는 어떠한가? 이 소설에 나오는 주인공 영빈과 해연은 물론 히데코와 메구무 같은 부수적 인물 역시 하나같이 시간의 경과와 더불어 살아온 세상살이로 인해 더 이상 치유를 늦출 수 없을 정도로 피폐된 상태에 놓여 있다. 결국 이 작품은 황무지적 상황 속에 놓인 이 인물들이 신성한 원초적 시원으로 회귀하여 구원을 경험하고 신생을 회복하거나 그렇지 못하여 파멸하는 일종의 케이스 스터디인 바, 인물들을 중심으로 그 과정을 따라가 보기로 한다.

문학이란 '신화 혹은 제의의 기술적(記述的) 상관물'이라는 명제에 호응이라도 하듯 〈호랑이는 왜 바다로 갔나〉에 나오는 '호랑이'는 단순한 고양이과 동물의 하나가 아니라 단군신화에 나오는 '곰'의 대립적 쌍으로서 이소설이 신화적 발상의 작품임을 새삼 강조한다.

밤 9시쯤 초인종이 울려 나가보니 두 여자가 현관문 앞에 서 있었다. (…)

"혹시 잘못 찾아오신 거 아닙니까? 여긴 일반 숙박업소가 아니라 굶주린 호랑이가 살고 있는 컴컴한 동굴이거든요." (…)

"그런데 곰은 어디 있죠?"

해연이 안을 기웃거리는 시늉을 하며 너스레를 떨었다. 단군신화.[51]

그런데 이 작품에서 윤대녕은 단군신화의 '기술적 상관물'로서 소설을 쓰면서 원래 문맥에서 주인공이었던 곰은 다루지 않고 인간이 되는 데 실패한 호랑이를 문제 삼고 있다. 그러면 이 소설에서 호랑이와 곰이란 무엇일까?

인간이 되기 위한 과제를 중도 포기하고 뛰쳐나간 호랑이와 그 과제를 성공적으로 수행한 곰이 등장하는 단군신화는 그 해석을 둘러싸고 구구한 이론이 있을 수 있을 것이다. 그와 별개로 윤대녕은 이 소설에서 "호랑이는 상처 입고 몸부림치는 자기 환영에 불과"[52]하다고 함으로써 그 대립항으로서의 곰은 상처받지 않고 현실에 잘 적응해 나가는 존재의 이미지로 설정한다. 그리고 호랑이가 내적 외적으로 욕구불만에 상처받고 고통으로 몸부림치는 존재상태의 표상이라 한다면 주인공 영빈의 아버지와 영빈 자신이 바로 이의 객관적 상관물임을 다음처럼 진술하고 있다.

> 영빈이 어렸을 때부터 아버지가 가끔 독백조로 읊조리던 말이 있었다.
> '호랑이도 가뭄이 들면 산을 떠나 바다로 간다.'
> 감당할 수 없는 상황에 직면할 때마다 괜한 허세를 부리듯 내뱉던 말이었다. 무슨 뜻이었을까? 지금까지도 영빈은 그 의미를 제대로 이해하지 못하고 있었다. 다만 자신이 지금 그러한 처지에 직면해 있다는 생각에 빠져 있었다.[53]

그런데 "감당할 수 없는 상황에 직면"했었던 아버지처럼 "자신이 지금 그러한 처지에 직면해 있다는 생각"을 하던 주인공 영빈은 제주도 바다에 내려가 낚시를 하다가 바닷물에 휩쓸린다. 그 절체절명의 상황에서 "바위 틈에 웅크리고 있는 한 마리의 커다란 호랑이를"[54] 보았던 영빈은 겨우 빠져나온 후에는 더 이상 호랑이를 보지 못하는데 그 후 복어국을 끓여 먹고

자던 중 독에 감염되어 생사의 갈림길을 헤맬 때 다시 "호랑이 꿈을 꾸고 있었다. 바위틈에 갇힌 호랑이가 밤새 바다 속에서 몸부림을 치며 울부짖고 있었다."[55] 이처럼 호랑이가 가뭄 혹은 감당할 수 없는 상황처럼 존재의 내적 외적 상처의 메타포라면 그럴 때 호랑이 또는 절망적 자아는 왜 바다로 가는 것일까? 영빈도 처음에는 그것을 제대로 알지 못한다.

그런데 바다란 무엇이겠는가? "양수와 바닷물의 성분이 유사하다는 사실"과 "돌아보면 세상에 태어나기 전엔 누구나 열 달이라는 긴 시간을 짜디짠 물속에 있었다"는 사실, 더욱이 인류의 조상이 진화론적으로 바다의 어류와 관련이 있다는 사실을 상기하면 그 함의를 이해하기 어렵지 않다. 바다에 가서 "수면을 바라보고 있노라면, 그 얇은 막을 경계로 어느 덧 바다 속에 서 있는 느낌이 들"고 "세상으로 나갈 채비를 하고 있"[56]는 태아로 돌아간 듯한 느낌을 받는다는 서술에서 알 수 있듯 바다로 간다는 것은 인간의 존재적 시원으로 회귀하는 일인 것이다.

그렇다면 가뭄을 만난 호랑이가 바다로 가는 것, 즉 감당할 수 없이 상처를 받은 자아 존재가 시원으로 회귀하는 것은 무슨 의미일 것인가? 직장을 그만두고 소설을 택하면서 현실적인 애인으로부터 절교 당하고 오랫동안 염두에 두고 있던 장편소설을 시작하였지만 생활고 때문에 포기하고 일자리를 구해야 할 절박한 처지에 놓인 영빈이 5만 년 전 구석기 시대 사람의 발자국 화석이 발견된 제주도 해안가에 취재차 갔다가 느꼈던 것처럼 그것은 신생의 활기를 회복하는 일일 것이다.

영빈은 신발과 양말을 벗고 족적을 따라 그대로 걸어가 보았다. (…) 순간 무어라 말할 수 없는 전율이 영빈의 온몸을 휘감았다. (…) 이상한 감동이 가슴으로 밀려들었다. 영빈은 눈을 감은 채 그대로 몇 분을 서 있었다. 마치 오래전에 잃어버린 자신의 발자국을 되찾은 듯한 기분이었다.

발바닥은 차가웠지만 몸은 점점 따뜻하게 변하고 있었다. 그 열기가 맥박을 따라 몸 구석구석 활기차게 퍼져나갔다. 마치 영원한 순간과 조우를 하고 있는 심정이었다. 더불어 영빈은 자신의 존재가 비롯된 최초의 지점으로 돌아와 있음을 느꼈다. 무언가 막 다시 시작되려고 하는 태동의 절대 지점으로 말이다.

(…) 숨이 차오르는 가운데 영빈은 다시 눈을 감고 영원을 느껴보았다. 지금 서 있는 곳이 어디든 바로 이 지점에서 삶을 다시 시작해보고 싶다는 열망에 휩싸여. 그것은 마치 하늘의 계시처럼 영빈의 마음을 흔들어놓고 있었다.[57]

이처럼 "중기 구석기시대의 사람 발자국"에 발을 맞춰보고 "마치 영원에 발을 딛고 서 있는 기분"을 느낀 영빈은 "우리들 존재가 시작된 최초의 지점. 언제든 다시 시작할 수 있는 지점"인 시원이 그곳이라 생각하고 "제주도로 내려올 생각을 했던"[58] 것이다. 말하자면 제주도는 생명의 시원인 양수로서의 바다이기도 하고 유적 존재로서의 인류의 발자국 화석을 가진 시원의 포인트이기도 한 것이다.

그러나 영빈의 상처가 글쓰기 중단으로부터 유래된 것만은 아니다. 그는 시국을 외면하고 부모의 염원대로 고시공부에만 몰입하던 법학도 형이 경찰 프락치로 몰렸을 때 형을 비난하여 자살로 내모는 데 일조하고 형을 두둔하는 아버지와 대립하여 알코올 중독의 폐인이 되게 하였으며 결국 뇌졸중과 치매로 요양병원 신세를 지게 하였던 것이다. 그런 영빈이 바다낚시에 몰두하는 행위는 사진작가 김영갑의 말대로 '재생을 위한 무당의 푸닥거리'인 것이고 결국 바다는 상처의 치유와 재생의 성소인 셈이다.

영빈의 애인 해연 역시 상처 입은 여성이다. 단란한 가정에서 평탄하게 자라난 해연은 전업주부였던 모친이 우울증에 걸리고 그 여파로 바람을 피우자 부친이 해연만을 데리고 통영으로 내려가 지방근무를 하면서 자주 딸을 데리고 낚시로 소일하던 중 폐인이 되고 결국 추자도 낚시터에서 익사를 한다. 서울에서 카페 아르바이트를 하며 힘들게 대학 졸업반이 된 해연은 부친의 실종소식을 알게 되자 재혼 후 강남에서 아이스크림 가게를 운영하며 유족하게 살고 있는 모친에게 알리러 가다가 택시동승을 한 영빈과 함께 성수대교 붕괴를 목격하게 된다.

그 뒤 불안이 유령처럼 따라다니고 만성적인 우울증과 고독감이 영혼을 좀먹어 "누군가 자신을 버리고 떠날지 모른다는 강박관념에 늘 시달려야 했"[59]던 해연은 "뭔가 곧 무너져 내릴 것처럼 항상 아슬아슬하게 느껴지니까" "도무지 자신이 없어" "가족의 일상이 부럽고 그리울 때도 있"지만 "그럴 엄두가 나지 않아"[60] 아동물 삽화를 그려주며 쓰레기 같은 가재도구들을 끌고 다니며 불안정한 삶을 살고 있다. 이러한 해연에 있어 유일하게 생명력이 느껴지던 충만한 시절은 아버지가 추자도에서 익사하기 전 함께 낚시를 다니던 때였기에 제주도에 찾아온 그녀를 위해 영빈이 낚시로 잡은 물고기를 욕조에 넣어주자 그녀는 그 속에서 들어가 정화와 재생을 경험한다.

영빈은 수족관에 있는 바닷물을 길어와 욕조에 채운 다음 잡아온 물고기들을 안에 풀어놓았다. (…) 욕조에 가득차 있는 물고기들을 보고 해연은 넋이 나간 사람처럼 입을 다물지 못했다. (…)

"그럼 이제 수족관으로 들어가야겠군요."

(…) 그녀에게 돌연 변화의 순간이 찾아와 있었던 것이다. 자신을 정화시키고자 하는 오랜 열망 끝에 찾아온 고통스런 변화의 순간이. 해연은 돌아서서 천천히 옷을 벗기 시작했다. (…) 그녀를 정화시키고 있는 물고기들은 지금쯤 지쳐가고 있을 터였다.

정오에 그녀는 욕조에서 나왔다. 영빈이 문을 열고 들어갔을 때 그녀는 알몸으로 이불 속에 누워 있었다. 영혼을 도둑맞은 사람처럼 얼굴에 아무 표정이 없었다. 그러나 그녀의 얼굴은 맑았다.[61]

이처럼 해연이 자신을 회복한 후 "두 사람은 침대가 있는 방으로 서로의 손을 끌고 들어"가 "온몸의 수분이 다 증발될 것처럼 무섭게 땀을 흘"[62]리며 사랑을 나누고 장래를 설계한다. 해연이 서울로 떠나자 영빈도 비로소 글쓰기에 몰두할 수 있게 된다.

이튿날부터 영빈은 책상에 붙어 앉아 글을 쓰기 시작했다. 사라져간 모든 날들의 꿈에 대해서. 치유되지 않는 고통에 대해서. 온갖 삶의 기대와 시대의 절망에 대해서. 그때 만났다 헤어진 사람들에 대해서. 무고하게 죽어간 이들에 대해서. 영빈은 1994년 10월 21일 아침 성수대교가 붕괴된 시점부터, 그 후 10년 동안 주위에서 일어났던 일들을 꼼꼼히 기록해나갔다.[63]

그 후 영빈은 해연이 임신을 한 사실을 알고 "현기증이 일며 가슴이 마구 뛰"면서 "마치 전 세계가 변하고 있는 느낌"[64]을 받는다. 수원의 부친도 만나보고 제주를 떠나기 전 화석을 찾아가 발을 디딘 채 한참 눈을 감고 서 있기도 한 영빈은 해연이가 아버지와 살았던 통영에 들러 그녀에게 전화를 걸어 그녀를 감동시킨다.

반면에 한국계 일본인인 두 여성 히데코(본명 유미코)와 그녀의 고교동창이자 유명한 작가인 사기사와 메구무는 마음의 상처를 치유하지 못하고 자살로 생을 마감한다. 우연히 영빈과 한국에서 자리를 함께 한 적이 있던 메구무는 "한국계라는 입장에서 재일 한국인의 얘기를 다루는 것"보다는

"누구한테나 운명적으로 주어진 조건의 일부"로서의 불안을 다룬다고 말하는데 "내면의 불안을 호소"⁶⁵⁾하는 데 몰두하던 그녀가 결국은 자살하고 만 것이다.

한편 히데코는 고교시절 첫사랑 실패 후 계속되어 온 사랑의 실패와 고교동창이자 유명작가인 사기사와 메구무에 대한 열등의식, 그녀의 자살 충격 등으로 온통 죽음에 대한 강박에 시달리는데 영빈이 있는 제주도 바닷가에 찾아왔다가 '구원 경험'을 하면서 일시 생의 의욕을 되찾는다.

여름이면 불임의 여자들이 찾아와 몸을 뜨겁게 달구고 가는, 검은 모래로 뒤덮인 해수욕장이었다. (…) 바닷물이 빠져나가기 시작하면서 모래톱이 끝나는 곳에서 드넓은 해초 지대가 드러났다. (…)

아, 미역……이라고 작게 밝은소리를 내고 나서 히데코는 미역밭으로 걸어 들어갔다. (…)

"저게 뭐죠? 저기, 온통 하얗게 반짝이는 것들 말예요."

히데코의 모습은 한낮의 혼령처럼 반투명한 그림자로 어른거리고 있었다. (…) 거대한 은빛의 무리가 찬란하게 수면 위로 떼 지어 몰려다니고 있었다. 커다란 빗자루로 햇빛을 이리저리 쓸어내는 것처럼 보였다.

멸치 떼였다. 수만의 멸치 떼가 히데코가 딛고 서 있는 미역밭 가까이로 하얗게 몰려들어 와 있었다. (…)

햇살이 밀가루처럼 쏟아져 내리고 있는 바다에서 멸치 떼는 한동안 떠나지 않고 히데코의 주위에 머물러 있었다. 그녀는 눈을 감고 있었다. 눈가에 별이 반짝이고 있었다.

공항으로 돌아온 (…) 히데코는 (…) 얼굴이 분홍빛으로 엷게 달아올라 있었다.

"아마도 저는 멸치 떼를 보러 온 모양이에요."

(…) 5분 아니, 거의 10분 동안 히데코는 멸치 떼에 휩싸여 있었다. 삶에서 그것은 비록 짧은 순간이겠으나, 히데코는 구원을 경험한 얼굴이었다.[66]

이처럼 "재일 한국인으로서 겪어야 했던 갈등"과 불운의 함정에서 "스스로 상처를 입고 지쳐" "부상 치료"[67]를 목적으로 한국에 온 히데코는 이러한 바다의 원초적 생명력으로부터 구원 경험을 한 뒤 "곧 일본으로 돌아"가 "본격적으로 소설을 써볼 작정"을 하는 등 삶의 원동력을 일시 회복하지만 결국 지속시키지 못하고 음독자살로 생을 마감함으로써 그녀의 구애를 거절한 영빈의 마음을 무겁게 한다.

이상에서 살펴본 것처럼 〈호랑이는 왜 바다로 갔나〉는 호랑이로 표상될 수 있는 상처받은 자아 형빈과 해연이 존재의 시원인 바다 혹은 구석기인의 발자국 화석이라는 유적 존재의 시원으로 회귀하여 피폐된 존재를 쇄신하고 활력을 되찾게 되는 이야기인 것이다. 그 결과 그들은 재생하여 세계와 조화로운 신생의 삶을 누리며 낙원의 행복을 만끽하게 되는 것이다. 그리하여 비록 이 작품은 현대인의 이야기라는 외피를 입고 있지만 구조적으로 보면 주기적으로 태초로 회귀하여 신생의 활력을 도모하던 신화적 재생의례와 조금도 다르지 않은 현대판 재생의례이자 신화임을 알 수 있다.

4. 맺음말 - 신화의 소설적 재소환과 그 의의

장르사회학적 논리에 의하면 모든 것이 언제나 가능한 것은 아니다. 따라서 서사시는 고대에, 소설은 근대에 가능한 것이지 이 대응 짝이 바뀔

수는 없는 것이다. 크게 보아 이것은 맞는 말이고 그런 의미에서 장르사회학은 시대와 장르 관련의 법칙성을 수립하게 한 고도의 이론으로 고평 받아 마땅하다.

그러나 시대나 장르 자체가 모두 그렇게 완벽한 개념은 아니어서 정확히 말하자면 양자 모두 항상 복합적인 양상으로 변화 생성 중에 있는 불확정적 측면도 엄연히 가지고 있는 것이다. 그러기에 바흐찐에 있어서와 같이 고대는 서사시의 시대만이 아니고 민중적이고 희극적인 그리스 소설의 시대일 수도 있는 것이다.[68]

물론 어느 것이 더 시대를 대표하느냐 하는 문제에 이르면 사정은 크게 달라지지 않지만 적어도 유연한 문학이론을 위해서는 열린 자세로 시대와 문학 양식들의 혼합 착종에 세심한 관심을 늘 기울일 필요가 있어 보인다. 더욱이 "소설은 계속 발전하고 있으며 아직 완성되지 않은 유일한 장르"[69]라고 할 때 이 점을 잊어서는 안 될 것이다.

신화가 고대의 서사시와 깊은 관련을 맺고 있다는 것은 새삼스러운 이야기이지만 근자에 소설들이 신화적 모티프를 부쩍 다루고 있다는 점은 눈여겨 볼 대목이다. 그 중에서도 윤대녕은 신화의 단순 활용을 넘어 그 원리를 소설 창작법으로 이용하여 눈길을 끈다.

소위 포스트모더니즘 시대로 통칭되던 90년대에 기존의 메타담론 역할을 하던 단선적이고 발전적인 진보사관이 힘을 잃은 무방향적 상황에서 윤대녕은 그 대안으로 순환적이고 원형적인 신화적 세계관을 선택하여 돌파구를 찾고자 한 것으로 판단된다.

그리하여 그는 캠벨, 엘리아데, 김열규 등 쟁쟁한 비교신화학자들의 저서를 섭렵하고 순환적 시간관과 태초의 시원으로 회귀함으로써 삶의 쇄신과 재생을 이룩하고자 하는 신화의 원리를 파악한 것으로 보인다. 더 나아가 문학을 '신화와 제의의 기술적 상관물'로 보는 제의학과 입장에서 신화의 원리를 소설 창작법으로 활용한 것으로 생각된다.

본고는 이러한 가설의 검증 차원에서 윤대녕의 장편 〈호랑이는 왜 바다로 갔나〉를 분석해 보았는바, 단군신화의 호랑이 모티프를 채용하여 인간되기에 실패한 호랑이를 현실에서 상처 입은 존재의 메타포로 활용하여 작품을 전개시키고 있음을 알았다. 또한 바다 혹은 인류조상인 구석기인의 발자국 화석을 시원으로 설정하고 상처의 치유와 재생을 위해 주인공이 그곳으로 회귀하게 함으로써 '시원으로의 회귀와 존재의 쇄신'이라는 신화적 구성을 창작 원리로 하고 있음도 보았다.

결국 〈호랑이는 왜 바다로 갔나〉는 치유를 요할 정도로 현실에 의하여 심신이 철저히 황폐화된 개인이 바다나 발자국 화석 등 원초적 시원으로 회귀함으로써 삶의 완전한 갱신을 이룩하고 활기차게 재출발한다는 구성을 지닌 작품임이 드러난 셈인데, 신화를 체득하여 고안해 낸 이러한 윤대녕의 소설 작법이 그의 여타 작품과는 어떠한 관계망을 형성하고 있는지는 앞으로 더 검증되어야 할 과제로 남는다.

그리고 근대의 서사양식으로서의 소설이 근대를 초극한 소위 제3시대로서의 황금시대를 연상시키는 신화로 작품 원리를 삼을 때 그것이 하나의 독특한 작품으로만 남을지 아니면 문학사적 의의를 지닐지는 이질적인 다른 계열의 소설들과의 관계정립 속에서 판별되어야 할 사안으로 보인다. 그럼에도 불구하고 신화적 모티프 소설들의 잦은 등장은 시대로서의 근대가 아직 계속되고 있는가, 아니면 다른 단계로 넘어가는 중인가 하는 질문을 우리 스스로에게 해보게 하는 시금석의 역할은 하고 있어 보인다.

한창훈 소설과 민중주의

1. 들어가는 말

'민중 없는 시대'라 하는 이도 있지만 일찍이 민중 없는 시대가 있었던가? 역사상 어느 시대에나 보존적 개인으로서의 즉자적 민중은 있었다 할 때 이 용어가 하나의 메타포에 지나지 않음을 알아채기는 어렵지 않을 것이다. 그러므로 객관적 실체로서의 민중계층이 존재하느냐 하지 않느냐가 문제가 아니라 민중이 스스로를 역사 창조의 주체로서 자각하고 있는 시대냐 아니냐가 문제인 것이다.

확실히 역사를 민중의 자기 해방의 과정이라 이해하고 이러한 사유방식이 거대담론의 차원에서 상승적 지위를 누리던 시대가 있었다. 그러나 주지하다시피 1990년대 이후 현실 사회주의의 붕괴와 더불어 그러한 민중담론의 급속한 퇴조가 있었음도 사실이다. 그런 의미에서 민중시대라 명명되어 온 전자의 대타개념으로 민중의식 퇴조로 특징지어지는 후자를 편의상 '민중 없는 시대'라 불러 본 것에 지나지 않는다.

이처럼 민중의식이 전반적으로 하강 내지는 침체 국면에 접어들고 있는 시점에 "중심에서 더 멀리 떨어져 나와 발톱 끝 같은 주변부에 또 하나의 중심을 세우는 것"[1]을 자신의 소설의 몫이라 선언한 한창훈은 과연 민중 없는 시대에도 민중소설이 가능한가라는 질문에 대한 대답을 위해 한 시금석이 될 수 있을 것으로 판단된다. 그런 의미에서 본고는 그의 작품 세계의 몇 양상과 그 의미를 탐색해 보고자 한다.

2. 〈닻〉과 민중의 재생 의례

민중의식의 고양기에 발전사적 민중담론에 기대어 〈객지〉, 〈삼포 가는 길〉을 비롯하여 대하 역사소설 〈장길산〉까지 완성하고 민중의식의 퇴조기에는 〈오래된 정원〉으로 후일담까지 써냄으로써 한국소설사에서 문제적 개인으로 우뚝 선 황석영에 비할 때, 작가 한창훈은 파장한 뒤 물건 팔러 나온 상인처럼 너무 늦게 등장한 불운한 작가로 보일 소지가 없지 않다. 시대가 자신과 함께 가지 않는 불리한 조건에서 유효기간이 지나버린 빛바랜 민중을 들고 나올 때에는 나름대로의 존재 이유와 작품 전략이 마련되어 있지 않으면 안 될 것이고 그것은 그만큼 작가에게 부담으로 작용할 것이기 때문이다.

한창훈이 이를 자각적으로 의식했는지는 알 수 없지만 명민하게도 그는 중심과 주변부를 대립적으로 파악하고 주변부로 하여금 중심을 대체케 하려는 기존의 민중서사 방식이 아니라, 주변부도 흠결 없는 하나의 훌륭한 중심임을 증명해 보이고자 하는 방책을 씀으로써 성공적으로 자신의 입지를 확보한 것으로 일단 평가해 볼 수 있다. 그러므로 한창훈의 소설은 중심과 대결하는 주변부의 이야기가 아니라 주어진 삶의 조건을 자족적으로 헤쳐 나가는 주변부 이야기가 주종을 이룬다. 어떤 의미에서 그는 중심/주변부의 이분법이 오히려 주변부의 소외를 심화시킨다고 보고 어떠한 삶도 문제성을 내포하고 있다는 대등성 명제를 통하여 중심의 우월성을 전제한 이분법 자체를 무화시키고자 하고 있는 듯하다.

> 멀쩡하게 걸어다니는 사람들도 알고 보면 몹쓸 병을 하나씩 달고 다니
> 고 좋아 뵈는 집안 내력도 듣고 보면 콩가루 파탄이 따로 없을 지경이라,
> 누구 말처럼 무덤 하나에 세계사 한 편이 딱 들어맞는다. 그런 통증들이
> 세상을 살아내게 만드는 근본이려니 싶다.[2]

그런 가운데서도 당연히 그의 포커스가 소위 주변부의 삶에 맞추어져 있을 것임은 서두에서 본 바 있는 그의 선언에서 이미 예측되었던 그대로이다. 이 사실은 「대전일보」 신춘문예를 통해 1992년 문단에 등단한 한창훈의 데뷔작 〈닻〉에서부터 확인된다.

〈닻〉은 한국적 현실에서 가장 탈중심적 위치에 있는 섬을 배경으로 갈수록 피폐해져 가는 섬 생활을 견디지 못해 헤어져야만 했던 두 남녀가 육지의 도시생활 끝에 만신창이가 된 심신을 이끌고 돌아오는 귀향선에서 재회하고 미래를 재설계하는 이야기이다. 그러나 이들이 새 삶으로 되돌아오는 길은 결코 순탄한 과정이 아니라 생사를 넘나드는 진통 끝에야 얻을 수 있는 새 생명처럼 무수한 장애를 극복한 후에 겨우 도달할 수 있는 것이다. 이 재생을 위한 통과의례적 절차가 바로 이 작품의 전개과정이다.

신화적 상상력에 기반을 둔 원시종족의 치료행위가 생명력이 가장 충만했던 최초의 창조 순간을 재현하듯이 대도시 향락산업에 종사하면서 삶의 의욕을 잃은 종현과 사생아까지 잉태한 명실의 귀향길은 활기찬 생명의 탄생과정을 반복하는 지난한 재생의례 과정이다. 아버지의 임종을 보러 가야한다는 한 고등학생의 절박한 사정 덕분에 좋지 않은 날씨에도 불구하고 출발한 배를 겨우 얻어 탄 그들은 "어둠과 파도가 서로 갈증나는 교

미를 해대고 있는"[3] 풍랑 속에서 시달리다가 고향 평도 뒤편에 있는 삼굴로 피신한다.

> 절벽 사이로 움푹 패인 동굴이 나타났다. (…) 동굴 입구의 바위 옹두라지를 가까스로 피한 배는 비로소 동굴로 들어갈 수 있었다. 굴 속은 서너 척의 배가 피할 수 있을 정도의 천연 방파제였다. (…) 동굴 속은 파도와 빗소리가 들리지 않을 정도로 깊숙하고 한적했다. 벼랑을 타고 내려온 물방울 떨어지는 소리가 퉁퉁 들렸다. 입구 근처에 육지의 그것처럼 자그마한 돌샘이 있었다. 우거진 해초들이 규칙적으로 펴졌다 오므라들었다 하는 것으로 보아 바위 밑으로 바다와 연결된 통로가 있음직했다.[4]

'교미'라 명명된 바다의 출렁임을 타고 여성을 연상시키는 삼굴로 배가 진입하는 모습은 그대로 생산을 위한 성행위의 모방주술이 아닐 수 없다. 실상 이 삼굴은 생명을 점지해준다는 삼시랑할매를 위한 마을의 제단이 있는 곳이고 언젠가 종현과 명실이 사랑을 나눈 장소이기도 했던 것이다. 이곳에서 종현과 명실 두 남녀의 어긋난 사랑의 진실이 밝혀지고 죽으러 왔던 명실이 아비 모르는 아이를 낳아 기르기로 마음을 고쳐먹게 되자 동굴 안쪽 길을 통해 종현은 명실을 업고 마을로 들어가게 되는 것이다. 바야흐로 방황을 끝내고 정착을 위한 닻이 드리워지는 순간이 아닐 수 없는 것이다.

이처럼 피폐한 두 남녀가 풍파와 싸우며 삼굴로 배타고 들어왔다 회심하여 나가는 과정은 그대로 죽음의 문턱에서 세 목숨이 자궁의 생기를 받아 회생하게 되는 주술적 재생의식이면서 더 나아가 주변부의 탈출이 아니라 거기에 다른 하나의 중심을 만들어야 하는 것이 주변인의 시대적 사명임을 천명한 작가의식의 발로로 볼 수 있는 것이다. 그러므로 이 작품은 민중 없는 시대에 주변부에 정착의 닻을 내리고 새 생명을 뿌리는 이야기로서 명실상부하게 출발의 의미를 지니는 작가의 데뷔작의 몫을 제대로 해내고 있음을 알 수 있다.

3. 〈오늘의 운세〉와 민중의 생존법

〈닻〉을 통하여 일시 떠났던 자신의 터전으로 귀향하는 민중상이 제시되었지만 진짜 문제는 이제부터라 할 수 있을 것이다. 확고하게 뿌리박힌 것이 없는 삶이기에 살고자 하는 순간부터 무수한 난관에 부닥쳐야 할 것임은 불문가지가 아닌가? 이 난관 앞에서 좌절하거나 파멸하거나 개인 혹은 집단으로 저항하는 이야기를 기존의 민중서사들은 얼마나 많이 만들어 냈던가! 그러나 한창훈은 이러한 류의 비장한 민중 이야기와 결별하고 오히려 해학까지 가미하여 곤경에서도 기죽지 않고 당당할 수 있는 민중상을 창조하는데 그 한 예가 〈오늘의 운세〉이다.

하루하루의 삶의 양태가 그날의 일진이나 운세에 비추어 예견되는 삶이란 유동적이고 불안정하다는 점에서 확실히 주변부적이다. 그것은 합리적 근거 위에 세워져 탄탄한 궤도 위를 가기만 하면 되는 중심적 삶과 얼마나 다른가! 그런 의미에서 〈오늘의 운세〉는 제목에서부터 시사적이라 할 수 있다.

주인공 용표는 여동생 용순과 정식으로 결혼하지 않고 사는 철근쟁이 매제로부터 돈을 빌려 차를 사서 대전 인근으로 계란행상을 다니는 단칸 방살이 노총각이다. 아들 낳고 잘 사는가 싶던 용순은 근자 형편이 어려워진 매제와 싸움이 잦아지면서 오빠의 응원을 기대하지만 꾼 돈 때문에 큰소리 한번 변변히 내지 못하고 지내오는 용표이다. 그런데 드디어 어제 늦은 밤 아들을 데리고 피멍 비친 눈으로 찾아온 용순이 이혼 운운하면서 용표의 선잠을 깨우더니 새벽에는 술에 떡이 된 매제가 새우잠마저 방해하며 난리법석을 부리는 통에 집주인에게 불호령까지 들었던 것이다.

"새벽부터 그 지경이었으니 일진이 좋을 리 없다. 그저 오늘 하루 눈 질 끈 감고 쓸데없는 말 않고 손도 아끼고 해서 무탈하게 넘어가야겠다"[5]고 생각한 용표는 눈조심, 입조심, 손조심을 수시로 다짐하며 한 동네로 들어간다. 마을 입구 낙후된 상점에 도매금으로 계란 스무 개를 겨우 넘기고 마을 안 구장집 담장 밖에서 짝짓는 개 구경하면서 웃다가 싸가지 없다는 욕을 먹고야 입조심 안 한 것을 반성하며 차로 돌아온 용표는 연 날리던 아이들이 계란 깬 것을 발견하고 욕을 하려다가 참고 옥천으로 들어선다.

출출한 속을 채우러 들어간 중국집에서 홀 아가씨가 농담을 걸어와도 여느 때와 달리 참은 용표는 아파트 입구에서 전부터 깐깐하게 굴던 여자가 깨진 계란을 들먹이며 손님을 쫓아내고 서비스 바가지에 계란을 담아가자 아이들이 깬 것을 미처 교환하지 못한 것을 후회하며 오장육부 중 하나가 떨어져 나감을 느낀다. "어차피 쪼그라든 하루, 매상 따윈 신경쓰지 말고 어디 산 좋은 동네나 돌아다니며 하루해를 저물리기로 작정"[6]한 용표는 손님 없는 몇몇 동네를 돈 후 냇가에서 소변을 본다.

그 때 술이 엉망으로 취한 방위병이 대전까지 태워줄 것을 요구하며 탑승하여 계속 욕지거리를 하다가 얻어 피우는 담뱃불로 시트를 태워 교통사고를 낼 뻔하더니 급기야는 차에 토하기까지 한다. 참다못해 욕을 해댄 용표는 주유소에 방위병을 내려놓고 호스로 물청소를 한 후 곱지 않은 눈초리의 주유원을 무마하기 위해 웃으며 기름을 넣어 달라고 한다. 따귀라도 때리고 싶은 방위병은 이미 버스로 가버린 뒤이다.

정말이지 아무리 일진이 사납다고 이렇게까지 사나운가. 머릿속이 어질거리고 속까지 메스꺼워져 이제는 제가 토할 판이다.

아무래도 철저하게 그른 날이다. 그저 쉬고만 싶어졌다. 짐칸의 계란판을 다시 정리하고 나서 대전을 향해 차를 몰았다.

오늘 남은 코스는 포기다. 얼른 집에 가서 씻고 눕자. 하루종일 그렇게 조심했는데도 이렇게 꼬이는 날은 그저 피하는 게 수다. 오늘만 날이냐. 오늘 같은 날은 노는 게 버는 거다.[7]

이렇게 생각하고 돌아가는 길에 정차 중인 버스를 추월하기 위해 1차선으로 들어갔다가 차선 위반으로 경찰차에 잡힌 용표는 사정사정하여 오천원짜리 벌금까지 물기에 이른다. 이처럼 새벽부터 시작하여 온 종일 점철되는 봉변의 생활일지로서의 〈오늘의 운세〉가 여기서 끝났다면 이 작품은 하강곡선으로 특징지어지는 민중서사 한 편을 추가하는 데 그쳤을 것이다. 그러나 작가는 만 원짜리를 거슬러주지 않고 달아나는 경찰을 삽입함으로써 반전을 시도하는데 특히 계란차가 순찰차를 쫓아가면서 경찰의 어투를 흉내 내는 부분은 가히 압권이라 할 만하다.

"빽차는 우측으로, 빽차는 우측으로."

깜짝 놀란 경찰의 얼굴이 유리에 비친다.

"반복한다. 빽차는 우측으로, 빽차는 우측으로."

낭패라는 판단을 했는지 순찰차는 속력을 내기 시작했다.

어, 도망을 가? 저것들이 내 차를 우습게 알어. 그 동안 오단 밟을 일이 없었다만, 좋다 해보자.

그는 기어를 바꾸고 가속기를 힘껏 밟았다. 오고가는 차들이 많아 순찰차는 멀리 가지 못했다.

"빽차는 우측으로. 내 오천 원 내놔."

마이크 볼륨을 한껏 올리고 악을 썼다. 이윽고 순찰차는 우측 갓길에 섰고 용표도 바짝 붙여 차를 세웠다. 지나가는 차들이 속력을 줄이고 창문을 내려 무슨 일인가 구경을 했다. 좀전의 경찰이 달려왔다.

"지금 뭣하는 거야?"

얼굴이 함상궂게 구겨져 있다.

"오천 원 받기로 했으면 약속대로 해야지. 만원짜리 받고 튀는 법이 워디 있슈."

용표도 지지 않고 대든다. 확성기를 통해 두 사람의 목소리가 울려퍼졌다. 빵빵빵. 순찰차에서 경적이 울렸다. 한동안 그를 노려보던 경찰은 호주머니에서 만 원짜리를 꺼내 던지고는 후다닥 돌아간다.[8]

이렇게 하여 경찰로부터 만원을 돌려받자 오랜만의 횡재가 꿈속의 일처럼 믿기지 않아 가슴까지 뛰는 용표는 모처럼 용순네를 찾아가 삼겹살에 소주에 아이스크림까지 먹을 생각을 하며 희망에 부푼다.

통상적으로 경찰은 권력의 합법적 대리자로서 민중에 비해 우월한 존재이다. 이러한 경찰에게 돈을 뜯기고 만다면 재수 없는 날의 항목 한 가지가 보태지면서 수탈당하는 민중 이야기에 그치고 말았으리라. 그러나 약자인 계란장수가 강자인 경찰을 쫓아가면서 경찰의 말투를 흉내 냄으로써 베르그송이 지적한 웃음의 조건으로서 소위 '상황의 전도'가 일어나면서 해학이 연출되기에 이른 것이다.[9] 민중의 이야기라고 슬퍼야만 할 이유는 없다. 비극 속에 희극을 담고 눈물 속에서 웃음을 볼 줄 아는 긴 안목이야말로 우리의 고전문학이 가르쳐 준 민중의 저력이 아닌가? 그리고 그것은 김수영의 탁월한 시적 비유처럼 바람보다 먼저 눕고 바람보다 먼저 일어나는 그 강인한 생명력을 갖춘 민중의 속성이기도 할 것이다.[10]

이처럼 〈오늘의 운세〉는 대도시 주변을 맴돌며 갖가지 어려움에 봉착하지만 기지와 지혜를 발휘하며 때로는 몸을 낮추고 때로는 대들기도 하면서 기죽지 않고 살아가는 민중의 생존법을 보여주고 있는 것이다. 이로써 민중의식이 지배적이지 않은 시대에도 항존하는 민중에 문학적 관심과 재미를 유발할 수 있는 한 방식이 민중적 생명력의 해학적 묘파임이 드러난 셈이다.

4. 〈춘희〉와 육체의 카니발

민중에 대한 개념의 스펙트럼은 아주 다양할 수 있겠지만 그 공통분모로서 사회적 중심권에서 배제된 채 육체노동에 종사하면서 힘겹게 살아가는 존재들을 추출하는 데에 큰 이견은 없을 것이다. 그만큼 객관적 의미에서의 주변부적 존재성과 육체성은 민중의 주요 지표가 된다고 볼 수 있다. 그런데 민중의 육체성에 대한 형이상학을 담고 있는 흔치 않은 작품으로 한창훈의 소설 〈춘희〉가 있다.

일반적으로 형이상학이란 무상한 현상 배후의 불변적 원리를 지향하는 이원론적 사유체계이어서 인간학의 경우에 있어서도 변전하는 육체보다는 선험적 정신을 추구하게 마련이다. 한때 현실 존재가 본질에 선행한다고 주장하면서 기존의 형이상학에 도전[11]한 경우가 있기도 했지만 그럼에도 불구하고 형이상학의 이원성이 사라진 것처럼은 보이지 않는다. 그러나 한창훈은 인간의 본질 규정에 있어 어떠한 신비주의도 거부하고 육체적 존재로서의 일원론적 인간학을 제시한다. 이는 몸 하나로 이 세계와 맞서며 살아갈 수밖에 없는 민중의 인간학이라 할 만하다.

그러면 민중의 인간학으로서 육체의 형이상학이란 무엇인가? 한창훈은 이의 객관적 상관물로 '비누'를 제시한다. 일찍이 강신재가 〈젊은 느티나무)에서 청춘의 기미를 비누로 포착함으로써 60년대 세대의 감각적 혁명을 일으킨 것이 소설사적 한 사건이었다면 비누를 민중과 결합시킨 발상은 '비누'의 계보학에 있어 일대 전환이라 할 만하다. 그러면 그 내용을 구체적으로 보기 전에 〈춘희〉의 주인공 춘희에 대한 육체적 존재성의 묘사를 보도록 하자.

춘희 몸이 단단하고 살집이 좋은 것은 순전히 어머니 내림이다. 초경도 일렀고 젖이 솟은 것은 한참이나 더 빨랐었다. 누가 주물러 맞춰준 것도 아닌데 소녀 시절을 벗어나기가 무섭게 살이 들어차야 할 곳은 충실히 들어찼다. 어떤 게 조종하듯이 각 부위마다 윤곽이 뚜렷해지고 말간 기름기가 돌아 뽀얗게 탐스러워졌다. 어머니는 몹시 흐뭇해했다. 하여 꼭 그를 데리고 목욕탕을 갔고 꼼꼼하게 때를 밀어주곤 했다.
시집가서 살아봐라, 너는 남편한테 사랑받을 것이다.
그래서 그런가. 그에 대한 남편의 사랑은 대단하다. 멀리 갈 것도 없이, 어젯밤만 해도 그는 두 번이나 까무러쳤다. 일이 끝나고 나서 남편은 젖무덤에 얼굴을 묻고 숨을 몰아쉬었다. 내가 당신을 만난 것은 정말 다행이야. 신혼 때부터 해오는 소리이다. 솔직히 말하면, 당신을 만나기 전에 몇몇 여자를 사귀었지만 정말 당신 같은 사람은 없었어. 남편은 보물 다루듯 그의 몸을 알뜰히 살폈고 칭송했고 잘 보관했으며 흐뭇해하면서 탐했다.[12]

춘희는 요즈음 젊은 여성들이 초인적 노력으로 지향하는 날씬한 서구형 몸매의 소유자가 아니라 말하자면 육덕이 좋은 평범한 촌부다. "천성이 남 눈치 보고 몸 배배 뒤트는 짓을 할 줄 모르는"[13] 그는 처녀 몸으로 마을 앞 다리공사에 잡부로 나갔다가 전기기술자로 온 남편을 만나 오늘에 이르게 된 것이다. 그런 그녀가 농촌에서 남편과 함께 하는 일은 들일 밭일에 우사 돌보고 비닐하우스 오이재배를 하면서 두 아이의 어미로서 억척스럽게 하루하루 살아내는 것이다. 이러한 일을 가능케 하는 동력이 바로 위에서 인용된 것처럼 풍성한 육체의 카니발이다.

그러면 인간에게서 육체성이 제거되면 어떻게 되는가? 케케묵은 형이상학에서 주장하듯이 맑고 투명한 정신성만이 표표하게 빛날 것인가? 이에 대한 한창훈의 대답은 부정적이다. 그것은 백년이나 살아온 마을의 연춘 노인에 대한 묘사에서 알 수 있다. 육체성이 거의 절멸한 곳, 그 곳에 깃든 것은 완성된 인간성의 아름다움이 아니라 목도하기 어려운 무참함이다. 마을 사람들의 우연한 이야기 끝에 가족과 떨어져 외따로 살고 있는 연춘 노인의 생일을 동네에서 차려 주기로 하고 준비를 갖춰 찾아갔을 때 노인의 형상은 이러했던 것이다.

잔칫상에 들다시피 앉혀놓은, 물기 하나 없이 바짝 마른 시래기 같은 노인네의 몸뚱이는 저 먼 더운 나라의 오래 묵은 미라인 듯싶었다. 그 몸, 사람의 것이라고는 믿기지 않는, 마치 아이들이 공작시간에 철사에다 해묵은 신문지로 껍질을 둘러놓은 것 같은 몸. 우물처럼 움푹 팬 눈자위와 누렁니 하나 없이 홀쭉한 입. 한 십수 년 가뭄에 시달린 듯한 피부. 흐르는 침. 바람 맞은 시누대 잎사귀처럼 제멋대로 움직이는 팔이나 다리.

저 몸이 예전에 어머니가 했던 것처럼, 자신이나 남편이 그랬던 것처럼, 뜀박질을 하고 밭을 갈고 아이를 만들고 했던 것인가. 진정 일하고 생산하던 존재였단 말인가.[14]

이러한 노인의 몸을 보고 춘희는 문득 어머니를 떠올린다. "사람이 비누랑 똑같어, 한 스물댓까지는 엄청 마딘디 이 이후로는 쏜살같어."[15]라면서

앙상하게 말라 죽어간 육덕 좋던 어머니! 그리하여 "단단한 돌멩이 같다가 어느 순간부터 녹아버리는 것. (…) 비누 속에 들어 있는 것은 그러니까 거품인 것이야. 단단하게 만져지는 것 속에는 아무것도 만져지지 않을 것으로만 가득 찼지."[16]라는 모순적 인식에 도달한 춘희는 "몸이란 그런 것인가. (…) 살이 생기는 곳도 그곳이요 살이 빠지는 곳도 바로 그곳이었다. (…) 몸은 그러니까 상반되는 것 두 개가 동시에 공존하는 곳이다."[17]라고 결론 내린다. 그러니까 몸이란 모든 것이 시작되고 끝나는 곳, 죽고 사는 것이 다 들어 있는 존재의 집이고 죽음이란 살이 들어감을 이르는 다른 말인 것이다.[18]

이러한 상념을 증명이나 하듯이 백수생일 잔치에서 즐거워하던 연춘노인은 흥분으로 갑자기 죽게 되어 생일집이 초상집으로 급변하고 춘희는 몸과 삶의 쏜살같은 변전을 절감하는데, 마을이 합심하여 장례식을 준비하는 와중에 다음 날 접목하려 했던 춘희네 오이 비닐하우스에 불까지 난다. 합심하여 진화한 마을 사람들은 묘목을 나눠 줄 것이며 불나면 부자된다더라는 농담까지 건네며 위로하고 내친 김에 노래방으로 몰려들 간다. 순식간에 마음이 누그러진 춘희는 모든 게 한 순간이고 쏜살같다고 생각하는데 어머니가 하늘에서 보고 있는 듯하다.

이렇게 볼 때 한창훈은 생사와 더 나아가 영육은 이원론적 일체라는 주기론적 형이상학을 견지하고 있음을 알 수 있다. 그리고 몸으로 영위되는 삶의 속성은 비누처럼 쏜살같은 변전이기에 개체의 비극성을 넘어서기 위해서라도 공동체의 협력이라는 인간의 유적 본질(類的 本質)을 발휘하면서 순간의 카니발에 몰입할 것을 권고하고 있는 것이다.

5. 〈돛 낡는 어부〉와 민중적 풍요제

이제까지 우리는 한창훈을 민중 없는 시대에 민중소설을 쓰고 있는 작가로 규정하고 논의를 진행해 온 셈인데 시간이 가면서 생태학적 위기의 보편화라는 요인까지 등장하면서 작가적 상황에 또 하나의 변수가 생기게 되었다. 중심이나 주변부를 가릴 것 없이 인간의 삶 자체를 위협하는 환경 위기로 인해 민중은 비전상실에 이어 또 다른 위기에 몰리게 된 것이다. 이에 대처하기 위하여 어떤 이는 사회이론의 생태학적 전환[19]을 요구하기도 하지만 그만큼 문제의 심각성이 크다는 반증이 아닐 수 없는 것이다. 〈돛 낡는 어부〉는 이러한 시대적 요구와 닿아 있는 작품이다.

생태학적 위기의 발현 양상은 때와 장소에 따라 천차만별이고 그 원인 또한 다양해서 이와 관련된 문학의 전문영역이 생태문학이라는 이름으로 이미 형성되어 있다. 따라서 이 작품을 생태문학의 일환으로 언급할 수도 있겠지만[20] 본고에서는 주로 민중성과 연관지어 보고자 하는 것이다. 주변부를 섬과 바다에 한정할 경우 물고기의 씨까지 말릴 정도의 남획이나 수질 오염의 궁극 원인은 인간욕망의 끝없는 증식을 부추기는 자본주의적 산업구조일 것이다. 이처럼 거창한 문제 앞에서 발끝 부위의 민중이 할 수 있는 대처 방식에는 엄연히 한계가 있을 수밖에 없다. 〈돛 낡는 어부〉가 생명력의 복원을 염원하면서 민중의 자기희생 제의에 그친 이유는 바로 여기에 있다.

평생을 섬에 살면서 고기를 잡아 온 주인공 어부는 아내와 두 자식이 세상을 버리자 고적하게 살면서 이웃의 과부 잠녀에게 호감을 느끼지만 남의 눈을 의식해서 조심하며 지낸다. 그런데 바다에 기근이 들며 섬의 사람들이 줄어들고 마을의 형태가 점차 바스러져 가자 굶주림으로 육신이 말라가고 마음의 빈곤으로 그악스러워진 섬사람들은 내 것 남의 것 가리지 않고 소까지 잡아먹는 등 망할 징조를 나타낸다. 그래서 한 마리만 낚으면 온 동네 사람들 배를 불리고도 남는다는 돗을 낚으러 어부는 벌써 칠 년째 다니고 있는 중이다. 이러한 사태는 다음처럼 갑자기 찾아 왔다.

어느 순간 고기가 나지 않기 시작했다. 빈약해진 바다는 한순간에 다가왔다. 징조가 없지 않았다. 촘촘한 그물로 바다를 쓸어낼 때 이미 기근은 시작되고 있었던 것이다. 작은 배들은 할 일이 없어지고 큰 배들은 더 멀리 나갔다. 고기가 나는 곳은 점차 멀어지고 거기에서 또 더 멀어졌다. 다음에는, 고기가 나는 곳이 너무 멀어 기껏 잡아와봐도 수지타산이 맞지 않고 더군다나 그 바다가 남의 영토로 정해지면서 큰 배를 부리던 젊은이들은 섬에서 사라졌다.[21]

이러한 상황에서 어부는 어른 두 명의 키만큼이나 크다는 돗을 낚아 저 태평양 깊숙한 곳에서 키워온 살덩어리로 국을 끓이고 동네 사람들 모두 술에 취해 노래 부르는 풍성한 밤에 잠녀와 동침하여 희망이나 미래라고 불러야 될 아이를 낳고 키우고 싶었던 것이다. 그런데 꿈에서 수염이 허연 신령을 봤다는 잠녀가 노루섬 근처로 함께 작업을 나가자고 하여 가는 배 안에서 그녀가 건네준 술에 얼근해진 어부는 잠시 졸면서 이런 생각도 해 본다.

물고기들이 준비해온 시간이 그것을 잡아먹은 인간들의 몸 속에 축적되어 늙는 것이라면 그 육신과 시간을 되돌려주는 것도 나쁘지 않지 않겠는가. 그는 어제 초상집에서 하던 생각을 이어갔다. 어차피 머잖아 죽을 것이고 벌초해줄 식구가 남은 것도 아니라면, 평생을 두고 사람의 삶을 이어가보고자 잡아죽인 숱한 것들이 죽은 다음에도 살아 있는 듯하니, 버리고 갈 물건쯤이야 던져놓고 간들 뭐 아까울 거 있겠나. 평생을 얻어먹었으니 물고기의 육신으로 쪄오고 그들의 시간으로 늙어온 몸뚱어리를 이제는 그들의 한 끼 점심으로 되돌려주는 것도 결코 나쁘지만은 않겠다고 생각을 잠시 했는데 그러고 보면 어부는 잠시 졸았지 않았나 싶다.[22]

자신의 몸뚱이를 물고기 밥으로 보시하겠다는 어부의 생각은 먹이사슬의 최상층부에 있는 인간의 무기물로의 환원을 통해 지구의 에너지 순환이 완결된다는 생태학적 사유에 도달하면서 마치 자기 운명의 예견 같은 느낌을 준다. 다음 순간 묵직한 것이 낚시에 걸린 것을 감지하고 닻줄까지 끊고 사투를 벌이던 어부는 오히려 바다에 끌려들어가 자취를 감춘다. 종일 자맥질하여 찾아다닌 잠녀는 돗의 살점이 달린 낚시줄만 건져낸다.
　이처럼 이 작품은 섬마을에 찾아든 바다의 기근을 해결하기 위해 어부가 희생양으로서 자신의 몸을 바다에 제물로 바치는 인신공희(人身供犧)적 모티프에 기반을 두고 주변부적 삶의 피폐함과 그 꿈을 증언하고 있다. 주지하다시피 인신공희설화는 〈심청전〉에서 찬연히 빛을 발한 바 있지만 최근의 소설에 이 모티프를 도입함으로써 한창훈은 역사성을 확보하고 있는 셈이다. 그리고 이 작품에는 지나가는 말처럼 소 접붙이는 질네에 대한 언급도 나오는데 미친 짓이라 명명되는 그녀의 행위가 예사롭지 않다.

　질네의 춤이란 좀 괴상한 데가 있어, 서방바위를 부여잡고 무슨 물귀신 소리를 내며 추는 것으로 춤이라고 하기에는 미친 짓에 가까웠다. 남자의 물건 모양을 그대로 빼닮은 바위를 빙빙 돌아가면서 쓰다듬고 만지고 튕기고, 마치 능숙한 여인네가 길 잘못 찾아든 나그네의 고의춤을 벗기고 서너 달의 방랑에 지친 물건을 애무하는 모습으로, 고행의 끝에는 지독한 욕구가 솟기 마련이듯이, 질네의 애무를 받은 서방바위는 한 자씩 더 자

라나기도 하더라고 누군가 말을 하기도 했다.[23)]

질네란 누구인가? 그녀는 숫소를 가지고 마을의 소들에게 접을 붙여 송아지를 잉태케 하는 직업을 가진 여성으로 여자로서는 하기 힘든 일을 하고 있는 존재이다. 그러기에 질네는 단순한 직업인이라기보다 풍요와 다산을 가져온다는 대지의 여신 가이아를 비유한 존재이다. 그러기에 그녀는 기근이 들어 물고기의 씨가 말라버린 섬마을을 위해 서방바위를 부여잡고 모방주술로서의 성행위를 연출하는 것이다. 섬사람들이 그녀를 광녀 취급하면서도 "거대한 풍랑이 일어 바다가 한번 발광을 하고" "가깝고 먼 물이 바뀌고 위아래 물도 바뀌고 돌멩이들도 몸을 뒤집고 썩은 해초는 떠밀려 가고 밑바닥의 흙 알갱이들도 한바탕 몸살을 앓고 해서 새로운 색깔을 띠"는 "새로운 탄생"[24)]을 기대하는 것도 그 때문이다.

이 질네 이야기는 나중에 〈접 붙이는 여자〉라는 자매편을 통하여 다시 상세화 되거니와 이상에서 본 것처럼 〈돛 낡는 어부〉는 단순히 생태위기에 직면한 섬마을 민중의 고통을 보여주는 데 그치지 않고 그를 넘어서기 위해 생산의 모방행위와 먹이 제공행위를 연출하는 풍요제로 승화되고 있다. 이는 발전으로서의 역사만을 고집하던 기존의 민중서사가 초역사라 하여 폄훼하던 신화적 상상력을 민중서사에 원용함으로써 민중서사의 풍부성은 물론 상징성까지 확보하게 되는 성과를 올린 것으로 평가할 수 있을 것이다.

6. 〈바위 끝 새〉와 민중의 자기 정립

목욕탕 타일이 잔뜩 붙은 낡은 건물 3층에 세 들어 사는 여자 간병인이 손바닥만 한 창문을 통해 감옥에서 통방하듯 옆 방 세입자 소설가에게 독백조로 자신의 과거를 이야기하는 이 작품은 소위 운동권의 후일담에 속할 수 있는 종류의 이야기이다. 운동권이 퇴조한 뒤 운동가의 행로를 추적해 보여준 후일담소설은 이미 식상할 만큼 다양하게 축적되어 있는 상태이지만 한창훈의 이 작품은 운동가가 아니라 운동의 대상이었던 여공의 자기정체성 확인과 새 출발에 관련되어 있어 이질적이라 할 만하다.

십년도 더 전에 겨우 고등학교를 마치고 자동차 배터리회사에 근무하던 화자 '저' 앞에 "손이 참 매끄럽고 곱게 생겼"고 "눈에 총기가 있어 어딘지 귀족 같은 느낌을 풍기는" '그'가 서툰 노동자의 모습으로 나타나 동정을 산다. 시간이 좀 지나 서로 친해진 뒤 노동운동 하러 들어온 그가 비정규직 노조설립을 목표로 만든 책읽기 모임에 들어간 '저'는 소설과 노동, 경제관련 서적도 읽는다. 바닷가로 딱 한 번 간 엠티에서 사람들의 놀림을 무릅쓰고 그와 사진을 찍는데 그게 유일한 사진이 된다.

오래지 않아 지명수배로 회사를 떠난 그를 두 달 후 우연히 집근처에서 만나게 된 '저'는 오갈 데 없는 그를 위해 벼락치기로 이사하고 스무하루를 같이 살면서 숨겨준다. 행복을 느끼던 '저'에게 중요한 약속이 있다며 돈을 빌려서 나갔던 그는 돌아오지 않는다. 사흘 뒤 형사들이 들이닥쳐 그가 잡힌 것을 알게 되고 치욕스런 고문까지 받지만 집행유예로 풀려났다는 그는 오지 않고 '저'만 회사에서 쫓겨나고 집주인의 눈초리를 견디며 몇 년을 산다.

그러다 지난 봄 지인의 문병차 대학병원에 갔던 '저'는 옆 침대로 실려온 환자를 그로 착각하고 간병인을 자청한 게 발단이 되어 육개월 넘게 간병인 생활을 한다. 그가 생각날 때마다 예의 사진을 들여다보곤 하던 '저'는 우연히 바위 끝에 서 있는 한 마리 물새를 발견한다. 그리고 바위를 총총 뛰어다니던 새가 왜 바위 끝에 서서 바다 저쪽을 바라만 보고 있을까를 생각한다.

이윽고 간병을 하던 환자가 죽자 가족으로부터 간병비를 받고 가보라는 이야기까지 듣지만 일도 좀 돕고 마지막 인사 정도는 해야 할 것 같아 차마 일어서지 못한다. 그러다가 자신이 '그'에게 사로잡혀 있었던 이유를 깨닫는다.

제가 그 사람을 못 잊어하고 심지어는 닮았다는 이유 하나 때문에 충동적으로 간병했던 게 무엇인가를 생각했어요. 아, 이유는 단 하나였어요. 정상적으로 헤어지지를 못했던 것이죠. 그만 안녕. 이제 그만 만나. 이렇게 이별을 했더라면 훨씬 일찍 마음을 정리했을 거예요. 제가 그 사람에게 지금껏 잡혀 있었던 이유가 그것이더군요.
단 한 번만 그 사람이 찾아와서 스무하루 동안 있었던 일은 잊자고 말했어도 전 고개를 끄덕거렸을 거예요. 그 사람은 시작이 없었으니 끝도 없는 것이겠지만 전 시작을 했었거든요. 그래서 끝이 필요했어요. 끝이. 그래야 그 다음 시작을 할 거 아니겠어요.[25]

이렇게 생각하자 사진 속의 바위 끝 새를 감옥에 갇힌 그로 간주하고 얼마나 자유가 그리울까 하던 동정이 사라지고 "묶여 있는 가슴은 그 사람이 아니고 저였어요. 새가 부러운 이는 바로 저였던 거죠. 날고 싶어도 날 수가 없는. 시작만 있고 끝이 없는."[26]이라는 마음의 전환을 경험한다. 그리하여 비로소 '저'는 그로부터 벗어나 자유로운 존재가 된다.

저도 이제 제 인생의 한 부분에 끝, 자를 붙이려고 해요. 노동운동을 한 남자를 만났다가 떠나보내고 스무하루를 같이 산 것 때문에 십 년 넘게 그 남자를 생각했던 덜떨어진 여자 이야기는 이제 끝난 거예요.
제가 보내왔던 시간은 이제 제 것이 아니에요. 바위 끝의 새처럼, 총총거리는 것은 그만 두고 이제 바다 너머 다른 세상으로 날아가야겠어요.[27]

이처럼 이 작품은 노동운동을 하는 과정에서 얽히게 된 대학생 운동가
와 여공의 이야기지만 운동가의 행로가 나타나지 않고 그로부터 상처받은
여공의 후일담만 나타난다는 점에서 상당히 특이하다. 작품에 등장하는
대학생은 민중시대에 시류를 따라 겉멋으로 노동운동을 해 본 것에 지나
지 않았다는 것은 그의 잠적으로 증명된다. 노동운동이 민중운동의 일환
이면서 그 대상인 민중에 대한 태도가 우월의식과 시혜의식에서 벗어나지
못한다면 그 또한 다른 하나의 중심담론에 지나지 않을 뿐이다. 그렇다면
잠시 도움 받은 여공 따위와 얽히기 싫어하는 대학생의 의식이나 "대학 출
신 하나 물어보려고 몸과 잠자리를 제공한 공순이년"[28]이라는 경찰의 의
식은 별로 다를 것이 없다고 할 수 있다. 공순이를 책임지라는 의미가 아
니라 인간적인 예의에 관한 이야기이다.

그러나 이러한 문제점을 한창훈은 대학생 운동가의 각성으로 무리하게
끌고 가지 않는다. 같은 노동운동을 해도 거기에는 층위가 엄연히 존재하
는 것이라면 그 누구도 남에게 시혜를 기대하는 것은 그 자체가 의존적인
노예근성일 뿐이다. 그리하여 〈바위 끝 새〉는 바위의 질곡을 벗어나 질적
으로 다른 창공으로 비행하는 새를 통하여 여공으로 하여금 자기정체성을
확립하고 자유의지를 발휘하도록 유도한다. 이제 비로소 여공은 계몽의
객체가 아니라 자기의 주인으로서 우뚝 서게 된 것이며 그 향방의 결정권
은 전적으로 그의 몫이 된 것이다.

7. 맺음말

우리는 민중의식이 상승적 지위를 상실한 시대에도 민중소설이 가능한
가라는 질문에 대답해 보고자 한창훈의 몇몇 작품들을 중심으로 그 양상

과 의미를 고찰해 보았다.

그 결과 〈닻〉, 〈오늘의 운세〉, 〈춘희〉, 〈돗 낚는 어부〉, 〈바위 끝 새〉 등 일련의 작품들은 '주변부적 터전에 협력적 공동체를 세워 지혜와 뚝심으로 난관을 헤쳐 나가면서 자연친화적이고 카니발적인 일상을 영위하는 자립적 주체'를 이 시대 민중상으로 제시하고 있음을 알 수 있었다.

또한 그것은 주변부에 중심을 세우겠다는 한창훈의 민중작가 선언을 충실히 이행한 결과물들임도 확인할 수 있었다.

그러나 이러한 민중상이 과연 현실과 부합하는 것인지 아니면 주관적 이상형의 표백에 불과한 것인지 작가는 지속적으로 되물어야 할 것이다. 그렇지 못할 때 그도 조만간 기존의 민중서사처럼 공감력을 상실한 주관적 추상주의에 함몰하고 말 것이겠기 때문이다.

끝으로 여기에서 선택된 작품이 그의 소설적 지형학을 완벽히 구현했다고 확언하기 어려운 것도 사실이기에 다음 기회에 좀 더 정밀한 한창훈 소설의 계보학이 시도될 수 있기를 기대한다.

공선옥 소설과 생태주의
−장편 〈붉은 포대기〉를 중심으로

1. 머리말

환경문제가 시대적 화두로 되어 있는 지금 생태학적 문제 상황이라는 인류의 가장 큰 보편적 당위성[1]이 문학의 관심영역으로 들어온 것은 자연스러운 일이다. 그리하여 환경오염의 실태를 고발하고 그 피해보상을 촉구하며 더 나아가 자연을 지키기 위한 연대투쟁을 전개하는 등의 환경소설이 적지 않게 산출되었음도 잘 알려져 있는 바와 같다. 그러나 환경소설의 미래를 생각할 때 동곡이음적 작품들의 양적 축적만으로는 소기의 시대적 사명을 거두기 어려움은 물론 매너리즘으로 치부되어 일반의 관심 밖으로 밀려날 가능성도 있어 보인다.

그런 의미에서 환경소설은 환경 요소간의 상호작용에서 그 메카니즘을 지속적으로 발견해내고 있는 생태학의 성과를 우리 삶의 원리와 조화시키려는 부단한 노력을 기울이지 않으면 안 될 것으로 본다. 따라서 이제까지 밝혀진 상호의존성, 재생, 협력, 유연성, 다양성, 유지가능성 등 생태학적 원리[2]의 실천을 지향하는 생태소설이야말로 환경소설의 내적형식의 최대치[3]로서 환경소설의 미래를 담보해 줄 수 있을 것이라 판단된다.

1991년 등단한 공선옥의 경우 그가 출발부터 전형적인 생태작가로서 활동해 온 것으로 보기는 어렵다. 그러나 5·18 광주민주화운동을 기조저음으로 하던 초기 작품세계에서 벗어나 자신의 자전적 체험을 바탕으로 가장 여성과 어미로서의 신산한 삶의 양상을 주로 천착해오던 그가 어느 날 보편적 모성을 시대정신으로 추천했을 때 그는 생명을 낳고 기르고 치유하고 배려하는 가이아(Gaia)적 지구생태의 원리를 소설에 구현하려는 생태작가로 우뚝 서게 된다.

금세기의 세상은 줄곧 '아비 마음'의 세상으로 치달려왔다. (…) '아비 마음'이란 적자생존의 세계다. 시쳇말로, 잘난 자들의 세상이었던 것이다. 한 가정에서도 잘난 자식은 늘 아비에게 칭찬을 받았다. 못난 자식을 어루만지는 건 어미였다. 마찬가지로 못나고 힘없고 못 배우고 가난하고 아픈 사람들을 사회로부터 밀어내기보다는 사회·경제·정치적으로 제도적 보호를 해주는 것이 바로 '어미 마음'이 아닐까? 세상의 모든 아버지들과 어머니들이 그런 '어미 마음' 하나 가져 보자는 마음으로 썼다.[4]

이러한 시각을 굳이 위의 생태학적 원리와 관련지어 본다면 그것은 상호의존성이나 다양성 정도에 해당된다고 볼 수 있고, 이러한 원리로 영위되는 사회란 공동체사회에 다름 아닐 터이다. 그리하여 '어미 마음'으로 썼다는 장편 〈수수밭으로 오세요〉에서는 여공 출신으로 의사와 재혼했다가 이혼한 주인공 강필순이 첫 남편의 아들 한수, 의사 남편과의 사이에서 난산이, 이혼한 여동생 남편의 전처소생 봄이, 죽은 친구의 두 딸 소정, 소란 등 자신의 도움을 필요로 하는 미약한 존재들을 모두 거두어 기르는 '모성'의 화신으로 기능한다.

이러한 가이아적 모성 인식은 "어린 것들, 약한 것들, 아픈 것들을 돌보는 따뜻한 마음들"⁵⁾을 어미 마음으로 규정하고, 다가오는 세기는 "생명의 시대, 모든 생명 가진 것들을 돌보는 시대여야만 한다"⁶⁾고 주창하면서 "세상의 아이들은 다 내 아이들 같다"⁷⁾고 쓰고 있는 산문들에서도 단편적으로 산견되지만 이 작품은 공선옥에게 서서히 싹터 온 그러한 인식론적 전환을 본격적으로 실천한 것이기에 우리로 하여금 차후 결실을 기대하게 하는 계기가 되었다.

과연 〈수수밭으로 오세요〉 이후 공선옥이 발표한 장편 〈붉은 포대기〉는 앞의 어느 작품들보다 외연이 확장된 모성의 세계를 보여주고 있어 작가 의식의 성장이라는 측면에서 우리의 기대를 저버리지 않는다. 그러므로 본고는 〈붉은 포대기〉를 확고한 자아의식을 가지고 독립된 자유존재를 지향하던 여주인공이 병든 모친의 간병을 위해 귀향하여 일련의 사건들을 경과하면서 가족 공동체 속에서 확장된 모성을 구현하게 되는 전환구조적 생태소설로 파악하고 그 구체적 양상을 고찰해 보고자 한다.

2. 남성성 혹은 이기와 위압

이미 살펴본 대로 공선옥은 아비 마음과 어미 마음이라는 이분법적 잣대로 세계를 대비 고찰하면서 적자생존의 잘난 자들이 판치는 부성적 세계 원리보다는 못나고 힘없고 못 배우고 가난하고 아픈 사람들을 보호하는 모성적 세계 원리가 통용되는 이상향을 설파한 바 있다. 주지하듯 부성적 세계란 가부장적 사회구조와 연결되어 있고 적자생존이라는 사회 원리는 그대로 남녀문제에도 전용되어 남성우월주의로 나타난다. 그러나 남성의 우월성이라는 신화는 반대급부로 페미니즘이라는 저항적 여성운동을 유발하여 남성성의 쇠퇴와 여성성의 부상으로 귀결되고 있음 또한 주지의 사실이다. 그럼에도 불구하고 풍속적 차원에서는 아직도 남성성과 여성성이 수없이 격돌하면서 대립각을 세우고 있는 것도 현실이다.

그러기에 공선옥은 〈붉은 포대기〉에서 일견 황희조 일가의 가족사를 펼쳐보이는 듯하지만 기실은 인습적 남성성과 저항적 여성성을 대립시키다가 남녀를 아우르는 모성성 속에서 그 지양을 추구함으로써 그가 선언한 '어미 마음'의 진면목에 한 차원 더 가까이 가게 하고 있다. 그런데 이러한 가이아적 모성의 상승적 드라마는 직선적으로 전개되지 않고 많은 우여곡절을 거친다. 처음부터 내면적 갈등과 고뇌를 동반하지 않고 초월적 수준에서 가이아적 사랑을 베푸는 이야기였다면 그것은 차라리 주관적 당위를 보여주는 서정시거나 장엄한 서사시가 되었을 것이다. 그러나 고통과 장애 앞에 고뇌하면서 어렵게 도달된 가이아적 모성이기에 그것은 핍진한 소설적 감동을 주는 것이다.

그러면 여성 인물들을 저항적이게 만들거나 고통과 고뇌 속에 헤매게 만드는 소위 남성성은 어떠한 양상으로 드러나는가? 소설 〈붉은 포대기〉에 나오는 인혜의 아버지 황희조와 배다른 오빠 태건, 씨다른 오빠 태준, 애인 전윤호, 저능아 여동생 수혜를 임신시킨 한지섭 등 거의 모든 남성들이 내보이는 속성으로서의 남성성은 이기와 위압과 출세욕과 무책임으로 특징 지워질 수 있다.

이러한 인물들의 구체적 속성을 살펴보기 전에 이해의 편의를 위해 먼저 인물들의 관계망을 살펴보기로 하자. 〈붉은 포대기〉에는 사생아, 업둥이, 배다른 자식, 그 배우자와 자녀 및 부모 등 여러 인물들이 뒤얽혀 복잡한 애증의 관계망을 형성하고 있다. 초점인물로 등장하는 황인혜는 태건, 명희라는 전실 자식이 둘 달린 부친 황희조와 사생아 태준을 낳은 모친 박영매가 재혼하여 낳은 딸인데 그 밑에 저능아 여동생 수혜가 더 있다. 그리고 황희조에게는 모텔업자 정식과 변호사 정욱 두 아들을 가진 누님 덕희와 구박덩이로 자라 산 속에서 개를 기르며 독신으로 살고 있는 업둥이 동생 병조가 있다. 한편 황희조의 모친 오복녀는 황희조의 전실 자식만을 싸고돌면서 박영매와 그 출생들을 구박하여 마음의 상처를 입히더니 종국에는 치매에 걸려 암투병 중인 며느리 영매를 버겁게 한다. 아울러 인혜 애인 전윤호와 수혜를 임신시키는 한지섭, 정식의 처 묘자와 태준의 처 경자가 사건에 가세한다.

이처럼 다양한 가족 구성원들이 한 세대의 기간 동안 서로 부딪히면서 삶을 굴곡지게 하는데 남자들의 일방적 남성성과 무의식적으로 그에 물든 왜곡된 여성성이 그 근원적인 문제성으로 작용한다. 먼저 한 집안의 가장 황희조의 경우부터 보기로 하자. 강원도 정선 산골분교에서 아이 둘 딸린 홀아비 교사생활을 하던 황희조는 사생아를 낳은 신임교사 박영매와 재혼을 하고는 곧 일어난 5·16을 핑계로 교사를 그만 두고 고향 신평에 내려와 여러 사업에 손을 대지만 모두 실패하는데 농사일이건 집안일이건 나 몰라라 하는 그 때문에 업둥이 동생 병조가 농사를 짓고 박영매가 봉급을 타 와 집안이 겨우 유지된다. 이렇게 40년 교직생활을 하면서 가정을 지켜 왔건만 황희조는 성장한 전실 자식들이 부쳐오는 생계보조금마저 혼자서 독식하면서 병든 아내를 외면한 채 한량생활을 계속한다.

희조가 벌인 마지막 사업이었던 목재소를 그만두고 나서 희조는 평생 취미이자, 또 하나의 직업이기도 한 무보수 '향토사학자'가 되었다. 향토 사학자가 된 뒤, 희조는 이따금 손님들을 집안에 끌어들였다. 돌아간 시 아버지가 하던 행태 그대로라고 했다. 하필 그날은 영매가 참을 수 없이 아팠던 날이다. (…) 희조가 아파 누워 있는 영매 들으라는 듯이 소리나게 무슨 그릇들을 챙겨 사랑채로 가는 것 같았다. 그리고 뒤이어 꽝하는 소리와 함께 사랑채에서 불이 났던 것이다. (…) 그 화상 입은 화상들이 요즘 '화상회'라는 걸 조직했다. 화상회는 이제 신평까지 오지 않고 희조가 읍내에 문을 연 서예연구소에서 회합을 가지는데, 그곳에서 모닝커피와 이브닝커피를 시켜다 먹으며 그들끼리의 고담준론들을 논하더란 소리를 읍내 사는 시누이, 덕희한테서 들은 적이 있다. 그러니까, 시누이가 화상 입은 화상들이라 말한 것은 늙어서도 철이 덜났다고 생각하는 남동생을 약간 비꼬아서 한 말이었다.[8]

친 누나조차 비아냥거릴 정도로 무책임할 뿐 아니라 아내에게 함부로 말하면서도 잘 된 전실 자식들은 자랑하고 다니며 제 몸 불편한 것은 못 참아 사랑채를 새로 지으면서도 비가 새는 안채는 못 본 체하는 황희조의 행태는 아내 영매에 의해 '권위적이고 매정하고 야비한' 것으로 낙인찍히 고 딸 인혜에게는 '절로 신물이 날 지경'으로 인식된다. 한편 시어머니 오 복녀는 업둥이 병조를 평생 구박하고 희조의 전실 자식을 끼고 돌면서 아 들과 며느리 사이를 이간시키며 후실자식들은 냉대하는 등 같은 여성으로 서 약자와 여성을 억압하는 왜곡된 남성성을 재생산한다.

그런데 이러한 가부장적 분위기는 전실 자식으로서 적자생존의 길에서 살아남아 수재소리를 들으며 성공가도를 걸어간 성형의사 태건이나 명혜 를 이기적이고 승부욕이 강한 부성적 인간으로 만들어 낸다. 그러기에 평 생 자신을 뒷바라지 해 준 새어머니 영매가 위암 수술 후 간병인을 필요로 했을 때 부잣집 딸과 결혼하여 성업 중인 태건은 파리유학을 포기한 인혜 가 간병차 내려가는 길에 수고비 봉투를 전해주는 것으로 장남의 짐을 벗 으려 하고, 명혜는 자식들의 조기유학에 매달려 아는 체도 하지 않는 것이 다. 이것은 늘 똑똑하고 야무진 세상 사람들의 장벽에 막혀 풀과 같이, 꽃 과 같이 세상에 죄 안짓고 산 사람인 병조가 여자와의 관계마저 실패하고 무시당하며 홀로 살면서도 고운 심성으로 주위 사람들을 대하는 것과 대비된다.

반면에 사랑과 관심의 경쟁 대열에서 일찌감치 밀려난 태준은 집 안팎에서 문제아로 패악질을 일삼다가 일찌감치 경자와 살림을 차려 아이 셋을 낳지만 여전히 불량한 언행을 일삼으며, 사랑을 나누던 꽃집 여자가 죽자 날마다 그 무덤에 가 울고 오는 일로 아내 경자를 가출케 하기도 하고 툭하면 인혜 수혜 자매와 자식들을 위협하고 구타하는 등 폭력적 남성성을 드러낸다. 또한 가족들한테는 비열하고 냉랭한 태준은 밖에 나가서는 의리와 인정 넘치는 사나이로 돌변하는 등 이중인격을 나타내기도 한다.

한편 타자이면서 애정문제로 인하여 황희조 집안과 연관되는 남성으로 전윤호와 한지섭이 있다. 전윤호는 인혜의 애인으로 5년 동안 사귀면서 인혜의 뒷바라지로 고시공부를 하다가 실패를 거듭하자 취직을 하고 결혼을 할 때는 인혜를 거리낌 없이 버리며 인혜가 임신한 것을 알았을 때 애를 지우라고 악을 써댄 위인이다. 그러던 그가 사업에 실패하자 5년만에 아무 일도 없었다는 듯이 인혜 앞에 다시 나타나 사랑을 빌미로 돈까지 요구하기에 이른다.

근 오 년 만이다. 긴 머리 휘날리며. 그만 하자고, 재미없다는 말 한마디 남기고 뚜벅뚜벅 인파 속으로 사라져 갔던 사람이 근 오 년 만에 다시 나타났다. (…) 오 년 전에 전윤호는 오 년을 사귄 황인혜를 버리고 다른 여자와 결혼했다. (…) 그리고 여전히 힘든 세월의 와중에 있던 일 년 전 딱 이맘때 그 사람, 윤호는 파리에서 느닷없는 전화를 걸어왔고, 오늘 또 아무렇지도 않게 다른 사람의 심부름을 왔다는 핑계로 인혜 앞에 불쑥 나타났다. (…) 내가 짐만 가져다 주러 온 줄 아냐? 내가 너 보고 싶어서 왔다는 거 몰라?[29]

이처럼 가장 순수해야 할 사랑마저도 제멋대로 필요에 따라 하기도 하고 버리기도 하는 전윤호는 이기적 남성성의 한 면을 드러낸다. 말하자면 사랑의 주도권을 쥐고 있다는 우월적 남성성의 발로라 볼 수 있는데 아직 가슴앓이를 하고 있는 인혜를 다시 찾아와 사랑의 불을 지피는 척 하면서 돈을 요구할 때 모욕감을 느낀 인혜로부터 돈과 함께 다시는 찾지 말라는 경멸의 말을 듣게 됨으로써 그 남성성은 좌절감을 맛보기에 이른다.

그리고 다른 한 사람 한지섭의 경우, 십 년간 일해 온 출판잡지 회사에서 후배에게 밀려나자 사람 없는 곳에 가서 쉬고 싶다는 생각을 하던 차에 아내가 오랜 시간강사에서 대학교수로 임용되는 능력을 발휘하자 참지 못하고 이혼 후 신평 산속의 폐가로 찾아드는데 거기서 맑은 웃음을 보이는 저능아 수혜를 만나 마음의 위안을 받는다.

지난 해 가을, 폐가에 막 짐을 부려놓고 마당의 시든 잡초를 뽑고 있을 때, 어떤 웃음소리가 들려왔다. 그 웃음소리의 주인공이 바로 방금 자신에게 꽃을 주고 간 그 여자, 아이라고 해야 더 어울릴 수혜의 웃음소리였다는 걸 지섭은 깨달았다. (…)

수혜가 주고 간 꽃을 플라스틱 물병에 꽂았다. 수혜는 남색치마를 팔랑이며, 한 마리 나비처럼 산을 내려갔다. 지섭은 매일 아침 수혜를 기다리고 있는 자신을 발견했다.

(…) 꽃처럼 환한 수혜의 미소를 기다리고 있노라면, 어느새 제 마음에도 환한 꽃등이 하나 켜지는 것 같았다. 제 마음속에 켜진 꽃등을 어떻게 말할 수 있을까.[10]

이처럼 도시에서 받은 마음의 상처를 치유해 주는 수혜와 몇 번 만나다가 어느 날 같이 밤을 보내고 수혜 집으로 함께 갔던 한지섭은 황희조로부터 모욕적인 언사를 듣자 그 길로 잠적해 버리는데 낙심으로 풀이 죽은 수혜의 배는 점점 불러 오게 된다. 그러나 절망한 인혜가 천신만고의 수소문 끝에 얻어낸 그에 관한 소식은 중국에서 전망 좋은 사업을 찾아내어 활기에 차 있고 조만간 결혼하리라는 사실뿐이다.

그러므로 한지섭이 전윤호처럼 경제적 이유로 수혜를 이용하지는 않았다 하더라도 자신의 감정에 따라 관계를 갖거나 떠나버린다는 점에서 마찬가지로 무책임하고 이기적이며 더 나아가 호전된 상황을 맞자 아무 일도 없었다는 듯이 활기차게 재출발함으로써 출세지향적 남성성을 여지없이 드러내고 있다.

이상에서 살펴본 것처럼 〈붉은 포대기〉에 등장하는 남성들은 병조만 빼고 하나같이 허세와 이기, 무책임, 비열, 폭력, 출세욕의 화신들이다. 이것이 물론 모든 남성의 객관적 지표가 아닌 것도 사실이다. 그럼에도 불구하고 공선옥 소설에서 주도적인 남성성의 표징으로 이러한 속성이 지적되고 있다는 것은 작품의 주제의식과 관련하여 주목해 둬야 할 사항인 것이다.

3. 여성성 혹은 남성성의 대타의식

여성성의 의미와 관련하여 여러 가지 입장이 있을 수 있을 것이다. 그러나 여기에서는 위에서 언급된 가부장적 유습으로서의 남성성과의 일정한 관련 하에서 제한적으로 사용될 것이다. 그리고 그것도 추상적 연역이 아니라 작중 인물의 구체적 속성과 관련하여 논의될 것이다. 가부장적 권위가 아직 지배적이던 60년대에 미혼모 박영매는 황희조의 후처로 들어가 집안일에 무관심한 희조와 여성이면서도 재투사된 남성성으로 며느리를 들볶는 시어머니 오복녀에 의해 실질적 가장 역할을 하면서도 무수한 고초를 겪는다. 물론 남성위주의 제도 하에서 설움을 당하고 눈물을 흘리면서도 어쩌지 못하고 인종하는 전통적 '한'의 여성상도 여성성의 하나일 수 있다.

그러나 시대의 진전과 더불어 그러한 여성들의 모습을 보고 자라면서 남성에 대한 대타의식을 가지고 자아를 정립하여 저항적 여성성으로 성장한 인물을 황인혜는 대변한다. 인텔리 측에 속하는 어머니가 제 몸 하나 챙기기에 급급한 세상에서 남 좋은 일 해 봤자 상처만 남는 것을 알 텐데도 바보처럼 평생을 사는 것을 보는 인혜는 어머니에 대해 연민보다는 분노를 느낀다. 그리하여 그녀 자신은 편파적 남성성에 의해 보호받고 자라는 태건, 명혜와 대등하게 살기 위하여 서울 외가 집에 가서 고등학교와 대학교를 마친다.

> 인혜는 중학교를 이곳에서 마치고 고등학교는 서울 외가에서 다녔다. 고등학교부터 서울에서 다니게 된 것도 순전히 인혜의 오기의 소산이었다. 태건이와 명혜한테는 집을 얻어주거나 하숙을 시켰지만, 그래서 인혜도 태건이와 명혜처럼 해달라고 요구했지만, 희조는 인혜의 요구를 들어주지 않았다. 인혜는 여고시절 3년, 대학 4년, 내리 7년을 꼬박 외숙모의 눈칫밥을 먹으며 학교를 다녀야 했다. 그 기간은 또 고스란히 아르바이트의 연속, 연속인 생활이어야 했다. 눈칫밥을 먹는 한이 있어도, 이곳을 떠나면 아르바이트를 하지 않으면 안되는 생활이라 하더라도 인혜는 신평을 포함한 이 고장을 떠나고 싶었다. 떠나지 않으면, 하루라도 견디고 살 자신이 없었다.[11]

이처럼 남성성의 대타의식화로 형성된 여성성은 이제 거리낄 것 없이 운동권에 나서서 데모도 하고 돈을 벌면 차를 사서 여러 곳을 여행하는 것은 물론 그리고 싶은 그림을 실컷 그리고자 하는 자유구가적 삶을 지향한다. 그러기에 인혜는 병석에 누운 어머니의 수발을 요청하는 이기적인 부친 황희조가 못마땅하고 어머니 박영매가 웬만큼 회복되면 미련 없이 떠날 마음을 가지게 되는 것이다. 그리고 자신도 이미 경험한 바 있는 낙태 문제에 대해서도 무책임한 남성에 맞서 냉정한 태도로 대응하면서 수혜의 임신을 중절시키고자 한다.

아무리 좋은 부부간에도 강간이 있을 수 있고…… 뭐랄까, 원하지 않은 섹스, 원하지 않은 임신을 할 수도 있는 거야. 그리고 동기야 어떻든간에 수혜는, 수혜는 아이를 감당할 수 있는 능력이 애초에 없는 애잖아. 우리가 아무리 수혜를 지켜 준다 해도 아이엄마가 아이를 감당할 수 없는 사람인데, 더군다나, 지금 아이아빠 되는 사람은 행방을 찾을 수도 없고, 이런 데도 수혜를 지켜 줘야 한답시고 수혤 그대로 두란 말이야! 그건 어쩜 또 하나의 폭력이야. (…) 난 싫어. 수혜를 임신시킨 남자를 찾아서 책임을 지우든가, 낙태를 시킬 거야. 그래야만 해. 나도 물론 낙태라는 거, 얼마나 큰 상천지 알아, 왜냐, 나도 해봤으니까. 그러나 애를 낳는다는 건 더 큰 상처야. 그건 아이 엄마가 아니라 아이한테. 아이가 무슨 죄가 있어? 생겼으니까 낳는다? 그건 너무 무책임한 말이야.12)

결국 부정적인 남성성의 대타의식화한 여성성이란 자기고양이라는 긍정적인 측면만이 아니라 저항적 과정에서의 부정성도 함유하게 되기에 이르는 것이다. 이것은 이해관계를 따라 인혜를 버리고 다른 곳에 결혼한 전 윤호가 상황이 악화되어 어려움에 빠지자 사랑을 빙자하면서 나타나 돈을 요구하다가 인혜에게 능멸을 당하지만 인혜 역시 해방감이 아니라 모멸감이라는 부정적 심경이 되는 것에서도 재확인 되는 사항이다.

태준의 처 경자에 있어서도 정도는 다소 약하지만 사정은 비슷하다. 경자는 태준과 일찍 가정을 이루고 아이를 셋이나 낳지만 비뚤어진 가부장 의식의 피해자로서 폭력적이고 제멋대로 행동하게 된 태준이 꽃집 여자와 사랑에 빠지고 그녀가 죽어서도 잊지 못해 방황하는 것을 알고 혼란에 빠진다. 시대의 추세에 따른다면 그 대응행동은 가출이나 이혼이어야 한다고 머리로는 결론내리면서도 가정을 파괴하면서까지 결단할 용기는 쉽게 생기지 않는다. 그러기에 그녀의 대타적 여성의식은 태준의 사죄나 그 누군가의 위로 정도만 있어도 누그러질 정도로 그 심도에 있어 인혜에 크게 미달한다.

경자는 슬프다. 이런 경우에 분명히 이혼을 해야만 한다는 거 알고 있다. 그런데 꼭 이혼을 하고 싶은 것도 아니다. 정말 자기가 어떻게 해야 할 지 알 수가 없어서 오늘 파라다이스로 나오라고 묘자를 통해 인혜한테 연락을 취한 것이다. 여자끼리 있으면, 여자 심정 여자가 알아줄까 싶어서였다. (…) 경자는 태준이 바람을 피웠다고 생각하면 속이 뒤집어지지만 이상하게 태준과 그 여자가 나눈 사랑에 대해서 생각하면 가슴이 먹먹해졌다. 오늘 경자는 지난번 인혜가 왔을 때 자신이 술을 마셔버리는 통에 하지 못했던 말을 나누고 싶고 무엇보다 친구같기도 한 시누이 인혜에게서 따뜻한 위로의 말 한마디를 듣고 싶었다.[13]

그러던 경자도 태준과의 옥신각신 끝에 구타를 당하는 일이 벌어지고서는 새 인생을 시작하겠다는 쪽지를 남기고 가출을 결행한다. 외도 이외에 폭력이라는 부정적 남성성까지 가해지자 저항적 여성성은 가정의 파괴도 불사하는 부정성으로 귀결된 것이다. 그리하여 부산물로 남은 추레한 태준과 버려진 아이들만 인혜에게 짐으로 남겨지게 되었던 것이다.

또 다른 여성으로 인혜의 고모댁 며느리 묘자도 있다. 고모 아들 정식은 농촌에서 노총각으로 늙다가 모텔업종에 종사하게 되자 신부감이 몰려오지만 복수심에서 그랬는지 그는 못생긴 고아 묘자를 아내로 맞아 데리고 산다. 그러나 아이가 생기지 않자 그녀는 구박을 받으며 심적 고민에 빠진다.

　어무니는 맛난 게 생겨도 나는 안 주고 어무니만 먹고, 그이는 좋은 게 있어도 나는 빼놓고 혼자 가지구, 그래가지구는, 내가 뭐라 그러니깐, 집 나가라, 승질 부리구, 난 조실부모하고 의지가지도 없는 외기러기 신센데, 저 하늘에 날아가는 새가 나보다 나을까…… 애깃씨, 서울 가면 나 좀 데려가 줘, 어디 식당엘를 간들, 이보다 더할까, 공장엘를 간들, 이보다 설울까, 은혜는 잊지 않을 테니, 나 좀 데려가만 주면, 평생, 그 은혜 잊지 않을 테니…… 명숙 엄마가 그러더라구, 자기랑 어디루 도망이나 가버리자구. 그래놓고는 저만 도망가 버리구, 나는 여기서 이렇게 고추나 따면서 울고 있잖아. 도망을 갈래야, 돈이 있나, 갈 데가 있나. 인혜 애깃씨 아니면 나는 평생 여기서 이러고……[14]

여자는 아이를 낳아야 하고 그렇지 못하면 그 허물을 모두 뒤집어 써야 하는 것은 물론 가부장적 유습이리라. 그러나 그로 인한 부당한 대우 앞에서 묘자가 보여 주는 의식의 각성이나 저항성은 누구의 힘을 빌어 상황을 모면해 보고자 하는 수동적인 비원뿐이다. 그럼에도 불구하고 이탈을 꿈꾸는 이러한 소극적 저항성도 남성성의 대타의식의 범주에 포함될 수 있을 것이다.

4. 남성성과 여성성의 모성적 극복

위에서 살펴 본 것처럼 공선옥의 〈붉은 포대기〉의 남녀 인물들이 보여주고 있는 남성성과 그 대타 의식으로서의 여성성은 비록 그것이 역사적 필연의 산물로서 현실성을 가지고 있다 하더라도 궁극적으로 한 차원 높은 단계로 지양되지 않으면 안 될 제한적이고 문제적인 의식형태임을 알 수 있었다. 그러면 그 지양태란 무엇이어야 할 것인가? 작품에서 공선옥이 추천하는 바는 제목이 암시하듯이 '붉은 포대기'로 표상되는 그 무엇이다.

남성적 가치관 아래에서 고된 시집살이를 하면서도 박영매가 저항적 여성성을 발휘하여 신평 황씨네 집을 떠나지 못한 것은 자기를 어머니라 부르며 달려드는 두 전실 자식 때문이었다. 그들이 눈에 밟혀 떠나지 못한 영매는 모성을 발휘하여 직접 포대기를 만들어 자신의 소생과 함께 업어 키운 것이었다. 이 연약한 생명의 보육의지는 무엇보다는 강인한 것이었기에 자신의 저능아 딸 수혜의 뱃속 생명까지 죽어가면서도 염려했던 것이다. 이처럼 박영매의 모성성은 황희조, 오복녀의 남성성이나 황인혜의 저항적 여성성까지 변화시켜 그들로 하여금 다음처럼 행동하게 만들기에 이른다.

(1) 영매가 없는 빈방에 희조가 들어왔다. (…) 아침부터 희조는 영매 생전 쓰던 반다지에서 온갖 것들을 꺼내서 분류하고 있다. (…) 반다지 속에서 희조가 꺼낸 것은 정말, 붉은색 무명 포대기다. 낡았지만, 색깔만큼은 선명하다. (…)

"인혜야, 오늘 볕이 좋구나. 이걸 빨아서 볕에 내다 널어라. 어디가 또 뭣이 있을 텐데…… 오라, 여기 있구나."

희조가 꺼낸 것은 하얀 무명 배내옷이다. 강보도 나오고, 나들나들 헤져서 거의 못쓸 것 같은 귀저귀, 필시 영매 손으로 직접 만들었을 발싸게,

손싸개, 모자, 턱받이가 줄줄이 나온다. 그걸 꺼내는 희조 얼굴이 마치 이제 방금 아빠가 된 사람처럼 화안해진다. 그러나 희조보다 더 화안해지는 건 인혜다.[15]

(2) "히힝, 힝"
아무리 정신이 온전치 못해도 영매 살아 있을 때 복녀는 저런 울음소리 내지 않았다. 인혜가 신평에 내려와서 처음 듣는 소리다. 어쩐지 인혜 마음이 쩡해진다. 수혜가 인혜를 따라 복녀방 쪽으로 귀를 모은다.
"엄마, 돌아가신 거 할머니도 아나 봐. 그게 슬퍼서 지금 우는 거야."[16]

(3) 아빠 없으면 어때, 처녀가 애 낳으면 어때, 수혜야, 수혜야아⋯⋯ 너를 내가 지켜 줄게, 네 아기를 내가 키워 줄게. 저 햇빛과 바람과 구름과 별과 강물이 네 아기를 키워 줄 거야, 수혜야아⋯⋯ 인혜는 읍내 병원으로 내달렸다.[17]

(1)에서는 가정사에 무심했던 황희조가 아내 박영매의 죽음을 계기로 자신들의 아이들을 보호해 키워낸 붉은 포대기의 의미를 재발견하고 아기 용품들을 챙김으로써 수혜의 아이인 사생아를 키우겠다는 의지를 천명한다. (2)에서는 평생 구박했지만 며느리의 존재감을 알고는 있었던 시어머니 오복녀가 치매상태에서나마 상실감과 뉘우침을 표명한다. (3)에서는 그토록 완강히 저항적 여성성을 견지하던 인혜가 모친의 모성에 감동되어 수혜의 아이를 키워주기로 작정한다.

이처럼 살아서는 일견 강인해 보이는 남성성이나 저항적 여성성조차 모성으로 감싸면서 황씨 일가의 울타리가 되어주던 '큰 어머니'로서의 박영매였기에 흙으로 돌아간 죽음의 순간에 있어서도 남편을 변화시키고 시어머니를 회개시켰으며 딸을 한 단계 높이기에 이르렀던 것이다. 그뿐 아니라 상처와 갈등을 치유하고 보살피는 대지의 모신 가이아처럼 영매의 죽음의 현장은 묘자의 잉태 소식을 전파하고 태준 부부의 화합까지 이루어 놓는 공간으로 화한다.

경자가 쭈볏쭈볏 들어섰다. 어디서 만났는지 정욱의 차를 타고서였다. (…)

한바탕 과장된 통곡을 끝낸 경자는 제 아이들을 보고 다시 한 번 두 번째의 통곡을 쏟아냈다. 동네 사람들이 경자와 아이들의 일견 감격적인 상봉 현장을 둘러쌌다. 그때 또 태준이 팩 악을 썼다.

"뭔 구경났소? 구경났어?"

느닷없이 경자가 호르륵 웃었다. 무안하고 민망스러운 웃음소리. 아무려나, 신평 황씨네 초상마당이 동네 사람들에게는 톡톡한 구경마당이 된 셈이다.[18]

파탄이 났던 태준 부부의 재결합과 가정의 회복은 이로써 증명된 셈이다. 그리고 수혜도 사생아를 순산하는데 온 가족이 협동으로 기르고 있는 어느 여름날의 광경이 다음처럼 묘사되면서 작품은 끝난다.

가만히 있어도 땀이 배어나는 한여름 낮, 황영감은 시원한 사랑마루에서 곤히 잠들어 있다. 파리가 와서 코끝을 간질여도 눈을 뜨지 않던 황영감이 아기 울음소리가 나자마자 벌떡 일어난다.

"아이, 아이."

딸들을 불러본다.

"아이, 아이."

똑같은 소리로 응답하는 것은 어머니, 복녀다. 아기에게 젖을 양껏 먹여 놓고 나서 수혜는 인혜를 따라 고추밭에 간다고 가더니 아직 안온 모양이다.

"저녁참 때 가잖고서. 하필이면 뜨건 대낮에 가누."

아기를 안아 얼러본다. 울음을 그치지 않는다. 난감하다. 제 이모, 인혜가 어찌나 업어만 키우는지, 업어주지 않으면 아침부터 밤까지도 울어대는 아기다. 그러다가 업어만 주면 뚝 그치는 것이다. 황영감은 몇 번 아기를 안아서 추켜 올려도 보고 까불려도 보다가 할 수 없이 포대기로 아이를 들쳐업는다.[19]

이전의 황희조를 생각하면 천지가 개벽할 만한 일이 일어난 것이다. 한 장의 스틸같은 이 광경 속에는 홀아비 황희조, 망년든 오복녀, 수혜, 수혜의 사생아, 노처녀 황인혜 등 약하고 불쌍하고 버림받고 도움이 필요한 인간군상들이 상호부조적으로 살아가는 모습이 평화스럽게 담겨 있다. 그리고 저항적 여성성으로 자유구가적 삶을 살고자 했던 황인혜가 박영매의 화신이 되어 붉은 포대기의 정신을 발휘하는 것이야말로 이 소설의 참주제에 해당한다. 그리고 그것은 어린 아이 보육 차원을 넘어 할머니, 아버지, 동생, 조카까지 보살피는 모성성의 범생명적 확장인 것이다. 이처럼 남성성과 여성성의 지양으로서의 모성의 확대 심화, 이것이야말로 〈붉은 포대기〉가 보여 주는 살만한 세상의 핵심이 아니겠는가?

5. 맺음말

최근 친환경적 녹색 세상에 대한 일반인의 관심이 폭발적으로 증폭되어

가고 있다. 이는 환경위기와 일정한 관련이 있고 이러한 인식 전환에 환경문학이 적지 않은 기여를 한 것도 사실일 것이다.

그러나 이미 상당히 축적된 기존의 성과에서 크게 앞으로 나아가지 못하고 환경오염의 실태, 그 원인 규명, 피해 대책, 환경유지를 위한 연대 투쟁 등 주지되어 있는 범주에서의 확대 재생산만 되풀이한다면 그 미래적 가능성이 제한적일 수밖에 없어 보인다.

따라서 환경문학은 근자에 지구 생명체간의 메카니즘에 관심을 가지고 그 지속과 공존의 원리를 밝혀내고 있는 생태학적 성과를 적극 수용하여 생태문학으로 나아가야 하지 않을까 한다. 인간 역시 지구생태계의 한 구성요소에 불외하다고 할 때 지금과 같은 다층적 위기의 시대에 그 원리는 인간에게 많은 시사점을 제공해 줄 수 있겠기 때문이다.

그런 의미에서 본고는 지구 생태계의 미묘한 조화를 은유하는 가이아적 사유와 관련하여 공선옥의 근작 〈붉은 포대기〉를 생태소설이라는 관점에서 살펴보았다. 그리하여 남성 원리의 비정한 사회체계를 비판하고 생명을 보육하는 따스한 모성 원리의 사회를 주창하고 있는 이 작품을 환경 생태소설의 한 가능성으로 평가하였다. 이와 더불어 생태원리를 원용하여 다양하게 대안적 삶을 모색해 보는 생태소설이 환경문학의 영역에서 더욱 활발히 나타나기를 기대해 본다.

부록

박경리 초기소설과 실존주의

1. 머리말

우리는 대하소설 〈토지〉의 작가 박경리에 대하여 그 문학세계를 좀 더 심층적으로 조명해 보기 위하여 '작가의 정신구조로서의 발상법'[1]이라는 측면에서 박경리의 문학사상을 몇 차례에 걸쳐 탐색해 본 바 있다. 그리하여 박경리의 문학사상으로 샤머니즘과 아나키즘, 그리고 에고이즘을 추출해 낸 바 있는 우리는 본고에서 박경리 초기소설에 강하게 작동하고 있는 실존주의적 발상법에 주목해 보고자 한다.

주지하다시피 박경리는 무엇보다 〈토지〉를 통하여 이 땅에 뿌리박은 토종의 인간상을 그려낸 생명문학의 대명사로 깊이 각인되어 있는 작가이다. 그러한 박경리가 작품 활동을 갓 시작한 50년대에 있어서는 의외로 서구문학, 특히 실존주의의 강한 자장 속에 놓여 있었음을 다음과 같이 밝히고 있어 인상적이다.

환도 직후 (…) 전쟁으로 폐허가 된 서울로 돌아온 지식인들 사이에서는 실존주의가 열풍같이 회자되고 있었습니다. 나 역시 《이방인》, 《페스트》를 통해서 카뮈의 열렬한 독자가 되었고 그 유명한 사르트르와 카뮈의 논쟁을 읽기도 했습니다. (…) 사르트르에 대해서는 비판적이며 특히《자유에의 길》같은 소설을 태작으로 보는 내게 그 두 사람의 논쟁은 상당히 흥미있는 것이었습니다.[2)]

위의 인용문에서 우리는 박경리가 (1) 카뮈(Albert Camus, 1913~1960)를 실존주의 작가로 파악하고 있는 점, (2) 카뮈의 〈이방인〉(1942)과 〈페스트〉(1947)에 심취한 점, (3) 현실 참여 문제를 두고 벌어진 카뮈와 사르트르의 논쟁에 흥미를 느낀 점, (4) 사르트르에는 부정적이고, 특히 주인공의 공산주의 참여 과정을 그린 〈자유(에)의 길〉을 형편없는 작품으로 폄하하고 있는 점을 읽어낼 수 있다.

이렇게 볼 때 우리는 박경리가 50년대의 실존주의 열풍을 언급하고 있음에도 불구하고 정작 카뮈에 경도되어 있었음을 알 수 있다. 실제로 박경리에 대한 카뮈의 영향은 단순한 독서목록 수준에 그치는 피상적인 것은 아니었다. 특히 〈불신시대〉(1957)와 〈표류도〉(1959)에 나오는 다음의 대목을 보면 카뮈가 박경리 초기소설 창작에 지대한 영향력을 행사하고 있었음을 실감할 수 있다.

(1) 나무 그늘 아래 아이들이 모여 있었다. 그 옆에는 중년 남자 한 사람이 십자가, 성경책 같은 것을 노점처럼 벌여놓고 팔고 있었다. 진영은 어느 유역의 이방인인 양 그런 광경을 넘겨다보았다. 분위기에 싸이지 않는 마음 속에는 쌀쌀한 바람이 일고 있었다.[3)]

(2) 그리고 H 병원에서는 빈 약병을 팔았다.
진영은 간호사가 빈병을 헤아리고 있을 때 짐작으로 가짜 주사약 생각을 했던 것이다. 그러나 H 병원만이 빈 약병을 파는 것은 아니다. 또 그 빈병만 하더라도 반드시 가짜 약병으로 사용된다고 말할 수도 없다. (…) 물론 아무리 대수롭잖은 빈병일지라도 그것은 전연 그 의사의 소유이며 처분의 자유는 그의 기본권리에 속한다. 그래도 진영은 그의 기본적 권리보다 무수히, 마치 <u>페스트</u>처럼 눈에 보이지 않게 만연되어가는 가짜 주사약 생각만 하는 것이었다.4)

(3) 진영은 이마 위에 흘러내리는 숱한 머리를 다시 쓸어올린다. 파르스름한 손이 투명할 지경이다.

신비라고, 예고라고, 꿈, 아니야 그것은 우연의 일치였지. 문수의 죽음, 그것은 두말할 것도 없이 인위적인 실수 아니었던가. 인간은 누구나 나이 들면 죽는다고? 물론 죽는 거지, 노쇠해서 죽는 거지…… 설령 아이가 그 때 이미 죽을 목숨이었다고 치자, 그래도 그렇게 죽이고 싶지는 않았다. 도수장의 망아지처럼…… (…) 사람을, 사람을 좀 미워해야겠다. <u>반항</u>을 해야겠다. 모든 약탈적인 살인자를 저주해야겠다.5)

(4) 잠재의식 속에 어머니는 이처럼 깊이 자리잡고 있는 것이다. 나는 어머니가 밉기보다 내 자신에 대하여 울분을 느낀다. 어머니와 나 사이의 끈질긴 유대를 끊지 못하는 것은 애정 때문이 아니다. 연민과 동정의 감정에서다. 그 유대를 잡아 끊지 못하는 것은 경건한 의무 관념에서가 아니다. 사회의 감시에 대한 교활하고 소심한 두려움 때문이다. <u>이방인의 뫼르소</u>처럼 나는 정직한 인간이 아니다. 양로원에 사는 늙은이들을 생각만 하여도 가슴이 저리는 나의 내면 속에는 거짓말쟁이와 겁쟁이가 도사리고 있는 것이다.6)

이처럼 소설의 지문 도처에서 카뮈의 전매특허라 할 '이방인', '페스트', '뫼르소', '반항'이란 말이 의식적 무의식적으로 튀어나오고 있는 사실로부터 우리는 이 작품들이 카뮈의 강한 자장 속에서 탄생되었음을 추론할 수 있다.

그런데 일반적으로 실존주의라는 어사가 광범히 사용되고 있기는 하지만 그 말이 함유하고 있는 의미의 스펙트럼은 상당히 넓어서 관련 작가와 철학자를 모두 만족시킬 정의를 내리기는 쉽지 않다. 일례로 야스퍼스, 베르자예프, 마르셀 등으로 대표되는 유신론적 실존주의와 사르트르, 하이덱거, 니이체 등으로 대표되는 무신론적 실존주의는 대립적 면모를 가지고 있기까지 하다.[7] 그럼에도 불구하고 사르트르가 천명한 바와 같이 "존재는 본질에 앞선다"[8]는 명제는 모두에 공통적이라 할 수 있다.

그런 의미에서 실존주의를 비판[9]하고 본인이 실존주의자임을 부인하는 카뮈의 경우에도 '본질에 대한 존재의 선행성'이라는 측면에서 보면 그 역시 실존주의자라 할 수 있다. 그러면 존재가 본질에 앞선다는 것은 무슨 의미인가? 사르트르에 의하면 그것은 "사람은 스스로 만들어 가는 것 이외엔 아무것도 아니"며 "주관적으로 자기의 삶을 이어 나가는 하나의 지향적 존재"[10]라는 뜻이다.

그러므로 "이 세상의 무의미함, 혹은 영악함을 두드러져 보이게"[11] 만들고, "인간에게 본질을 인정한 연후에 그의 실존을 허용할 줄 모르는 한 사회의 태도를 고발"하고 있는 《이방인》은 "그(카뮈)가 자신도 모르게 뫼르소(주인공-인용자)에게 실존주의적 후광을 부여"[12]하고 있다고 해석됨으로써 실존주의 작품으로 평가받게 되기에 이른 것이다.

그러나 대체로 실존, 현존재, 세계내존재, 불안, 유한성, 단독자, 본래성, 비본래성, 한계상황, 죽음 등의 개념[13]을 중심으로 하는 실존주의 사상에서 카뮈가 다소 이질적인 것도 사실이다. 그것은 그가 체계적인 철학자가 아니고 소설과 철학적 에세이 등 창작을 주로 한 작가라는 사실과 관계가 있을지도 모르지만 어쨌든 카뮈의 주요 관심사는 부조리이다.

부조리라는 것은 본질적으로 일종의 이혼, 즉 절연이다. 그것은 서로 비교되는 두 요소의 어느 한쪽에만 있는 것이 아니다. 부조리는 그 두 가지의 대비에서 생겨난다. (…) 부조리는 인간 안에 있는 것도 아니고 (…) 세계 안에 있는 것도 아니고 오직 양자가 함께 있는 가운데 있을 뿐이라고 나는 말할 수 있다. (…) 부조리야말로 양자를 묶어주는 유일한 유대이다. (…) 이런 면에서 (…) 삼위일체가 서로 분리될 수 없다. (…) 세 가지 중 어느 한 항목이라도 파괴되면 그것은 전체를 파괴하는 것이 된다. 인간의 정신 밖으로 벗어나면 부조리는 있을 수 없다. 그러기에 모든 것이 다 그러하듯이 부조리 역시 죽음과 더불어 끝이 난다. 물론 세계 밖으로 벗어나도 부조리란 있을 수 없다.[14]

인간과 그가 대면하고 있는 세계의 관계를 부조리라 규정하고 있는 카뮈는 인간이든 세계든 어느 하나라도 없어지면 부조리도 없어지므로 인간, 세계, 부조리는 삼위일체로 묶여 있다고 본다. 이처럼 인간과 세계의 관계로서의 부조리란 원초적인 조건인 바, 그것은 무엇보다도 하나의 분리를 나타낸다. 사르트르에 의하면 "통일을 추구하는 인간의 열망, 그리고 인간 정신과 주어진 자연이라는 극복할 길 없는 이원성 사이의 분리, 영원을 갈구하는 인간의 충동과 그의 존재가 가진 한정된 성격 사이의 분리, 인간의 본질인 '근심'과 그의 노력이 보여주는 허영 사이의 분리가 그것이다. 죽음, 진실들이나 존재들을 하나의 원칙으로 단순화할 수 없다는 복수성, 현실이 담고 있는 자각할 수 없는 어둠, 우연, 바로 이런 것들이 부조리의 제극점(諸極點)들이다."[15]

이처럼 인간(정신)과 세계가 다양한 이원성 사이의 분리 또는 모순으로 인하여 부조리한 관계를 형성하는 이 원초적인 조건 속에서 인간의 지향성으로 카뮈는 반항을 제시한다.

부조리의 인간 (⋯) 그가 스스로에 요구하는 바는 '오로지' 자신이 아는 것만 가지고 살고, 실재하는 것으로써 자족하고, 확실치 않은 것이라면 아무것도 개입시키지 않는다. (⋯) 그는 구원을 호소하지 않고 사는 것이 가능한가를 알고 싶은 것이다. (⋯)

산다는 것은 곧 부조리를 살려 놓는 것이다. 부조리를 살린다는 것은 무엇보다 먼저 부조리를 주시하는 것이다. (⋯) 부조리는 오직 우리가 그것을 주시하던 눈길을 딴 데로 돌릴 때 죽어버리는 것이다. 따라서 유일하게 일관성 있는 철학적 태도는 곧 반항이다. 반항은 인간과 그 자신의 어둠과의 끊임없는 대면이다. 반항은 어떤 불가능한 투명에의 요구다. 반항은 한 순간 한 순간마다 세계를 재고할 대상으로 문제삼는다. (⋯) 반항은 인간이 자신에게 끊임없이 현존함을 뜻한다. (⋯)

부조리의 인간은 오직 남김없이 다 소진하고 자기 자신의 전부를 마지막까지 소진할 뿐이다. (⋯)

자신의 삶, 반항, 자유를 느낀다는 것, 그것을 최대한 많이 느낀다는 것, 그것이 바로 사는 것이며 최대한 많이 사는 것이다.(⋯)

끊임없이 의식의 날을 세워가지고 있는 한 영혼 앞에 놓이는 현재, 그리고 줄지어서 지나가는 수많은 현재들, 그것이 바로 부조리 인간의 이상이다. (⋯) 나는 부조리에서 세 가지 귀결을 이끌어낸다. 그것은 바로 나의 반항, 나의 자유, 그리고 나의 열정이다. 오직 의식의 활동만을 통해서 나는 죽음으로의 초대였던 것을 삶의 법칙으로 바꾸어 놓는다.[16]

인간이 부조리를 외면하지 않고 끊임없이 대면하면서 매 순간 세계를 문제 삼고 인간이 자신에게 끊임없이 현존하는 것을 카뮈는 반항이라 부른다. 반항적 인간으로서 부조리의 인간은 오직 남김없이 다 소진하고 자기 자신의 전부를 마지막까지 소진할 뿐이다. 이처럼 자신의 삶과 반항과 자유를 최대한 많이 느끼는 것이야말로 최대한 많이 사는 것이다. 따라서 부조리 인간의 이상은 "끊임없이 의식의 날을 세워가지고 있는 한 영혼 앞에 놓이는 현재, 그리고 줄지어서 지나가는 수많은 현재들"일 뿐이다. 그러나 일상 현실은 어떠한가?

광채 없는 삶의 하루하루에 있어서는 시간이 우리를 떠메고 간다. 그러나 언젠가는 우리가 이 시간을 떠메고 가야 할 때가 오게 마련이다. '내일', '나중에', '네가 출세를 하게 되면', '나이가 들면 너도 알게 돼' 하며 우리는 미래를 내다보고 살고 있다. 이런 모순된 태도는 참 기가 찰 일이다. 미래란 결국 죽음에 이르는 것이니 말이다. 그러나 어느 날 문득 내가 서른 살이구나 하고 확인하거나 혹은 그렇게 말하는 때가 온다. (…) 시간 속에 자신의 위치를 정하는 것이다. (…) 그는 시간에 속해 있는 것이다. 그는 자신을 사로잡는 공포로 미루어 보아 거기에 최악의 적이 도사리고 있음을 알게 된다. 그는 내일을 바라고 있었던 것이다. 그의 전 존재를 다하여 거부했어야 마땅할 내일을. 이러한 육체의 반항이 바로 부조리다.[17]

이상에서 본 것처럼 일상 속의 사람들은 결국 자신을 무화시킬 미래를 바라보며 하루하루를 살아가고 있는 바, 이는 카뮈가 보기에 모순이자 부조리가 아닐 수 없는 것이다. 내일이라는 미래는 전 존재를 다하여 거부해야 할 적이지 바라는 대상이 아닌 것이다. 이러한 카뮈의 부조리 사상을 이해할 때 비로소 우리는 뫼르소가 "자신의 미래에 대해서 별관심이 없다.

그래서 그는 사장이 승진을 제안해도 거절한다."는 대목을 이해할 수 있게된다.

그리고 그러한 거부는 "내가 이 세상의 모든 '훗날에'를 고집스럽게 거부하는 것은 나의 눈앞에 있는 현재의 풍요를 포기하지 않겠다는 의지 때문이기도 하다."[18]는 카뮈의 설명과 부합한다. 이처럼 "모든 사건들을 모두 똑같은 무게로 평준화하는 것"은 "모든 부조리 문학 전통의 특성"[19]이기도 하다.

그러기에 주인공 뫼르소는 어머니의 죽음, 장례 직후의 연애 행각, 뚜렷한 동기 없는 아랍인 살해, 기소, 사형 판결 등 일련의 사건들에 대하여 "내가 살아온 이 부조리한 생애 전체에 걸쳐, 내 미래의 저 밑바닥으로부터" "아직도 오지 않은 세월을 거쳐서 내게로 불어 올라 오고 있"는 "한 줄기 어두운 바람"이 "내가 살고 있는, 더 실감난달 것도 없는 세월 속에서 나에게 주어지는 것은 모두 다" "서로 아무 차이가 없는 것으로 만들어버리는 거다."[20]며 담담한 반응을 보이게 되는 것이다.

이렇게 부조리한 세상에서 우리가 취해야 하는 삶의 방식을 카뮈는 "나는 반항한다. 그러므로 우리는 존재한다."는 짧은 한 문장으로 나타낸다. 이 문장에서 볼 수 있는 형이상학적 핵심 내용은 정확히 부조리에 맞서는, 즉 인간에게 고유한 죽어야 할 운명과 무의미, 이 부조리한 세계의 비논리성에 맞서는 반항이다.[21]

> 부조리로부터 이끌어낼 수 있는 귀결은 오직 한 가지뿐 (…) 그것은 '사막'(부조리)을 벗어나지 않은 채 그 속에서 버티는 것 (…) '반항과 명찰(明察)을 간직한 채' 인간의 삶 속으로 되돌아오는 것, '희망을 갖지 않는 법'을 배우는 것 (…) '쓰라리고도 멋들어진 내기를 지탱하는 것', '구원을 호소함이 없이 사는 것' (…) 나의 반항, 나의 자유, 그리고 나의 열정[22]

기성의 본질 규정에서 벗어난 자유 존재가 세계의 부조리에 대면하는 반항 속에서 많은 삶을 열정적으로 향유하는 것, 그것이 카뮈가 도달한 결론이다. 〈페스트〉에서는 이러한 자세를 성실성[23]이라 명명하면서 죽음의 알레고리로서의 페스트가 급습한 알제리의 도시 오랑에서 의사 리유가 언제 찾아올 지 알 수 없는 죽음 앞에서 의연히 페스트에 맞서면서 견뎌나가는 모습을 보여준다.

갑자기 병이 급속도로 퍼져나가기 시작(한) (…) 날 (…) 지사가 내미는 전보 공문(…)에는 '페스트 사태를 선언하고 도시를 폐쇄하라'고 적혀 있었다. (…) 시의 문을 폐쇄함으로써 (…) 각자는 그날 그날 하늘만 마주보며 고독하게 살아가기를 감수해야만 했다. (…) 그러한 극도의 고독 속에서 결국 아무도 이웃의 도움을 바랄 수는 없었고 제각기 혼자서 저마다의 근심에 잠겨 있었다. (…) "현실을 있는 그대로 감수해야만 합니다." (…) 리유 자신도 이미 창조되어 있는 그대로의 세계를 거부하며 투쟁함으로써 진리의 길을 걸어가고 있다고 생각한다고 말했다. (…) 리유는 (…) "페스트와 싸우는 유일한 방법은 성실성입니다. (…) 그것은 자기가 맡은 직분을 완수하는 것이라고 알고 있습니다." (…) 기억도 희망도 없이 그들은 현재 속에 자리를 잡고 있었다. 사실 모든 것이 그들에게는 현재로 변해버렸다. (…) 이미 현재의 순간 이외에는 남은 것이 없었기 때문이다.[24]

이처럼 수많은 죽음에 둘러싸인 절망적 현실에서 리유는 페스트가 물러갈 날로서의 내일에 희망을 갖거나 좋은 결과를 확신하지도 못하면서도 안전지대로 도피하지 않고 사람들과 힘을 합쳐 오늘의 존재 조건에 맞서는 반항인의 모습을 보여주고 있는 것이다. 바로 이것이 부조리 문학이 도달한 귀결이자 부조리한 세계 속에서 자유와 반항과 열정으로 영위되는 카뮈적 삶의 모랄이었던 것이다.

그러면 카뮈의 열렬한 독자였고 초기의 몇 작품에서는 카뮈적 용어가 무심히 튀어나오기도 할 정도로 그에게 심취했던 박경리에 있어 위와 같은 카뮈의 특성은 어떻게 작품창작에 반영되어 있는지를 다음 장에서 살펴보기로 한다.

2. 박경리 초기소설 혹은 부조리와 반항의 서사

앞에서 우리는 카뮈 문학사상의 특성으로 부조리와 반항, 그리고 성실성을 주목한 바 있지만 사실 그 내용을 살펴보면 그것들은 동전의 양면처럼 서로 떨어질 수 없는 동곡이음임을 알 수 있다. 즉 인간 정신과 세계 관계의 원초적 상황으로서의 부조리, 그 부조리로부터 눈을 돌리지 않고 매 순간 세계를 재고할 대상으로 문제 삼는 행위로서의 반항, 그리고 부조리한 현실에서 도피하지 않고 묵묵히 직분을 다하는 대처법으로서의 성실성은 모두 같은 맥락 위에 서 있는 것이었다.

그런데 카뮈적 실존주의 사상이 강하게 작용하고 있는 박경리 초기작에서는 부조리만 드러나는 작품, 부조리와 반항이 함께 드러나는 작품, 부조리와 반항에 대한 극복책이 모색되는 작품 등 몇 가지 다른 양상이 나타남을 볼 수 있다.

먼저 부조리의 서사만으로 시종하는 작품으로 우리는 박경리의 데뷔작 〈계산〉(1955)과 〈흑흑백백〉(1956)을 들 수 있다. 〈계산〉은 회인이라는 주인공이 애인, 모친, 친구 정아, 다방에서 동석하게 된 남자, 전차표를 대신

내 준 고학생 등으로 표상되는 현실 세계에 대하여 자기식의 '계산'하에 행동하지만 늘 자아와 세계 사이의 극복할 길 없는 분리로 인하여 '계산착오'라는 부조리 상황에 처하게 되는 이야기이다.

일례로 애인과의 관계를 복원시켜 주려고 귀경한 친구 정아조차 매몰차게 돌려보내려고 서울역으로 환송 나가던 중 주인공 회인은 동승한 고학생으로부터 전차표 한 장의 호의를 받는데 그 부담감을 지인을 통하여 기차표를 사 줌으로써 떨쳐버리려고 혼자 계산하지만 결국 암표상으로 몰리게 되고 빌려온 거액의 모친 병환비까지 소매치기 당하여 친구 환송조차 못할 정도의 충격 속에서 헤어나지 못하게 되는 것이다.

> 아무라도 그리 쉽사리 살수 있었던 표를 아주 귀한 것이나 구하여 주듯이 서둘고, 그로 인하여 호주머니에 든 돈 생각도 잊어버렸던 것이……. 그 뿐인가. 거스름 돈까지 집어 삼켜버린 사기꾼 처럼 지금 그들 앞에 서 있지 않은가? (…)
> 회인이는 아무것도 보지 말고 송아지처럼 소리를 질러 울고 싶었다. 높은 도-무(圓天井)에 느러진 샨대리아가 아물아물 시야에서 멀어진다. 그는 홀적 돌아섰다. 눈물이 주르르 목도리에 떨어진다.
> 『아이 참!』
> 누구에게도 풀어볼 수 없는 울화를 다시 들이삼키듯이 창백한 얼굴을 목도리 속에 파묻는다. 그러고는 기차표를 꼭 쥐어본다. 그러면서도 아직도 나타나지 않는 정아를 까마득하게 잊고 있는 것이다. (…) 트렁크를 든 정아가 역전 광장에 내려 선다. (…) 그래도 회인이의 눈에는 그것이 보이지 않았다. 그는 발을 끌듯이 걷는다. 어디로 갈 목적도, 걷고 있다는 의식도 없이 걷는다.[25]

위에서 본 것처럼 박경리의 처녀작 〈계산〉은 사르트르가 지적한 바 "진실들이나 존재들을 하나의 원칙으로 단순화할 수 없다는 복수성"으로 인하여 주인공이 자아와 세계의 통일적 파악이라는 '계산'에 실패하고 좌절함으로써 인간과 세계의 부조리적 관계양상을 구현해 보이고 있는 작품인 것이다.

다음으로 〈흑흑백백〉은 친정어머니와 딸 경이를 데리고 고생스럽게 살고 있지만 "결백성"[26] 기질로 인하여 혼자 계산에 모든 일을 어정쩡하지 않고 명료하게 처리하려 하는 주인공 혜숙이 그로 인하여 직장을 버리고 궁핍 속에서 교사 채용에 한 가닥 희망을 걸고 있다가 돈이 없어 코트를 바꾸기로 한 옛 직장동료가 찾아오자 결백성을 발휘하여 기어이 코트를 바꾸어 입고 면접에 나갔다가 교장에 의해 사생아문제로 애인과 중국집에서 다투던 옛 동료로 오인 받고 취직에 실패하는 이야기이다.

분명히 저 외투에 저 마후라는 그저께 어느 중국요리집에서 울다가 나오던 여자의 인상적인 복장 그것에 틀림이 없다. (…) 이 때 문 밖에서 「노크」소리가 조심스럽게 가만가만히 들려 온다. (…) 장교장은 놀라지 않을수가 없었다. 바로 조금 전에 교정을 걸어 오던 그 눈익은 복장의 여성이 아닌가. 장교장은 너무나 뜻밖의 일이었으므로 잠시동안 어리둥절한 표정을 짓는다. 그러나 혜숙의 침착 하고 얌전한 태도에 접하자 장교장은 참 앙큼스런 계집이란 생각이 불시에 들었다. (…)

『현선생에게 사정 이야기는 들었습니다. 오늘은 이만 돌아 가시요, 현선생을 통해서 기별하리다.』

장교장은 퉁명스럽게 말을 짤라 버린다. 혜숙은 직감적으로 일이 틀린 것을 느꼈다. 깊은 절망이 한동안 그를 멍하게 만든다. 견디기 어려운 괴로움이 가슴을 억누르는 것이었다. 그는 마지막의 애원을 한번 시도하듯이 장교장의 얼굴을 살그머니 쳐다 본다. 그러나 장교장의 냉소는 눈속뿐만 아니라 입언저리까지 퍼져 가고 있다. 이러한 어쩔수 없는 분위기에 더 견디어 나갈 수 없음을 느낀 혜숙은 마치 기계인형처럼 벌떡 의자에서 일어선다.[27]

이처럼 남에 대한 사소한 신세도 용납하지 않을 정도로 지나치게 결백한 마음의 소유자인 혜숙은 '흑흑백백' 모든 일을 명료하게 처리하려고 괜찮다는 만류에도 불구하고 기어이 행실이 허랑한 옛 동료와 외투를 바꾸어 입고 교사채용 면접에 나갔다가 오히려 타락한 교장에게 바람난 과부라는 오해를 사서 취업에 실패하게 된 것이다. 그러므로 '결백성'이라는 '흑흑백백'하게 명료한 긍정적 정신 가치로도 인간과 세계 사이의 일원적이고 통일적인 파악이 불가능함을 보여 주고 있는 이 작품 역시 부조리 서사로 시종하고 있음을 알 수 있다.

두 번째로 우리는 박경리 초기 소설 중 부조리와 반항이 함께 드러나 있는 경우를 들 수 있는데 먼저 〈전도(剪刀)〉(1957)라는 작품이 이에 해당한다. 남달리 감수성이 예민하고 고지식할 정도로 자존심이 강한 숙혜는 조혼 후 연애사건으로 고향을 떠나 은행에 취직하지만 자신의 과거가 드러날 위기에 처하자 주저 없이 사표를 내던지고 생활고에 못 이겨 주인집 직공으로 전락했다가 주인 사내가 겁탈하려 하자 존엄을 지키려 반항하다 가위로 살해된다.

이 작품에서 주인공 숙혜의 전락만을 놓고 보면 자아와 세계의 관계가 사랑의 원리로도, 고도(孤島) 같은 단절적 삶의 원리로도 일관성 있게 해명되지 못한다는 것을 보여 주고 있으므로 부조리의 서사에 해당된다고 볼 수 있다. 그러나 숙혜는 부조리의 극이라 할 수 있는 주인집 남자의 겁탈의 위기 앞에서 좌절하고 순응하는 대신 두 눈으로 부조리를 응시하며 목숨을 걸고 반항한다는 점에서 부조리의 서사를 넘어 반항의 서사에까지 나아간다.

얼마 동안을 잤는지 모른다. 문 여는 소리에 잠이 깨었다. (…)

숙혜 눈에는 고깃덩어리 같은 주인 사나이의 얼굴이 보였다. (…)

사나이는 히쭉히쭉 웃으며 팔을 뒤로 돌려 문을 닫는다. 그때 눈이 쌍글해진 숙혜는 나직이 그러나 단호히,

"소리를 지를 테요!" (…)

사나이는 영악한 짐승처럼 씨근덕거리고 있더니 눈에 불을 켜고 손을 뻗친다. 책상 위의 가위를 잡는 것이었다.

"소리를 내면 죽인다!"

사나이의 목소리가 떨려 나온다. 처절한 미소가 숙혜 입가에 번져나간다. 사나이의 얼굴 위에 피가 모였다가 흩어진다. 사나이는 가위를 쥔 손을 번쩍 쳐들었다.

"죽이세요……."

숙혜의 목소리가 갑자기 낮아지더니 말꼬리가 힘없이 흐려진다. 아무렇게나 목숨을 내던져 버리려는 심산인 것이다. 자포와 깊은 절망에 잠긴 숨소리가 명주 오라기처럼 들릴락말락한다. 그러나 눈동자만은 오욕을 태워버릴 듯이 타고 있었다.

"저 눈깔 좀 봐라! 저 눈깔!" (…)

사나이의 눈앞에는 불이 콸콸 붙고 있었다. 그 벌건 불길 속에 불쑥 솟은 쇳덩어리 같은 여자의 모습, 사나이는 뭐가 뭔지 걷잡을 수 없는 이상한 힘에 밀려 가윗날을 곤두세워 가지고 덤벼들었다.

무서운 비명이 야밤을 찌른다.[28]

이처럼 자신의 모든 것이 소진할 때까지 부조리를 주시하며 그 자신의 어둠과 끊임없이 대면하고 있는 숙혜의 자세는 반항적 인간상 바로 그것이라 아니 할 수 없다.

다음으로 〈불신시대〉(1957)가 있다. 이 작품은 6 · 25 중 남편이 폭사하고 아들 문수만을 바라보며 홀어머니와 어렵게 살아가는 주인공 진영이 길에서 넘어져 다친 문수마저 의사의 무성의로 죽어버리자 인술을 망각한 채 속임수로 이익만을 챙기려 하는 병원들의 타락상에 분개하고 온갖 병마에 시달리면서도 아들의 영혼을 위로하고자 찾은 성당, 절 등 신성해야 할 종교기관마저 물질에 오염된 모습을 보이자 격분을 참지 못하고 절간에 안치했던 아들의 사진과 위패를 찾아다 불사르며 생명이 있는 한 이러한 부조리에 반항하겠다고 다짐하는 이야기이다.

그러므로 이 소설은 주인공이 세계의 구석구석에서 부조리성을 목격한 후 초월성 속에서 심적 안정을 구하려던 태도를 바꾸어 부조리에 맞서 반항하겠다고 다짐하는 전환구조의 작품양상을 보인다. 그러면 주인공 진영이 발견해 내는 세계의 부조리성은 어떠했는가?

(A) 악몽과 같은 전쟁이 끝났다. 진영은 아들 문수의 손을 잡고 황폐한 서울로 돌아왔다. (…) 문수가 자라서 아홉 살이 된 초여름, 진영은 내장이 터져서 파리가 엉겨붙은 소년병을 꿈에 보았다. 마치 죽음의 예고처럼 다음날 문수는 죽어버린 것이다. (…)

아이는 앓다가 죽은 것이 아니었다. 길에서 넘어지고 병원에서 죽은 것이다. 그것뿐이라면 진영으로서는 전쟁이 빚어낸 하나의 악몽처럼 차차 잊어버릴 수 있는 일이었는지도 모른다. 그러나 그것이 아니었다. 의사의 무관심이 아이를 거의 생죽음을 시킨 것이다. 의사는 중대한 뇌수술을 엑스레이도 찍어보지 않고, 심지어는 약 준비도 없이 시작했던 것이

다. 마취도 안한 아이는 도수장 속의 망아지처럼 죽어간 것이다.[29]

(B) 진영은 성당 안으로 들어갔다.(…) 얼마 후에 미사는 시작되었다. (…)

진영이 처음 성당에 나가려고 결심했을 때, 그것(종교)이 가공에 설정된 하나의 가정일지라도 다만 문수를 위한다는 명목만으로 자신이야 피에로도, 오뚝이도 될 수 있으리라 생각했던 것이다. 그러나 의식적인 맹목은 끝내 맹목일 수 없었다.

미사가 거의 끝날 무렵이었다. 진영은 긴 작대기에 헌금주머니를 매단 잠자리채 같은 것이 가슴 앞으로 오는 것을 보았다. (…) 진영은 구경꾼 앞으로 돌아가는 풍각장이의 낡은 모자를 생각했다. 그런 생각을 계기로 하여 진영은 밖으로 나와버렸다.[30]

(C) 곧 시식불공이 시작되었다. 진영은 늙은 중이 목탁을 두드리며 조는 듯한 염불을 시작하자 적잖게 실망했다. 몸집도 크고, 목소리도 우렁찬 주지승이 아니었던 것이 섭섭했던 것이다. (…)

"아우님 빨리 하시오. 지금 막 서장댁이 오셨구려, 대강대강 하시오."

주지는 법당 구석에 걸어 둔 먹물 들인 모시장삼을 입으며 서두르는 것이었다. (…)

진영은 법당 축돌 위에 주저앉았다. '이 세상이나 저 세상이나 그저 돈이 있어야지요' 하던 말이 되살아온다. 물론 처음부터 거래였다. 그렇다면 화폐의 액수에 따라 문수에 대한 추모의 정이 계산된단 말인가. 진영이 그러한 울분에 젖어 있을 때 말쑥하게 차려입은 그 서장의 부인인 듯싶은 젊은 여인이 주지에게 인도되어 법당으로 들어가고 있었다. 잠시 후 불경 읽는 소리가 찌렁찌렁하게 밖으로 흘러나왔다. 잠들었던 부처님이

처음으로 일어나서 귀를 기울일 만한, 뱃속에서 밀어낸 목소리였다. 진영은 발딱 일어선다.[31]

(D) 진영은 그 이상 견딜 수가 없어서 내버려두었던 몸을 끌고 H 병원으로 갔다. 그러나 그곳에도 일주일이 멀다고 가는 것을 그만 중지하고 말았던 것이다.

얼마 남지 않은 돈을 생활비에다 써야 한다는 이유도 있었다. 그러나 직접의 동기는 외국제 주사약의 빈 병들을 팔아버리는 장면을 본 때문이다.

Y 병원에서는 주사약의 분량을 속였고, S 병원은 엉터리였다. 그리고 H 병원에서는 빈 약병을 팔았다.[32]

(A)는 인술이라는 의사의 본분을 잊고 경각에 목숨이 달린 어린 환자를 사무적이고 기계적으로 다루어 죽게 만든 병원의 무성의함을, (B)와 (C)는 신성하고 경건해야 할 기독교와 불교의 종교행위가 금전으로 인하여 변질되어 있는 실상을, (D)는 환자의 고통은 외면한 채 영리만을 위하여 가짜와 속임수가 난무하는 병원의 타락상을 보여주고 있는 것이다.

그런데 〈불신시대〉가 이처럼 세계의 모순되고 부조리한 상황을 목격하고 발견하는 과정에 그치고 말았다면, 그리하여 사회에 대한 극도의 불신감과 좌절감을 토로하는 데 그치고 말았다면 이 작품은 앞에서 살펴 본 부조리의 서사와 동궤의 작품으로 그치고 말았을 것이다. 그러나 〈불신시대〉는 여기서 한 걸음 더 나아가 다음처럼 반항에까지 이른다.

진영은 부엌에서 성냥 한갑을 외투 주머니에 넣고 집을 나섰다. (…)
진영은 고슴도치처럼 바싹 털이 솟은 자신을 느꼈다. (…)
진영은 절로 가는 것이다. 진영이 절 마당에 들어갔을 때 '당신네들 같으면 중이 먹고 살갔수' 하던 늙은 중이 막 승방에서 나오는 도중이었다. (…)

"저 말이지요 저희들이 이번에 시골로 가는데 아이 사진과 위패를 가지고 가고 싶어요." (…)

이윽고 중이 문수의 사진과 위패를 가지고 나오자 진영은 그것을 빼앗듯이 받아들고 인사말 한마디 없이 절문 밖으로 걸어나간다. (…)

진영은 비탈길을 돌아 산으로 올라간다. (…) 한참 만에 그는 호주머니 속에서 성냥을 꺼내어 사진에다 불을 그어 댄다. (…) 진영은 연기가 바람에 날려 없어지는 것을 언제까지나 쳐다보고 있었다.

'내게는 다만 쓰라린 추억이 남아 있을 뿐이다. 무참히 죽어버린 추억이 남아 있을 뿐이다!'

진영의 깎은 듯 고요한 얼굴 위에 두 줄기 눈물이 흘러내리고 있었다. (…)

'그렇지, 내게는 아직 생명이 남아 있었다. 항거할 수 있는 생명이!'

진영은 중얼거리며 잡나무를 휘어잡고 눈 쌓인 언덕을 내려오는 것이다.[33)]

이러한 "부조리로부터 이끌어낼 수 있는 귀결은 오직 한 가지"로서 "그것은 '사막'(부조리)을 벗어나지 않은 채 그 속에서 버티는 것, (…) '반항과 명찰(明察)을 간직한 채' 인간의 삶 속으로 되돌아오는 것"이라고 지적한 카뮈의 말처럼 〈불신시대〉의 주인공 진영은 부조리한 세계 앞에서 바싹 털을 세운 채 절에서 찾아 온 아이의 사진과 위패를 불사르며 생명이 있는 한 항거하겠다고 반항적 자세를 가다듬는 것이다.

이상에서 우리는 카뮈의 강한 영향이 느껴지는 박경리의 초기소설을 부조리의 서사와 반항의 서사로 나누어 그 양상과 의미를 살펴보았다. 그러면 다음에서는 부조리와 반항의 서사를 포함하여 실존의식에 깊이 침윤되어 있던 자아가 이의 극복을 위하여 연대성의 발견에까지 이르게 되는 〈표류도〉를 살펴보기로 한다.

3. 〈표류도〉 혹은 실존에서 연대에 이르는 길

〈표류도〉(1959)는 박경리의 대표적인 초기 장편으로서 명문대 사학과를 나왔지만 노모와 사생아 딸을 책임진 가장으로서 생계를 위하여 마지못해 다방 마돈나의 마담노릇을 하고 있는 전쟁미망인이자 전직교사인 강현회의 이야기이다. 전쟁, 애인의 죽음, 기아, 유부남과의 사랑, 모친에 대한 애증, 살인, 복역, 딸의 죽음 등 파란만장한 삶을 살게 되는 강현회는 화자로서 자신의 심경을 묘사하면서 '실존'[34], '이방인'[35], '이방인의 뫼르소'[36], '반항'[37] 등 실존주의 및 카뮈와 연관된 용어를 구사하는가 하면 "죽음에 대한 공포"[38], "깊은 고독"[39], "이 순간만은 영원"[40]이라는 순간의식 등을 느낀다.

일반적으로 고독 속에서 실존에의 돌입이 성취되고[41], 실존한다는 것은 죽음의 면전에 서는 것[42]이라 말해지고 "갑자기 들이닥치는 죽음이 삶을 단절시킬 수 있으므로 현재의 순간에 충분한 의미 실현이 이루어지도록 전력을 이 순간에 집중하는 삶"[43]이 실존적 삶으로 추천됨을 상기하면 〈표류도〉 역시 강렬한 실존의식의 분비물임을 알 수 있다. 이 밖에 "빚 걱정 (…) 이 달 안으로 내야 할 세금, 전기요금, 종업원들의 급료, 재료 구입, 집에 들어가야 할 쌀, 반찬 값"[44] 등 주인공을 옭죄고 있는 낭떠러지 같은 현실상황은 한계상황 혹은 극한상황이라는 실존주의 개념에 부응한다.

이렇게 볼 때 〈표류도〉는 카뮈류의 부조리와 반항의 서사 뿐 아니라 다른 경로로 알게 된 다양한 실존주의적 요소를 부가하여 창작한 작품임을 알 수 있다. 그러나 이 소설은 실존의식의 표백에 머물지 않고 결말에서 생명과의 연대감을 통하여 그것을 넘어서고자 했다는 점에서 앞의 작품들과는 다소 이질적인 작품이기도 하다.

그러면 먼저 박경리의 초기소설 탄생에 결정적 역할을 한 부조리와 반항의 요소를 〈표류도〉 속에서 찾아보기로 하자.

나는 저런 저열한 인간이 대학의 강단에 설 수 있다는 현실에 대하여 갑자기 울분 비슷한 감정이 치솟았다. 벌써 오래 전부터 무관심해 온 감정이다. 그러나 학교가 지식의 매매장소인 이상 개인의 인격이나 사생활이 논의될 수 없다. 따라서 사생아를 가졌던 나의 사회생활에도 그런 규범이 적용된다. 그러나 나는 몇 해 전에 학교라는 직장으로부터 축출당하지 않았던가. 불합리한 일이다. 그러나 그것은 조금도 신기한 일은 아니다. 세상에는 불합리한 일투성이니까. 다만 나는 방관할 수밖에 없고, 가능한 곳으로 파고들어 숨을 쉴 수밖에 없다. 내가 숨을 쉬고 가능한 곳을 파고들어 가는 이상 나의 존재에는 이유가 있고 또한 가치가 있는 것이다.[45]

위의 인용문은 주인공 강현희가 다방 손님의 하나인 최강사에 대하여 평하는 부분이다. 그는 학점의 볼모가 된 학생들을 다방으로 불러 케케묵은 이론을 떠벌이며 거들먹거리거나 이권을 위하여 업자와 야합을 도모할 뿐 아니라 강현희에게 틈만 나면 추근대다 못해 영어로 외국인에게 자신에게 협조하면 그녀를 넘기겠다는 모욕적 언사까지 하다가 결국은 강현희에게 살해되는 비루한 인물이다. 그러한 인간이 대학 강단에서 활개를 치는 현실은 강현희에게 불합리한 일투성이인 세상의 부조리성을 새삼 재확인시킬 뿐이다.

원초적으로 이러한 세계의 부조리성은 애인 찬수를 죽음으로 몰고 간 자본주의와 공산주의의 이데올로기 대립 및 그로 인한 6·25전쟁 발발이라는 사건에서부터 강현희에게 깊숙이 각인된다. 이 때 어느 편에도 가담하지 않고 자기 일만 묵묵히 하던 찬수는 남북 양쪽을 다음처럼 비난하며 반항[46]적 자세를 취하지만 결국 코뮤니스트 친구에 의해 살해되고 말았던 것이다.

> 괴뢰군이 서울로 밀려 들어오는 것과 때를 같이하여 H는 영웅처럼 형무소에서 돌아왔다. (…)
> 「개새끼들 같으니, 뭣 땜에 그렇게 날뛰는 거야. 연극배우들 같은 수작들을 하고서, 그래 영웅이라고? 흥! 인간들의 감상까지도 다 울거먹으려 드는 족속들 같으니! 」
> 찬수는 얼굴 위에 어두운 웃음을 흘리며 말했다. 매일매일 공습이 계속되었다.
> 찬수의 조롱에 찬 말은 괴뢰군에게만 퍼부어지는 것은 아니었다.
> 「도대체 무슨 미친 지랄들이야? 누가 이 짓을 해달라고 했어?」
> 내 팔을 잡고 골목길로 피신하다가 폭격에 쓰러진 시체를 뛰어넘으며 찬수는 차갑게 뇌까리는 것이었다. 찬수는 나를 사랑했다. 폭격이 끊일 새 없는 어둠 속에서 나를 껴안으며 하는 말이
> 「현희는 가능했던 내 세계야. 내가 연구에 열중하는 것처럼 나는 현희에게 열중하는 거야. 그밖에 내게는 아무것도 없어.」
> 그의 애정의 행동은 사태가 불안해질수록 적극성을 띠어갔다.[47]

이렇게 세계의 부조리성에 대한 찬수의 반항은 자아에의 탐닉의 형태로

나타났고 결국 죽음으로 귀결되었지만 애인의 죽음, 궁핍, 살인, 투옥, 딸의 죽음, 사랑의 좌절 등 지속적으로 자신에게 불행과 좌절만을 가져다주는 세계에 대한 강현희의 반항은 자기학대와 증오의 형태를 띤다.

상주댁의 알선으로 조그마한 장소를 하나 얻었다. 추석이 앞으로 보름 남아 있었기에 이내 일을 시작했다. 당장 굶어 죽을 처지는 아니었지만 어쨌든 일을 서둘렀다. (…) 물건이 팔리건 안 팔리건 주문이 들어오건 안 들어오건 나는 종일토록 미싱을 밟는다. 피로하면 피로할수록, 현기증을 느끼면 느낄수록, 얼굴이 창백해지면 창백해질수록 나는 육체의 고통에 쾌락을 느낀다. (…) <u>이렇게 내 육신을 학대하고 있는 것은 일종의 자연사를 내가 기다리고 있는 때문이 아닐까? 염라대왕이여, 잡아가려면 나도 어디 한번 잡아가 보라는 배포였는지도 모른다. 이제 내게는 운명신한테 애소할 아무런 내 것도 없다. 바람도 없다. 지금의 나로부터 빼앗아갈 것이 무엇이냐. 생명이 있다. 그러나 마음대로 하라. 나는 증오의 웃음으로 대하여 주마.</u>[48)]

그러나 이러한 자기학대는 자연사라는 죽음으로 연결되고 이는 부조리의 세 축, 즉 인간 정신과 세계와 부조리의 삼위일체 가운데 인간의 소멸에 이르게 되어 카뮈식으로 말하면 진정한 반항과는 다른 일종의 도피적 행위에 지나지 않는다. 부조리로부터 눈을 돌리지 않고 그것을 눈앞에 현전시키고 문제삼는 것이 반항의 진정한 의미라 할 때 위의 태도는 문제적이다.

이상에서 〈표류도〉에 나타난 부조리와 반항의 요소를 살펴보았거니와 이것은 여타 초기 단편들과 동일선상에서 일단 이 작품을 검토하기 위해서였다. 그러나 이 작품은 장편답게 위의 카뮈적 요소 이외에도 실존주의

문학의 여타 일반적 특성들도 함유하고 있음을 간과할 수 없다. 그것은 바로 죽음의식과 고독, 그리고 순간의식이다.

(A) 말수가 적어진 어머니는 어느 날 이런 말을 했다.

「나도 멀지 않아 죽을란가봐. 뜻밖에 경수가 있구나. 십 년 전에 없어진 것이 웬일인지…… 살았는가 죽었는가 알아보러 온 모양이지? 전에 할머니도 그런 말씀을 하시더니 이듬해 돌아가셨지. 그리고 감나무골 영순 아주머니도 그랬었지. 이른 살에 경수가 돌아왔다잖아? 그러더니 그분도 이내 돌아가셨어.」

나는 어머니의 얼굴을 멍하니 쳐다보았다. 어머니의 입버릇처럼 기박한 생애다. 무엇을 하고 살았단 말인가. 무슨 낙으로 살았단 말인가. 나는 한숨을 쉬고 얼굴을 돌렸다. 차례차례 내 옆에서 사람은 떠나버린다. 낙엽처럼 가버린다. 그리고 나도 갈 것이다.[49]

(B)「사람을 죽인걸요……」

그 말을 입밖에 내었을 때 정말 내가 사람을 죽인 것일까? 죽였다면 얼마나 무서운 일인가? 마치 새로운 사실인 것처럼 인식된다. 김선생도 그 사실을 부인할 수 없었던지 말을 하지 않고 눈을 돌렸다.

죄인들 속에서보다 김선생과의 대면은 살인자라는 자각을 한층 강하게 나한테 일깨워주었다. 외부 사회는 나에게 창살이 없고 수의가 없는 감옥임에 틀림이 없다. 하얀 신작로, 풀 한 포기도 자라지 않는 하얀 신작로, 내 혼자서 걸어가야 하는 신작로. 굴러떨어져야 할 어쩔 수 없는 절벽이라면 혼자 굴러떨어지는 수밖에 없다. 사람들은 귀로, 코로, 눈으로 피를 쏟으며 혼자 죽어갔다. 천장을 바라보며 혼자서 죽어갔다. 역사, 역사다. 외로워할 필요는 없어.[50]

(C) 전등불이 꺼졌다. 달빛이 안개처럼 스며드는데 소상처럼 그의 장신이 서 있었다. 장지문이 닫혀졌다. 어둠에 허우적거리며 그는 나에게로 달려왔다.

「현희! 얼마나 당신을 생각했는지 모르겠소. 내 것을 만들고 싶었다.」

그는 부들부들 떨면서 내 머리를 움켜쥐었다. 통곡에 가까운 환희, 격렬한 파도 소리……

죽음이고 눈물이며 시였다.

창문을 열었다. 달빛을 받으며 쭈그리고 앉았다. 하얀 광장이 눈앞에 무한히 넓게 펼쳐진다. 이렇게 적막할 수가 있을까? 팔을 뻗어 베개 옆에 굴러 있는 담뱃갑을 잡았다. 담배를 입에 물고

「라이타를 좀 켜주세요.」

그는 잠자코 담배에다 불을 댕겨주었다. 연기를 뿜었다. <u>달빛을 받고 창 앞에 쭈그리고 앉은 나는 영원한 고독의 좌상이 아닐 수 없었다. 이렇게 적막할 수가 있을까.</u>[51]

(D) 차가운 대지 위에는 오월이 깃들여 있고, 밤은 어둡다. 눈 아래 내려다보이는 시가지에 불빛들이 흐르고 있었다. 집에서 가까운 산등성이다. 우리는 뚝섬에서 헤어진 이래 처음 만난 것이다. (…)

팔에 힘을 더 주며 쫑알거리는 내 입을 거센 숨결로써 막는다. 그리고 이렇게 사랑하면 그만이 아니냐고 되풀이 말하는 것이었다.

<u>이 순간만은 영원일 수 있다. 아니 결코 영원하고 바꾸지 않을 것이다.</u>
(…) 그의 목을 감았던 손으로 하얀 와이셔츠의 칼라를 쓸어본다. 왜 이 실존을 믿지 못하는가.[52]

(A)는 애인이 죽고 외동딸마저 죽어 절망상태인 강현희에게 모친이 자

신의 죽음도 임박했음을 할머니와 영순 아주머니의 죽음의 징조였던 생리 현상을 들어 예고하는 대목인데 이 말을 듣자 강현희는 자기 역시 낙엽처럼 죽어 떠나갈 존재임을 새삼 절감하며 좌절감을 느낀다. 이러한 강현희에게 후원자 김환규는 "사람은 늙으나 젊으나 죽어갈 수밖에 없지요. 사람은 살아있는 동안에도 각각 떨어져서 떠내려가는 외로운 섬(島)들입니다. (…) 섬은 한자리에 있는 섬이 아닙니다. 표류도니까요. 움직이니까요. 죽음 바로 직전까지 섬은 자기의 의지대로 움직여야 합니다."53)라며 의욕을 부추긴다.

본래 실존주의에서 죽음에 주목하는 것은 인간의 존재조건으로서의 유한성을 깨닫고 그에 대한 모랄로서의 순간의 영원성 같은 모랄을 찾아 존재에 빛을 비추고자 하는 것이지 삶의 의욕을 제거하려는 것은 아니다. 그런 의미에서 죽음을 통하여 더욱 삶의 의욕을 고취하는 김환규야말로 실존의 의미를 아는 인물이라 할 수 있다.

그리고 (B)는 살인 후 수감되어 혼자가 되었을 때 강현희가 처절한 고독을 느끼며 고독이야말로 혼자 죽어가야 하는 모든 인간의 공통 운명이라는 인간의 고독한 본질을 재확인하는 대목이다. 아울러 (C)는 고독한 개체를 일시 합일시키는 사랑의 행위 후에 더욱 고독을 절감한 주인공 강현희가 스스로를 영원한 고독의 좌상이라고 생각하며 비감에 젖는 부분이다. 이러한 고독의식은 분주한 일상에 의해 즉자적 존재로 살아가는 사람들로 하여금 대자적 존재로서의 인간의 본질을 깨닫게 하는 계기로서 실존주의가 중요시하는 요소인 바, 강현희 역시 이를 절감하면서 실존의식에 잠겨드는 것이다.

(D)는 유부남 이상현과 불안정한 사랑을 나누면서 함께 있는 순간 속에 영원을 느끼고자 애쓰는 강현희의 실존적 모습을 보여주고 있다. 이처럼 실존주의에서 순간을 중요시하는 것은 '훗날'을 거부하고 사형수의 새벽으

로 상징되는 풍요한 현재에 몰입하는 까뮈의 태도에서도 확인된다.

이와 같이 박경리의 〈표류도〉는 까뮈적인 부조리와 반항의 서사를 비롯하여 실존주의 일반의 죽음과 고독, 순간의식을 아울러 드러냄으로써 실존주의사상을 발상법으로 하여 창작된 작품이다. 그러나 이 작품은 주인공 강현희가 실존의식에 빠져 인간은 실존적 본질을 그 존재적 특성으로 함을 보여주고자 하는 작품에 머무르지 않는다.

주지하는 바와 같이 인간은 실존적 본질로 파악되기도 하고 반대로 유적 본질(Gattungswesen)로 파악되기도 한다. 어느 사상이 우위에 있는가는 쉽게 단언하기 어려운 일이겠지만 박경리는 〈표류도〉에서 이전의 초기단편의 원리였던 부조리의 서사와 반항의 서사를 비롯한 실존주의사상에 기반을 두고는 있지만 주인공 강현희로 하여금 실존의식에 침윤하려는 자신을 채찍질하여 유적 본질로서의 인간 파악으로 사상의 질적 변환을 꾀하도록 하고 있음을 볼 수 있다.

> 어쩌면 나는 나 혼자 표류하는 일을 더 많이 생각하고 있는지도 모른다. 절박하고 처절한 고독을 더 많이 더 정직하게 받아들이고자 하는 것인지도 모른다.
>
> (안된다! 안된다!)
>
> 나는 강인한 채찍으로 내 마음을 후려쳤다. 나를 현실에 적응시켜야 한다. 내 생명이 있기 위하여 나를 변혁시켜야 한다. 겨울이 와서 산야에 흰 눈이 덮이게 되면 털이 하얗게 변하고, 여름이 와서 숲이 우거지면 나무 껍질처럼 털이 다갈색으로 변하는 토끼라는 짐승의 생리를 나는 닮아가야 한다. 얼마나 많은 인간들이 얼마나 유구한 세월을 두고 인간과 자연 속에서 그 끈질긴 싸움을 해왔던가. 끊임없이 자기를 변혁하고 현실에 적응해 가며 생명을 지탱해 오지 않았던가.[54]

이처럼 강현희는 절대고독 속에서 실존적 초월을 하고자 하는 자아의 지향성을 철회하고 생명으로서의 인간의 본질과 그것을 보존하기 위한 끝없는 분투노력이야말로 인간존재의 사명임을 선언하게 되기에 이르는 것이다. 그리하여 강현희는 조력자인 김환규에게 결혼을 제의하고 손길을 내밀면서 표류하는 외로운 섬으로부터 생명간의 연대의 단계로 비약하고자 하는 것이다.

이상에서 살펴본 바와 같이 〈표류도〉는 주인공 강현희가 죽음과 고독, 절박한 한계상황을 겪고 부조리한 현실 앞에서 좌절 혹은 반항을 하면서 실존의식에 점점 빠져들다가 작품 결말에 이르러 생명의 중요성을 발견하고 그를 위해 연대감을 추구하게 되는 전환구조의 작품인 것이다. 그러므로 개체적 특성이 강한 실존주의의 영향권 내에 있던 초기단편의 단계를 청산하고 개체에서 전체로 시각의 확장을 도모함으로써 박경리 후기소설의 중요한 발상법인 연대와 생명을 발견하고 궁극적으로 〈토지〉에 이르게 되는 발상법의 단초를 마련했다는 데에 〈표류도〉의 작품적 의의가 있는 것이다.

4. 맺음말

굴곡진 한국 근대사를 바탕으로 방언 및 속담을 능숙하게 구사하면서 방대한 파노라마로 다채로운 인간상을 묘파해 내고 있는 〈토지〉의 작가 박경리는 그 토착적 인상이 너무도 강렬해서 그가 서구 개인주의의 한 극단적 양태로서의 실존주의와 관련되어 있다는 사실은 일견 낯설어 보이기까지 할 정도이다.

그러나 그의 고백처럼 작품 활동을 개시하던 50년대를 풍미하던 시대적 조류로서의 실존주의에 박경리가 거의 무방비 상태로 노출되었을 뿐 아니라, 특히 카뮈의 〈이방인〉과 〈페스트〉의 열렬한 독자였었다는 엄연한 사실은 초기소설의 발상법에 그대로 고스란히 반영되어 있음을 볼 수 있다.

그리하여 카뮈 문학사상의 핵심이라 할 수 있는 부조리와 반항을 비롯하여 실존주의의 몇몇 특성은 50년대 박경리 초기소설로 하여금 부조리의 서사와 반항의 서사 등 실존주의적 특성을 강하게 드러내도록 하는 동인으로 작용하였던 것이다.

그 결과 박경리의 데뷔작 〈계산〉과 〈흑흑백백〉은 자신의 어떤 지향적 원리로 세계를 규정하려 하는 주인공이 번번이 계산착오를 연출하는 세계와의 분리로 인하여 좌절에 빠진다는 부조리의 서사로 귀결되었고, 〈전도〉와 〈불신시대〉는 세계의 부조리성을 드러내는 부조리 서사에 더하여 주인공이 부조리로부터 회피하지 않고 이를 주시하면서 항거하는 반항의 서사로 한 발 더 나아가고 있는 것이다.

그러나 초기 장편 〈표류도〉에서는 주인공 강현희로 하여금 파란만장한 생애를 거치도록 하면서 부조리의 서사와 반항의 서사뿐 아니라 고독이나 죽음, 순간성 등 여타 실존의식을 지향하도록 함으로써 실존주의를 가장 잘 구현하고 있으면서도, 이에 머물지 않고 생명과 연대의식으로 나아감으로써 개체의식으로서의 실존을 넘어 인간과 생명 전체의식으로의 질적 전환을 모색하고 있다.

그런 의미에서 〈표류도〉는 박경리의 실존주의소설 중 가장 심원한 작품이자 마지막 작품이며 새로운 출발을 알리는 최초의 생명소설이기도 했던 것이다. 그러나 박경리가 생명사상에 본격적으로 안착하게 되기까지는 복잡한 매개과정을 거쳤기 때문에 이에 대한 논의는 별고로 미루기로 한다.

최수철의 〈무정부주의자의 사랑〉 고(考)

1. 머리말

최수철의 〈무정부주의자의 사랑〉(1991)은 4부작 장편 〈어느 무정부주의자의 사랑〉 중 제2부작으로 출간된 소설이다.[1] 4부작이라 하지만 실상 각 작품 사이에서 긴밀한 유기적 관련을 찾아보기는 어려워 각부를 독립된 작품으로 보아도 무방하다. 작가 스스로도 이 사실을 인정하여 "각 작품의 이야기 방식이나 그 작품들 간의 관계 내지는 연결, 그리고 심지어 그것들이 출간되는 순서에 이르기까지 조금은 낯설게 느껴질" 것임을 예고하고 독자들에게 "적어도 이번만은 그동안 평소에 다니던 길을 벗어나 보라고, 다니던 길로만 다니지 말아달라고 감히 부탁"[2]하고 있다.

이 대목에서 우리가 주목하고자 하는 바는 독자에게 소설에 관한 기존의 기대지평을 바꾸라는 작가의 요구가, 제목에 드러나 있는 '무정부주의자'나 '사랑'이라는 용어와 맺고 있을 함수관계이다. 왜냐하면 〈어느 무정부주의자의 죽음〉[3]이 스페인의 무정부주의자 두루티의 투쟁적 생애를 그리고 있듯이 독자가 〈무정부주의자의 사랑〉에서 어느 무정부주의자의 연애담을 기대하는 것은 극히 자연스러운 일일 것인데 굳이 이를 버리라고 권고하고 있기 때문이다.

이처럼 본고는 범상치 않은 대상을 특이한 방식으로 다루고 있어 보이는 최수철의 〈무정부주의자의 사랑〉에 대하여 작품의 구체적 양상과 그 의미를 고찰해 보고자 한다.

2. 무정부주의와 연애소설

일반적으로 소설에서 다루지 못할 소재란 없고 소설사란 기존의 소설적 관습에 비추어 낯설었던 것을 찾아내 익숙하게 만들어 온 과정이라 말할 수 있다.[4] 지금은 놀라운 일의 축에도 끼지 못하지만 〈춘향전〉에서 기생 춘향이 양반의 정실부인이 되는 일이나 〈채털리 부인의 사랑〉에서 귀부인이 하인과 적나라한 사랑을 나누는 일은 당시로서는 경천동지할 만큼 낯선 것이었다. 그러기에 문학은 당대에 있어서는 불온하고 악과 관련된 것[5]으로 여겨지는 일이 다반사였던 것이다.

그렇다면 최수철의 〈무정부주의자의 사랑〉이 범상치 않은 대상을 특이한 방식으로 다루고 있어 보인다는 우리의 지적은 정확하지 않은 것일 수 있다. 이류작이나 아류작이 아닌 한 정도의 차이가 있을 뿐이지 어느 작품도 그렇게 말해질 수 있겠기 때문이다. 그러므로 우리의 표현은 그 낯선 정도가 일반적 수준을 크게 넘어선다는 의미로 이해되어 무방할 것이다.

그럼에도 불구하고 이 작품은 무정부주의자라는 '주의자'와 '사랑'이라는 어사의 다소 생경한 결합으로 인해 긴장을 더욱 증폭시키는 것도 사실이다. 식민지 기간에 형성되고 본격적으로 전개되어 온 한국 현대소설은 민족해방이라는 신성한 과제와 은밀하게 결부되어 있어 특히 공적 존재로서의 '주의자'의 사사로운 사랑은 금기의 영역에 속하는 것이었다. 심훈의

〈상록수〉에서 농촌계몽 정도를 하는 주인공들조차 사랑을 억제하는 소이연이 여기에 있을 터이다. 그리하여 '주의자도 사랑할 수 있는가?'라는 문제에 대한 이러한 자의식은 80년대 소위 운동권 소설에까지 그 여파가 미치고 있음을 볼 수 있다.

그렇다면 작가가 그토록 양해를 구하는 작품의 원천으로서 무정부주의란 무엇인가? 19세기 초 푸르동, 푸리에, 슈티르너, 바쿠닌, 크로포트킨, 톨스토이 등의 이론에 입각하여 정립된 무정부주의 사상은 '개인의 절대적인 자유'를 최고의 지향가치로 삼고, 이를 저해하는 국가권력이나 기존의 억압적 권위에 대하여 저항하는 것을 본질적 특성으로 한다.[6] 따라서 무정부주의 사상은 한국 현대사상사의 두 축인 민족주의와 마르크스주의 양 진영에 대해서도 비판[7]하는 입장을 견지하였다.

그리하여 식민지와 분단으로 특징지어지는 한국 현대사에 있어 변두리 사상으로 기능할 수밖에 없었던 무정부주의 사상은 그에 공감하는 몇몇 개인들에 의하여 겨우 명맥을 유지해 왔다고 보는 것이 사실에 가까울 것이다.[8] 그런 무정부주의를 제목에 표나게 내세우며 최수철이 무려 4권에 이르는 소설을 써냈다는 것은 일종의 소설사적 사건일 수 있다.

그러면 최수철이 내면화되거나 은폐된 형태로 존재해 온 주변부적 무정부주의를 이처럼 전면에 내세울 수 있었던 근거는 무엇일까? 그것은 "삶에 전망이 결여"되고 "전망의 확립이 어려움"에 봉착하게 된 90년대 상황을 들 수 있을 것이다.[9] 주지하다시피 전망이란 역사의 방향성과 결부되어 있고, 예술작품에서 인물들의 행동 전개 방향을 결정짓기 때문에[10] 전망의 상실은 소설 창작의 가능성에 장애를 조성하게 되는 것이다.

그런데 90년대는 사회주의권의 붕괴와 발전사관의 퇴조로 지성계가 방향감각을 상실한 시기로서 문학 역시 나아갈 방향을 잃고 방황하던 소위 포스트모더니즘 시대였다.[11] 이러한 비극적 시대성을 간파한 최수철은 더 이상 기능하지 못하는 기존의 전망을 불신하게 되고 그 대체물로서 자유의 이름 아래 온갖 기성 권위나 제도에 도전하던 무정부주의를 주목하게 된 것이라 사료된다.

그리하여 무정부주의적 전망 아래 하나의 로맨스를 시도해 본 것이 〈무정부주의자의 사랑〉이라 할 수 있다. 그러나 이 작품은 우리가 쉽게 연상할 수 있듯이 어느 무정부주의자가 자신의 연인과 나눈 사랑의 전말을 보여주는 소설이 아니다. 그 대신 이 작품은 소설을 창작하는 작가 또는 그 분신인 화자가 끊임없이 사랑에 관해 서술하면서 그 창작 행위 자체를 순간순간 반성적으로 성찰할 뿐이다. 그러므로 이 소설은 사랑의 소설에 관한 무정부주의적 아나토미(해부)라 보는 것이 더 정확할지도 모른다.

더 나아가 이 작품은 사랑이라는 것에 대하여 신비주의적으로 미화하거나 분식하지 않고 막바로 성과 연관시킴으로써 연애소설에 대한 통념을 뒤집는다. 일반적으로 연애나 사랑이라 할 때 정신적이거나 영적인 것이 선행하고 육체적이고 성적인 것은 부수적이라는 암묵적 전제를 까는 것이 보통이다. 그러나 최수철은 그러한 관행마저 우리를 억압하는 허위적 상투성으로 치부하고 거침없이 성적 담론으로서의 연애소설을 시도하고자 한다. 그리하여 90년대라는 포스트모더니즘 시대에 전망 상실의 허무감에 사로잡힌 화자는 기존의 강박관념과 고정의식을 깨어버리고 '성에 대해 본격적으로 이야기를 시작'함으로써 왜곡과 변질을 벗어난 새로운 전망 모색을 추구한다.

우리들에게 있어서 성이란 대체 무엇인가? 성은 동물의 세계가 아닌 인간의 삶에 있어서는 이미 결코 그 자체가 아니다. 그렇다면 왜곡되고 변질되고 성질이나 용도의 변질이 이루어졌다는 결론이 나오는데 그렇다면 그렇게 달라진 성을 우리는 각 개인의 차원에서는 어떻게 느끼고 어떻게 받아들이고 어떻게 향유하고 그리하여 어떻게 그 속에서 우리의 몫을 성에게로 되돌려 줄 수 있는 것일까. (…) 아마도 삶이 허무감에 사로잡히면 그 구체적인 행동은 오히려 더욱 허무로운 일에 집착하게 되는 것이 아닌가 한다. 그래서 나는 요즘 항상 성에 대한 이야기를 해 보고 싶은 욕망에 잠겨 있는 것일 터이다. 나는 그 맑고 투명하면서 허망하기 그지 없는 그것에 대해 말하고 싶다. 그렇게 함으로써 어쩌면 나는 내 속에 들어 있는 성에 대한 강박관념과 고정된 의식을 조금이나마 무너뜨릴 수 있을지도 모른다. 소극적으로 말하자면 성에 대해 본격적으로 이야기를 시작하는 것 자체가 이미 그것들을 조금은 깨고 들어가는 것일 수 있을 것이다. 그리고 누가 알겠는가, 혹시 성이라는 채널을 통해 세상을 바라보면 좀더 정직하게 세상을 바라볼 수 있고, 또한 혹시라도 평소에 잘 보이지 않던 것을 보게 될는지도.12)

그럼에도 불구하고 범박하게 말하여 〈무정부주의자의 사랑〉 역시 연애소설의 일종일 터이다. 일찍이 한국 현대소설사에 있어 소설의 작법 내지는 기대지평을 맨 처음 본격적으로 제시한 것으로 알려진 이광수는 "문학적 걸작은 마치 인생의 모 방면, 가령 연애라 하고 연애 중에도 상류 사회, 상류 사회 중에도 유교육자, 유교육자 중에도 재모 유한 자, 재모 유한 자 중에도 부모의 허락을 득키 불능한 자의 연애를 과연 여실하게, 진인 듯하게 묘사하여 하인(何人)에 독하여도 수긍하리 만한 자를 위(謂)함이니 여차한 자라야 비로소 심각한 흥미를 여(與)하는 것"13)이라고 연애소설의 전범을 설파한 바 있다.

그리하여 〈무정〉, 〈흙〉, 〈사랑〉 등 소위 삼각연애를 방법으로 하는 이광수의 연애소설이 탄생한 이래로 한국 현대소설사는 무수한 사랑의 이야기를 산출해 냈던 것이다. 그러나 무정부주의자로서 최수철 혹은 소설의 화

자가 보기에 그러한 사랑의 소설들이란 상투적인 것이어서 초극되어야만
할 무엇에 지나지 않는다.

하기야 아마도 이 세상에 유령처럼, 허깨비처럼 떠돌고 있는 무수히 많
은 이야기들 중에서 사랑과 성에 관한 것이 양적으로 절반 이상을 차지한
다고 해도 과언이 아닐 터이다. 그런 점을 감안한다면 사실 내가 이 자리
에서 굳이 사랑에 대해 이야기하고자 하지 않는다 하더라도, 공식적으로
그리고 물론 비공식적으로도 항간에는 넓은 의미에서 무수히 많은 사랑
의 이야기가 그 자체로 더할 나위 없이 충분할 정도로 떠다니고 있다고
할 수 있을 것이다. 그리고 보면 이 세상에서 사랑을 주제로 한 이야기만
큼 단순재생산이 가능한 것도 없는 듯하다. 인물의 설정과 이야기의 전개
방식뿐만 아니라 어떤 사건에 접근하는 시각에 있어서도 상투성을 그대
로 지니고 있는 수많은 사랑의 이야기들은 각기 시대와 장소에 상관 없이
각기 일률적인 패턴을 이루는 데에 긍정적으로든 부정적으로든 나름대로
기여하고 있는 것이다.

그렇기 때문에 심지어 성과 사랑에 대한 이야기에 있어서 특히 그 단
순재생산이 무한히 허용될 수 있고 실제로 그런 여지가 충분히 있음으로
하여, 내게는 지금 나 자신도 그런 단순한 재생산 작업에 무심하게 끼어
들고 있는 것이 아닌가 하는 의구심이 드는 것이 사실이다. (…) 이제야 나
는 내가 왜 방금 그토록 의기소침해져서 힘들게 말을 늘어 놓아야 했는지
를 알 듯하다.[14]

그런데 이러한 상투성에 입각한 동일률의 반복은 단순히 무가치한 노력
을 허비하게 하는 것으로 그치지 않고 현실과의 심각한 괴리를 야기하면
서 심적으로 개인들을 억압하는 부작용을 일으킨다. 그것은 안온한 습관

적 삶을 지상으로 여기는 일상이 이미 인간성의 영역에 깊이 침윤된 그로테스크한 성을 모르는 체 외면하면서 뿌리 깊은 욕망의 산물들을 돌연변이라 치부함으로써 개인들을 질식시키기 때문이다. 최수철은 이러한 사실들을 지적하고 다음처럼 자신의 갈 길을 천명한다.

　　따지고 보면 근래들어 인간의 모습은 너무도 달라져 버렸다. 이미 우리들은 과거의 우리들의 모습으로부터 멀리 떨어져 나와 있으면서 그런 사실도 모르는 채 안온함을 유지하며 습관적인 삶을 살아가고 있는 셈이었다. 말하자면 사랑과 성이 그 어느 때보다도 더욱 제도화되어 관리되고 있는 현대적인 삶에서 오히려 그로테스크한 성과 성적인 그로테스크함이 그 얼마나 심하게 인간성의 영역을 침범하기 시작하였는지 전혀 짐작조차 못하면서, 우리는 고전적인 인간관에 대한 맹목적일 정도의 믿음을 고수하는 데에 일상이라는 것의 대부분의 의미를 부여하고 있는 것이었다. 그러나 나 자신만 해도, 내 속에 들어 있는 욕망이란 그 얼마나 끝이 어둡고 심지가 깊이 박혀 있으며, 그것이 얼마나 자주 많은 돌연변이를 만들어 내어 나를 질식시키려 드는 것일까. 그러나 내게는 다른 선택의 여지가 없다. 병신 자식을 낳은 부모처럼 그 돌연변이들까지도 뜨겁게 사랑하는 것 외에는.15)

이처럼 전통적인 인간관에서 볼 때 심각하게 그로테스크화 되었고 그로 인해 알 수 없는 깊이를 지니게 된 성적 욕망과 그 돌연변이들이 현실적으로 횡행하고 있기 때문에 일상적 당위(Sollen)와 현실적 존재(Sein) 간의 괴리에 질식당하지 않기 위해서는 병신자식을 낳은 부모의 심정으로 그 변이체들마저 뜨겁게 사랑할 수밖에 없다고 최수철은 선언하는 것이다.

그러면 이광수가 심각한 흥미를 주는 것, 즉 오락 이상을 기대하지 않았던 연애소설을 이처럼 무정부주의적으로 해체함으로써 최수철은 어떠한 목적이 달성될 수 있을 것으로 생각하는 것일까? 그는 자신의 연애소설로써 사람들을 "욕정이라는 말로써 각각의 가치를 교묘하게 분류하여 만든 의미와 가치의 사다리 밑에 스스로 갇혀서, 자신을 규제하고 남들을 억압하기 일쑤"인 현실을 벗어나게 하고자 한다.

그리하여 최수철은 "인간의 감정과 혹은 정념의 일부가 욕정이라고 섭사리, 그리고 아무렇게나 규정되는 것이 사라져 버리"고 "모든 사람들이 자유롭고 평등하고 편안해질 수 있는 가능성을 더 많이 가지"게 되도록 하는 무정부주의적 이상을 달성하는 데 자신의 연애소설이 일조하기를 기대하고 있는 것이다.16)

3. 메타픽션의 시도와 그 의미

앞 장에서 우리는 최수철의 〈무정부주의자의 사랑〉이 소설을 창작하는 작가 또는 그 분신인 화자가 끊임없이 사랑에 관해 서술하면서 그 창작 행위 자체를 순간순간 반성적으로 성찰함으로써 일반적인 사랑의 이야기를 변형 내지는 해체시키고 있음과 더불어 그러한 작업의 근거를 살펴보았다. 이처럼 소설이라는 픽션에 대해 "가공물로서의 그 위상에 자의식적이고 체계적으로 관심을 갖는 허구적인 글쓰기"를 가리켜 메타픽션이라 하거니와 "픽션창작의 실제를 통하여 픽션의 이론을 탐구"하고자 하는17) 이러한 소설들의 특성과 등장 배경은 다음의 글에 잘 지적되어 있다.

메타픽션적 소설들은 전통적인 소설적 환상을 구성하거나 그러한 환상을 적나라하게 폭로하는 기본적이고 지속적인 원리에 근거하여 구성되는 경향이 있다. 다시 말하면 메타픽션의 가장 보잘것 없는 일반적인 공통점은 하나의 픽션을 창작함과 동시에 그 픽션의 창작과정에 대한 진술을 하는 것이다. 이 두 과정은 창작과 비평 사이의 차이를 없애고 또한 '해석'과 '해체'의 개념으로 묶어버리는 형식상의 긴장을 가진다.

비록 상반되는 이 과정이 어느 정도는 모든 소설에 존재하며, 특히 문학장르의 역사상 '위기'의 시대에 나타난다 할지라도 최근 소설 가운데 '메타픽션'은 현저하게 많이 나타난다. 우리가 살아온 시대는 불확실하고 불안정하며 스스로 의문을 제기케 하는 문화적으로 복수주의의 시대다. 최근의 픽션은 전통적 가치에 대한 불신과 함께 그 붕괴를 말하고 있다.[18]

허구로서의 소설을 쓰면서 소설쓰기에 대한 자의식까지 그대로 작품에 드러내는 메타픽션은 불확실하고 불안정한 위기 시대의 산물로서 전통적 가치의 불신과 붕괴를 말해 준다는 위의 지적은 최수철의 경우에도 그대로 해당되는 사항이다. 다만 최수철의 경우에는 기존가치를 억압으로 받아들이고 무정부주의에 기대어 그것에 저항한다는 면에서 보다 적극적이라 평가할 수 있다. 이처럼 메타픽션을 시도하는 최수철은 소설가들이 일반적으로 빠지기 쉬운 잘못된 관습을 지적하고 좋은 이야기꾼으로서 작가가 지향해야 할 무정부주의적 글쓰기 방법을 제시한다.

이른바 이야기꾼이라는 자들이 저지르는 잘못에 (…) 그 이야기를 그럴듯하게 혹은 그럴싸하게 시작하여 역시 그럴듯하게 혹은 그럴싸하게 끝을 내는 데에만 급급하는 것이다. 그때 그들은 자주 이야기를 하는 중에 자기들도 어쩔 수 없는 순간에 거의 우발적으로 과장을 하고 의도적으로 곡해를 하기도 하고, 하여 자기도 모르게 자신을 팔아넘기곤 한다. 그리고 나서 처음에는 자신의 행동을 자책하게 되지만 얼마 시간이 지나지 않아서 다시 그런 행동을 반복하게 되고 그러다가 그들은 상습적으로 그렇게 되어버리고 만다.

거기에 비해 좋은 이야기꾼들은 성적인 것을 화제로 삼을 때에도 이야기를 함으로써 그저 무엇인가를 전한다거나 상대방의 흥미를 유발한다거나 자기만족을 얻는다거나 하는 데에 크게 집착을 하지 않고서, 그 이야기를 하는 행위도 그 자체로 하나의 자신의 성적이고 심지어 존재론적인 삶을 실현하는 것으로, 즉 간단하게 말해서 자신의 삶을 사는 것으로 여긴다고 할 수 있을 터이다.[19]

이처럼 잘못된 이야기꾼에서 좋은 이야기꾼으로 거듭난다는 것은 "뭔가 고상하고 독특한 이야기를 하는 것으로 서두를 시작하고 싶은 욕구와 허위의식이 내 속에 들어 있을지도 모른다는 사실을 겸손하게 받아들이고서, 우선 지금 당장 내게 떠오르는 대로 그 중구난방격인 우후의 죽순들을 있는 그대로, 그것이 사실이건 허구건 상관없이, 만약 가능하다면 거의 자동기술적으로 풀어 놓는 것이 일의 순서를 제대로 따라가는 것"[20]이 되도록 글을 쓰는 일이라는 것이다.

그리하여 최수철식 연애소설의 이론과 실천을 아우르고 있는 〈무정부주의자의 사랑〉은 작품의 시초와 중간과 종말이 전체적인 균형을 이루도록 "아무 데서나 시작하거나 끝내서는 안 된다"[21]는 소위 아리스토텔레스의 시중종 법칙이라는 개괄적인 구성이론마저 무시한 채 각각의 일화들을 무계획적으로 제시하면서 진행된다. 따라서 그 자체는 그다지 중요한 것이 아닐 수도 있는 각각의 일화들이 필연성을 거부하고 우연적으로 연결되어 있는 이 작품에서 그 일화들을 따라가면서 일일이 살펴보는 것은 장황하고도 무의미한 일이 될 것이다. 그러므로 본고에서는 수많은 일화 중 몇 가지만을 예화로 이러한 작업의 양상을 일별하고 그 성과를 가늠해 보고

자 한다.

먼저 〈무정부주의자의 사랑〉은 팽배한 성적 자의식이 죄의식으로 변하면서 발작을 일으켜 기절하기에 이르는 한 여자의 이야기로부터 시작된다. '그녀'라고 지칭되는 여자는 지하철에서 자신의 몸에 밀착해 있는 한 사내가 자신을 추행하고 있다는 생각에 빠져 갖가지 상상을 하다가 어느 순간 몸을 돌려 돌아서는데 어느새 내렸는지 사내를 찾아볼 수 없자 그동안 그녀가 느낀 감각과 감정의 정체가 무엇인지 어안이 벙벙해져서 멍한 눈길로 주위를 돌아보면서 여전히 등 뒤로 느껴지는 생생한 감각을 떨쳐버리지 못한다. 그 때 신문팔이가 사람들 사이를 헤치고 신문의 주요 사건들을 계속 외쳐대며 그녀 쪽으로 다가온다.

하지만 그녀는 방금 엉뚱하게도 그 사내가 갑자기 자신에 대한 이야기를 외쳐대고 있다는 생각을 언뜻 가지게 된 것이고, 그 순간 잠깐 머릿속이 혼란 속으로 빠져들던 그녀는 그 사실을 믿어 의심치 않을 수 없게 되어버렸다. 그래서는 안될 터인데 그 사내는 계속하여 자신에 대해 왈가왈부 요란하게 떠벌여대고 있었다. 게다가 어찌된 영문인지 그는 그녀의 마음속의 비밀을 모두 알고 있었고 심리적인 움직임 하나하나조차도 모두 꿰뚫어 보고 있었다. 그는 그녀가 음란하고 추잡한 여자라고 소리치고 있는 것이었다. 그녀는 귀를 틀어막고 싶었지만 손을 들어올릴 수 없었다. 신문 파는 사내는 점점 그녀에게로 가까이 다가오고 있었다. (…)

마침내 신문 파는 사내가 그녀의 바로 앞에 이르렀다. 그는 그녀가 아까부터 자기를 뚫어지게 바라보고 있었음을 의식하고 있었던 것인지 그녀 앞에 멈춰서서 얼굴을 빤히 바라보며 무어라고 말했다. 아마도 그는 그녀에게 신문을 사겠느냐고 묻고 있는 것일 터였다. 그러나 그녀는 아무리 애를 써도 그의 말을 신문사겠느냐는 말로 들을 수 없었다. 애초에 아까부터 그녀의 귀에는 더 이상 아무런 소리도 들려오지 않고 있는 것이었다. 그래서 그녀는 아마도 지금 이 사내가 자기를 비난하고 있는 것이라는 생각 외에는 아무런 다른 생각을 가질 수 없었다. 그녀는 상을 찡그리며 한쪽 귀를 그 사내 쪽으로 돌렸다. 그리고 그 순간 그녀는 몸의 균형을 잃고 말았다. 그녀는 두 팔을 허우적거리지도 못하고 맥없이 바닥으로 쓰러졌다.[22]

첫 번째 일화는 이러한 줄거리로 정리될 수 있지만 그러나 그 서술은 '그럴듯하게 혹은 그럴싸하게 시작하여 역시 그럴듯하게 혹은 그럴싸하게 끝을 내는' 보통의 소설처럼 매끄럽게 제시되지 않고 '나'라는 화자가 기절한 '그녀'의 소식을 듣고 병원으로 달려가 들은 바를 토대로 재구성한 것이고 이 사실 또한 토로된다. 그것은 최근 "어딘지 모르게 초조하고 다급해 보였던" 그녀가 "성적인 자의식이 지나치게 팽배해 있다고나 할까, 여하튼 거기에 너무 사로잡혀 있"어서 "그러한 성적인 자의식이 어느 순간 죄의식으로 변해버린 것이고 그녀는 그러한 변화를 충격적으로 받아들이다 못해 정신을 잃게 되기에 이른 것"으로 하여 그녀에 대한 이해를 도모해 보고자 했기 때문이다.[23] 그러나 뒤이어 화자는 자신의 이러한 행위를 다음처럼 반성적으로 평가하여 독자를 혼란시킨다.

이야기를 풀어놓고 나니 한편으로는 나 스스로 보기에도 괜히 공연한 짓을 해놓았다는 느낌을 떨칠 수가 없다. 게다가 그녀 자신도 제대로 이해하지 못하는 일을 놓고서 지금 나는 이런 식으로 아귀를 맞춰보려 하고 있으니 이 얼마나 가소로운 일인가. 하지만 엄밀히 말하자면 내가 이런 이야기를 한 것은 쓸데없이 이일 저일을 꿰어 맞춰보는 것 자체에 매달린 것이 아니라, 행여 가능하다면 그녀의 가슴 속에 맺혀 있는 죄의식과 흡

사한 매듭을 풀어주고자 했던 것이다. 하지만 사실 나는 그런 일이 가능한지도 제대로 알고 있지 못하면서 이렇듯 일을 벌이고 있는 것이며, 여하튼 이렇게 하여 이 이야기는 시작되었다. 기왕에 시작된 이상 앞으로 나아가면 길은 발 앞에 놓일 것이다.[24]

위의 진술에서 우리가 주목하고 싶은 것은 이러한 문자행위가 무질서하고 무계획적으로 시도되고 있기는 하지만 그 의도가 죄의식이라는 가슴의 매듭을 푸는 데 있다는 언급이다. 가슴의 매듭이 심리적 억압을 지칭하는 것이라면 과도하게 성적 죄의식에 시달려 삶을 파괴당하는 인물로 하여금 억압의 기제를 벗어나 자유로운 삶을 향유하게 하고자 시도된 이 일화는 그 지향성이 무정부주의적임을 알 수 있다.

위의 일화가 억압적 성의식을 다루고 있다면 '포르노 책자들을 전문적으로 파는 어느 서점에서 보았던 한 청소년'에 관한 일화는 편견과 위선으로 뒤덮인 성의식을 보여준다. 길모퉁이에 있는 작은 포르노 서점의 도발적이고 퇴색해버린 분위기를 거역하지 못하고 들어간 '나'는 당당히 책을 요구하지도 못하고 쭈뼛거리며 딴전을 피우고 있는데 고등학교 일학년쯤 되어 보이는 청소년이 들어온다.

어린 사내는 나보다는 주인 사내 쪽에 가깝게 서 있을 수밖에 없었고, 하여 그는 주인의 채근하는 표정을 오래 견디지 못하고서 한 손으로 뒤통수를 긁으며 상체를 굽혀서 무어라고 속삭이듯이 말했다. (…)

그런 건 없다고 조금 전에 분명히 말했잖아. 게다가 정말로 나는 학생이 찾고 있는 게 어떤 건지 잘 모르겠어. 하다못해 말이라도 분명하게 하면 또 몰라도.

공연히 기세를 올리는 주인의 태도에 주눅이 들어 버린 어린 사내는 마구 후둘거리는 눈길로 하릴없이 실내 여기저기를 둘러보더니 이윽고 고개를 푹 떨구고는 밖으로 나갔다. (…) 둘만이 남게 되자 주인은 이제는 그곳에 없는 어린 사내에 대해 갑자기 욕을 퍼부으며, 별 미친 놈 다 보았다느니, 머리에 피도 안 마른 나이에 공부할 생각은 없이 어떻게 저렇게 되었는지 모르겠다느니 하는 말들을 멈추지 않았다. 나는 (…) 진열대 밑의 바닥에서 (…) 다소 온건한 축에 속하는 것으로 골라잡았고, 하지만 주인은 그동안에도 고개를 휘젓고 입술을 일그러뜨리면서 말끝마다 간간이 그 어린 사내에 대한 욕을 매다는 것을 잊지 않고 있었다. (…) 말로 표현되지는 않았다고 하더라도 여하튼 주인의 논리에 따르면, 노골적으로 비정상적인 것을 찾는 그 어린 사내는 변태성욕자이고 그에 비해 비록 우리가 지금 이런 짓을 하고 있기는 하여도 사실은 지극히 정상적이고 본능적인 상태에 있는 것이므로, 그 어린 사내는 그와 나의 지탄을 받아 마땅한 것이라는 식이었다. 나는 그의 단편적인 욕설들 속에서 그의 그런 생각들의 편린들을 발견하고는 머릿속과 위장이 동시에 헛헛해지는 기분을 억누를 수 없었다.[25]

이처럼 얼마 전 옆 교회의 집사로부터 사람들의 영혼을 버려놓는 책을 판다고 경찰에 고발되어 상당한 액수의 벌금을 물고 나온 주인이 어느 새 포르노를 구하러 온 화자와 한 통속이 될 것을 요구하며 도덕의 잣대를 들이미는 형국이 되어 있는 것이다. 돈을 벌기 위해 비도덕적인 행위를 마다하지 않는 책방 주인이 자신의 욕망은 정상으로 치부하고 있는 사태에 대해 화자인 '나'는 "인간들이 각기 자신들의 욕정을 가슴 속에 지닌 채 조금은 감추고 조금은 드러내며 살아가고 있는 이 세상이 그러나 기왕에 그 무수히 많고 파란만장한 욕정들에 의해 완전히 뒤덮일 수 없는 것이라면, 그렇다면 이 세상 도처에 널려 있는 우리들의 이 그리고 저 빈틈들을 어찌해

야 할 것일까." 생각하면서 "대체 누가 누구에게 돌을 던질 것인가"[26]라고
회의한다.

그리고 포르노 책방 주인이 비난한 변태성욕에 대해서도 화자는 다음처
럼 천명하고 있는 것이다.

아직까지 이야기를 해오는 동안에 나는 여러가지 수상한 점을 드러낸
것이 사실이다. 하여 나의 그 수상스러움에 대한 의심의 눈초리를 의식하
며 말을 하건대, 나는 변태성욕자이다. (…) 이렇게 내가 나 스스로를 변
태성욕자라고 말해버린다면 내게서 은밀히 드러나는 변태성욕자의 면모
를 엿보고 싶었던 사람들은 맥이 빠져버릴 것이다. (…) 자신이 변태성욕
자라고 스스로 말해버릴 수 있는 바에야, 성적인 것에 대한 욕망으로부터
완전히 자유로워질 수 없는 생물로서 대체 변태성욕자가 아닌 사람이 존
재할 수 있기라도 하다는 말인가 싶은 것이다. (…)
하지만 나의 기본적인 입장을 밝히자면, 내가 보기에는 변태성욕이란
근본적으로 존재하지 않는다. 단지 사람들이 변태성욕이라고 부르며 따
로이 갈라놓는 어떤 것이 있어 왔고 지금도 여전히 망령처럼 존재하고 있
는 것이다. 그러니까 사람들이 흔히들 그렇게 부르고 싶어하는 용어를 빌
어 굳이 나를 표현하자면 나는 나 자신을 변태성욕자라고 할 수 있는 셈
이다. 그들의 눈에 내가 변태성욕자로 비칠 수 있는 까닭은, 무엇보다도
우선 그들이 인정하는 변태성욕이라는 것을 내가 인정하지 않는 탓이다.
그러나 어떤 몇몇가지 성향을 변태성욕이라고 규정할 수 있다면, 그렇다
면 지극히 당연한 말이기는 하지만 모든 사람들에게 나름대로의 변태성
욕이 들어 있고 그것이 현실로 발현되고 있음을 어쩔 것인가.[27]

그런 의미에서 포르노 유통자이자 소비자이기도 한 책방 주인은 관음증

적 욕망이 있는 화자 '나'나 책방 주인으로부터 비난받은 청소년과 더불어 변태성욕자이자 변태성욕자가 아니기도 한 것이다.

이처럼 기절녀와 포르노 책방 주인의 일화를 비롯하여 "참으로 많고 다양한 이야기 방식을 가능하게 해"[28]주는 사랑의 "일화들을 한데 모아 이 이야기를 이렇듯 장편형식으로 꾸"[29]미고 있는 〈무정부주의자의 사랑〉은 "사랑에 대한 이야기 행위를 사랑의 행위에 접근"[30]시키고자 하고 있다. 그 결과로 화자가 기대하는 것은 "나를 포함한 모든 사람들이 성적인 면에서 심리적으로 억압되어 있고 그렇기 때문에 나뿐만 아니라 그들도 심지어 성적으로 심리적인 퇴행을 일으키기 일쑤"[31]인 현실에서 "휘고 구부러진 모든 것들을 어루만져서 가능한 한 곧게"[32] 펴지도록 하는 일이다.

그리하여 "이야기 속에서 나는 병을 앓은 것이고, 그러나 내가 이 병을 앓고 난 후에 치료되어 면역이 되고 나면 나의 혈청은 백신"[33]이 되어 나와 모든 사람들이 숨통을 막히게 하는 심리적 억압으로부터 자유로워지기를 기대하는 것이다. 그럴 때 "사랑이, 그것이 아무리 파행적인 것이라 하더라도, 사랑하는 두 남녀 당사자의 문제이기라도 하다면 얼마나 좋을까. 적어도 사랑에 대한 이야기만이라도 이야기를 하는 사람과 듣는 사람들 당사자들의 문제일 수 있다면 얼마나 좋을까."[34] 하는 작가의 소망은 실현 가능성에 한 발 가까이 다가갈 수 있게 될 것이기 때문이다.

이상에서 살펴본 바와 같이 최수철의 〈무정부주의자의 사랑〉은 "우리 삶 속에서 성과 관련되는 가능한 한 많은 양상들을 이야기로 다루어"[35] "아름답건 추하건, 슬프건 즐겁건 모든 종류의 성과 사랑의 이야기들을 일상적인 것이 되어 버리도록"[36] 함으로써 우리의 "속에 들어 있는 성에 대한 강박관념과 고정된 의식을 조금이나마 무너뜨"[37]리고 "사랑의 족쇄를 조금이나마 느슨하게 풀어"[38]줌으로써 "왜곡된 성에 대한 부정적이고 억압적인 도덕률을 해체"[39]시키려 하였다.

그러나 유기적인 구성을 버리고 "소설적이 아닌 수필적인 방식으로 기술"[40]하거나 요약될 수 없도록 파편적으로 종횡무진한 이 메타소설이 과연 그러한 목표를 성공적으로 달성해 냈는지는 속단하기 어렵다. 그럼에도 불구하고 상충하는 이데올로기들의 억압에서 벗어나 무정부주의적 자유를 구가하고자 한 최수철의 〈무정부주의자의 사랑〉은 이른바 전망 부재의 90년대를 정신사적 측면에서 증언하고 있음은 부인할 수 없을 것이다.

4. 맺음말

탈중심화를 핵심적 빠롤로 하는 포스트모더니즘적 90년대에 최수철은 '무정부주의자'와 '사랑'이라는 다소 생경한 소재를 결합시켜 〈무정부주의자의 사랑〉이라는 장편소설을 시도하였다. 그리하여 절대적 자유를 위해 일체의 억압을 거부하는 무정부주의적 이상을 연애소설에서 구현해 보고자 한 최수철은 그 방법론으로 기존의 상투적 작법을 해체하는 메타픽션을 지향하였다.

그 결과 다양한 이야기 방식을 가능하게 해 줄 사랑의 일화들을 한데 모아 즉흥적이고 비유기적으로 장편형식을 꾸미게 되었는바, 이러한 시도가 사랑에 대한 이야기 행위를 사랑의 행위에 접근시키고 사람들을 억압적 성의식에서 벗어나 자유로운 삶을 구가케 할 수 있으리라 기대하였기 때문이다.

작가의 그러한 의도가 목적을 충분히 달성하였는지의 여부는 속단하기 어렵겠지만 "사회유지법상 필요에 의해 삶의 일각에서 제도적으로 사용되는 것에 지나지 않는"[41] 욕정이라는 말로 다른 사람, 혹은 자신의 성적인 욕망을 욕정이라고 감히 부르는 일이라도 완화된다면 "모든 사람들이 자유롭고 평등하고 편안해질 수 있는 가능성을 더 많이 가지는"[42] 공간이 확보될 것임을 적어도 작가는 믿고 있다고 말할 수 있을 것이다.

구인환 소설과 민속사상

−〈일어서는 산〉을 중심으로

1. 시작도 끝도 없는 이야기

모든 문학작품은 그것이 다루는 대상이나 내용과 형식이 어떠하든지 간에 일차적으로 씌어진 시점을 그 평가의 척도로 삼는다. 작가는 쓰고 싶은 것을 쓰는 것이 아니라 단지 쓸 수 있는 것을 쓸 뿐이라는 말도 있지만 같은 작품이라도 그것이 언제 씌어졌느냐에 따라 작품의 가치는 천차만별일 수 있다. 이처럼 작품의 연대기적 위상은 모든 발생적 문학 이해의 기초이다.

그러면 구인환의 〈일어나는 산〉(『운당 구인환 문학전집』1·2, 푸른사상, 2005)은 어떠한가? "1940년대 일제 치하 말기에 빚어지는 봉근리란 한 마을의 비극적 현실을 재연"했다는 〈일어서는 산〉 제1부는 1985년 11월부터 2년여에 걸쳐 월간 문학지에 연재되었던 장편소설이다. 이러한 연대적 사실에서 혹자는 다소 의아한 느낌을 가질 법하다. 해방전후사라면 당대 이후 다양한 담론형태로 무수히 개진되어 이미 설진되었음직한데 아직도 할 말이 남아 있었던가?

물론 이러한 느낌은 곧 시류성과 연관되어 있을 터이다. 이와 관련하여 작가는 머리말에서 "우리 민족이 겪은 고난과 비극은 오늘의 시각에서 조응하여 우리의 삶의 의미와 성취와 지향성을 조명할 거울로 삼을 필요"를 역설하고 있다. 이를 통해 볼 때 작가가 그리고 있는 해방전후사는 그 자체의 디테일이 아니라 그를 통해 오늘의 우리가 거울로 삼아야 할 지향성을 보여줌에 그 의의가 있는 것임을 알 수 있다.

그러면 작가가 "오늘의 시각"이라고 표나게 내세우고 있는 그 오늘이란 무엇인가? 1985년부터 연재되었지만 구상이나 집필 등을 감안하면 80년대 초반이 작품 발생의 기반임을 어렵지 않게 짐작할 수 있다. 그렇다면 80년대란 무엇인가? 80년대의 시대 본질을 운위하자면 광주민주화운동과 신군부의 억압적 분위기를 떠올리지 않을 수 없을 것이다. 그러므로 핍박받는 민중이라는 공통분모를 갖는 해방전후사와 80년대는 역사적 연속성을 확보할 수 있어 보인다.

사안의 절박성을 감안한다면 과거로 거슬러 올라가는 간접화법보다 당대를 직접 다루는 직설화법이 더 속 시원하고 용기 있어 보일지도 모른다. 그러나 혈기방장한 젊은 작가도 아니고 광주체험과 직접 연결되어 있지도 않은 연륜 있는 중견작가로서 부정적 현실에 개입할 수 있는 차선책이 자신의 체험 영역인 해방전후사를 통한 간접적 메시지였을 것임은 미루어 짐작하기 어렵지 않다. 이처럼 어려운 현실에서 도피나 퇴행의 장소로서의 해방전후사가 아니고 당대 현실의 메타포였다는 것만으로도 그 의의는 결코 적지 않을 것이다.

그러면 작가는 오늘의 우리가 해방전후사에서 배울 수 있는 것이 무엇이라 보고 있는 것일까? 역사적 사실을 바라보는 관점은 곧 사관과 연결되고 그것은 인간이란 무엇인가 하는 인간관, 세계관과도 직결되는 문제일 것이다. 이와 관련하여 작가는 다음과 같이 말하고 있다.

세상은 반드시 그렇게 즐거운 것만은 아니다. 슬픔과 괴로움이 뒤따르게 마련이요, 절망과 절규가 그 사이에 뛰어들게 마련이다. 그렇다고 그 누가 세상을 고해라고 했다지만, 세상을 그렇게 어둡게만 볼 것은 아니다. 즐거움 가운데 슬픔이 있듯이 괴로움 가운데 한 가닥의 희망을 안겨주는 불빛이 있게 마련이다.(전집1, 머리말)

위에서 언급하고 있듯 세상을 즐거움과 괴로움이 교차하고 절망과 희망이 병행하는 곳이라고 보는 관점은 중도적 세계관이요, 이를 해방전후사에 대입하여 보면 좌파적 시각도 우파적 시각도 아닌 중립적 관찰자의 시각이 될 터이다. 이러한 입장에 설 때 작품은 어떤 양상을 띠게 될 것인가? 그것은 "〈일어서는 산〉의 1부 끝의 인물들은 해방공간의 주인공이 되고, 2부 끝의 인물들은 6·25전쟁의 격동을 겪어 5, 60년대의 주인공이"(머리말) 되는 것처럼 한 끝은 또 다른 시작에 지나지 않을 뿐 완전한 매듭이 없이 한없이 지속되어 가는 세상을 보여주는 것이다.

다시 말해 좌파든 우파든 세계를 과정적 목적론적으로 파악하던 기존의 발전사관이 역사 흐름의 동향성을 인물과 사건을 통해 정합적으로 그려내고자 한데 반하여 본 소설은 시작도 끝도 없이 이어지는 삶의 지속성과 기쁨과 슬픔, 절망과 희망이 교차하는 순환성을 드러내고자 하고 있으며 이를 위해 민속적 일상을 방법론의 핵심에 놓고 있는 것이다. 농경문화를 중심으로 살아온 한국인에 있어 주기적으로 반복되어 온 다양한 세시풍속은 농사와 밀접한 관련이 있음은 물론 본질에 있어 그것은 축제적 놀이의 성격이 강한 것으로 파악된다.

역시 모두들 놀기를 좋아하는 민족이다. 정월 대보름에는 애들이 쥐불놀이를 하느라 야단법석이고, 사월 초파일에는 절에 가서 불공드리고 탑돌이나 강강술래로 마을 처녀들이 신나게 놀며, 팔월대보름 추석에는 윷

놀이, 풍물놀이, 온 마을이 축제로 떠들썩하게 놀아 한 해 지은 농사의 추수를 감사하며 떡도 해 먹고 술도 빚어 먹으면서 즐긴다. <u>위의 동이전에 동방 사람은 노래와 춤을 좋아하고 술을 즐겨 놀기를 좋아한다고 기록한 정도이니 예부터 놀기를 좋아해 오고 있다.</u> 일제 강점기 때에 그 혹독한 탄압을 견디어 온 것도 웃음과 노래로 한을 푸는 슬기를 지녔기 때문이요, 스스로 즐기면서 어려운 상황에 노래와 술 그리고 놀이로 대처해 왔기 때문에 가능했던 일이다. 동네에서 좋은 일은 물론이요 흉사가 있어 침울해 있을 때에도 풍물을 들고 나와 꽹과리와 장고 징을 들고 한바탕 두들기고 나면 속이 시원해지고 마을에 웃음이 번져나가고 주막거리에서는 막걸리 잔이 즐겁게 오고 가는 것이다.(전집2, 325~6쪽)

이처럼 그 핵심에 놀이적 성격이 놓여 있고 기쁨과 슬픔을 견딜 수 있는 원동력까지 제공하는 민속이란 일시적이고 우연적인 행사가 아니고 수천 년 전 중국의 역사서 〈위지 동이전〉에서도 지적되었을 정도로 한국인의 민족성과 결부된 불변의 향수로서 연면하게 일 년 단위로 순환하면서 지속적으로 반복되어 오고 있는 것이다. 아울러 이러한 민속의 담지자로서의 한국인의 본질은 소위 유희적 인간(호모 루덴스)로 파악되며 이러한 놀이로 대처할 수 있었기에 일제의 탄압도 견딜 수 있었다고 보는 것이다.

그러므로 민중의 핍박기로 이해되는 80년대에 해방전후사를 반영하고 재현하면서 민속으로 핍박을 이겨내는 과정을 보여준다는 것은 민속처럼 여유와 끈기로 공동성을 회복하고 서로 위무하며 견디다 보면 현실의 고통도 조만간 해소되리라는 희망의 메시지를 주는 것에 다름 아니다. 그리고 〈일어서는 산〉이 민속적 인간상을 작품의 참된 주제로 그리기 위해 문제적 개인을 중심으로 전개되는 통상적인 리얼리즘이나 역사소설의 형식을 버리고 독특한 서사방식을 택하고 있는 것도 주목을 요한다.

2. 문제적 개인과 보존적 개인

한 사회의 구성원을 문제적 개인(das problematische Individuum)과 보존적 개인(das erhaltende Individuum)으로 구분할 때 사회의 전체성을 문제 삼으며 역사적 방향성이나 당위성을 두고 시비하고 다투는 부류를 문제적 개인이라 하고 상대적으로 그러한 문제에 관심이 없이 일상적 삶을 영위하며 문제적 개인의 기반을 구축해주는 부류를 보존적 개인이라 할 수 있다. 어느 이론가에 의하면 사회나 역사의 상황에 따라 운명이 달라지면서 부침을 거듭하는 문제적 개인이란 2할 정도에 불과하고 나머지 보존적 개인이 시대와 상관없이 일하고 아이 낳고 사소한 일상성에 매몰되어 살아가면서 사회를 지속시킨다. 이렇게 볼 때 〈일어서는 산〉이 주목한 민속적 인간상이란 민중이라 불리는 보존적 개인의 다른 이름임을 알 수 있다.

그런데 소설은 본래 문제적 개인이 자신이 몸담고 있는 세계를 문제 삼으며 세계의 의미를 재발견하기 위해 세계와 대결하는 이야기라고 고전적 소설이론은 설명한다. 특히 역사의 방향성과 동궤에 서서 역사의 진전을 수행하며 촉진시키는 소위 전형에 관한 이야기는 리얼리즘소설이라 하여 고평하기도 한다. 이러한 소설들에 있어 일상성을 영위하는 보존적 개인들은 세계의 일부로 배경 이상의 역할을 담당하지 못한다. 물론 민중사관에 입각하여 역사의 주체로 민중을 설정하는 경우가 있을 수 있지만 그럴 때의 민중은 문제적 개인의 범주에 속하고 보존적 개인과는 무관하다. 그런 의미에서 보존적 개인의 민속적 본질에 주목하고자 한 〈일어서는 산〉이 이야기를 전개하여 나아가는 방법을 주목할 필요가 있다.

일찍이 루카치는 문학이나 예술의 미학적 범주로 특수성을 든 바 있는데 이는 현상으로 무한히 전개되는 개별성과 현상의 원리라 할 수 있는 일반성을 변증법적으로 지양한 차원이다. 다시 말해 인물이나 사건 등 작품에 그려지는 모든 것들은 외견상 우리 주변의 현실과 닮아 있지만 그것은 무분별하게 아무렇게나 보이는 대로 그려낸 것이 아니라 보편적 원리를 드러낼 수 있도록 선택된 결과물인 것이다. 그러므로 작품은 일반성이라는 보편 원리를 드러내기 위해 현상적인 개별성의 외피를 입고 있다는 것이다. 만약 일반성을 그대로 드러낸다면 그것은 경제학이나 철학 같이 무미한 골격만이 드러날 것이고, 개별성에 함몰한다면 무의미한 현상 나열에 그치고 말 것이기 때문이다.

그런 의미에서 특수성을 잘 구현하고 있는 소설은 리얼리즘계의 작품일 것이라는 추측이 가능하다. 디테일의 정확성 이외에 전형적 상황 하의 전형적 인물을 그리는 것이 리얼리즘의 요체라 할 때 이러한 요구는 개별성과 일반성을 결합한 특수성임이 자명하기 때문이다. 우리 문학사는 개별성만 있고 일반성이 없는 최서해 소설과, 일반성만 있고 개별성이 부족한 박영희 소설, 개별성과 일반성이 잘 결합되어 리얼리즘소설의 최고봉으로 꼽히는 이기영 소설 등 풍부한 사례를 잘 보여주고 있거니와 특히 이기영의 〈고향〉은 소작투쟁이라는 상승적 현실원리에 농촌의 다양한 디테일을 가미하여 식민지시대소설의 백미를 산출하기에 이르렀던 것이다.

그런데 특정한 발전사관 대신 지속적 순환사관에 입각하여 중도적 입장에 설 때 어떠한 서술전략이 수립될 수 있을까? 중도적 입장이란 "세상사 알 수 없으니 물 흘러가는 대로 살아가는 것이 가장 현명한 삶의 길"(2권, 151쪽)임을 본능적으로 알아챈 보존적 개인의 위치이기에 중립적 관찰자 시점을 택하는 것은 자연스러운 귀결일 것이다. 중립적 입장에서 본다면 해방전후사는 특정한 방향에서 파악될 것이 아니라 좌파적 계급주의자와 우파적 민족주의자, 민속적 인간군상이 공존하면서 일제 및 미소라는 권력체와 길항작용하는 역학구도 이상도 이하도 아니다.

그러므로 중도적 입장을 표방한 〈일어서는 산〉은 리얼리즘소설처럼 유기적으로 특수성을 구현하는 대신 세 가지 언어체로 비유기적이고 병렬적인 점묘화를 그려낸다. 세 가지 언어체라 했거니와 그 중 하나는 (A) 해방 전후사를 일반성의 레벨에서 메타언어로 서술하는 부분이고, 다른 하나는 (B) 봉근리 주민의 민속적 생활상을 개별성의 레벨에서 묘사하는 부분이며, 마지막은 (C) 대개의 소설처럼 문제적 개인들을 특수성의 레벨에서 묘사하는 부분이다.

(A) 지원병은 남총독이 상주(上奏)하여 실시된 강제징병제였다. 남(南次郎) 총독은 1937년 8월 5일 대죽(大竹) 내무국장과 삼교(三橋) 경무국장, 염원(鹽原) 학무국장과 회동하여 지원병 제도를 실시하는 것이 현재 조선의 교육 정도와 사회정세로 보아 적절하다는 것을 합의하여, 1938년 1월 15일 총리의 부름을 받은 남총독이 직접 천황에게 상주하여 정부 방침으로 확정시켰다. 육군성과 척무성, 그리고 조선총독부에 의해 입안이 되어 1938년 2월 2일 칙령 제 95호로 '육군특별지원명령'이 공포되고 같은 해 4월 3일자로 시행을 하게 되었다. 이 법령은 전문 5조 및 부칙으로 되어 있으며, 17세 및 신장 160센치 이상인 소학 졸업 또는 동등 이상의 학력자 중 공민권에 결격사항이 없는 자로서 한정해 놓고, 설전부대(유세부대)와 지원병 후원회를 만들어 적극 지원을 장려하여 1938년 4월 10일로 마감한 제1기 지원병 400명 모집 인원에 대하여 2,673명이 지원하고 혈서까지 있었다고 하니 얼마나 야단을 부렸는가를 짐작할 수 있다.(전집1, 114쪽)

(B) 김을 매는 것은 농사일을 마무리하는 것이다. 모가 자라는데 방해가 되는 잡초를 제거하고 벼 포기 사이를 밟아 벼가 튼실하게 자라게 하는 것이다. 앞에 고깔을 쓰고 풍물을 치고 그 가락에 맞추어 김을 매는

농부들의 흥이 저절로 나는 흥겨운 들판, 장고의 맑고 경쾌한 장고소리에 느릿하게 치는 징소리가 디~ㅇ 디~ㅇ 하고 울려 퍼지는 가운데 논을 매는 손길이 가벼워지고 찬밥을 먹으면서 기운을 돋우어 품앗이하는 풍족한 마음을 누린다. 논에 들어가면 고랑에 밤 알만하게 커진 우렁이 널려 있고 살찐 붕어 새끼와 미꾸라지가 퍼덕퍼덕 뛰어 살아 있는 논에 발이 빠지는 것도 모른다. 이런 일에서 즐거운 일의 하나는 찬밥을 먹으면서 잠시 쉬는 일이다. 뜨거운 햇빛 아래 벼 잎이 찌르는 가운데 비지땀을 흘리면서 일을 하다가 잠시 논둑에 나와서 쉬는 일. 거기에 텁텁한 막걸리 한 잔 들이키는 찬밥은 기가 막힌다. 컬컬한 목구멍을 넘어가는 그 걸쭉한 맛이라니 그야말로 둘이 먹다가 하나가 죽어도 모를 지경이다. 이런 일에는 자연 인심이 풍성하기 마련이다. 점심을 먹는 들판이나 막걸리 한 잔 마시는 접밥에 길손이 지나가면 그대로 지나가게 하지 않는다.(전집2, 356쪽)

(C) 차는 어느 새 예산을 넘어 철교를 건너고 있었다. 다음 삽교를 향하여 달렸다. 수덕사로 유명했다.

하늘은 푸르고 뭉게 구름이 너울너울 춤을 추고 있었다.

진수는 창가에 눈을 던졌다. 무엇인가 창가에 어른거렸다. 아버지인 태만의 얼굴이었다.

"세상을 똑바로 보고 살아야 한다. 변화에 순응할 수 있는 능동성이 있어야 된다. 세상을 타고 살아가야 하는 거다."

이들이들한 아버지의 음성이 땡그랑하고 공중에서 굴렀다. 진수는 그 얼굴을 지긋이 쳐다봤다.

"그것이 꼭 제 나라가 아니라도 좋다. 잘만 살면 되는 거다."

아버지의 얼굴색 하나 변하지 않고 하는 말이다.

진수는 다시 그 얼굴을 응시했다. 그 얼굴에 장터의 하얀 옷을 입은 사람들의 얼굴이 포개지기 시작했다. 아버지의 얼굴은 살며시 사라지고 백의의 함성이 메아리치기 시작했다. 진수의 가슴도 서서히 달아오르기 시작했다.(전집1, 80쪽)

위에서 본 바와 같이 (A)는 소설의 문장이라기보다는 역사책의 한 구절을 연상시킬 정도의 객관적 학술어로 일제 말기의 사실들을 기술하고 있다. 전체 작품에서 차지하는 비중으로 보면 상대적으로 적은 분량이기는 하지만 독자들의 기존 소설독서 체험으로 보자면 상당히 이질적으로 느껴질 만한 언어체이다. 보통의 소설들은 이러한 일반적 역사사실을 배면으로 깔고 그 위에 인물과 사건을 덧씌워 직접 맨 얼굴이 드러나지 않게 하기 때문이다. 자칫 형상화의 미숙이나 설익은 작품으로 오해받기 쉬운 이러한 일반성의 직접 노출을 〈일어서는 산〉은 주저 없이 감행하고 있는 것이다. 말하자면 객관적인 해방전후사를 독자에게 좌표로 제시함으로써 상대적으로 이와 무관하게 살아가는 대다수의 보존적 개인과 그 흐름을 일정하게 매개하는 몇몇 문제적 개인을 대비시킬 수 있는 시금석으로 삼도록 하는 장치인 셈이다.

(B)는 해방전후의 시기에 서해안의 한 농촌마을 봉근리에서 벌어지는 김매기 현장에 대한 개별성 레벨에서의 묘사이다. 일제 말 해방 직후의 공간에서 8할 이상의 한국인이 생업으로 삼았던 농경의 현장이 제시되고 있는 것인데, 암흑과 혼돈의 시기라고 말해지는 당대의 역사적 본질과는 무관하게 흥과 인정과 활력이 느껴진다. 새 보기, 콩서리, 꽃놀이, 복놀이, 타작, 운동회, 소풍, 상여 나가기, 입 농사, 모시 짜기, 남산놀이, 설 쇠기, 풍물놀이, 겨울밤 나기, 느티나무제 등 전 작품을 통하여 빈번히 등장하는 이러한 농경민속적 광경은 작품의 서사적 완결성은 저하시키지만 이 소설에

민속지적 특성을 부여하면서 시대 상황에 구애되지 않고 활기 있게 살아가는 민중의 유희적 인간상을 각인시키는 효과를 거두고 있다.

(C)는 우리가 가진 통상적인 소설의 기대지평에 일치하는 언어체이다. 회의하고 유약한 일본 유학생 진수는 현실에 순응하여 살아가는 친일파 부친과 대립하고 무색옷으로 바꾸려는 일제에 저항하여 백의를 고집하는 민중에 공감하는 문제적 개인으로서 늘 선택의 기로에서 고민하면서 학병 탈출, 광복군 입대, 중도좌파 선택 등의 스토리 라인을 따라가지만 결국 좌절하는 인물이다. 이러한 언어체는 좌파, 우파, 중도우파 등 당대의 일반성으로 규정될 수 있는 여타 흐름에 편승한 인물들과 사건들을 서로 분규시키면서 서사를 진행시켜 간다. 〈일어서는 산〉이 기존의 리얼리즘소설을 지향했다면 이러한 언어체만으로 씌어졌을 것이다. 그러나 민속적 인간상이라는 보존적 개인을 중심에 놓고자 할 때 문제적 개인의 입지는 줄어들 수밖에 없었다고 보인다.

3. 삼중적 서사구조와 인간상

앞에서 우리는 〈일어서는 산〉이 보존적 개인을 작품의 참된 주제로 삼고 있다고 말한 바 있는데 이는 보존적 개인의 민속적 삶이 작품의 전면에 드러난다는 뜻이지 그것만 있다는 뜻은 아니다. 이것은 문제적 개인을 주인공으로 한 소설이 보존적 개인을 배제한 채 씌어질 수 없는 것과 같은 이치이다. 그러므로 〈일어서는 산〉은 순환적 서사구조, 상승적 서사구조, 분규적 서사구조의 삼중구조 속에서 각각 민속적 인간상, 성취적 인간상, 문제적 인간상을 구현해 냄으로써 당대의 전체상을 구축해 내고 있다. 그러면 아래에서 이들 각각에 대해 좀 더 상세하게 살펴보기로 하자.

먼저 순환적 서사구조 속에서 민속적 인간상이 형상화된 모습을 살펴보기로 하자. 장항 인근 한시레들, 토사곽란들, 다시레들 등 토속적 이름을 가진 들판에 둘러싸인 봉근리 마을을 중심으로 한 세계가 펼쳐져 돌아가고 있다.

> 동산의 그림자가 길게 붓당굴 밭에 드리우고, 마을 앞 쥐엄나무도 노란 들판에 길게 누워 잠자리에 들 준비를 했다. 봉근리는 석양이 기울자 더 부산했다. 밭에 가 감자순을 따거나, 깨를 털고 고추를 따던 아낙네들이 무거워진 광주리를 이고 바쁜 걸음으로 산에서 내려오거나 들 건너 밭에서 부지런히 걸어오고, 남보다 일찍 벼를 베기 시작한 할아버지는 산기슭에 맨 소를 몰고 어린애들은 동산기슭에 맨 염소를 끌고 걸음을 빨리 했다. 집에서 손주를 보던 할머니나 아낙네들은 바깥 마당이나 집 옆 공터에 널은 고추며, 깨며 녹두, 팥을 걷어들이고 젊은 아낙이나 색시들은 물동이를 이고 샘에 모여들었다. 물동이를 이고 온 아낙네들이 몇 마디라도 하루 사이에 벌어졌거나, 어떻게 들은 이야기로 꽃을 피우면, 하루종일 바삐 돌아다니던 개들도 여기 저기 모여 서로 마주보며 헤어져 갔다. 학교에서 돌아온 애들도 책가방을 마루에 집어던진 채 어른들의 손포를 거들면서 시장기를 느꼈다.(전집1, 55쪽)

위의 인용문은 해방전후기의 봉근리라는 특정 시공간에서 일어나는 어느 가을의 저녁 풍경이다. 그러나 그것은 언제라도 어디서라도 아낙네, 남정네, 할아버지, 할머니 같은 갑남을녀에 의해 순환적으로 지속되어 오고 있는 삶의 양상이다. 그 세계는 예컨대 아낙네들을 옵바굴댁, 용담댁, 솔리댁, 모산댁, 장마루댁, 쇠꼬랑댁, 대추멀댁, 신산댁, 합전댁, 용아실 아줌마 등으로 바꾸어도 개성은 별로 찾아지지 않는 원형(Archetype)적 세계이다.

이러한 세계는 농경의 힘겨움과 삶의 애환 및 정치적 격랑 등을 세시풍속의 흥과 멋과 활기로 견디며 연면하게 이어져 오는 삶의 현장이다.

풍물은 봉근리를 위시하여 시골 사람들에게는 생활의 여정과 같이 하는 반려이다. 설날이나 보름날 팔월 등 명절은 물론이요, 농사를 지을 때도 언제나 같이 하며, 농한기에 여가를 즐기는 낙이다. 풍물은 설날 동네의 연사와 행운을 비는 놀이로 시작하여 그믐날 액날리기로 끝나니 봉근리의 생활은 풍물에 의해 시작되고 풍물에 의해 끝난다고 볼 수 있다.

풍물에서 가장 신명이 나는 것은 정월 설날과 대보름날이다. (…) 정월 사흘에는 거둔 쌀과 돈을 합쳐놓고 마을제 비슷한 놀이가 한바탕 벌어진다.(전집2, 19쪽)

이때는 진짜 풍물군이 나온다. 할머니나 구장집에서 해온 떡시루를 명석 위에 놓고 풍물을 가볍게 두드리면서 절을 하면, 한마당이 시작된다. 마을의 촌로도 다 나오고 아낙네들은 다 밖으로 나온다. 콩나물국과 찌개 등 술안주는 풍성하게 나오기 마련이다. 느린 장단으로 시작하여 떡시루를 빙빙 돌며 풍물을 치면 어느 새 마을 사람들이 다 나와 인산인해가 된다.

신명좋은 사람들이 소고를 들고 나서는데 이건 장관이다. 촌로들도 엉덩이를 흔들면서 뛰어들고 회갑을 넘긴 아줌마들도 어깨춤을 추면서 뛰어든다. 한참 흥겨울 때 열두 돌모가 들어온다. (…)

돌모놀이가 끝나면 다시 느릿한 풍물로 고조된 흥취를 가라앉히면서 서서히 놀이의 뒷풀이 준비를 한다. 그러면 흥에 넘치는 마을 사람들은 돈을 걸기도 한다. 꽹과리와 장고 그리고 북을 치는 사람들의 고깔에 돈이 주렁주렁 매달린다. 그럼 더욱 신이 나서 꽹과리를 두드리고 장고를 친다. 마당은 온통 춤바다가 되어 풍물놀이는 그 절정을 장식한다.(전집2, 21쪽)

이러한 세시풍속에 빠질 수 없는 것이 술과 음식과 가무이고 그 흥취에 기대어 민속적 공동체는 유지되어 갈 뿐 아니라 그 힘에 기댐으로써 징용과 징병, 강제 노역 및 정신대 차출, 공출 등 일제 말의 억압과 해방 직후의 혼란에서 유래되는 불행과 슬픔도 위무되고 치유될 수 있었던 것이다. 물론 설쇠기나 풍물놀이, 남산놀이 등 어떤 놀이들이 금지되기도 하는 일제 말과 상대적으로 자유로운 해방기처럼 때에 따라 민속 연희의 조건이나 그 의미는 다소 다를 수도 있다. 그러나 당국에 끌려가 취조 받는 위험을 무릅쓰면서도 풍물놀이를 참지 못하거나 불확실한 해방 공간을 풍물 축제의 장으로 바꾸는 민속적 인간상의 원초적 에너지는 그 어떤 조건도 끝내 극복하는 민중의 강력한 생명력인 것이다. 아울러 이러한 민속적 삶의 공간은 공식적 덕목만이 통용되는 고지식한 세계가 아니고 을숙과 주모 산월댁의 성적 일탈조차 일어날 수 있는 분방한 세계이기도 한 것이다. 일일이 매거하기 어려울 정도의 다양한 민속이 끊임없이 등장하기에 〈일어서는 산〉은 기본적으로 암흑과 혼란의 시기를 그리고 있음에도 불구하고 어둡고 우울하기보다는 탈상황적 역동성이 지배하는 작품이라는 느낌이 강한 것이다.

다음으로 상승적 서사구조로 성취적 인간상을 드러내는 경우를 보기로 한다. 대표적인 것이 물산회사에 다니며 틈틈이 농사도 짓는 서기병의 가족 이야기이다. 그의 부친은 생활에 별무관심인 훈장영감, 모친은 기와집 할머니 용담댁, 아내는 옵바굴댁, 아들은 승환과 진환인데 특히 성취욕에 불타는 인물은 용담댁이다. 시아버지 서참봉 때의 드높았던 가세와 위세를 기억하고 있는 그녀는 집안이 몰락해 농토와 살던 집을 잃고 소작농으로 어렵게 살아가는 중에도 방물장수와 억센 노동으로 재산을 모아 옛 영화를 되찾으려 한다. 그녀는 자신의 옛 집터에 기와집을 지었던 원씨네가 몰락하면서 집을 내놓자 원주인에게만은 팔기 싫어하는 집주인을 능란한 거간꾼으로 무마시켜 결국 꿈을 실현한다. 반면 훈장영감은 최의원, 장군영감과 함께 마을의 원로로서 민속적 삶의 한가운데 유유자적 살아간다.

그러나 무엇보다도 〈일어서는 산〉에서 진정한 의미의 상승적 성취를 보여 주는 대표적 인물은 소년기를 거쳐 대학에 입학하기까지의 삶을 보여 주는 진환이다. 서기병 일가가 아무리 옛날을 회복한다 해도 그것은 몰락을 경험한 후의 성취로서 전환구조의 형식을 벗어나기 어려운 데 반하여 진환의 경우 순수한 눈으로 놀랍고 신기한 일들을 경험하면서 상승적 자아를 형성해 가기 때문이다. 그 과정의 몇 대목을 보이면 다음과 같다.

(A) 시가는 한산했다. 더구나 창고가 많이 서 있는 부두가는 나간 집같이 허전하게 보였다.

공원을 옆으로 보면서 곧장 가다가 왼쪽으로 꼬부라졌다.

"형, 저건 뭐지. 붉은 집이 많잖아. 벽돌집이지…… 벽돌은 나두 안다."

진환은 발을 멈추고 도립병원 앞을 쳐다봤다.

"저건 말이다. 저건 병원이다. 병원 가운데서도 도립병원이다."

"도립병원, 그게 무엇인데?"

승환도 언제 한번 가본 적이 있는 도립병원을 생각하면서 진환을 쳐다봤다.

"의사가 있는 데지."

"의사가 많이 있는 곳이다. 그리고 간호사도 많고……"

진환은 고개를 끄덕이면서도 잘 납득이 안가는 표정이었다.

중앙로에 이르자 진환은 더욱 신기했다. 상점과 상점, 거기에 진열되어 있는 수많은 물건, 진환을 놀라게 하기에 충분하고도 남음이 있었다.(전집1, 38쪽)

(B) 진환은 책읽기에 흠뻑 빠져 있었다. 손에 들어오는 대로 책을 마구 읽는데 밤을 지새웠다. 해방 후 책이 쉽게 손에 들어 올 리가 없었다. 주로 소설과 철학 서적이 대부분이었다. 책이 있다면 십리도 멀다 하지 않고 찾아가 책을 빌려서 하루저녁에 독파했다. 수리조합장을 한 장희태 산림조합에 형이 있는 김경태 등이 암파문고를 하여 춘원의 〈무정〉, 〈사랑〉, 김동인의 〈대수양〉 등을 체면 불구하고 빌려다 보았다. 한 번은 한 십리 이상 되는 경태네 집에 가서 저녁을 먹고 춘원의 〈흙〉과 이태준의 〈복덕방〉을 빌려 오는데 큰 봉변을 만나 혼이 난 적도 있다. 눈이 쌓이는 것도 모르고 경태와 노닥거리다가 출발하여 눈 속에 길을 잃어 헤매는데 책을 안 놓으려고 안간힘을 쓰다가 눈이 쌓인 고랑에 빠진 것이다. 결국 책을 다음날 새벽에 가서 다시 찾아 그날로 독파하고야 말 정도로 책의 마술에 걸려 있었다.(전집2, 263쪽)

(C) 학생들은 날듯이 기분이 상기되었다. 겨우 간다는 것이 배를 타고 군산 공원에 갔다 오거나 단단히 별러서 마령포구나 갔다 오는 정도이니 기차를 탄다는 것은 대단한 일이다. 진환은 해방 전 천안농협을 다녀 기차를 두어 번 타 본 적이 있지만 대개는 아마 처음 타보는 학생이 많을 것이다.

"아니 덕수궁과 경복궁을 가는거 아냐. 야 시청 앞에 있다는 덕수궁에 가본단 말이야. 아니 왜 미소공동위원회가 열렸던 곳 말야."

한수가 일정표를 자세히 바라보면서 말했다.

"경복궁을 가 봐야 되는 거야. 경희루를 보면 놀랄 것이다."

기수가 자기는 대개 가 봤다면서 학생들의 부러움을 사고 있었다.

이렇게 해서 서울에 도착한 것은 아직도 해가 좀 남아 있는 저녁 때였다. 집찰을 하고 역을 나오자 모두가 아아 하고 감탄사를 연발했다. 역전이 훤하게 펼쳐지고 남산이 육중하게 시야를 가렸다.

―야 저기 남대문이 보인다. 저게 남산이라는 거야.

누군가가 급히 역전에 나가 사방을 돌아보면서 어찌할 줄을 몰랐다.

모자를 벗어 만세를 부르듯이 두 손을 들고 사방을 돌아보는 학생도 있었다.(전집2, 492쪽)

(D) 장한농협중학교에 경사가 났다. 서울대에 세 사람이나 합격을 한 것이다. 한수는 문리대 정치학과에, 기수는 농대의 농업경제학과에, 진환은 사대의 국어과에 합격을 했으니, 일대 경사가 아닐 수 없었다. 아니 이건 서천군의 경사요 새로운 출발을 약속하는 도약의 길이었다.

장항역은 5월말의 햇살을 강하게 받고 있었다.

"몸조심해야 한다. 외숙모가 잘해줄 것이다. 공부해서 은혜 갚으면 된다."

어머니 말에 진환의 눈시울이 뜨거워졌다. 봉근리의 부모 슬하를 떠나 객지에 가는 것이니 가슴이 허전하지 않을 수 없다. (…)

진환은 창 밖을 내다보며 손을 흔들었다. 어머니가 손을 흔들며 어서 가라는 시늉을 했다.

칙칙폭폭 칙칙폭폭

기차가 힘있게 달려갔다. 진환의 가슴에 일어서는 약동의 힘이 솟구치고 있었다.(전집2, 504쪽)

(A)는 봉근리라는 좁은 유아적 세계를 떠나 배타고 도달한 군산 시내에서의 근대문물을 경험하고 놀라워하는 모습이다. 병원과 상점, 거리, 물건에 정신을 빼앗겼던 진환은 친척 집에서 전기불과 라디오 등 문명의 이기를 접해 보고 서커스단에 가 곡예와 진기한 동물 등을 구경하며 근대성에

눈뜨는 의식의 개벽을 맛본다. (B)는 학생이 된 진환이 근대제도로서의 학교를 통하여 독서능력과 내면의식을 확장시키는 모습이고, (C)는 지방성에 머물렀던 진환의 자아가 서울이라는 넓은 세계를 접함으로써 인식지평의 확대를 도모하는 모습이다. (D)는 마침내 당대 최고의 지성의 전당에 발을 들여 놓고 지적 성숙의 가능성에 가슴 설레며 미래를 예기하는 부분이다.

이처럼 진환은 좌표 제로의 민속적 지점으로부터 근대의 지적 첨병으로 나아가는 상승적 서사구조 속에서 자아를 실현하는 대표적 인물인 것이다. 한편 진환의 형 승환은 식민지 현실에서 심적 갈등을 느끼기도 하지만 해방기 여러 정파들의 대결구도 속에서 고학생의 몸으로 우파에 서서 국회의원 비서까지 됨으로써 상승적으로 자기정립을 한다.

이제 마지막으로 분규적 서사구조 속에서 문제적 인간상을 구현하는 인물들을 보기로 하자. 일제 말기에는 천석군 태만과 유학한 그의 아들 진수 및 기전여학교 다니는 딸 영자가 친일 행위를 두고 보여주는 대립관계를 통해, 그리고 해방기에는 중도좌파 노선에 선 진수와 우파노선에 선 친구 한경, 상구의 대립 갈등을 통해 당대 현실의 흐름이 조망된다.

친일파 태만과 대립하는 인물들은 진수, 영자 남매 이외에도 자제를 당부하는 아내 전주댁, 태만에게 테러를 가하는 익명의 청년, 징용 나간 사람들의 죽음이 알려졌을 때 항의하러 달려간 마을 사람들 등 복수적이다. 그 가운데 태만과 우유부단한 진수를 싸잡아 비난하는 영자의 정신적 스승이자 교목인 목사(B)의 의식이 식민지 현실의 해석을 둘러싸고 태만(A)과 가장 선명히 대립된다.

(A) 지금이 어느 때라고 함부로 이러쿵저러쿵 뒷공론을 하고 있는지 알수가 없었다. 성까지 내지인과 같이 바꾸고 대동아공영권을 이루어 살자

는 성지(聖旨)를 베풀고 있는데, 뭐가 부족해서 흰옷을 그대로 입는다, 지원병을 요리조리 피하고, 내라는 것을 잘 안 내는지, 원래 조선 사람은 개개인은 뛰어나지만 한데 합칠 줄 모르기가 꼭 모래알과 같다고 하더니, 거시적으로 협동해 살 수 없는 본바탕을 버리지 못한 탓인지도 몰랐다. 언제 기를 펴고 편하게 살았다고, 민족이니 뭐니 떠드는 것은 가관스러운 일이다.

갯벌을 메꾸어 간척지로 만든 것은 누구이며, 조그마한 어항을 수천 톤급 기선이 마음대로 드나들게 한 것은 어느 때 이루어진 것인가, 철도가 들어서고 제련소가 들어선 것도 다 총독이 들어선 이후에 이루어진 것이 아닌가. 하나만 알고 둘은 모르는 우물 안의 개구리 노릇을 할 수 없는 일이다.

누가 어떻게 했든 배불리 먹고살면 될 일이지, 기울어진 대들보를 부여잡고 있는 것이 장땡이라고 말할 수는 없는 일이다. 내 부귀와 영광보다 더 값진 것이 또 어디에 있다던가.(전집1, 119쪽)

(B) 그 어느 곳이나 예수의 빛이 비치지 않는 곳이 없는데, 유독 조선에서만 검은 그림자가 스치고 있다. 우상을 숭배하지 말라고 계명하셨는데, 천조대신을 신봉하라는 것이다. 그것은 일본의 신화에서 만들어진 신이지 어디 만인이 귀의할 수 있는 종교는 아니다. (…) 이건 순교자가 나올 수밖에 없는 섭리일지도 모를 일이다. (…) 영생이란 하느님만이 가능한 것이지 인간은 불가능한 것이다. 그러기에 열흘 붉은 꽃이 없고, 십 년 세도가 없다고 하지 않더냐, 그런데 벌써 삼십 년이 넘었다. 거야 아직 때가 오지 않은 것이다. 자연의 이치엔 섭리가 있는 것이니, 이제 때가 다가오고 있다. (…) 하느님은 우리를 버리시지 않는다. 언제나 곁에 계셔서 보살펴 주신다. 조선도 그 은혜로 빛을 볼 날이 머지않아 올 것이다. 압박과

설움에서 벗어나 마음껏 하늘을 비상하며 푸른 노래를 부르며 살 수 있는 날이 다가오고 있다. 그게 언제냐고. 저 수평선 같이 분명하게 보이고 있다.(전집1, 440쪽)

(A)는 식민권력의 모체로서의 일제가 언제까지나 존속할 것으로 믿고 반일적인 행태들을 비웃으며 적극적으로 친일에 앞장서는 태만의 논거이다. 그는 자신이 후원회장으로 있는 서남학교 교장, 파출소장, 경찰서장, 군수 등 일제의 앞잡이들과 어울려 술집에서 기생들을 끼고 효율적인 친일 방안을 강구하기에 여념이 없다. (B)는 합리적인 수준은 아니지만 예언자적 지성의 면모를 띠고 나름대로 일제패망의 당위성을 보여주는 모습이다. 독립운동사적으로는 여타의 다양한 논거와 양상이 더 있을 수 있겠지만 이것만으로도 일제 및 그 대리인 측과 그에 대한 저항적 측이 사사건건 입장을 달리하면서 충돌하고 분규를 야기하는 식민지의 기본적 대립구도를 보여주고 있는 것이다.

결국 해방이 되고 태만의 일파들은 구명과 보신에 전력 질주하여 해방정국에서 또 다른 야망을 키우고자 한다. 그러나 냉엄한 국제질서와 현실정치의 논리는 항일의 주체들마저 사분오열시켜 남북분단 및 남한 내의 좌우익 대립 등 분규를 증폭시키면서 운명의 명암들이 갈리게 된다. 그리하여 진수의 광복군 동지였던 이동규는 좌파쪽에 섰다가 월북하고 중도좌파에 섰던 진수는 백수의 신세로 전락하는 반면에 학병을 피하고 관망자세를 취하던 한경과 상구는 우파노선에 적극 가담하여 한 자리씩 차지하게 되는 것이다.

이러한 서사 속에서 가장 문제적 개인으로 부각되는 인물은 진수일 것이다. 그는 일제 말에는 자본론까지 읽은 일본 유학생으로서 내면적 번민에 시달리면서 기생 향숙과의 연애에 몰두하기도 하고 독립운동 자금을 위해 부친의 돈을 훔쳐 달아나기도 하며 학병으로 끌려갔다가 탈출하여 광복군으로 독립을 맞은 후 해방 정국에서 중도좌파에 섰다가 기반을 잃고 백수로 몰락하면서 부친과 향숙(진숙)으로부터도 외면당하는 신세로 전락하게 된다. 그러나 개인적 파멸에도 불구하고 당대의 다양한 면모를 일신에 연루시키고 있다는 점에서 그는 명실상부하게 문제적 개인이 될 수 있다.

이상에서 본 것처럼 〈일어서는 산〉은 서사구조의 측면에서 볼 때 삼중구조의 형상을 취하면서 세 가지 인간상을 형상화하고 있는 것이다. 그 중 작가가 가장 공을 들인 부분이 순환적 서사구조 속에서 드러내고자 한 민속적 인간상임은 이미 지적한 바 있다. 만약 이러한 삼중구조가 각각 별개의 독립적인 작품으로 시도되었더라면 보다 유기적이고 완결된 소설로 되지 않았을까 하는 아쉬움도 없지 않지만 유희적 인간학이라는 새로운 관점에서 해방전후사를 재조명하여 당대의 전체상을 재구축하고 그를 통해 핍박 받는 80년대 민중에게 희망의 메시지를 주고자 한 시도에 대해서는 평가에 인색할 필요가 없을 것이다.

4. 소설의 새로운 지평을 위하여

역사적 반동기로 규정되는 80년대 전반기에는 역사의 새 지평을 열기 위해 직접 광주를 다루거나 그에 대한 내면적 죄의식을 작품화하는 작가들의 활동이 활발했다. 이 때 문학교수이자 중견작가로서 이미 자신의 영역을 구축한 구인환도 현실에 안주하지 않고 자신의 친숙한 경험 영역인 해방전후사를 빌려 시대적 소명에 동참하고자 했다. 그것이 바로 과거사의 영역으로 편입되려는 해방전후의 비극에서 불씨를 살려 오늘의 교훈을 얻으려 한 〈일어서는 산〉이다.

이 시기에 대해서는 사실 근대화론이나 민중해방사나 독립투쟁사 등등 다양한 사관으로 이미 기라성 같은 작품이 수없이 씌어져 왔기 때문에 또 하나의 이야기를 덧붙이기에는 시기적으로 늦은 감이 없지 않아 보였을 것이다. 그러기에 작가는 시각의 변환에서 탈출구를 모색했다. 그것이 바로 단선적 발전사관으로 문제적 개인을 형상화하는 전통적 소설기법 대신 순환사관에 입각하여 농경적 민속공동체에서 보존적 개인으로 살아간 민중을 작품의 참된 주제로 그리는 것이었다.

이리하여 해방전후사의 유례없는 아픔과 한을 민속의 힘으로 견뎌낸 민중상은 80년대 상처 입은 민중들에게 적지 않은 격려가 되었을 것이다. 그러나 수천 년의 역사성을 지닌 민속적 인간상은 우리 민족의 고유한 특성이고, 그것은 유희적 인간상을 기반으로 하며 민속의 축제성이야말로 어떠한 고난도 극복하고 민족을 지속 가능케 한 원동력이었음을 재발견한 〈일어서는 산〉은 그 의의가 80년대에만 국한되지 않을 것임을 예견케 한다.

주지하다시피 90년대 이후 우리가 목격한 것은 민주화와 더불어 역사성의 실종이었다. 기존의 단선적 발전사관은 힘을 잃었고 그를 대신할 메타담론을 위해 우리는 힘겨운 방향모색을 하지 않으면 안 되게 된 것이다. 이러한 때에 순환적이고 지속적인 역사관에 입각하여 시도된 이 작품은 소설의 미래와 관련하여 시사하는 바가 크다. 농촌공동체와 그에 따른 민속은 더 이상 없지만 우리의 원류에 해당하는 유희적 인간상이 문화산업 시대를 맞아 그 흥과 멋과 신바람으로 멋진 부활을 하고 새로운 민속도 창출한다면 구인환이 시도한 것처럼 그를 기반으로 하는 새로운 역사소설의 지평 또한 열릴 것이기 때문이다.

Σ참고문헌

강신재, 『젊은 느티나무』, 민음사, 2005.
강영선 외편, 『세계철학대사전』, 교육출판공사, 1988.
경상대 인문학연구소 엮음, 『인문학과 생태학』, 백의, 2001.
공선옥, 『자운영 꽃밭에서 나는 울었네』, 창작과비평사, 2000.
_____, 『수수밭으로 오세요』, 여성신문사, 2001.
_____, 『붉은 포대기』, 삼신각, 2003.
곽근 편, 『최서해전집』 상·하, 문학과지성사, 1987.
_____, 『최서해 작품, 자료집』, 국학자료원, 1997.
구인환, 〈일어나는 산〉, 『운당 구인환 문학전집』 1·2, 푸른사상, 2005.
권구현, 〈폐물〉, 「별건곤」 1927. 2.
권구현, 〈인육시장점경〉, 「조선일보」 1933. 9. 28~10. 10.
구승희, 『에코필로소피』, 새길, 1995.
구승회 외, 『한국 아나키즘 100년』, 이학사, 2004.
권유리야, 「불모의 시대를 살아가는 인물들의 이중적 정체성」, 김정자 외, 『왜 다시 토지를
　　　말하는가』, 태학사, 2007.
권정희, 「George Eliot의 소설 연구-도덕적 비전과 에고이즘의 양태-」, 숙명여대 박사논문,
　　　1994.
김경복, 『한국 아나키즘시와 생태학적 유토피아』, 다운샘, 1999.
김선정, 「芥川龍之介의 『鼻』고찰-'방관자의 에고이즘'을 중심으로-」, 전북대 석사논문, 2008.
김성진 외, 『생태문제와 인문학적 상상력』, 나남출판, 1999.
김송은, 「나쓰메 소세키(夏目漱石)의 『마음(こころ)』 연구-등장인물의 에고이즘을 중심으
　　　로-」, 경상대 석사논문, 2002.
김열규, 『한국민속과 문학연구』, 일조각, 1971.
_____, 『한국의 신화』, 일조각, 1982.
_____, 「한국 신화와 무속」, 김열규 외, 『한국의 무속문화』, 박이정, 1998.
김영민, 『우리 조상 신앙 바로알기』, 새문사, 2005.
김영범, 『한국근대민족운동과 의열단』, 창작과비평사, 1997.
김윤식, 『한국근대문예비평사연구』, 한얼문고, 1973.
_____, 「고독과 에고이즘-이양하론」, 『한국근대문학사상비판』, 일지사, 1978.
_____, 『한국근대문학사상비판』, 일지사, 1978.
_____ 편저, 『문학비평용어사전』, 일지사, 1978.
_____, 『한국근대문학사상사』, 한길사, 1984.
_____, 『한국현대문학사상사론』, 일지사, 1992.
_____, 『교재용 한국현대문학사』, 서울대학교출판사, 1992.

_____,『근대시와 인식』, 시와시학사, 1992.

_____,『북한문학사론』, 새미, 1996.

_____,『박경리와 토지』, ㈜도서출판 강, 2009.

_____ · 정호웅,『한국소설사』, 예하, 1993.

김은석,『개인주의적 아나키즘』, 우물이 있는 집, 2004.

김재용 외 3인,『한국근대민족문학사』, 한길사, 1993.

김정자 외,『왜 다시 토지를 말하는가』, 태학사, 2007.

김지하,『남(南)』, 창작과비평사, 1984.

김지하,「귀농은 율려의 각비운동」,『김지하전집』1, 실천문학사, 2002.

김지하,「생명과 연기」,『김지하전집』2, 실천문학사, 2002.

김지하,「문화혁명」,『김지하전집』3, 실천문학사, 2002.

김치수,「비극의 미학과 개인의 한」,『박경리와 이청준 소설의 세계』, 민음사, 1982.

_____,「토지」의 세계」,『박경리와 이청준 소설의 세계』, 민음사, 1982.

김태곤,「한국 샤마니즘의 정의」, 김열규 외,『한국의 무속문화』, 박이정, 1998.

김택호,「아나키즘 문예지『문예광』연구」,「한국현대문학연구」17집, 한국현대문학회, 2005.

_____,『한국 근대 아나키즘문학, 낯선 저항』, 월인, 2009.

김화영 편,『사르트르』, 고려대학교출판부, 1990.

김홍식,「이기영의 문학과 아나키즘」,「한국현대문학연구」17집, 한국현대문학회, 2005.

김현 편,『미셸 푸코의 문학비평』, 문학과지성사, 1990.

남정희,「윤대녕 소설과 신화적 상상력」,「우리문학연구」16, 우리문학회, 2003.

노태구,「동학의 정치사상」, 유병덕 편,『동학·천도교』, 교문사, 1993.

단재신채호선생기념사업회,『단재 신채호 전집』하, 형설출판사, 1982.

동학연구원 편,『한글 동경대전』, 도서출판 자동, 1991.

류보선,「비극성에서 한으로, 운명에서 역사로」,「작가세계」22호, 1994 가을.

문화와 사회 연구회 편,『현대와 탈현대』, 사회문화연구소 출판부, 1993.

민혜숙,「신화적 상징을 통한 윤대녕 소설 읽기」,「현대문학이론연구」29, 현대문학이론학회, 2006.

박경리,〈계산〉,「현대문학」8, 1955. 8.

_____,〈흑흑백백〉,「현대문학」20, 1956. 8.

_____,〈전도〉,「현대문학」27, 현대문학사, 1957. 3.

_____,〈불신시대〉,「현대문학」32, 현대문학사, 1957. 8.

_____,〈암흑시대〉,「현대문학」42-3, 현대문학사, 1958. 6~7.

_____,〈표류도〉,「현대문학」50-8, 현대문학사, 1959. 2-10.

_____,『표류도』, 예문관, 1965.

_____,『기다리는 불안』, 현암사, 1966.

_____,〈평면도〉,「현대문학」144, 1966. 12.

_____,『시장과 전장 기타』, 한국문학대전집 14, 태극출판사, 1976.

_____,『거리의 악사』, 민음사, 1977.

_____,『노을진 들녘』, 지식산업사, 1979.

_____, 『표류도/성녀와 마녀』, 박경리문학전집 12, 지식산업사, 1980.

_____, 『만리장성의 나라』, 동광출판사, 1990.

_____, 『Q씨에게』, 솔출판사, 1993.

_____, 『환상의 시기』, 나남, 1994.

_____, 『꿈꾸는 자가 창조한다·박경리의 원주통신』, 나남, 1994.

_____, 『문학을 사랑하는 젊은이들에게』, 현대문학, 2003.

_____, 『생명의 아픔』, 이룸, 2004.

_____, 『가설을 위한 망상』, 나남, 2007.

_____, 「대담」(마산MBC TV 특집프로그램, 2004. 9. 3), 『가설을 위한 망상』, 나남, 2007.

_____, 『김약국의 딸들』, 나남, 2008.

_____, 『시장과 전장』, 나남, 2008.

_____, 『우리들의 시간』, 나남, 2008,

_____, 『나비와 엉겅퀴』 1. 2, 이룸, 2008.

_____, 『토지』 1-21, 나남, 2009.

박인기, 『한국현대문학론』, 국학자료원, 2004.

박혜원, 「윤대녕 소설의 신화적 상상력」, 『어문론총』 46호, 한국문학언어학회, 2007.6.

박홍규, 『아나키즘 이야기』, 이학사, 2004.

_____, 『카페의 아나키스트 사르트르』, 열린시선, 2008.

_____, 『인디언 아나키 민주주의』, 홍성사, 2009.

_____, 『메트로폴리탄 게릴라』. 도서출판 텍스트, 2010.

박 환, 『식민지시대 한인아나키즘운동사』, 선인, 2005.

방민호, 「전후소설에 나타난 알레고리 연구」, 서울대 석사논문, 1993.

방영준, 『저항과 희망, 아나키즘』, 이학사, 2006.

배경열, 『한국 전후 실존주의 소설 연구』, 태학사, 2001.

송기섭, 「도시적 감각과 신화적 몽상-윤대녕론」, 『문예시학』 7권, 문예시학회, 1996.

송호근, 「삶에의 연민, 한의 미학」, 『작가세계』, 1994 가을, 박경리, 『가설을 위한 망상』, 나남, 2007.

신연우, 「윤대녕 소설에 보이는 재생신화 모티브 분석: 〈옛날 영화를 보러 갔다〉를 중심으로」, 『서울산업대학교논문집』 V.50, 1999.

신일철, 「동학사상의 전개」, 유병덕 편, 『동학·천도교』, 교문사, 1993.

신채호, 〈용과 용의 대격전〉, 『신채호전집』 별집, 형설출판사, 1972.

심원섭, 「박경리의 생명 사상 연구」, 『현대문학의 연구』 6호, 한국문학연구학회, 1996.

안함광, 『최서해론』, 조선작가동맹출판사, 1956.

양귀자, 『천년의 사랑』 상·하, 살림, 1995.

양민종, 『샤먼 이야기』, 정신세계사, 2003.

여미영, 「夏目漱石의 『こころ』에 나타난 人間의 에고이즘 考察」, 계명대 석사논문, 2001.

역사문제연구소 문학사연구모임 지음, 『카프문학운동연구』, 역사비평사, 1989.

오장환, 『한국 아나키즘운동사 연구』, 국학자료원, 1998.

우찬제, 「지모신의 상상력과 생명의 미학」, 『문학과 사회』 28호, 1994 겨울.

유병덕, 「개화기・일제시의 민족종교사상에 관한 연구」, 유병덕 편, 『동학・천도교』, 교문
    사, 1993.

유종호, 「변모와 성장-박경리의 작품세계」, 박경리, 『시장과 전장 기타』, 한국문학대전집
    14, 태극출판사, 1976.

유철상, 「한국 전후소설의 관념지향성 연구」, 서울대 박사논문, 1999.

윤대녕, 『은어낚시통신』, 문학동네, 1995.

_____, 『남쪽 계단을 보라』, 세계사, 1995.

_____, 『옛날 영화를 보러 갔다』, 중앙일보사, 1995.

_____, 『추억의 아주 넘 곳』, 문학동네, 1996.

_____, 『장미창』, 작가정신, 1998.

_____, 『달의 지평선』 1・2, 해냄, 1998.

_____, 『코카코카 애인』, 세계사, 1999.

_____, 『많은 별들이 한곳으로 흘러갔다』, 생각의 나무, 1999.

_____, 『사슴벌레여자』, 이룸, 2001.

_____, 『미란』, 문학과지성사, 2001.

_____, 『눈의 여행자』, 중앙 M&B, 2003.

_____, 『누가 걸어간다』, 문학동네, 2004.

_____, 『제비를 기르다』, 창비, 2007.

_____, 『대설주의보』, 문학동네, 2010.

_____, 『은어낚시통신』(개정판), 문학동네, 2010.

_____, 『호랑이는 왜 바다로 갔나』, 생각의 나무, 2005; 문학동네, 2010.

_____, 『이 모든 극적인 순간들』, 푸르메, 2010.

_____, 『도자기 박물관』, 문학동네, 2013.

_____, 『사라진 공간들, 되살아나는 꿈들』, 현대문학, 2014.

_____, 『피에로들의 집』, 문학동네, 2016.

윤후명, 『삼국유사 읽는 호텔』, 랜덤하우스중앙, 2005.

이광수, 『이광수전집』, 우신사, 1979.

이동하, 「샤머니즘과 한국소설」, 『한국현대소설과 종교의 관련 양상』, 푸른사상, 2005.

이상일, 「무속의 축제와 놀이」, 김열규 외, 『한국의 무속문화』, 박이정, 1998.

이상진, 『토지 인물사전』, 나남, 2004.

이호룡, 『한국의 아나키즘-사상편』, 지식산업사, 2001.

임규찬・한기형 편, 『카프비평자료총서』 Ⅲ, 태학사, 1990.

장석원, 『김수영 시의 수사학』, 청동거울, 2005.

장양수, 『한국 실존주의 소설 연구』, 새미, 2003.

장용학, 『요한시집 외』, 책세상, 2002.

_____, 『장용학문학전집』 1-7, 국학자료원, 2002.

전영진 편, 『심청전』, 홍신문화사, 2002.

전영태, 「흙에서 흙으로, 토지에서 토지로-박경리 「토지」 완간의 의미-」, 「현대문학」 478호,
    1994. 10.

전혜린,『이 모든 괴로움을 또 다시』, 민서출판, 2002.

정은숙, 「漱石의 작품에 나타난 명치비판과 에고이즘-『三四郎』, 『それから』, 『こころ』를 중심으로」, 건국대 석사논문, 2005.

정호웅, 「『토지』론-지리산의 사상」, 『동서문학』 185호, 1989. 12.

_____, 「『토지』의 주제-한·생명·대자대비」, 「한국문학」 225호, 1995 봄.

조가경, 『실존철학』, 박영사, 1970.

조남현, 「《시장과 전장》론」, 조남현 편, 『박경리』, 서강대학교출판부, 1996.

조동일, 『한국소설의 이론』, 지식산업사, 1979.

조성기, 『천년동안의 고독』, 민음사, 1989

_____, 『일연의 꿈, 삼국유사』 1·2, 민음사, 1995.

조영복, 「황석우의 『근대사조』와 근대 초기 잡지의 '불온성'」, 「한국현대문학연구」 17집, 한국현대문학회, 2005.

조윤아, 「박경리 『토지』의 생명사상적 변모에 관한 연구」, 서울여대 박사논문, 1998.

조현일, 「손창섭·장용학 소설의 허무주의적 미의식에 대한 연구」, 서울대 박사논문, 2002.

조흥윤, 『한국의 샤머니즘』, 서울대출판부, 2004.

최수철, 『즐거운 지옥의 나날』, 열음사, 1991.

_____, 『무정부주의자의 사랑』, 열음사, 1991.

_____, 『녹은 소금, 썩은 생강』, 열음사, 1991.

_____, 『알몸과 육성』, 열음사, 1992.

최영주, 박경리 인터뷰, 「『토지』는 끝이 없는 이야기」, 「월간경향」 270호, 1987. 8.

하상복, 『부르디외 & 기든스. 세계화의 두 얼굴』, 김영사, 2007.

하태욱, 「박경리 「토지」 연구-등장인물의 한 맺힘과 풀림을 중심으로」, 연대 석사논문, 1996.

한점돌, 『한국근대소설의 정신사적 이해』, 국학자료원, 1993.

_____, 『한국현대소설의 형이상학』, 새미, 1997.

_____, 『현대소설론의 지평 모색』, 푸른사상, 2004.

_____, 「한국 아나키즘문학 연구-최서해 소설의 아나키즘적 특성」, 「현대소설연구」 31, 한국현대소설학회, 2006. 9.

_____, 「장용학 소설 연구-장용학 문학의 생태아나키즘적 특성」, 「현대문학이론연구」 33, 현대문학이론학회, 2008. 4.

_____, 「박경리 문학사상 연구-〈시장과 전장〉과 아나키즘-」, 「현대소설연구」 42호, 한국현대소설학회, 2009. 12.

_____, 「한국 현대소설사상 연구(1)-박경리의 〈김약국의 딸들〉과 샤머니즘」, 「현대문학이론연구」 41집, 현대문학이론학회, 2010. 6.

_____, 「박경리 문학사상 연구(3)-박경리 초기소설과 실존주의」, 「인간과 사회」 30집, 호서대 인문학연구소, 2011. 12.

_____, 「박경리 문학사상 연구(2)-박경리 초기소설과 에고이즘-」, 「현대소설연구」 49호, 한국현대소설학회, 2012. 4.

한창훈, 『바다가 아름다운 이유』, 솔, 1996.

_____, 『가던 새 본다』, 창작과 비평사, 1998.

_____, 『홍합』, 한겨레신문사, 1998.

_____, 『세상의 끝으로 간 사람』, 문학동네, 2001.

_____, 『섬 나는 세상 끝을 산다』, 창작과비평사, 2003.

_____, 『청춘가를 불러요』, 한겨레신문사, 2005.

홍사중, 「한정된 현실의 비극 - 박경리론」, 『한국현대문학전집 11, 박경리·이문희·정인영』, 신구문화사, 1972.

홍성태, 『생태사회를 위하여』, 문화과학사, 1998.

황석영, 『객지』, 창작과비평사, 1980.

_____, 『장길산』 1-10, 현암사, 1983.

_____, 『오래된 정원』 상·하, 창비, 2000.

_____, 『삼포가는 길』, 황석영전집 2, 창비, 2000.

황순재, 『한국관념소설의 세계』, 태학사, 1996.

게오르그 루카치, 반성완 역, 『소설의 이론』, 심설당, 1985.

로널드 애런슨, 변광배·김용석 역, 『사르트르와 카뮈-우정과 투쟁』, 연암서가, 2011.

린 다이아몬드·글로리아 페만 오렌스타인 편저, 정현경·황혜숙 옮김, 『다시 꾸며보는 세상: 생태여성주의의 대두』, 이화여대출판부, 1999.

미르치아 엘리아데, 이은봉 역, 『신화와 현실』, 성균관대학교출판부, 1994.

_____, 이재실 옮김, 『이미지와 상징』, 까치, 2013.

_____, 이재실 옮김, 『대장장이와 연금술사』, 문학동네, 2007.

_____, 심재중 옮김, 『영원회귀의 신화』, 이학사, 2014.

_____, 이윤기 역, 『샤마니즘』, 까치, 2014.

미하일 바흐찐, 전승희 외 역, 『장편소설과 민중언어』, 창작과비평사, 1988.

베르그송, 김진성 옮김, 『웃음』, 종로서적, 1983.

시몬느 비에른느, 이재실 옮김, 『통과제의와 문학』, 문학동네, 1996.

알베르 카뮈, 김화영 역, 『반항하는 인간』, 책세상, 2010.

_____, 『이방인』, 책세상, 2011.

_____, 『페스트』, 책세상, 2011.

_____, 『시지프 신화』, 책세상, 2011.

장 폴 사르트르, 최석기 역, 『자유의 길』 1-4부, 고려원, 1991.

_____, 정명환 역, 『문학이란 무엇인가』, 민음사, 1998.

_____, 방곤 역, 『실존주의는 휴머니즘이다』, 문예출판사, 1999.

조지프 캠벨, 과학세대 옮김, 『신화의 세계』, 까치글방, 2009.

나쓰메 소세키, 윤상인 옮김, 『그 후』, 민음사, 2003.

_____, 김정훈 옮김, 『나의 개인주의 외』, 책세상, 2007.

_____, 박순규 옮김, 『마음』, 인디북, 2010.

오스기 사카에, 김웅교·윤영수 옮김, 『오스기 사카에 자서전』, 실천문학사, 2005.

Aristoteles, 천병희 옮김, 『시학』, 문예출판사, 2010.

Bataille, Georges. 최윤정 역,『문학과 악』, 민음사, 1995.

Bollnow, Otto Friedrich, 최동희 역,『실존철학이란 무엇인가』, 서문당, 1972.

Cuddon, J. A., *A Dictionary of Literary Terms and Literary Theory*, Blackwell Publishers, 1992.

Dawkins, Richard, 홍영남 옮김,『이기적 유전자』, 을유문화사, 2009.

Enzensberger, H. M., 변상출 옮김,『어느 무정부주의자의 죽음』, 실천문학사, 1999.

Erlich, Victor, 박거용 역,『러시아 형식주의』, 문학과지성사, 2001.

F. Heinemann, 황문수 역,『실존철학』, 문예출판사, 1987.

Hauser. A., 백낙청·염무웅 공역,『문학과 예술의 사회사-현대편』, 창작과비평사, 1979.

J. R. DesJardins, 김명식 옮김,『환경윤리』, 자작나무, 1999.

Lukacs, Georg, realism in our time, Harper & Row, Publishers, Inc, 1971.

M.A.Czaplicka, 이필영 옮김,『시베리아의 샤마니즘』, 탐구당, 1994.

Mannheim, Karl, 임석진 역,『이데올로기와 유토피아』, 지학사, 1987.

Mircea Eliade, 이은봉 역,『종교형태론』, 형설출판사, 1992.

N. Chomsky, 이정아 옮김,『촘스키의 아나키즘』, 해토, 2007.

Poster, Mark, 이정우 역,『푸꼬, 마르크시즘, 역사』 인간사랑, 1991.

Rajchman, John, 심세광 역,『미셸 푸코, 철학의 자유』, 도서출판 인간사랑, 1990.

R. Wellek·A. Warren, 김병철 역,『문학의 이론』, 을유문화사, 1985.

Sigmund Freud, 김종엽 옮김,『토템과 타부』, 문예마당, 1995.

Tim Luke, 문순홍 편저,『생태학의 담론』, 솔, 1999,

Todorov, T., 최현무 역,『바흐쩐 : 문학사회학과 대화이론』, 까치, 1987.

Wales. Nym, 조우화 옮김,『아리랑』, 동녘, 1984.

Ward. Colin, 김정아 옮김,『아나키즘, 대안의 상상력』, 돌베개, 2004.

Waugh, Patricia. 김상구 역,『메타픽션』, 열음사, 1989.

佐佐木宏幹, 김영민 역,『샤머니즘의 이해』, 박이정, 1999.

Σ미주

박경리 초기소설과 에고이즘

1) 김윤식, 『한국근대문학사상비판』, 일지사, 1978, 3면.

2) 한점돌, 「박경리 문학사상 연구-〈시장과 전장〉과 아나키즘-」, 「현대소설연구」 42호, 한국현대소설학회, 2009.12.
   한점돌, 「한국 현대소설사상 연구(1)-박경리의 〈김약국의 딸들〉과 샤머니즘」, 「현대문학이론연구」 41집, 현대문학이론학회, 2010.6.

3) "인간 평등의 역사적 투쟁이 생명 평등의 의식으로 전환해야만 인류는 균형을 회복하고 지속적 생존을 영위할 수 있자 않을까."(박경리, 『생명의 아픔』, 이룸, 2004, 67면)

4) 한점돌, 『현대소설론의 지평 모색』, 푸른사상, 2004, 88면.

5) Mark Poster, 이정우 역, 『푸꼬, 마르크시즘, 역사,』, 인간사랑, 1991, 178면.

6) John Rajchman, 심세광 역, 『미셸 푸코, 철학의 자유』, 도서출판 인간사랑, 1990, 64면.

7) 권정희, 「George Eliot의 소설 연구-도덕적 비전과 에고이즘의 양태-」, 숙명여대 박사논문, 1994, 13면; 강영선 외 편, 『세계철학대사전』, 교육출판공사, 1988, 927면.

8) 권정희, 위의 책, 17면.

9) Richard Dawkins, 홍영남 옮김, 『이기적 유전자』, 을유문화사, 2009, 55면.

10) 나쓰메 소세키, 「문예와 도덕」(1911), 김정훈 옮김, 『나의 개인주의 외』, 책세상, 2007, 161면.

11) Richard Dawkins, 앞의 책, 42면.

12) 위의 책, 47면.

13) 위의 책, 95면.

14) 위의 책, 45면.

15) 정은숙, 「漱石의 作品에 나타난 明治批判과 에고이즘-『三四郎』, 『それから』, 『こころ』를 중심으로-」, 건국대 교육대학원 석사논문, 2005, 3면.

16) 나쓰메 소세키 지음, 박은규 옮김, 《마음》(1914), 인디북, 2010.

17) 김송은, 「나쓰메 소세키(夏目漱石)의 『마음(こころ)』 연구-등장인물의 에고이즘을 중심으로-」, 경상대 교육대학원 석사논문, 2002, 58면.

18) 여미영, 「夏目漱石의 『こころ』에 나타난 人間의 에고이즘 考察」, 계명대 석사논문, 2001, 44면.

19) 나쓰메 소세키, 윤상인 옮김, 『그 후』, 민음사, 2003, 142면.

20) 앞의 책, 355면, '작품 해설'

21) 김선정, 「芥川龍之介의 『鼻』고찰-'방관자의 에고이즘'을 중심으로-」, 전북대 교육대학원 석사논문, 2008, 37-8면.

22) 권정희, 앞의 글, 12-3면.

23) 김윤식, 「고독과 에고이즘-이양하론」, 앞의 책, 341-2면.

24) 여기서 초기소설이란 엄밀한 개념이 아니고 55년 데뷔 이후 60년대에까지 걸쳐 있는 대

체적인 개념이다.

25) 박경리, 〈표류도〉, 박경리문학전집12, 『표류도/성녀와 마녀』, 지식산업사, 1980, 118면; 박경리, 〈벽지〉, 「현대문학」 39, 1958.3, 『환상의 시기』, 나남, 1994, 337면.

26) 위의 책, 37면; 박경리, 『나비와 엉겅퀴』 1, 이룸, 2008, 23면.

27) 박경리, 『나비와 엉겅퀴』 1권, 86면; 2권, 27면.

28) 위의 책, 1권, 284면.

29) 위의 책, 2권, 27면.

30) 위의 책, 1권, 293면.

31) 위의 책, 2권, 36면.

32) 홍사중, 「한정된 현실의 비극-박경리론」, 『한국현대문학전집11, 박경리 · 이문희 · 정인영』, 신구문화사, 1972, 460면.

33) 권정희, 앞의 글, 139면.

34) 박경리는 "일제시대, 학교라는 조직 속에서 몰래 시를 쓴다는 것이 유일한 내 자유의 공간"(박경리, 『우리들의 시간』, 나남, 2008, 7면)이었다고 회고함으로써 시력(詩歷)이 만만치 않음을 말하고 있고, 자전적 소설 〈환상의 시기〉에서도 주인공 민이가 시를 쓰고 있다.

35) 박경리, 『가설을 위한 망상』, 나남, 2007, 104면.

36) T. Todorov, 최현무 역, 『바흐쩐 : 문학사회학과 대화이론』, 까치, 1987, 255면.

37) 조동일, 『한국소설의 이론』, 지식산업사, 1979, 106면.

38) 위의 책, 101면.

39) 박경리, 〈환상의 시기〉, 「한국문학」, 1966.3-12, 『환상의 시기』, 나남, 1994, 209면.

40) 위의 책, 210면.

41) 위의 책, 246-7면.

42) 위의 책, 254면.

43) 박경리, 〈표류도〉, 앞의 책, 9-12면.

44) 위의 책, 14면.

45) 박경리, 〈계산〉, 「현대문학」 8호, 1955.8, 120-1면.

46) 박경리, 〈흑흑백백〉, 「현대문학」 20호, 1956.8, 113면.

47) 위의 책, 113-4면.

48) 위의 책, 117-8면.

49) 위의 책, 120면.

50) 위의 책, 122-3면.

51) 박경리, 〈전도(剪刀)〉, 「현대문학」 27, 1957.3, 『환상의 시기』, 나남, 1994, 41면.

52) 위의 책, 35면.

53) 위의 책, 39면.

54) 위의 책, 44-6면.

55) 박경리, 〈벽지〉, 「현대문학」 39, 1958.3, 『환상의 시기』, 337면.

56) 위의 책, 323-4면.

57) 위의 책, 328면.

58) 위의 책, 326면.

59) 이러한 행위는 그녀의 조력자인 김환규의 눈에 "지금도 책을 놓고 있지 않"고 "본격적으로 사학을 해보고 싶다는 야심을 현재도 버리지 않고 있"는 것으로 비친다(박경리, 〈표류도〉, 앞의 책, 139면).

60) 위와 책, 14-5면.

61) 위의 책, 184면.

62) 위의 책, 170면.

63) 위의 책, 176면.

64) 위의 책, 184면.

65) 위의 책, 41면.

66) 위의 책, 93면.

67) 위의 책, 130면.

68) 위의 책, 146면.

69) 위의 책, 137면.

70) 위의 책, 115면.

71) 전혜린, 『이 모든 괴로움을 또 다시』, 민서출판, 2002, 151면.

72) 위의 책, 125면.

73) Otto Friedrich Bollnow, 최동희 역, 『실존철학이란 무엇인가』, 서문당, 1972.

74) 박경리, 앞의 책, 157면.

75) 위의 책, 157-9면.

76) "환도 직후" "카뮈의 열렬한 독자"(박경리, 『문학을 사랑하는 젊은이들에게』, 현대문학, 2003, 211-2면)였다고 술회한 박경리와 실존주의의 관련양상은 한번 검토해 볼 만한 과제이다.

77) 위의 책, 192면.

78) 위의 책, 193면.

79) 위의 책, 192면.

80) 위의 책, 188면.

81) 위의 책, 197면.

82) 박경리, 〈죄인들의 숙제〉, 「경향신문」, 1969.

83) 박경리, 『나비와 엉겅퀴』 1권, 이룸, 2008, 20면.

84) 위의 책, 98면.

85) 위의 책, 23면.

86) 위의 책, 2권, 27면.

87) 위의 책, 39면.

88) 위의 책, 1권, 221면.

89) 위의 책, 283면.

90) 위의 책, 284면.

91) 위의 책, 297면.

92) 위의 책, 102면.

93) 위의 책, 2권, 168면.

94) 위의 책, 72면.

95) 위의 책, 304면.

96) 위의 책, 14면.

97) 위의 책, 179-80면.

98) 위의 책, 221면.

장편 〈김약국의 딸들〉과 샤머니즘

 1) 김윤식, 『한국근대문학사상비판』, 일지사, 1978, 3면.

 2) 한점돌, 「박경리 문학사상 연구-〈시장과 전장〉과 아나키즘」, 「현대소설연구」 42호, 한국현대소설학회, 2009.12, 565면.

 3) 박경리, 『가설을 위한 망상』, 나남, 2007, 278면.

 4) 김윤식, 『박경리와 토지』, (주)도서출판 강, 2009, 15-108면.

 5) 위의 책, 71면.

 6) 위의 책, 64면.

 7) 김현 편, 『미셸 푸코의 문학비평』, 문학과지성사, 1990, 21면.

 8) 박경리, 『김약국의 딸들』, 나남, 2008, 364-5면.

 9) 괄호로 묶인 것은 인용문에는 없으나 작품 속에 등장하는 사건임.

10) Emile Zola, 유기환 역, 『실험소설 외』, 책세상, 2007, 제1장 참조.

11) 박경리, 앞의 책, 34면.

12) 위의 책, 65면.

13) 위의 책, 345면.

14) 프로이드에 의하면 "타부에 의한 금지는 이유불문의 금지이며, 그 기원도 불분명하다." 그리고 "타부를 위반했을 때 따르는 벌은 원래 내적으로 그리고 자동적으로 작용하는 장치에 맡겨진다. 범해진 타부가 스스로 복수한다."(Sigmund Freud, 김종엽 옮김, 『토템과 타부』, 문예마당, 1995, 44-6면.)

15) 박경리, 앞의 책, 38-9면.

16) 위의 책, 79면.

17) 위의 책, 79면.

18) 위의 책, 209면.

19) 위의 책, 214면.

20) 위의 책, 328면.

21) 위의 책, 133-4면.

22) 위의 책, 163-4면.

23) 위의 책, 86면.

24) 위의 책, 132면.

25) 위의 책, 226면.

26) 위의 책, 342-3면.

27) 위의 책, 221-2쪽.

28) 위의 책, 359-62면.

29) 위의 책, 369-71면.

30) 조흥윤, 『한국의 샤머니즘』, 서울대출판부, 2004, 24면.
   김태곤, 「한국 샤머니즘의 정의」, 김열규 외, 『한국의 무속문화』, 박이정, 1998, 2면.

31) 佐佐木宏幹, 김영민 역, 『샤머니즘의 이해』, 박이정, 1999, 머리말.

32) 김영민, 『우리 조상 신앙 바로알기』, 새문사, 2005, 10면.

33) 양민종, 『샤먼 이야기』, 정신세계사, 2003, 22-3면.

34) 김태곤, 앞의 글, 김열규 외, 앞의 책, 9면.

35) M. A. Czaplicka, 이필영 옮김, 『시베리아의 샤마니즘』, 탐구당, 1994, 19면.

36) 위의 책, 22면.

37) Mircea Eliade, 이윤기 옮김, 『샤마니즘』, 도서출판 까치, 1992, 25면.

38) Mircea Eliade, 이은봉 역, 『종교형태론』, 형설출판사, 1992, 4면.

39) 조흥윤, 앞의 책, 25면.

40) 이동하, 「샤머니즘과 한국소설」, 『한국현대소설과 종교의 관련 양상』, 푸른사상, 2005,
   38면.

41) 김영민, 앞의 책, 43-141면.

42) 박경리, 『만리장성의 나라』, 동광출판사, 1990, 45-6면.

43) 박경리, 『생명의 아픔』, 이룸, 2004, 132면.

44) 박경리, 『가설을 위한 망상』, 308-9면.

45) 김윤식, 『박경리와 토지』, 54면.

장편 〈시장과 전장〉과 아나키즘

1) 김윤식, 『한국현대문학사상사론』, 일지사, 1992, 3면.

2) R. Wellek, A. Warren, 김병철 역, 『문학의 이론』, 을유문화사, 1985, 167면.

3) 김윤식, 『한국근대문학사상비판』, 일지사, 1978, 3면.

4) 송호근, 「삶에의 연민, 한의 미학」, 『작가세계』, 1994. 가을; 박경리, 『가설을 위한 망
   상』, 나남, 2007, 330면.

5) 박경리, 「자유2」, 『Q씨에게』, 솔출판사, 1993, 70-1면.

6) 송호근, 앞의 글, 박경리, 앞의 책, 330-1면.

7) 김경복, 『한국 아나키즘시와 생태학적 유토피아』, 다운샘, 1999, 30-54면.

8) N. Chomsky, 이정아 옮김, 『촘스키의 아나키즘』, 해토, 2007, 58면.

9) 이 작품에 대해 인간적 관점에서 "경직한 선악이원론에 입각한 피아관(彼我觀)을 지양"
   했다거나(유종호, 「여류다움의 거절」, 조남현 편, 『박경리』, 서강대학교출판부, 1996, 49
   면), 60년대 당대로서는 "객관적이며 진보적"인 중립성을 확보했다는(조남현, 「『시장과
   전장』론」, 『박경리』, 140면.) 긍정적 평가가 있지만 그 인간적 관점이나 중립성의 본질

이 천착되지는 못하였다.

10) 6·25에 대해서는 선우휘의 〈불꽃〉처럼 남한의 자유주의적 시각과 한설야의《대동강》처럼 북한의 전체주의적 시각이 문학상에서도 대립하고 있어(한점돌,『현대소설론의 지평 모색』, 푸른사상, 2004, 123면, 김윤식,『북한문학사론』, 새미, 1996, 68면.) 최인훈의 〈광장〉처럼 남도 북도 싫다며 중립국을 선택하거나 박경리의 〈시장과 전장〉처럼 남북의 공방으로 바라보는 제3의 시각은 특이한 경우에 속한다.

11) 박경리,『가설을 위한 망상』, 나남, 2007, 331면.

12) 위의 책, 260면.

13) 위의 책, 281면.

14) 박경리,『시장과 전장』, 나남, 2008, 83-92면.

15) 박경리,『토지』10권, 나남, 2009, 293면

16) 위의 책, 14권, 262면.

17) 위의 책, 10권, 321면.

18) 김은석,『개인주의적 아나키즘』, 우물이 있는 집, 2004, 33-4면.

19) 박경리,『토지』16권, 63-4면.

20) 박경리,『시장과 전장』, 429-30면.

21) 위의 책, 546-7면.

22) 위의 책, 83면.

23) 위의 책, 90-1면.

24) 위의 책, 90-92면.

25) 위의 책, 224-4면.

26) 위의 책, 92면.

27) 위의 책, 216면.

28) 위의 책, 5면.

29) 위의 책, 158면.

30) 위의 책, 153-4면.

31) 위의 책, 157-8면.

32) 위의 책, 46면.

33) 위의 책, 131면.

34) 위의 책, 181면.

35) 위의 책, 52면.

36) 위의 책, 127면.

37) 위의 책, 292면.

38) 위의 책, 287면.

39) 위의 책, 286-7면.

40) 위의 책, 225면.

41) 위의 책, 253면.

42) 위의 책, 244면.

43) 위의 책, 171-2면.

44) 위의 책, 250면.

45) 위의 책, 338면.

46) 위의 책, 310-11면.

47) 위의 책, 375-6면.

48) 위의 책, 465-6면.

49) 위의 책, 284면.

50) 위의 책, 263-4면.

51) 위의 책, 356-7면.

52) 위의 책, 235-6면.

53) 위의 책, 131면.

54) 위의 책, 298면.

55) 위의 책, 430면.

56) 위의 책, 541면.

57) 위의 책, 546-7면.

58) 위의 책, 481-2면.

59) 위의 책, 548면.

60) 위의 책, 546-7면.

대하소설 〈토지〉와 동학사상

1) 박경리, 「대담」(마산MBC TV 특집프로그램, 2004.9.3), 『가설을 위한 망상』, 나남, 2007, 278면.

2) 김치수, 「비극의 미학과 개인의 한」, 『박경리와 이청준 소설의 세계』, 민음사, 1982, 20면.

3) 정호웅, 「「토지」론-지리산의 사상」, 「동서문학」 185호, 1989.12, 220면.

4) 류보선, 「비극성에서 한으로, 운명에서 역사로」, 「작가세계」 22호, 1994 가을, 40면.

5) 권유리야, 「불모의 시대를 살아가는 인물들의 이중적 정체성」, 김정자 외, 『왜 다시 토지를 말하는가』, 태학사, 2007, 186-7면.

6) 정호웅, 앞의 글, 220면.

7) 김윤식, 『한국근대문학사상비판』, 일지사, 1978, 3면.

8) 한점돌, 「박경리 문학사상 연구(3)-박경리 초기소설과 실존주의」, 「인간과 사회」 30집, 호서대 인문학연구소, 2011.12.

9) 한점돌, 「박경리 문학사상 연구(2)-박경리 초기소설과 에고이즘-」, 「현대소설연구」 49호, 한국현대소설학회, 2012.4.

10) 한점돌, 「한국 현대소설사상 연구(1)-박경리의 〈김약국의 딸들〉과 샤머니즘」, 「현대문학이론연구」 41집, 현대문학이론학회, 2010.6.

11) 한점돌, 「박경리 문학사상 연구-〈시장과 전장〉과 아나키즘-」, 「현대소설연구」 42호, 한국현대소설학회, 2009.12.

12) 이상진, 『토지 인물사전』, 나남, 2004, 6면.

13) 장해성, 「죽음을 통해 울리는 다성악」, 김정자 외 『왜 다시 토지를 말하는가』, 태학사, 2007, 146면.

14) 위의 글, 147면.

15) 전영태, 「흙에서 흙으로, 토지에서 토지로-박경리 「토지」 완간의 의미-」, 「현대문학」 478호, 1994. 10, 93면.

16) 동학연구원 편, 『한글 동경대전』, 도서출판 자농, 1991, 3면.

17) 유병덕, 「개화기·일제시의 민족종교사상에 관한 연구」, 유병덕 편, 『동학·천도교』, 교문사, 1993, 447면.

18) 노태구, 「동학의 정치사상」, 위의 책, 469-71면.

19) 신일철, 「동학사상의 전개」, 위의 책, 435면.

20) 위의 글, 422면.

21) 김지하, 「문화혁명」, 『김지하전집』 3, 실천문학사, 2002, 661면.

22) 김지하, 「일하는 한울님」, 『김지하전집』 1, 156-8면.

23) 김지하, 「뭉치면 죽고 헤치면 산다」, 『김지하전집』 2, 실천문학사, 2002, 412면.

24) 김지하, 「귀농은 율려의 각비운동」, 『김지하전집』 1, 실천문학사, 2002, 565면.

25) 김지하, 「생명과 연기」, 앞의 책, 316면.

26) 박경리, 「대담」(마산MBC TV 특집프로그램, 2004.9.3), 앞의 책, 308면.

27) 송호근, 「삶에의 연민, 한의 미학」, 「작가세계」, 1994 가을, 『가설을 위한 망상』, 나남, 2007, 335면.

28) 박경리, 『토지』 14, 나남, 2009, 135면.

29) 박경리가 동학사상을 접하게 된 과정은 소상히 밝혀진 것이 없지만 증조부, 조부로 이어진 동학교도의 후손이자 내놓고 동학도, 동학연구가라고 말하면서 오랜 세월 독학한 동학교리에 바탕을 둔 생명사상이나 그것의 우주적 확장으로서의 율려사상을 전파하고 다니는 김지하가 그의 사위라는 사실을 상기하면 양자 사이에 적지 않은 교감이 있었으리라 보는 것은 자연스럽다.

30) 『토지』 19, 348-50면.

31) 박경리, 「대담」(마산MBC TV 특집프로그램, 2004.9.3), 앞의 책, 308-10면.

32) 박경리, 『만리장성의 나라』, 동광출판사, 1990, 46면.

33) 송호근, 앞의 글, 앞의 책, 334-5면.

34) 박경리, 「가설을 위한 망상」, 『가설을 위한 망상』, 나남, 2007, 95면.

35) 박경리, 『꿈꾸는 자가 창조한다박경리의 원주통신』, 나남, 1994, 42면.

36) 박경리, 「본성에 대한 공포」, 『생명의 아픔』, 이룸, 2004, 108-9면.

37) 『토지』 15권, 118면.

38) 『토지』 17권, 190면.

39) 위의 책, 182-3면.

40) 『토지』 18권, 94-6면.

41) 『토지』 8권, 379면.

42) 『토지』 11, 154-63면.

43) 『토지』 4, 211면.

44) 『토지』 5, 214면.

45) 위의 책, 214-5면.

46) 『토지』 7, 98-9면.

47) 『토지』 9, 220-1면.

48) 『토지』 1, 179면.

49) 위의 책, 247면.

50) 『토지』 4, 139면.

51) 『토지』 1, 117면.

52) 『토지』 2, 17-8면.

53) 위의 책, 230-1면.

54) 『토지』 18, 367면.

55) 『토지』 16, 63-4면.

56) 『시장과 전장』, 546-7면.

57) 『토지』 3, 318-31면.

58) 한점돌, 「박경리 문학사상 연구-〈시장과 전장〉과 아나키즘-」, 「현대소설연구」 42호, 592면.

59) 『토지』 5, 314-5면.

60) 『토지』 20, 42-4면.

61) 김지하, 「남녘 땅 뱃노래」, 『김지하전집』 1, 51-2면.

62) 『토지』 1, 296-7면.

63) 『토지』 2, 10-2면.

64) 『토지』 3, 246-9면.

65) 『토지』 20, 267면.

66) 위의 책, 277면.

67) 『가설을 위한 망상』, 336면.

68) 심원섭, 「박경리의 생명 사상 연구」, 「현대문학의 연구」 6호, 한국문학연구학회, 1996, 316면.

69) 박경리, 『꿈꾸는 자가 창조한다』, 나남, 1994, 108면.

70) 위의 책, 126면.

71) 박경리, 「대담」(마산MBC TV 특집프로그램, 2004.9.3), 위의 책, 294면.

72) 박경리, 「사생아·서자의 열등감」, 『기다리는 불안』, 현암사, 1966, 58-9면.

73) 박경리, 「산다는 것」, 『거리의 악사』, 민음사, 1977, 156면.

74) 김치수, 「박경리와의 대화-소유의 관계로 본 한의 원류」, 『박경리와 이청준 소설의 세계』, 민음사, 1982, 166면.

75) 위의 글, 181면.

76) 위의 글, 171면.

77) 이 점에서 『토지』가 루카치적 의미의 역사소설 범주에 들기 어렵다는 주장은 일리가 있다.

78) 김치수, 「『토지』의 세계」, 『박경리와 이청준 소설의 세계』, 민음사, 1982, 174면.

79) 최영주, 박경리 인터뷰, 「『토지』는 끝이 없는 이야기」, 「월간경향」 270호, 1987.8, 563면.

80) 우찬제, 「지모신의 상상력과 생명의 미학」, 『문학과 사회』 28호, 1994 겨울, 1730면.
81) 하태욱, 「박경리 「토지」 연구-등장인물의 한 맺힘과 풀림을 중심으로」, 연세대 석사논문, 1996, 국문요약, ii 면.
82) 정호웅, 앞의 글, 233면.
83) 정호웅, 「『토지』의 주제-한·생명·대자대비」, 『한국문학』 225호, 1995 봄, 328면.
84) 박경리, 「본성에 대한 공포」, 『생명의 아픔』, 이룸, 2004, 108-9면.
85) 하태욱, 앞의 글, 81면.
86) 김윤식, 『박경리와 토지』, 강, 2009, 191면.
87) 『토지』 18, 185면.
88) 『토지』 17, 360면.

최서해 소설과 아나키즘

1) 박홍규, 『아나키즘 이야기』, 이학사, 2004, 86면.
2) 구승회 외, 『한국 아나키즘 100년』, 이학사, 2004, 384-5면.
3) 자유사회주의는 아나키즘의 한 별칭임. 이호룡, 『한국의 아나키즘-사상편』, 지식산업사, 2001, 15면 참조.
4) Colin Ward, 김정아 옮김, 『아나키즘, 대안의 상상력』, 돌베개, 2004, 10면.
5) 박홍규, 앞의 책, 17면.
6) 김은석, 『개인주의적 아나키즘』, 우물이 있는 집, 2004, 22면.
7) 박환, 『식민지시대 한인아나키즘운동사』, 선인, 2005, 265면.
8) 이호룡, 앞의 책, 81면.
9) 구승회 외, 앞의 책, 202면.
10) 김윤식, 「아나키즘문학론」, 『한국근대문학사상사』, 한길사, 1984, 115면.
11) 박인기, 「현대문학과 아나키즘」, 『한국현대문학론』, 국학자료원, 2004, 14면.
12) 김택호, 「아나키즘 문예지 『문예광』연구」, 『한국현대문학연구』 17, 2005, 177면.
13) 필자는 최서해 소설을 극빈하층민 소설, 프로인텔리겐차 소설, 심파다이저 소설의 세계보로 분류하여 그 총체적 의미체계를 검토해 본 적이 있는데(졸저, 『한국현대소설의 형이상학』, 새미, 1997, 154-87면.) 본고는 관점을 달리하여 최서해의 대표작들인 소위 극빈하층민 소설의 세계관적 기반에 초점을 맞추고 있다.
14) 안함광, 『최서해론』, 조선작가동맹출판사, 1956, 14면.
15) 최서해 소설에 아나키즘적 요소가 있다면 전망부재란 말은 철회되거나 아나키즘적 전망으로 바뀌어야 한다.
16) 김윤식·정호웅, 『한국소설사』, 예하, 1993, 122-7면.
17) 박인기, 앞의 책, 58면.
18) A. Hauser, 백낙청·염무웅 공역, 『문학과 예술의 사회사-현대편』, 창작과 비평사, 1979, 48-51면.
19) 이종명, 「서해의 추억-그의 일주기를 앞두고」, 곽근 편, 『최서해 작품, 자료집』, 국학자

료원, 1997, 253면.

20) 박상엽, 「서해의 극적 생애-그의 사후 3주년을 당하여」, 위의 책, 262면.

21) 조영복, 「황석우의 「근대사조」와 근대 초기 잡지의 '불온성'」, 「한국현대문학연구」 17, 65면.

22) 이호룡, 앞의 책, 160면.

23) 위의 책, 91면.

24) 사회진화론의 사상구조와 그 파장은 졸저, 『한국근대소설의 정신사적 이해』(국학자료원, 1993) 참조.

25) 김경복, 『한국 아나키즘시와 생태학적 유토피아』, 다운샘, 1999, 47면.

26) 이호룡, 앞의 책, 198면.

27) 위의 책, 200면.

28) Nym Wales, 조우화 옮김, 『아리랑』, 동녘, 1984, 113면.

29) 김윤식, 「아나키즘의 시적 범주-이육사론」, 『근대시와 인식』, 시와사학사, 1992, 114면.

30) 「조선혁명선언」, 『단재신채호전집』 하, 형설출판사, 1982, 36-40면.

31) 위의 책, 40-42면.

32) 김영범, 『한국 근대민족운동과 의열단』, 창작과비평사, 1997, 103면.

33) 이호룡, 앞의 책, 204면.

34) 오스기 사카에, 김응교·윤영수 옮김, 『오스기 사카에 자서전』, 실천문학사, 2005, 373면.

35) Nym Wales, 조우화 옮김, 앞의 책, 71면.

36) 오장환, 『한국 아나키즘운동사 연구』, 국학자료원, 1998, 81면.

37) 박인기, 앞의 책, 30면.

38) 「관서흑우회선언문」, 「중외일보」, 1927.12.25, 박환, 앞의 책, 303면 재인.

39) 김화산, 「계급예술론의 신전개」, 「조선문단」 20호, 1927.3, 『카프비평자료총서Ⅲ』, 태학사, 1990, 101-3면.

40) 윤기정, 「계급예술의 신전개를 읽고-김화산씨에게-」, 「조선일보」, 1927.3.29.

41) 한설야, 「무산문예가의 입장에서 김화산군의 허구문예론, 관념적 당위론을 박(駁)함」, 「동아일보」, 1927.4.16.

42) 김화산, 「뇌동성 문예론의 극복-맑스주의 진영내의 군맹(群盲)을 회(誨)함-」, 「현대평론」 5호, 1927.6, 2-3면.

43) 위의 글, 2면.

44) 위의 글, 4-5면.

45) 조중곤, 「비맑스주의 문예론의 배격」, 「중외일보」, 1927.6.23.

46) 김윤식, 『한국근대문예비평사연구』, 한얼문고, 1973, 81면.

47) 박환, 앞의 책, 85면.

48) 김동환, 「생전의 서해 사후의 서해」, 곽근 편, 『최서해전집』 하, 문학과지성사, 1987, 402-3면. 이하 『전집』으로 약칭.

49) 김재용 외 3인, 『한국근대민족문학사』, 한길사, 1993, 322면.

50) 역사문제연구소 문학사연구모임 지음, 『카프문학운동연구』, 역사비평사, 1989, 24면.

51) 최서해, 「全生命의 要求는 아니다-나의 戀愛觀」, 「조선문단」, 1923. 7, 『전집』 하, 204면.

52) 최서해, 《혈흔》 서, 1925. 11, 『전집』 상, 14-5면.
53) 최서해, 「반역의 여성」, 「삼천리」, 1931.12, 곽근 편, 『최서해 작품, 자료편』, 국학자료원, 1997, 41면.
54) 최서해, 《혈흔》 서, 1925. 11, 『전집』 상, 11면.
55) 위의 글, 위의 책, 15면.
56) 최서해, 「내가 다시 태어난다면? 아주 가난한 농민 노동자의 자녀로」, 「三千里」, 1929.6, 『전집』 하, 277-8면.
57) 최서해, 「근감」, 「동아일보」, 1928.7.10, 『전집』 하, 239면.
58) 최서해, 「병신의 넋두리」, 「조선농민」, 1929.3, 『최서해 작품, 자료집』, 37면.
59) 김경복, 앞의 책, 33면.
60) Daniel Guerin, 하기락 역, 『현대아나키즘』, 신명, 1993, 49-95면; 이호룡, 앞의 책, 294면 재인.
61) 최서해, 「근대노서아문학개관」, 「조선문단」, 1924.12, 『전집』 하, 293면.
62) 최서해, 「문예시감·1」, 「현대평론」, 1927.9, 『전집』 하, 331-2면.
63) 위의 글, 위의 책, 333면.
64) 최서해, 「조선의 특수성」, 「동아일보」, 1929.7.12-14, 『전집』 하, 362-3면.
65) 김윤식, 『교재용 한국현대문학사』, 서울대학교출판부, 1992, 213면.
66) 졸고, 「최서해 소설과 그 내적 논리」, 졸저, 앞의 책, 156면.
67) 박상엽, 「감상의 7월-서해 영전에」, 「매일신보」, 1933.7.14-29, 『전집』 하, 378면.
68) 최서해, 〈해돋이〉, 『전집』 상, 222-3면.
69) 김재용 외 3인, 앞의 책, 317면.
70) 〈탈출기〉(1925), 『전집』 상, 19면.
71) 〈박돌의 죽음〉(1925), 『전집』 상, 62-3면.
72) 〈기아와 살육〉(1925), 『전집』 상, 31면.
73) 〈큰물진 뒤〉(1925), 『전집』 상, 129-30면.
74) 〈홍염〉(1927), 『전집』 하, 15-6면.
75) 〈탈출기〉, 앞의 책, 22-3면.
76) 〈탈출기〉, 위의 책, 23면.
77) 〈박돌의 죽음〉, 앞의 책, 66면.
78) 〈기아와 살육〉, 앞의 책, 39면.
79) 〈큰물진 뒤〉, 앞의 책, 131면.
80) 〈홍염〉, 앞의 책, 26면.
81) 김흥식, 「이기영의 문학과 아나키즘 체험」, 「한국현대문학연구」 17, 133-4면.
82) 조진근, 「아나키즘 예술이론 연구」, 서울대 석사논문, 1990, 21면.

장용학 소설과 에코아나키즘

1) 구승희, 『에코필로소피』, 새길, 1995, 112면.

2) Colin Ward, 김정아 옮김, 『아나키즘, 대안의 상상력』, 돌베개, 2004, 10면.

3) 구승회 외, 『한국 아나키즘 100년』, 이학사, 2004, 384-5면.

4) 김성진 외, 『생태문제와 인문학적 상상력』, 나남출판, 1999, 9면.

5) 홍성태, 『생태사회를 위하여』, 문화과학사, 1998, 30면.

6) 장용학, 「주체성의 회복-학생을 위한 실존주의 A·B·C-」(1967.2), 『장용학 문학 전집』 6, 국학자료원, 2002, 145면. 이하 『전집』이라 약칭함.

7) 위의 글, 위의 책, 150면.

8) 고은, 「어느 실존주의 작가의 체험」, 『전집』 7, 47면.
   신경득, 「인간소외의 탐구」, 위의 책, 107면.
   염무웅, 「실존과 자유-요한시집-」, 위의 책, 151면.
   이선영, 「아웃사이더의 반항」, 위의 책, 161면.
   배경열, 『한국 전후 실존주의 소설 연구』, 태학사, 2001.
   장양수, 『한국 실존주의 소설 연구』, 새미, 2003.

9) 김윤식, 「우화성과 '이데올로기' 비판」, 『전집』 7, 67면.
   방민호, 「역사철학적 알레고리로서의 장용학 소설」, 위의 책, 233면.
   유철상, 「한국 전후소설의 관념지향성 연구」, 서울대 박사논문, 1999.
   장수익, 「한국관념소설의 계보-장용학, 최인훈, 이청준의 경우」, 『1960년대 문학연구』, 예하, 1992.
   황순재, 『한국관념소설의 세계』, 태학사, 1996.

10) 아나키즘적 특성에 주목(임헌영, 「아나키스트의 幻歌, 장용학론」, 「현대문학」, 1966.3) 하는 경우도 드물게는 있었고, 최근에는 탈근대의 개념으로 접근하는 글들이 잇달아 나타나면서(조현일, 「손창섭·장용학 소설의 허무주의적 미의식에 대한 연구」, 서울대 박사논문, 2002; 구재진, 「'근대'초월의 기획과 휴머니즘의 가능성」, 『전집』 7) 관점의 변화가 감지되기도 한다.

11) O. F. Bollnow, 최동희 역, 『실존철학이란 무엇인가』, 서문당, 1972 참조.

12) 위의 책, 65면.

13) F. Heinemann, 황문수 역, 『실존철학』, 문예출판사, 1987, 257면.

14) 「뛰어 넘었느냐? 못 넘었느냐?-연재소설 『원형의 전설』을 읽고-(방담)」(1962.11), 『전집』 6, 80-1면.

15) 장용학, 「주체성의 회복-학생을 위한 실존주의 A·B·C-」(1967.2), 『전집』 6, 145면.

16) 장용학, 「선, 자유, 현대인」(1968.10), 『전집』 6, 292면.

17) 장용학, 「횡설수설」(1969.8.28), 『전집』 6, 219면.

18) 장용학, 앞의 글, 293면.

19) 장용학, 「주체성의 회복-학생을 위한 실존주의 A·B·C-」, 위의 책, 150면.

20) 방영준, 『저항과 희망, 아나키즘』, 이학사, 2006.

21) 이호룡, 『한국의 아나키즘-사상편』, 지식산업사, 2001, 198면.

22) 우리의 이러한 지적은 장용학 이해의 실존주의적 편향을 벗어나 보자는 것이지, 장용학에게 실존주의적 측면이 전혀 없다거나 실존주의와 아나키즘은 상호 배타적이라고 주장하는 것은 아니다.

23) 김경복, 『한국 아나키즘시와 생태학적 유토피아』, 다운샘, 1999, 42면.

24) 위의 책, 33면.

25) 예컨대 인간을 사회적 존재로 보느냐, 개체적 존재로 보느냐에 따라 크게 사회주의적 아나키즘과 개인주의적 아나키즘으로 양분되고, 평화적 아나키스트와 폭력적 아나키스트, 무신론적 아나키스트와 그리스도교적 아나키스트, 진화론적 아나키스트와 혁명적 아나키스트, 인도적 아나키스트와 에고이스트적 아나키스트 등 세분되기도 하지만(김은석, 『개인주의적 아나키즘』, 우물이 있는 집, 2004, 33-4면 참조) 이것이 전부도 아니다.

26) 임헌영, 앞의 글, 『전집』 7, 205면.

27) 김경복, 앞의 책, 48면.

28) Tim Luke, 문순홍 편저, 『생태학의 담론』, 솔, 1999, 82-89면.

29) 린 다이아몬드 · 글로리아 페만 오렌스타인 편저, 정현경 · 황혜숙 옮김, 『다시 꾸며보는 세상 : 생태여성주의의 대두』, 이화여대출판부, 1999, 217면.

30) J. R. DesJardins, 김명식 옮김, 『환경윤리』, 자작나무, 1999, 334면.

31) 위의 책, 357면.

32) 장용학, 『요한시집 외』, 책세상, 2002, 62면.

33) 위의 책, 77면.

34) 위의 책, 80면.

35) 〈요한시집〉, 『전집』 1, 229면.

36) 위의 책, 231면.

37) 위의 책, 206면.

38) 위의 책, 224면.

39) 위의 책, 224면.

40) 위의 책, 229-30면.

41) 〈비인탄생〉, 『전집』 1, 316-7면.

42) 위의 책, 345-6면.

43) 〈역성서설〉, 위의 책, 434-5면.

44) 〈비인탄생〉, 위의 책, 368면.

45) 위의 책, 364-7면.

46) 〈현대의 야〉, 위의 책, 504-5면.

47) 〈원형의 전설〉, 『전집』 3, 534-5면.

48) 〈현대의 야〉, 『전집』 1, 460면.

49) 위의 책, 484면.

50) 일본의 유명한 아나키스트 오스기 사카에는 "공산당이 '무산계급의 독재'라는 미명하에 무산계급을 새로운 노예로 전락시켜 자본주의의 다른 당들과 마찬가지로, 아니 그보다 안심할 수 없는, 무정부주의자의 적"임을 지적하고 있다(오스기 사카에, 김웅교 · 윤영수 옮김, 『오스기 사카에 자서전』, 실천문학사, 2005, 373면).

51) 〈원형의 전설〉, 앞의 책, 555면.

52) 〈원형의 전설〉, 위의 책, 544면.

53) 위의 책, 645-6면.

최수철 소설과 아나키즘

1) 김경복, 『한국 아나키즘시와 생태학적 유토피아』, 다운샘, 1999.
   박인기, 「현대문학과 아나키즘」, 『한국현대문학론』, 국학자료원, 2004, 11-60면.
   김택호, 『한국 근대 아나키즘문학, 낯선 저항』, 월인, 2009.
2) 이 작품은 〈인육시장점경〉, 〈인육시장점묘〉 등 제목의 혼선이 빚어지고 있는데 최근
   발간된 김덕근 편, 『권구현전집』(박이정, 2008)에 의거하여 〈인육시장의 점경〉으로 바
   로잡는다.
3) 박홍규에 의하면 자유, 자치, 자연이 아나키즘의 핵심이다(박홍규, 『인디언 아나키 민주
   주의』, 홍성사, 2009, 313면).
4) "자유로운 개인이 분권적 지역자치에 의해 자연과 조화로운 적정한 경제 규모를 비롯한
   생태적 삶을 추구"(박홍규, 『메트로폴리탄 게릴라』, 도서출판 텍스트, 2010, 38면)하는 것
   을 아나키즘으로 볼 경우, 구체적 디테일을 갖춘 리얼리즘소설도 가능할 것이다.
5) 한점돌, 「한국 아나키즘문학 연구-최서해소설의 아나키즘적 특성」, 「현대소설연구」 31,
   한국현대소설학회, 2006.9.
   한점돌, 「장용학 소설 연구-장용학 문학의 생태아나키즘적 특성」, 「현대문학이론연구」
   33, 현대문학이론학회, 2008.4.
   한점돌, 「박경리 문학사상 연구-〈시장과 전장〉과 아나키즘」, 「현대소설연구」 42, 한국
   현대소설학회, 2009.12.
6) "아나키란 흔히 '무정부'라고 번역된다."(박홍규, 『인디언 아나키 민주주의』, 19면)
7) 김택호, 앞의 책, 18면.
8) 최수철, 『무정부주의자의 사랑』, 열음사, 1991, '작가의 말'.
9) 최수철, 『알몸과 육성』, 열음사, 1991, 258-9면, 「말. 삶. 글」(「문학정신」, 1990.11, '대담'
   재수록).
10) 최수철, 『녹은 소금, 썩은 생강』, 열음사, 1991, 247면.
11) 최수철의 〈어느 무정부주의자의 사랑〉은 소설 속에 허구적 픽션과 이에 대한 비평적
    성찰이 공존하는 수필적 특성의 작품이므로 작품의 발상법으로서의 문학사상을 살펴보
    고자 하는 본 논문에서는 작가와 화자 또는 인물이 엄격히 구분되지는 않을 것이다.
12) '탈중심화'를 핵심적 빠롤로 하는 포스트모더니즘은 관념론의 주체의식이나 마르크스주
    의의 경제 중심 대신에 환경, 가정, 성, 예술 등의 문제군을 중심으로 하는 해체구성적
    방법론을 추천한다(문화와 사회 연구회 편, 『현대와 탈현대』, 사회문화연구소출판부,
    1993, 105-7면).
13) '세계화'를 새로운 전망으로 지지하는 기든스와 이를 비판하는 부르디외도 그런 시대적
    문맥의 소산이라 할 수 있다(하상복, 『부르디외 & 기든스, 세계화의 두 얼굴』, 김영사,
    2007 참조).
14) Karl Mannheim, 임석진 역, 『이데올로기와 유토피아』, 지학사, 1987 참조.
15) 최수철, 앞의 책, 296-7면.
16) 이호룡, 『한국의 아나키즘-사상편-』, 지식산업사, 2001, 198-204면.
17) 최수철, 앞의 책, 100-1면.

18) 위의 책, 111면.

19) 최수철, 『알몸과 육성』, 201-4면.

20) 최수철, 『녹은 소금, 썩은 생강』, 279면.

21) 위의 책, 280면.

22) 위의 책, 288-9면.

23) 위의 책, 304면.

24) 위의 책, 178-9면.

25) 최수철, 『즐거운 지옥의 나날』, 열음사, 1991, 216-7면.

26) 최수철, 『무정부주의자의 사랑』, 262-3면.

27) 위의 책, 112면.

28) 최수철, 『알몸과 육성』, 159면.

29) 최수철, 『무정부주의자의 사랑』, 169-70면.

30) 위의 책, 91면.

31) 최수철, 『즐거운 지옥의 나날』, 104면.

32) 최수철, 『알몸과 육성』, 40면.

33) 위의 책, 22-3면.

34) 위의 책, 100-1면.

35) 최수철, 『즐거운 지옥의 나날』, 260면.

36) 최수철, 앞의 책, 30-1면.

37) 최수철, 『무정부주의자의 사랑』, 179면.

38) 위의 책, 37면.

39) 위의 책, 263면.

40) 위의 책, 31면.

41) 위의 책, 259면.

42) 위의 책, 53면.

43) 최수철, 『녹은 소금, 썩은 생강』, 18면.

44) 위의 책, 91-2면.

45) 위의 책, 64면.

46) 위의 책, 308면.

47) 최수철, 『알몸과 육성』, 108면.

48) 위의 책, 123면.

49) 위의 책, 135면.

50) 위의 책, 120면.

51) Patricia Waugh, 김상구 역, 『메타픽션』, 열음사, 1989, 16면.

52) 위의 책, 20-1면.

53) 최수철, 앞의 책, 219-20면.

54) 최수철, 『무정부주의자의 사랑』, 169면.

55) 위의 책, 91면.

56) Aristoteles, 천병희 옮김, 『시학』, 문예출판사, 2010, 57면.

57) 최수철, 앞의 책, 179면.

58) 최수철, 『알몸과 육성』, 134면.

59) 위의 책, 152면.

60) 김윤식 교수에 의하면 소설사는 '모방의 계열체'와 '극복의 계열체'의 계속적인 교체과정이다(김윤식/정호웅, 『한국소설사』, 예하, 1993).

61) '소설'을 잔소리라 규정하고 큰소리로서의 '대설'을 시도한 김지하의 실패는 타산지석이될 것이다(김지하, 『남(南)』, 창작과비평사, 1984).

62) 최수철, 『무정부주의자의 사랑』, 31면.

63) 위의 책, 37면.

64) 위의 책, 269면.

윤대녕 소설과 신화사상

1) 게오르그 루카치, 반성완 역, 『소설의 이론』, 심설당, 1985, 70면.

2) 위의 책, 29면.

3) 위의 책, 47면.

4) 김윤식 편저, 『문학비평용어사전』, 일지사, 1978, 131면.

5) Cuddon, J. A., A Dictionary of Literary Terms and Literary Theory, Blackwell Publishers, 1992, p.284.

6) 위의 책, p.562.

7) 조성기의 『천년동안의 고독』(민음사, 1989)과 『일연의 꿈, 삼국유사 1 · 2』(민음사, 1995)나 윤후명의 『삼국유사 읽는 호텔』(랜덤하우스중앙, 2005)을 그 예로 들 수 있다.

8) 양귀자는 재벌의 딸을 매개로 신분상승을 기하는 한 무명화가의 이야기 〈곰 이야기〉(1995)에서 단군신화를 변신담이라는 원형으로 활용하고 있고, 장편 〈천년의 사랑〉(1995)은 전생 모티프에 의거하여 작품을 풀어가고 있다.

9) 윤대녕의 단편 〈헌화가〉는 향가 〈헌화가〉의 배경설화를 주요 모티프의 하나로 활용한다.

10) 송기섭, 「도시적 감각과 신화적 몽상-윤대녕론」, 『문예시학』 7권, 문예시학회, 1996, 58면.

11) 박혜원, 「윤대녕 소설의 신화적 상상력」, 『어문론총』 46호, 한국문학언어학회, 2007.6, 272면.

12) 신연우, 「윤대녕 소설에 보이는 재생신화 모티브 분석: 〈옛날 영화를 보러 갔다〉를 중심으로」, 『서울산업대학교논문집』 V.50, 1999.

13) 남정희, 「윤대녕 소설과 신화적 상상력」, 『우리문학연구』 16, 우리문학회, 2003, abstract.

14) 민혜숙, 「신화적 상징을 통한 윤대녕 소설 읽기」, 『현대문학이론연구』 29, 현대문학이론학회, 2006, 131-2면.

15) 김윤식, 『한국근대문학사상비판』, 일지사, 1978, 3면.

16) 김열규 외, 『한국의 무속문화』, 박이정, 1998, 178면.

17) 김열규, 「한국 신화와 무속」, 위의 책, 62면.

18) 윤대녕, 〈어머니의 숲〉, 『이 모든 극적인 순간들』, 푸르메, 2010, 162-4면.

19) 현재까지 간행된 7권의 단편소설집과 8편의 장편소설만으로도 그는 이미 문학사적으로 유의미한 작가의 반열에 들었다고 볼 수 있다(최근 윤대녕은 장편 『피에로들의 집』(문학동네, 2016)을 또 상재하였다).

20) 윤대녕, 앞의 책, 163면.

21) 윤대녕, 〈나는 이런 책을 읽어 왔다〉, 위의 책, 203면.

22) 윤대녕, 〈더 큰 사랑을 위하여〉, 위의 책, 186면.

23) 윤대녕, 〈나만의 장소〉, 위의 책, 94면.

24) 윤대녕, 〈달력과 어머니〉, 위의 책, 44면.

25) 윤대녕, 〈한 그루 나무처럼〉, 위의 책, 21-2면.

26) 윤대녕, 「작가의 말」, 『은어낚시통신』(초판:1995), 문학동네, 2010, 425면.

27) 윤대녕, 『사라진 공간들, 되살아나는 꿈들』, 현대문학, 2014, 253-4면.

28) 미르치아 엘리아데, 심재중 옮김, 『영원회귀의 신화』, 이학사, 2014, 96면.

29) 위의 책, 49면.

30) 미르세아 엘리아데, 이은봉 역, 『종교형태론』, 형설출판사, 1992, 465면.

31) 미르치아 엘리아데, 이윤기 역, 『샤머니즘』, 까치, 2014, 147면.

32) 김열규, 『한국민속과 문학연구』, 일조각, 1971, 10면.

33) 이상일, 「무속의 축제와 놀이」, 김열규 외, 『한국의 무속문화』, 124-5면.

34) 미르치아 엘리아데, 이재실 옮김, 『이미지와 상징』, 까치, 2013, 67면.

35) 미르치아 엘리아데, 이재실 옮김, 『대장장이와 연금술사』, 문학동네, 2007, 162면.

36) 미르치아 엘리아데, 『영원회귀의 신화』, 71면.

37) 조지프 캠벨, 과학세대 옮김, 『신화의 세계』, 까치글방, 2009, 5면.

38) 김열규, 『한국의 신화』, 일조각, 1982, 55면.

39) 김열규, 『한국민속과 문학연구』, 30면.

40) 김열규, 「한국 신화와 무속」, 김열규 외, 『한국의 무속문화』, 62면.

41) 김열규, 『한국의 신화』, 100면.

42) 김열규, 『한국민속과 문학연구』, 8면.

43) 위의 책, 7면.

44) 위의 책, 7-8면.

45) 시몬느 비에른느, 이재실 옮김, 『통과제의와 문학』, 문학동네, 1996, 143면.

46) 위의 책, 187면.

47) 김영민, 『우리 조상 신앙 바로알기』, 새문사, 2005, 44면.

48) 미르치아 엘리아데, 『영원회귀의 신화』, 95면.

49) 미르치아 엘리아데, 이원봉 역, 『신화와 현실』, 성균관대학교출판부, 1994, 51면.

50) 윤대녕, 『호랑이는 왜 바다로 갔나』, 생각의 나무, 2005; 개정판: 문학동네, 2010.

51) 윤대녕, 위의 책(2010), 183면.

52) 위의 책, 332면.

53) 위의 책, 39면.

54) 위의 책, 136면.

55) 위의 책, 175면.

56) 위의 책, 13면.

57) 위의 책, 70-1면.

58) 위의 책, 328면.

59) 위의 책, 273면.

60) 위의 책, 322-3면.

61) 위의 책, 341-3면.

62) 위의 책, 349면.

63) 위의 책, 354면.

64) 위의 책, 389면.

65) 위의 책, 101면.

66) 위의 책, 171-3면.

67) 위의 책, 311면.

68) 미하일 바흐찐, 전승희 외 역, 『장편소설과 민중언어』, 창작과비평사, 1988, 40면.

69) 위의 책, 18면.

한창훈 소설과 민중주의

1) 한창훈, 『바다가 아름다운 이유』, 솔, 1996, 머리말.

2) 한창훈, 『가던 새 본다』, 창작과비평사, 1998, 후기.

3) 한창훈, 〈닻〉, 앞의 책, 141면.

4) 위의 책, 151면.

5) 한창훈, 〈오늘의 운세〉, 앞의 책, 16면.

6) 위의 책, 19면.

7) 위의 책, 23-4면.

8) 위의 책, 26-7면.

9) 앙리 베르그손, 김진성 옮김, 『웃음-희극의 의미에 관한 시론』, 종로서적, 1983, 59면.

10) 김수영, 〈풀〉, 장석원, 『김수영 시의 수사학』, 청동거울, 2005, 320-1면.

11) 이런 입장은 실존주의와 마르크시즘이 공유하고 있다.

12) 한창훈, 〈춘희〉, 『세상의 끝으로 간 사람』, 문학동네, 2001, 35-6면.

13) 위의 책, 36면.

14) 위의 책, 33-4면.

15) 위의 책, 33면.

16) 위의 책, 34면.

17) 위의 책, 38-9면.

18) 위의 책, 51면.

19) 홍성태, 『생태사회를 위하여』, 문화과학사, 1998, 30면.

20) 한점돌, 『현대소설론의 지평 모색』, 푸른사상, 2004, 186-7면.

21) 한창훈, 〈돛 낡는 어부〉, 『세상의 끝으로 간 사람』, 241면.

22) 위의 책, 248면.

23) 위의 책, 233면.

24) 위의 책, 234면.

25) 한창훈, 〈바위 끝 새〉, 『청춘가를 불러요』, 한겨레신문사, 2005, 32면.

26) 위의 책, 33면.

27) 위의 책, 34면.

28) 위의 책, 29면.

공선옥 소설과 생태주의

1) 김성진 외, 『생태문제와 인문학적 상상력』, 나남출판, 1999, 9면.

2) 이우붕, 「새로운 환경관」, 경상대 인문학연구소 엮음, 『인문학과 생태학』, 백의, 2001, 112면.

3) 졸저, 『현대소설론의 지평 모색』, 푸른사상, 2004, 166면.

4) 공선옥, 『수수밭으로 오세요』, 여성신문사, 2001, 291면.

5) 공선옥, 『자운영 꽃밭에서 나는 울었네』, 창작과비평사, 2000, 98면.

6) 위의 책, 156면.

7) 위의 책, 141면.

8) 공선옥, 『붉은 포대기』, 삼신각, 2003, 56면.

9) 위의 책, 177-83면.

10) 위의 책, 134-5면.

11) 위의 책, 169-70면.

12) 위의 책, 244-5면.

13) 위의 책, 108-9면.

14) 위의 책, 174면.

15) 위의 책, 282-4면.

16) 위의 책, 280면.

17) 위의 책, 288면.

18) 위의 책, 273-4면.

19) 위의 책, 288-9면.

박경리 초기소설과 실존주의

1) 김윤식, 『한국근대문학사상비판』, 일지사, 1978, 3면.

2) 박경리, 『문학을 사랑하는 젊은이들에게』, 현대문학, 2003, 211-2면.

3) 박경리, 〈불신시대〉, 『환상의 시기』, 나남출판, 1994, 65면.

4) 위의 책, 76면.

5) 위의 책, 88면.

6) 박경리, 〈표류도〉, 『표류도/성녀와 마녀』, 지식산업사, 1980, 115면.

7) 장 폴 사르트르, 방곤 옮김, 『실존주의는 휴머니즘이다』, 문예출판사, 1999, 12-16면.

8) 위의 책, 13면.

9) 실존철학이 한결같이 도피를 권하고 있다고 비판하는 카뮈는 그러한 태도를 철학적 자살이라 부른다(알베르 카뮈, 김화영 옮김, 『시지프 신화』, 책세상, 2011, 54-66면).

10) 장 폴 사르트르, 앞의 책, 16면.

11) 로제 키요, 「《이방인》을 다시 읽는다-《이방인》 50주년 기념 논문」, 알베르 카뮈, 김화영 옮김, 『이방인』, 책세상, 2011, 267면.

12) 피에르-루이 레, 「카뮈와 《이방인》」, 위의 책, 259면.

13) 오토 프리트리히 볼노브, 최동희 역, 『실존철학이란 무엇인가』 서문당, 1972.

14) 알베르 카뮈, 김화영 옮김, 『시지프 신화』, 책세상, 2011, 51-2면.

15) 장 폴 사르트르, 「《이방인》 해설」, 알베르 카뮈, 김화영 옮김, 『이방인』, 165면.

16) 알베르 카뮈, 앞의 책, 82-96면.

17) 위의 책, 29면.

18) 피에르-루이 레, 앞의 책, 222면.

19) 위의 책, 206면.

20) 알베르 카뮈, 김화영 옮김, 『이방인』, 157면.

21) 로널드 애런슨, 변광배·김용석 옮김, 『사르트르와 카뮈-우정과 투쟁』, 연암서가, 2011, 184면.

22) 김화영, 「《시지프 신화》 해설」, 알베르 카뮈, 김화영 옮김, 『시지프 신화』, 256면.

23) "부조리의 정신이 볼 때, 이성은 헛된 것이고 이성 저 너머에는 아무것도 없다. (…) 욕망하는 정신과 실망만 안겨주는 세계 사이의 절연, 통일에의 향수, 지리멸렬의 우주, 그리고 그 양자를 한데 비끄러매놓는 모순이 바로 부조리다. (…) 중요한 것은 이러한 분열과 더불어 살고 생각하는 것이며 받아들일 것인가 거부할 것인가를 알아내는 일이다. (…) 현기증 나는 순간의 모서리 위에서 몸을 지탱할 줄 아는 것, 그것이 바로 성실성이다."(위의 책, 59-77면)

24) 알베르 카뮈, 김화영 옮김, 『페스트』, 책세상, 2011, 96-248면.

25) 박경리, 〈계산〉, 「현대문학」 8, 현대문학사, 1955.8, 120-1면.

26) 박경리, 〈흑흑백백〉, 「현대문학」 20, 1956.8, 113면.

27) 위의 책, 122-3면.

28) 박경리, 〈전도〉(1957), 『환상의 시기』, 나남, 1994, 55-6면.

29) 박경리, 〈불신시대〉(1957), 위의 책, 60면.

30) 위의 책, 64-5면.

31) 위의 책, 72-4면.

32) 위의 책, 75-6면.

33) 위의 책, 83-4면.

34) 박경리, 〈표류도〉, 『표류도/성녀와 마녀』, 101면.

35) 위의 책, 158면.

36) 위의 책, 115면.

37) 위의 책, 42면.

38) 위의 책, 93면.

39) 위의 책, 130면.

40) 위의 책, 101면.

41) 전혜린, 『이 모든 괴로움을 또 다시』, 민서출판, 2002, 151면.

42) 위의 책, 125면.

43) 볼노브, 최동희 역, 『실존철학이란 무엇인가』, 169-70면.

44) 박경리, 앞의 책, 43면.

45) 위의 책, 142면.

46) 까뮈에 있어 '반항'은 파시즘은 물론 역사나 정의의 이름 아래 살인을 자행하는 공산주의에 대해서까지 적용되어야 하는 보편적 지향성인 반면, 사르트르는 최선책은 아니지만 차선책으로 공산주의의 살인을 묵인하고 그에 동조함으로써 절친하던 까뮈와 결별한다. 후에 사르트르도 입장을 바꿔 공산주의를 비판하며 아나키스트로 자신을 규정하지만 반항적 까뮈는 처음부터 아나키스트적 면목이 있었던 것이다.

47) 위의 책, 38면.

48) 위의 책, 192-3면.

49) 위의 책, 192면.

50) 위의 책, 165-6면.

51) 위의 책, 113-4면.

52) 위의 책, 100-101면.

53) 위의 책, 188면.

54) 위의 책, 197면.

최수철의 〈무정부주의자의 사랑〉 고(考)

1) 각 부의 제목은 〈즐거운 지옥의 나날〉, 〈무정부주의자의 사랑〉, 〈녹은 소금, 썩은 생강〉, 〈알몸과 육성〉으로 되어 있다.

2) 최수철, 『무정부주의자의 사랑』, 열음사, 1991, 작가의 말.

3) H. M. Enzensberger, 변상출 옮김, 『어느 무정부주의자의 죽음』, 실천문학사, 1999.

4) 러시아 형식주의자들에 의하여 집중적으로 조명된 바 있는 '낯설게 하기'는 새로운 문학적 장치에 대한 이론일 뿐 아니라 금기의 영역에 문제를 제기함으로써 인식지평을 확대하는 문학의 본질적 기능에 관한 이론으로도 이해될 수 있다(Victor Erlich, 박거용 역, 『러시아 형식주의』, 문학과지성사, 2001).

5) Georges Bataille, 최윤정 역, 『문학과 악』, 민음사 1995.

6) 김경복, 『한국 아나키즘시와 생태학적 유토피아』, 도서출판 다운샘, 1999, 31-42면.

7) 김택호, 『한국 근대 아나키즘문학, 낯선 저항』, 월인, 2009, 18면.

8) 한점돌, 「한국 아나키즘문학 연구-최서해소설의 아나키즘적 특성」, 「현대소설연구」 31, 2006.

한점돌, 「장용학 소설 연구-장용학 문학의 생태아나키즘적 특성」, 「현대문학이론연구」 33, 2008.

한점돌, 「박경리 문학사상 연구-〈시장과 전장〉과 아나키즘」, 「현대소설연구」 42, 2009.

9) 최수철, 『녹은 소금, 썩은 생강』, 열음사, 1991, 247면.

10) Georg Lukacs, realism in our time, New York: Harper & Row , Publishers, Inc., 1971, p.33.

11) '탈중심화'를 핵심적 빠롤로 하는 포스트모더니즘은 관념론의 주체의식이나 마르크스주의의 경제 중심 대신에 환경, 가정, 성, 예술 등의 문제군을 중심으로 하는 해체구성적 방법론을 추천한다(문화와 사회 연구회 편, 『현대와 탈현대』, 사회문화연구소출판부, 1993, 105-7면).

12) 최수철, 『무정부주의자의 사랑』, 30-1면.

13) 이광수, 『이광수전집』 1, 우신사, 1979, 549면.

14) 최수철, 앞의 책, 112-3면.

15) 위의 책, 262-3면.

16) 위의 책, 112면.

17) Patricia Waugh, 김상구 역, 『메타픽션』, 열음사, 1989, 16면.

18) 위의 책, 20-1면.

19) 최수철, 『무정부주의자의 사랑』, 169-70면.

20) 위의 책, 91면.

21) Aristoteles, 천병희 옮김, 『시학』, 문예출판사, 2010, 57면.

22) 최수철, 앞의 책, 16-7면.

23) 위의 책, 16-7면.

24) 위의 책, 20면.

25) 위의 책, 108-10면.

26) 위의 책, 111-2면.

27) 위의 책, 75-6면.

28) 위의 책, 140면.

29) 위의 책, 265면.

30) 위의 책, 140면.

31) 위의 책, 181면.

32) 위의 책, 140면.

33) 위의 책, 269면.

34) 위의 책, 261-2면.

35) 위의 책, 37면.

36) 위의 책, 263면.

37) 위의 책, 31면.

38) 위의 책, 259면.

39) 위의 책, 53면.
40) 위의 책, 179면.
41) 위의 책, 111-2면.
42) 위의 책, 112면.